Die Rose ohne Dorn

ERZÄHLTE GESCHICHTE

Gunter Haug

Die Rose ohne Dorn

Irene von Byzanz, die Königin des Hohenstaufen

Historischer Roman

DRW-Verlag

ISBN 3-87181-012-6

Produktion: Verlagsbüro Wais & Partner, Stuttgart
Titelgestaltung: Andreas Härlin, Tübingen
Übersichtskarte: Kartographiebüro Dieter Ohnmacht, Frittlingen
Gesamtherstellung: Karl Weinbrenner & Söhne GmbH & Co. KG,
Leinfelden-Echterdingen

Bestellnummer: 012

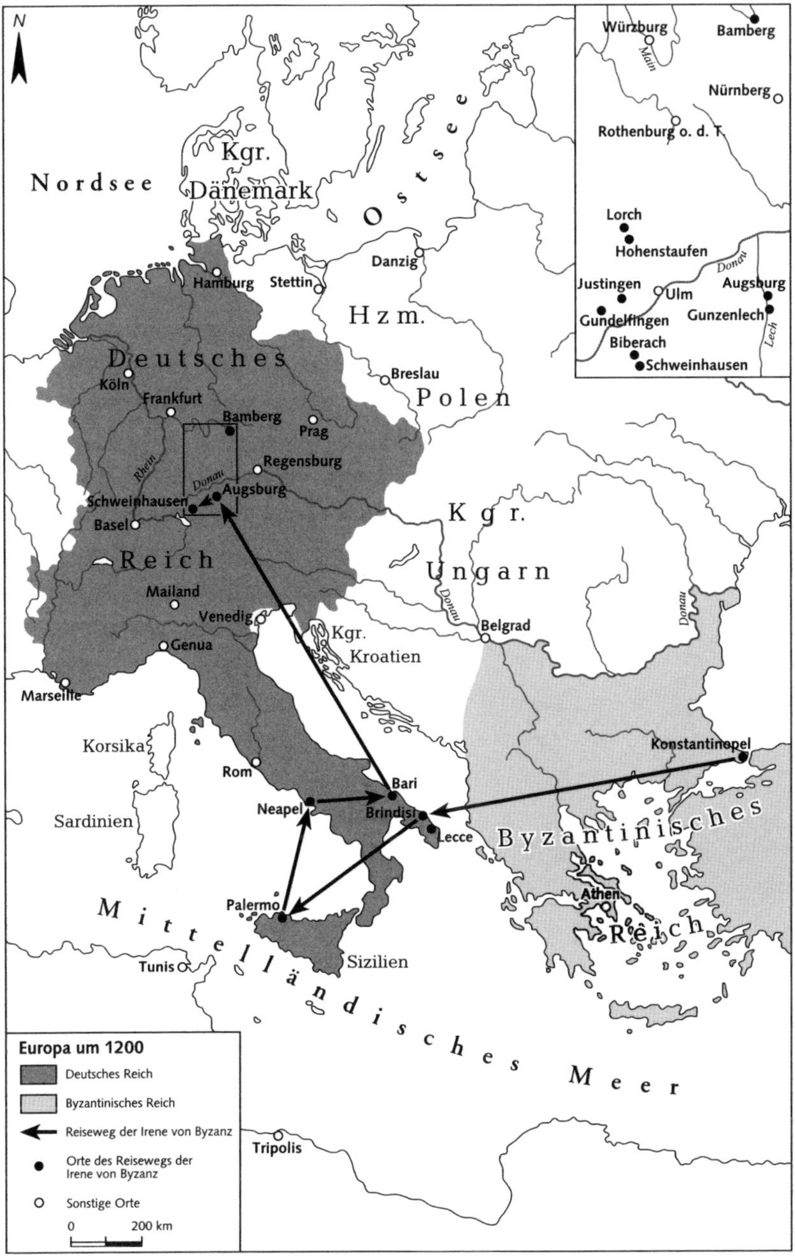
N
Nordsee
Kgr. Dänemark
Ostsee
Hamburg
Stettin
Danzig
Hzm. Polen
Breslau
Deutsches Reich
Köln
Frankfurt
Bamberg
Prag
Regensburg
Rhein
Donau
Augsburg
Schweinhausen
Basel
Mailand
Venedig
Genua
Marseille
Kgr. Kroatien
Kgr. Ungarn
Belgrad
Korsika
Sardinien
Rom
Neapel
Bari
Brindisi
Lecce
Palermo
Sizilien
Tunis
Konstantinopel
Byzantinisches Reich
Athen
Mittelländisches Meer
Tripolis
Würzburg
Main
Nürnberg
Rothenburg o. d. T.
Lorch
Hohenstaufen
Justingen
Ulm
Gundelfingen
Gunzenlech
Lech
Biberach
Schweinhausen
Europa um 1200
Deutsches Reich
Byzantinisches Reich
Reiseweg der Irene von Byzanz
Orte des Reisewegs der Irene von Byzanz
Sonstige Orte
0
200 km

1

26. August 1208, Vormittag, um die Terz

„Sie wird wohl den heutigen Abend nicht mehr erleben!" Eiskalt und nüchtern hatte er seine furchtbare Feststellung in den Raum hinein geworfen. Ohne jegliche Gefühlsregung.

Das endgültige, brutale Fazit traf Brigitta von Gundelfingen wie ein Keulenschlag. Die Kammerzofe fröstelte, als sie in das Gesicht des Medicus blickte, dessen eiskalte Augen Brigitta zu durchbohren schienen. Woher aber nahm er jene absolute Gewissheit, mit der er nach einem nur kurzen Blick auf die Patientin diese düstere Prophezeiung ausgestoßen hatte? Und wie konnte er es wagen, sich nun einfach von der Königin abzuwenden? Hätte er sich zu Lebzeiten des unglücklichen Königs Philipp getraut, dasselbe Verhalten an den Tag zu legen?

Drohend hing das Todesurteil des Arztes in dem von Weihrauchschwaden erfüllten dunklen Raum, der von zwei rußenden Fackeln nur spärlich erleuchtet wurde. Was um alles in der Welt braute sich hinter den dicken Steinmauern des Hohenstaufen zusammen? Es schien gerade so, als habe sich der gesamte Hofstaat gegen die Königin verschworen – ja, als warte man geradezu sehnsüchtig auf ihr Ableben. Ein neuer Herr schien bereits an den Fäden der Macht zu ziehen. Noch im Verborgenen zwar, aber im Grunde doch schon mit gnadenloser Konsequenz. Es war unübersehbar: Sie hatten sie längst abgeschrieben, ihre Königin, der sie vor wenigen Wochen noch ewige Treue und Gefolgschaft geschworen hatten. Irene von Byzanz, die ihnen nach der Ermordung ihres Mannes Philipp versprochen hatte im Land zu bleiben und das Erbe des Königs im Sinne seines Nachfolgers bis zu dessen Regierungsfähigkeit treuhänderisch zu verwalten. Bis das Kind, das sie noch unter dem Herzen trug, in der Lage wäre die Nachfolge seines Vaters anzutreten, der in diesem Sommer in Bamberg einem feigen Mordanschlag zum Opfer gefallen war.

Das Kind! Die Hoffnung der Welt! Der neue König, der künftige Kaiser! Aus dem stolzen Geschlecht der Staufer, die seit dem legendären Barbarossa nahezu die gesamte christliche Welt beherrschten. Ein würdiger

Nachfolger des großen Herrschers. Ein Regent, dem es eines Tages vielleicht sogar beschieden sein mochte, die ganze Welt unter seiner Herrschaft zu vereinen. Ost und West, Orient und Okzident! Wem, wenn nicht ihm, konnte dies jemals gelingen? Dem Königssohn aus Schwaben, dem stolzen Spross der Staufer, der gleichzeitig als Sohn der byzantinischen Kaisertochter auch in Konstantinopel seine Wurzeln hatte. Der Einzige also dem es gelingen konnte, Westrom und Ostrom nach fast 1000 -jähriger Trennung wieder unter seiner Führung zu regieren. Aber nicht jener 14 Jahre junge Sizilianer, Friedrich Roger, der im Alter von zwei Jahren zum König gekrönt worden war und durch dessen Adern halb staufisches und halb normannisches Blut floss, dieser am Hungertuch nagende Südländer, den manche Heuchler schon als kommenden Kaiser bezeichnet hatten. Ihm wäre es niemals möglich, die Krone des Heiligen Römischen Reiches tatsächlich auf sein Haupt zu setzen. Das konnte – wenn überhaupt – nur diesem einen Kind gelingen, dem Sohn von Philipp und Irene. Nur er würde die Macht der großen Staufer wirklich sichern können.

Tagträume! Unglücklich wischte sich die Kammerzofe der Königin mit dem weiten Ärmel ihres Gewandes den kalten Schweiß von der Stirn, der ihr beim bloßen Gedanken an die verlorene Hoffnung einer ganzen Dynastie ausgebrochen war. Woher nahm sie denn die Gewissheit, dass die Herrscherin einen Sohn gebären würde? Nur weil Irene dies wieder und wieder mit felsenfester Überzeugung verkündet hatte? Aber was war denn jetzt mit dem Kind? Hatten sie es also genauso aufgegeben, wie sie ihre Königin in Gedanken schon begraben hatten?

Spekulierten sie etwa darauf, das ungeborene Kind samt seiner Mutter zu beerdigen?

War also die Rechnung der unversöhnlichen Stauferfeinde aufgegangen. Hatte die Intrige, die König Philipp beim feigen Mordanschlag durch den Wittelsbacher Pfalzgrafen in Bamberg das Leben gekostet hatte, einen Hintergrund, der noch weit in die Zukunft reichen sollte? Würde es der Welfenpartei nun doch noch gelingen, die Oberhand über ihre Todfeinde zu erlangen?

Es gab nur eine letzte Möglichkeit das Kind zu retten. Wenigstens das Kind! Sie musste es schaffen, musste unverzüglich die schwäbische Ritterschaft von den dramatischen Ereignissen auf dem Hohenstaufen in Kenntnis setzen und alarmieren. Die ahnungslosen Gefolgsleute der Staufer, die auf ihren mächtigen Burgen saßen – so wie ihr Bruder Swigger von Gundelfingen beispielsweise im Lautertal – immer bereit jeden Angriff der von außen in das Land dringenden Feinde sofort zu parieren. Doch die Blickrichtung war falsch! Nein, der Feind kam gar nicht von draußen! Er war schon da. Befand sich bereits mitten unter ihnen! Das war es, was sie den staufischen Getreuen mitteilen musste. Dringend mitteilen musste. Es war die einzige Chance – die letzte Chance für das Leben des Thronfolgers. Anderenfalls würden die Welfen die Macht nun doch noch an sich reißen, die Nachfahren Heinrichs des Löwen, der sich in Wirklichkeit niemals unterworfen hatte.

Brigitta musste es zuwege bringen, einen Brief zu schreiben. Einer der wenigen ihr in blindem Gehorsam ergebenen Knechte, der sie damals schon vor Jahren aus dem Lautertal mit auf den Hohenstaufen begleitet hatte, Georg, war der Einzige, der es würde bewerkstelligen können. So rasch wie möglich musste er sich mit dem Brief aus der Burg schleichen und ihn nach Gundelfingen bringen, zu Brigittas Bruder, der sich unverzüglich mit seinen Gefährten zum Hohenstaufen aufmachen würde.

Aber was, wenn sie zu spät kamen? Wenn Irene und das Kind schon gestorben waren? Ein rascher Blick auf ihre Herrin ließ Brigitta erbeben. Was hatten sie nur mit der Königin gemacht?

Natürlich war die hochschwangere Irene nach dem Mord an ihrem Mann in tiefe Trauer versunken, doch vor wenigen Tagen waren die Lebensgeister in sie zurück geströmt. Nun sei es ihre Aufgabe ein gesundes Kind zur Welt zu bringen, einen würdigen Nachfolger ihres Mannes zu gebären. Den neuen König, der den feigen Mord an seinem Vater eines Tages rächen würde. Das hatte sie ihrer engen Vertrauten Brigitta in ihrer kaum verständlichen fremden Sprache erst in der vergangenen Woche ins Ohr geflüstert. Leise ins Ohr geflüstert, weil sie sich von Spitzeln und Feinden umgeben wähnte – zu Brigittas grenzenlosem Erstaunen im Übrigen, die naiv und unbekümmert bislang all die Jahre davon ausgegangen war, dass sich im engsten Umfeld um das Königspaar nie und nimmer Verräter tummeln würden. Ein Trugschluss, wie sich jetzt bitter herausstellte.

Zum Glück war sie der Muttersprache der Königin längst so weit mächtig, dass sie verstanden hatte, was Irene da unter Mühen geflüstert hatte. Ganz bewusst in dieser Sprache, deren ansonsten niemand auf dem Stammschloss der Staufer mächtig war.

Ein weiterer verstohlener Blick auf das hohnverzerrte Gesicht des Medicus verschaffte Brigitta die Gewissheit, die sie so lange verdrängt hatte: Sie hatten die Königin vergiftet! Eine derart plötzliche Verschlechterung von Irenes Gesundheitszustand war ganz einfach nicht denkbar. Selbst eingedenk ihrer Schwangerschaft nicht. Schließlich hatte Irene ja schon mehrere problemlose Geburten überstanden. Selbst wenn zwei ihrer sechs Kinder früh verstorben waren: Die Gesundheit der Mutter hatte es niemals berührt. Weshalb also diese dramatische Wendung? Es gab nur einen Grund: Gift! Ein heimtückischer Anschlag. Lähmendes Entsetzen erfasste die Zofe der Königin. Und dennoch: Sie durfte sich nun auf keinen Fall von der Trauer überwältigen lassen. Es blieb ihr noch eine letzte – eine Allerletzte – Möglichkeit. Sie musste Swigger, ihren Bruder, den Herrn auf der Burg Hohengundelfingen, rasch alarmieren. Auf der Stelle. Bevor die anderen die Dinge in die Hand nehmen würden. Und das würde nicht mehr lange dauern. Die Hoffnung schwand von Stunde zu Stunde.

„Brigitta! Hilf mir!" Es war nur noch ein mattes Stöhnen, das sich dem Mund der gequälten Frau entrang. Die Königin! Und sie war doch erst 28 Jahre alt! Zu früh, um zu sterben, viel zu früh! Wieder krampfte sich Brigittas Herz schmerzhaft zusammen. Doch sie durfte sich im Augenblick nicht um ihre Herrin kümmern, nicht in dem Meer aus Trauer versinken, dessen Wellen über ihr zusammenzuschlagen drohten. Noch nicht! Sie hatte eine Aufgabe zu erfüllen. Im Interesse des Kindes und der staufischen Partei, der ihre Familie so viel zu verdanken hatte. Noch war es nicht zu spät! Bitte nicht…

Wehmütige Gedanken jagten durch Brigittas Kopf, während sie mit hastigen Schritten durch die düsteren hohen Hallen der mächtigen Burg eilte. Wieder und wieder verfolgt von den lauernden Blicken der Bediensteten, die voller Neugier aus der Miene der Kammerzofe eine Erkenntnis herauszulesen versuchten. Ob die Königin womöglich schon gestorben war. Ob es wirklich und wahrhaftig zu Ende gegangen war, das Leben der „griechischen Maria", als die jener Minnesänger mit dem Namen Walther von der Vogelweide die faszinierende junge Frau des kürzlich ermordeten Königs Philipp ja vor Jahren schon in einem seiner im ganzen Reich bekannten Minnelieder besungen hatte. Vorsicht! Brigitta verlangsamte ihren Gang. Trotz der inneren Unruhe, die wie ein alles verzehrendes Feuer in ihr loderte. Sich nichts anmerken lassen. Eine neutrale Miene zur Schau stellen – so gut ihr dies angesichts der dramatischen Umstände eben möglich war. Den anderen nicht den geringsten Hinweis auf ihre Absichten geben. Dass sie mit stetig wachsender Unruhe nach Georg suchte. Georg, ihrem treuen Begleiter. Dem Einzigen, dem sie ihre Nachricht anzuvertrauen wagte. Dem einzigen wirklich verlässlichen Menschen auf der Stauferburg, in der es vor Verrätern und Falschheit nur so zu wimmeln schien. Weshalb hatte sie diesen üblen Sumpf aus Neid und Intrige nicht schon viel früher wahrgenommen? Warum nur hatte sie vertrauensselig und erfüllt von naiver Unbekümmertheit, wie es schon immer ihre Art gewesen war, jegliche Warnung – und an diesen hatte es nicht gemangelt – achtlos in den Wind geschrieben? Und nun fühlte sich Brigitta ausgerechnet von jenen, denen sie doch so sehr vertraut hatte, mit einem Mal umzingelt und bedrängt. Von Falschheit, Lug und Trug bedroht. Helfershelfer derjenigen, die der Königin nach dem Leben trachteten. Giftmörder! Heimtückische, feige Giftmörder! In der Tat befand sie sich mitten in einem verzweifelten Wettlauf mit der Zeit. Ein Wettlauf, der freilich kaum noch zu gewinnen war. Denn, falls Königin Irene tatsächlich dem gemeinen Mordanschlag zum Opfer fallen würde oder aber gar ihr Sohn, den sie in wenigen Wochen gebären würde, das Kind des ermordeten Königs, der legitime Nachfolger auf dem Thron Karls des Großen, dann… ja dann wäre tatsächlich alles verloren. Die Herrschaft der großen Staufer. Das Ende einer glanzvollen Epoche stand vor der Türe: Die Macht der Staufer brutal zerschlagen und vernichtet. Und mit ihr die Hoffnungen und Träume all der treuen Gefolgsleute. Schließlich war es sogar Brigittas Vetter Anselm von Justingen gewesen, einer der treuesten und angesehensten Gefolgsleute des Monarchen, der Brigitta bereits kurz nach dem

Bamberger Königsmord seine finstersten Befürchtungen offenbart hatte, nämlich jene, dass man sich nun womöglich doch noch mit der Welfenpartei werde vergleichen müssen. Ausgerechnet mit dem welfischen Todfeind, Otto IV. an der Spitze, dem jahrelangen Gegenkönig, der erst nach zahlreichen blutigen Schlachten von König Philipp hatte besiegt werden können. Was schließlich auch der Papst nicht mehr hatte übersehen können und seinen Bannstrahl – wenngleich auch wohl zähneknirschend – von König Philipp genommen hatte. Doch dass der wankelmütige, letztlich nur auf seinen eigenen Vorteil bedachte Papst in dieser dramatischen Situation seine Gunst in Windeseile wieder dem Welfen schenken würde, das lag für jeden sichtbar auf der Hand. Otto IV., der auf alle Fälle versuchen würde, das Machtvakuum, das mit Philipps Ermordung entstanden war, brutal für sich und seine Interessen zu nutzen. Wenn überhaupt, so hatte Anselm von Justingen düster hervorgestoßen, dann gebe es in der Tat nur noch eine einzige Hoffnung für die staufische Partei. Nur eine einzige Person, die es ihm und seinen Getreuen ermöglichen könnte, sowohl dem machthungrigen Treiben des Welfen als auch dem wortbrüchigen Papst Einhalt zu gebieten. Ein einziger Mensch, dem dies kraft seiner Abstammung gelänge. Der Thronfolger! Der Sohn des ermordeten Königs. Der noch ungeborene Sohn im Leib der nun auf den Tod darnieder liegenden Königin Irene!

Dieses Kind wäre die alles überstrahlende Legitimation, die Anselm und seine Gefährten dem Papst gegenüber würden ins Feld führen können. Aber auch die Einzige – und nicht nur das, wie Anselm der schaudernden Cousine nochmals verdeutlicht hatte: auch die Letzte!

Erneut krampfte sich Brigittas Magen schmerzhaft zusammen. In der Tat befanden sie sich in einer schier auswegslosen Situation! Hilfe musste her. Dringend! Georg! Wo steckte der Mann denn nur? Jetzt, wo doch jeder Augenblick zählte. Nicht die geringste Zeit durften sie mehr verlieren. Auf gar keinen Fall!

Doch auch im Stallgebäude, bei den Pferden des Hofstaates, war Georg nicht zu finden! Ausgerechnet! Wo er doch ansonsten genau dort immer anzutreffen war. Bei den edlen Pferden der hohen Herrschaften, die ihm so sehr ans Herz gewachsen waren und bei deren Pflege Georg mithalf,

wann immer er konnte. Doch im Stall befand sich im Augenblick keine Menschenseele!
Wo also mit der Suche fortfahren? Ratlos drehte sich Brigitta einmal um ihre eigene Achse. Ein heller Sonnenstrahl fiel von draußen durch die halb geöffnete seitliche Stalltür in das Halbdunkel. Dorthin, wo der Lichtstrahl sich zeigte. Dort würde sie weiter suchen. Im Burghof also.

Und wieder durchzogen angstvolle Gedanken das gemarterte Hirn der treuen Gefährtin ihrer Königin. Der Fluch des Normannen! Würde er sich also doch noch bis in sein letztes schreckliches Detail hinein erfüllen? Nachdem sich so viele Einzelheiten der düsteren Verwünschung inzwischen tatsächlich ereignet hatten, wie Brigitta nun voller Entsetzen zur Kenntnis nehmen musste. Der Fluch, den sie doch längst vergessen oder doch zumindest aus ihrem Gedächtnis hatten rasch verdrängen wollen. Doch vergeblich. Unbarmherzig tief hatte sich die dunkle Hasstirade bei all jenen, die es damals hatten miterleben müssen, in das Bewusstsein gefressen. Anscheinend unauslöschlich. Denn es war doch schon vor mehr als zehn Jahren geschehen, kurz nach der glanzvollen Hochzeit des jungen Paares.

Wer aber wollte schließlich den furchtbaren Sentenzen überhaupt noch eine Bedeutung zumessen, spätestens nachdem sich vor drei Jahren mit der beeindruckenden Krönung von Philipp und Irene in Aachen auf dem Thron des großen Kaisers Karl doch alles zum Besten gefügt hatte, was überdies fast keiner mehr zu hoffen gewagt hatte? Nach so viel Blutvergießen, nach so vielen Schlachten, nach dem frühen Tod ihres ersten Sohnes…

Und dennoch: War der Fluch gleichzeitig nicht auch über die damals noch ungeborenen Kinder des Königspaares ausgesprochen worden? War Philipp seinerzeit nicht prophezeit worden, dass ihm beschieden sei durch Mörderhand zu enden? Seiner Kinder wegen getötet zu werden? Wie es vor kurzem dann auch gekommen war: Denn hatte nicht der vor Eifersucht rasende Pfalzgraf von Wittelsbach genau aus jenem Grund den König getötet? Weil dieser dessen Verlobung mit seiner Tochter wieder gelöst hatte. Mit der sechsjährigen Kunigunde. Ein Verbindung, gegen die sich die von einer drückenden Vorahnung geplagte Irene immer schon gestellt hatte – vergeblich…

Der König tot. Ermordet! Ausgerechnet jetzt, wo endlich Frieden herrschte. Frieden nach einem zehn Jahre dauernden Krieg um die Krone des Deutschen Reiches. Um die Anerkennung von Philipps rechtmäßiger Königsherrschaft. Am Beginn einer friedlichen neuen Zeit, die vom ganzen Volk so inbrünstig herbeigesehnt worden war. Die nun mit dem von aller Welt bestaunten edlen Königspaar ihren glanzvollen Einzug gehalten hatte landauf landab.

Doch in Wirklichkeit waren die Schatten des Fluches niemals gänzlich verflogen. Einem grauen Schleier gleich hatten sie sich von Anfang an über den gemeinsamen Lebensweg des Paares gelegt. Schon unmittelbar nach der Hochzeit des noch nicht ganz 21-jährigen Philipp und der 17 Jahre jungen Irene. Doch damals war niemand gewillt gewesen auf die Zeichen zu hören. Wie denn auch angesichts der prächtig inszenierten Feierlichkeit im Jahr 1197 auf dem riesigen Schloss Gunzenlech nahe der von Philipps Vater, Kaiser Barbarossa, gegründeten Stadt Augsburg. Und auch anschließend, während der langen Flitterwochen auf Burg Schweinhausen im Tal der Riss, der Burg ihres Freundes Heinrich von Schweinhausen, auf der das junge Paar eine glanzvolle Hofhaltung entwickelt hatte, war niemand der Sinn nach düsteren Gedanken gestanden. Denn der Welt war eine neue Hoffnung geschenkt worden. Irene von Byzanz und Philipp der Staufer: Orient und Okzident vereinigten sich in geradezu idealer Weise in den anmutigen und zierlichen beiden Menschen, die einander von Herzen zugetan waren. Was jedermann mit eigenen Augen sehen und bestaunen konnte. Denn wo sonst in jenen hohen Adelskreisen konnte denn jemals von wirklicher Zuneigung zwischen den Ehepartnern die Rede sein? Wo diese doch üblicherweise meist schon in frühester Kindheit miteinander verlobt oder gar verheiratet worden waren, ohne dass dabei die mindeste Rücksicht auf ihre eigenen Empfindungen genommen worden wäre. Umso unglaublicher schien den Zeitgenossen darum jene Beziehung, die sich zwischen der stets freundlich und bescheiden auftretenden jungen Frau und ihrem blond gelockten Gemahl entwickelt hatte. Es waren selige Tage und Wochen, die den Neuvermählten im warmen Sonnenlicht des Frühsommers 1197 geschenkt worden waren. Tage, in denen die schrecklichen Ereignisse der vergangenen Jahre endlich zu verblassen schienen. Denn beide Ehepartner waren schon in ihren frühen Lebensjahren zu unfreiwilligen Zeugen unvorstellbarer Grausamkeiten geworden, die zu Philipps maßlosem Entsetzen in allererster Linie ausgerechnet von den Staufern begangen worden waren. Dazuhin noch auf Geheiß des Kaisers Heinrich VI. persönlich – seines Bruders!

Langsam, ganz langsam nur, aber stetig, waren die Alpträume gewichen, die so schwer auf ihrer beider Seelen lasteten. Die Zukunft des edlen Paares schien Glück und Erfolg zu verheißen. Vor allen Dingen Philipps neues Amt als Herzog von Schwaben verschaffte ihm die Möglichkeit, im Lande zu verweilen und sich aus den nicht enden wollenden Händeln herauszuhalten, die sein kaiserlicher Bruder, genauso schon wie ihr Vater Barbarossa, in Italien auszufechten hatte. Denn immer dann, wenn sich eine der oberitalienischen Städte nach erbitterter Gegenwehr dem Kaiser ergeben hatte, brach der nächste Aufstand mit Sicherheit im riesigen Gebiet des ehemals normannischen Sizilien los – oder aber gab es neuen Streit mit dem Kirchenstaat unter der Herrschaft des Papstes Coelestin III. Nein, Philipp war aus diesem Grunde – genauso wie im Übrigen Irene – froh und dankbar über die Tatsache, dass er mit der Aufgabe betraut war von nun an die Interessen des Reiches und seiner Familie als unangefochtener Herzog von Schwaben zu vertreten. Gestützt und begleitet von der überwältigenden Anzahl des schwäbischen Adels – treuen Anhängern der staufischen Partei. Denn in Schwaben war es inzwischen gelungen die Macht der Welfen zu brechen. Zahlreiche Städte hatten sich, genauso wie viele einstige Parteigänger der Welfen, nunmehr unter die Obhut der Staufer begeben, sodass man voller Zuversicht daran gehen konnte, die kommenden Jahre zur weiteren Festigung des Herzogtums Schwaben und zum Nutzen des Reiches tätig zu werden. Ein Amt, um das den jungen Herzog viele beneideten, denn wo sonst im Reich traf man auf dermaßen geordnete Verhältnisse.

Scheinbar geordnete Verhältnisse, wie sich Brigitta von Gundelfingen bei diesem Gedanken voller Bitterkeit korrigierte. Denn kaum hatten Philipp und Irene sich dazu entschlossen, demnächst die Burg ihres Freundes im Tal der Riss zu verlassen und mit ihrer Gefolgschaft auf Einladung von Anselm von Justingen weiter zu ziehen auf die Schwäbische Alb, um anschließend dann mehrere Wochen auf dem Neuffen zu amtieren, traf wie aus heiterem Himmel der Auftrag des Kaisers in Schweinhausen ein. Ein Auftrag, der die Liebenden jäh und unvermutet voneinander trennte – so gerne Irene ihren Gemahl dabei auch begleitet hätte. Aber die Schwangerschaft, die sich bei ihr inzwischen eingestellt hatte, verbot eine solch lange und beschwerliche Reise, die dazu hin noch alles andere als ungefährlich verlaufen konnte.

Denn auf Weisung des Kaisers hatte der darüber alles andere als begeisterte Philipp persönlich die Aufgabe auszuführen, dessen zweijährigen Sohn Friedrich Roger aus Italien zu dessen Krönung nach Deutschland zu holen. Seinen Neffen also. Den Sizilianer, wie ihn manche der deutschen Adligen genauso abfällig wie zähneknirschend bezeichneten, durch dessen Adern jedoch das Blut des großen Barbarossa, seines Großvaters, pulsierte. Dessen Bestimmung es war, die Königsherrschaft der Staufer auch in der nächsten Generation zu sichern. Unverzüglich hatte sich der junge Herzog also auf seinen gefahrvollen Weg über die Alpen gemacht, begleitet von nahezu 300 schwäbischen Rittern.

Doch mit einem Mal war alles ganz anders gekommen. Noch bevor es Philipp gelungen war, das Kind in Empfang zu nehmen, erschütterte eine völlig überraschende Nachricht das ganze Reich: Die Kunde vom plötzlichen Tod des Kaisers. In Windeseile verbreitete sich die schreckliche Botschaft.

In Italien jedoch atmeten die Menschen auf. Der Tod des brutalen und jähzornigen Barbaren erschien ihnen die gerechte Strafe des Himmels, die den Kaiser getroffen hatte. Endlich – nach übereinstimmender Ansicht der normannischen Adligen und des lombardischen Städtebundes – war der lange herbeigesehnte Anlass da, das Joch der Besatzer abzuschütteln. Ein gewaltiger Aufstand brach in Italien los und auch in Deutschland schienen die längst geschlagen geglaubten Welfen, vor allem am Rhein, neue Unruhe zu schüren. Wohin man auch blickte: Urplötzlich schien das Reich in seinen Grundfesten erschüttert. Vor allem in Italien bestand nun Lebensgefahr. Nur mit knapper Not war es Philipp und seinen Gefährten gelungen den sofortigen Rückzug nach Deutschland anzutreten. Der Herzog hatte sich schließlich auf der Stammburg seiner Familie, dem Hohenstaufen, in Sicherheit gebracht, wo sich schon seine hochschwangere Gemahlin Irene aufhielt. Aber eben ohne den Halbnormannen, ohne den Sohn des verstorbenen Kaisers, der von seiner Mutter Konstanze in deren sizilianische Heimat verbracht worden war.

Der Halbnormanne! Der Sizilianer! Ob also ausgerechnet dieser mittlerweile 12-jährige Jüngling imstande wäre der staufischen Partei den nötigen Rückhalt zu verschaffen, falls der von Irene erhoffte Sohn die Geburt nicht überleben würde? Selbst der ansonsten so zuversichtliche und siegesgewisse Anselm von Justingen hatte diesen Gedanken voller Bangen neulich zu Bedenken gegeben, den er gleichwohl im selben Atemzug aber wieder schaudernd verworfen hatte. Das Mündel des Papstes, das nach allem, was man wusste, noch nicht einmal der deutschen Sprache mächtig war!

Da! Endlich hatte sie ihn gefunden! An der Burgmauer, wo Georg, der Knecht, ahnungslos lehnte, während er sein Gesicht zufrieden in die warmen Sonnenstrahlen dieses milden Augustmorgens gewandt hielt. „Georg! Hier bist du also! Überall habe ich dich schon gesucht! Ich benötige deine Dienste! Sofort!“, keuchte Brigitta dem überrascht zusammenzuckenden jungen Mann entgegen, während sie ihn gleichzeitig heftig an der Schulter rüttelte.

„Herrin! Was ist geschehen?“ Schlagartig war die gelassene Zufriedenheit in Georgs Miene tiefer Besorgnis gewichen. Denn in einem solchen Zustand völliger Aufgeregtheit hatte er Brigitta von Gundelfingen in all den Jahren noch nie erlebt! „Ist etwas mit der Königin geschehen? Ist sie...“ stammelte er. Die bange Frage wollte nicht über seine Lippen kommen. Das Undenkbare auszusprechen – unmöglich. „Aber... Ihr habt mir doch gestern noch bedeutet, dass wir uns keine Sorgen machen müssen. Dass die Gerüchte falsch sind, die in der ganzen Burg getuschelt werden...“ Mit pochendem Herzen wartete er auf die Antwort der immer noch atemlosen Frau.

Beschwichtigend hob Brigitta ihre Rechte und fixierte ihr Gegenüber mit einem ernsten Blick. Es galt jetzt Ruhe zu bewahren. Überlegt und konzentriert zu handeln – auch wenn ihr dies angesichts der drängenden Situation noch so schwer fallen mochte.

„Georg! Höre mir ganz genau zu. Merke dir, was ich dir nun sage. Du musst sofort aufbrechen. Denn es ist eine wichtige Botschaft, die du zu überbringen hast. Eine Botschaft an meinen Bruder, den Herrn von Gundelfingen. Bist du bereit?"

Georg nickte eifrig. „Auf der Stelle, Herrin! Jederzeit!" Eilfertig streckte er seine Hand aus um die Botschaft in Empfang zu nehmen, doch zur großen Verwunderung ihres Knechtes schüttelte Brigitta von Gundelfingen entschieden den Kopf.

„Es muss anders gehen, dieses Mal. Du musst dir all das, was ich dir nun sagen werde, merken. Alles. Und zwar Wort für Wort. Eine schriftliche Botschaft könnte gefährlich sein. Es ist leider so", nickte sie ernst, um ihre Aussage angesichts der erstaunten Blicke, mit denen Georg sie nun musterte, noch zu unterstreichen.

„Dein Ritt hinauf nach Gundelfingen wird in der Tat weitaus gefährlicher sein, als jemals zuvor. Nicht nur für dich – sondern für uns alle. Falls du den falschen Leuten in die Hände fällst und sie die Nachricht bei dir finden würden, die allein für den Herrn auf Gundelfingen bestimmt ist."

Georg schien verstanden zu haben. Er senkte den Kopf und flüsterte mit rauer Stimme: „Steht es so schlimm? Ist also doch wahr, was in der Burg getuschelt wird? Geht es…geht es also um das Leben der Königin?" Er wagte es nicht seiner Herrin bei dieser bangen Frage direkt ins Gesicht zu blicken.

Brigitta schluckte schwer, bevor sie leise antwortete. „So ist es. Leider. Es geht um Leben und Tod. Unsere Zeit wird knapp. Ein Umsturz droht. Das ist es, was mein Bruder und seine Gefährten wissen müssen. Rasch. Merke dir nun genau, was ich sage: Man scheint den schlimmen Gesundheitszustand der Königin als eine tödlich verlaufende Geburt darstellen zu wollen. Doch dabei dauert es bis zur Niederkunft in Wirklichkeit noch nahezu zwei Monate. Sie werden sagen, es handelte sich um eine Frühgeburt, der Mutter und Kind zum Opfer gefallen sind. Darauf hat erst vorhin der Medicus hingewiesen. Obwohl es nicht den Tatsachen entspricht. Sag dies meinem Bruder! Sage ihm, dass die Königin von üblen Krämpfen gepeinigt wird, das ist wahr, aber nicht von Wehen. Es sind keine Wehen!

Doch sie wollen es so darstellen – und wollen allem Anschein nach verhindern, dass ein anderer Medicus zurate gezogen wird!“

„Aber das ist ja…“ Aschfahl taumelte Georg zurück und starrte voller Betroffenheit in Brigittas Miene.

„Hör zu! Du musst dir das merken. Genau so. Wir sind zu wenige um uns gegen den Medicus und seine Auftraggeber zur Wehr zu setzen. Wir brauchen Unterstützung. Dringend. Sie kontrollieren alle Ein- und Ausgänge der Burg. Deshalb muss die Hilfe von außen kommen. Rasch. Nur dir kann es gelingen unbehelligt aus der Burg zu gelangen. Aber nur, wenn du ganz vorsichtig zu Werke gehst.“ Brigitta bedachte ihr Gegenüber mit einem warnenden Blick. „Geh langsam und ohne das geringste Aufsehen zu verursachen. Doch dann, wenn du den Wald erreicht hast und sie dich nicht mehr beobachten können, dann Georg: Dann heißt es für dich zu reiten, was dein Pferd aushält. Bring diese Botschaft nach Gundelfingen. Auf dem schnellsten Weg.“ Schwer und ernst legte sie ihm ihre Hände auf die Schultern. „Unser Herrgott möge dich dabei schützen und behüten!“ Dann wandte sie sich langsam um und schritt auf demselben Weg zurück, auf dem sie vor wenigen Augenblicken gekommen war.

Was war nun noch zu tun? Was – außer Hoffen und Beten…

2

Eine knappe Tageslänge von der Burg auf dem Hohenstaufen entfernt genoss der ahnungslose Ritter Swigger von Gundelfingen auf den Zinnen des Bergfrieds seiner Burg Hohengundelfingen den gleißenden Sonnenschein dieses herrlichen Spätsommerabends... Noch einmal war es ein schöner warmer Tag geworden: friedlich, rein und klar. Und das in diesen alles andere als friedlichen ruhigen Zeiten! Als würde dem Reich, den Stauferherrschern und ihren Gefolgsleuten nicht Unbill drohen, Unbill und Gefahr. Ganz ähnlich einem schönen Sommertag, an dessen Ende urplötzlich Gewitterwolken aufzogen und der folgende Hagelsturm in einem Handstreich die Ernte eines ganzen Jahres vernichten konnte. Genau so drohten die dunklen Wolken der unruhigen Zeit bereits schon wieder am Horizont. Doch was blieb ihnen anderes übrig als vorläufig abzuwarten – und zu hoffen, dass sich alles doch noch zum Guten wenden könnte. So, wie der Vetter Anselm von Justingen seine besorgten Gefährten und Verwandten wieder und wieder beschwichtigt hatte. Und Anselm musste es doch eigentlich wissen, schließlich hatte er sich im engsten Regierungsrat um König Philipp befunden und war auch nach dessen Ermordung zusammen mit den Großen des Reiches weiterhin um die Absicherung des Friedens und um den reibungslosen Lauf der Regierungsgeschäfte bemüht. Seufzend richtete der Ritter seinen Kopf empor zum stahlblauen Himmel, an dessen Horizont ein erstes zartes Abendrot heraufdämmerte und wo sich nicht die geringste Wolke zeigte. Sie würden es schon richten! Hoffentlich...

Ja, es würde auch morgen wohl noch einmal einen heißen Tag geben, so wie heute, selbst auf der rauen Alb. Einen ruhigen und hoffentlich friedlichen Tag, an dem seine Leibeigenen, die Bauern und seine Lehensleute, es bei ihren Arbeiten würden ruhig angehen lassen können. Ob bei der Roggenernte, die man dann am Mittag fortsetzen konnte, beim Ausbessern der Burgmauern oder bei den neu in Angriff genommenen Bauten talauf- und talabwärts. Voller Stolz ließ der 40 Jahre alte Swigger von Gundelfingen, den sie inzwischen schon „den Alten“ nannten, seinen

Blick über die mächtige Burganlage schweifen, die in Schwindel erregender Höhe über dem lieblichen Flusstal thronte. In unzähligen Windungen hatte sich die Lauter in die Landschaft gegraben, die von zahlreichen weiteren Burgen gesäumt wurde. Allesamt gleichfalls Burgen seiner Familie, seiner Söhne, der Herren von Gundelfingen. Ob Bichishausen, Ehrenfels, die Maisenburg oder das erst in jüngster Zeit begonnene Degeneck, gleich hinter dem Höhenzug, der sich neben ihrer Stammburg Niedergundelfingen in das Tal schob – all diese wehrhaften Anlagen hatten Swigger und dessen Vater für die zahlreichen Nachkommen der altehrwürdigen Adelsfamilie in Auftrag gegeben. Als treue Gefolgsleute ihrer Lehensherren, der Stauferkaiser, und mit deren Unterstützung. Zum Schutz des staufischen Reiches vor dessen zahlreichen Feinden: Ob dies nun die Welfen waren, die immer selbstbewusster auftretenden Städte, die immer mehr eine eigene, um nicht zu sagen eigensinnige Politik zwischen Adel und Reich betrieben, oder zur Verhütung weiterer verheerender Hunnen- und Mongoleneinfälle, ein Trauma, das auch nach vielen Jahrzehnten noch schwer auf der deutschen Ritterschaft lastete.

Aber vor allem war es ihnen darum gegangen, die Macht des Reiches und die Bedeutung des wieder erstarkten Herzogtums Schwaben zu sichern und zu mehren. Seit unvordenklichen Zeiten kämpften die Mitglieder seiner Familie dafür schon auf Seiten der Staufer, denen sie schon immer auf das Engste verbunden waren. Genauso, wie eben auch der Vetter Anselm von Justingen, auf dessen Verwandtschaft Swigger so stolz war, denn jener galt – man konnte es sich nicht häufig genug vor Augen halten – als einer der bedeutendsten Männer am ganzen Hof.

Auch mit dessen Hilfe hatten sie den Burgenbau hier auf der Schwäbischen Alb sogar bis kurz vor den Wartstein, also beinahe schon direkt an der einstigen Grenze zu den Welfen, massiv vorangetrieben – mehr noch als sonst im ganzen Stauferreich, wo ja in diesen Zeiten allüberall beeindruckende Burgen förmlich aus den Felsen zu wachsen schienen. Unüberwindliche Bollwerke gegen die Feinde, die von außen anrannten. Von ungemeiner Bedeutung gerade jetzt, in diesen unsicheren Zeiten und in den schlimmen Monaten nach der Ermordung des Königs Philipp, in den sie alle doch so viele Hoffnungen gesetzt hatten. Eine lang andauernde

Epoche des Friedens war zum Greifen nahe gewesen – nach über zehn Jahre dauernden blutigen Kämpfen um den Königsthron. Und nun also drohten neue Kriegszüge, denn die vermeintlich für immer geschlagenen Welfen mit ihrem langjährigen Gegenkönig Otto IV. an der Spitze würden mit an Sicherheit grenzender Wahrscheinlichkeit diese schreckliche Situation für sich zu nutzen suchen. Womöglich noch samt der Unterstützung des nur auf seinen eigenen Vorteil bedachten Papstes, von dem sich nicht einmal Anselm darüber im Klaren war, ob er den noch unmündigen und daher in Sizilien unter seiner Vormundschaft lebenden Staufersspross Friedrich Roger nun als Faustpfand oder als treuer Sachwalter von dessen Interessen betrachtete. Wobei die Sache mit dem Faustpfand wohl der Wahrheit näher zu kommen schien.

Aber was auch immer die Zukunft an neuen Auseinandersetzungen bringen mochte: Die Alarmkette der staufischen Partei stand kurz vor ihrer endgültigen Fertigstellung. Mit dem Einsatz von Rauchzeichen, Flaggen oder Spiegeln auf ihren hohen Türmen wären sie in der Lage sich künftig in Windeseile zu verständigen und ihre Truppen bestens gerüstet dem heraneilenden Feind entgegen zu werfen.

Mitten in seine Gedanken hinein ertönte von der anderen Seite des Bergfrieds her ein lautes Hornsignal. Das Zeichen des hier postierten Spähers, der offenbar etwas entdeckt hatte. Einen Reiter wahrscheinlich, der offenbar auf die Burg zustrebte, wie Swigger vermutete.

In der Tat eilte im selben Moment der Wächter um die Ecke und bestätigte Swiggers Einschätzung, in dem er mit dem ausgestreckten Arm hinter sich deutete. „Herr, dort drüben. Von Norden her kommt ein Reiter heran galoppiert. Wie mir scheint will er zu uns und hat es offenbar sehr eilig!“

Swigger folgte dem Mann um die Ecke und nahm die Gegend, in die der Wächter zeigte, genau in Augenschein.

Tatsächlich. Nun erblickte auch der Burgherr den dunklen Punkt auf der Ebene, der sich ihnen rasch näherte. Es handelte sich eindeutig um einen Reiter in gestrecktem Galopp. Er schien das Letzte aus seinem Pferd herauszuholen. Schonungslos. Er würde sein Pferd zu Schanden reiten! Weshalb nur? Kein Häscher schien ihm auf den Fersen zu sein –

zumindest war weit und breit nicht das Geringste von einem Verfolger zu sehen.

Worum also handelte es sich, das den Mann mit dieser wilden Hast nach Gundelfingen trieb? Von Norden her kommend. Von der anderen Seite der Alb. Vom Staufen etwa? Mit schlechten Nachrichten versehen womöglich?

Ein schmerzhafter Stich bohrte sich in den Magen des Gundelfingers. Die schwangere Königin! Hoffentlich war ihr und vor allen Dingen ihrem Kind nichts geschehen. Dem Sohn, den Irene auf dem fernen Staufen gebären würde, wie seine Schwester Brigitta ihm vor wenigen Wochen, nach der dramatischen Rückkehr aus Bamberg, versichert hatte. Er war jetzt schon die neue Hoffnung der Staufer. Der Sohn, der seinem von ihnen allen so schmerzlich vermissten Vater eines Tages auf dem Königsthron folgen würde. Es war ein ungutes Gefühl, das Swigger beim Anblick des in Windeseile heranpreschenden Reiters beschlichen hatte. Noch einmal kniff er die Augen zusammen und spähte angestrengt vom Bergfried hinunter. Und jetzt hatte er ihn erkannt: Es war Georg! Eindeutig! Georg, der treue Begleiter seiner Schwester Brigitta auf dem Hohenstaufen. Ganz offensichtlich also gab es Nachrichten von dort, die Georg zu überbringen hatte. Hoffentlich gute Nachrichten. Vielleicht war ja der Thronfolger schon geboren? Aber – musste der Knecht deswegen dann gleich sein Pferd zu Tode reiten? Wohl kaum. Schon gar nicht der besonnene Georg. Doch dessen brutaler Galopp konnte nichts Gutes verheißen. Herr im Himmel – bitte lass es nicht so sein, wie ich vermute…

3

26. August 1208, um die Sexta (Mittag)

Ein flüchtiger Blick genügte Brigitta, die in der Zwischenzeit in das Gemach ihrer Herrin zurückgekehrt war, dass sich deren Zustand nicht zum Besseren gewendet hatte. Ganz im Gegenteil: Auch der in Heilkunde erfahrene alte Reisige, einer der wenigen Männer auf der Hohenstaufenburg, dem Brigitta ihr Vertrauen schenkte und den sie heimlich mit an Irenes Krankenlager geführt hatte, zuckte nur ratlos mit den Schultern. Möglicherweise handele es sich um eine schwere Vergiftung, die das Leben der Königin bedrohe. Symptome, wie man sie ganz ähnlich von einer Überdosierung des gefährlichen Bingelkrauts her kenne, das üblicherweise in kleinsten Mengen gegen Magenbeschwerden angewandt werde. Unter denen habe die Kranke doch in der Tat gelitten. Möglich also, dass ihr einiges zu viel von dem heilenden Kraut verabreicht worden wäre – aus welchem Grund auch immer. Doch sicher sei er sich bei seiner Einschätzung keineswegs – und schon gar nicht wisse er, was dagegen zu tun sei, nachdem seit der möglichen Vergiftung schon so lange Zeit verstrichen sei. Es bliebe ihnen seiner Meinung nach nichts Anderes mehr zu tun, als abzuwarten. Abzuwarten – und zu beten. Denn vielleicht ja handele es sich vielmehr eher um einen Fluch, der auf die hohe Herrin gesprochen worden sei – Brigitta möge schließlich bedenken, dass sich die Krankheit vorgestern zum ersten Mal bemerkbar gemacht habe... Am Morgen nach der vergangenen Vollmondnacht, wie der Alte mit besorgt gerunzelter Stirn noch leise hinzufügte, bevor Brigitta ihn mit einem ärgerlichen Stoß in den Rücken aus der Kammer gewiesen hatte.

Unruhig bewegte die Schwerkranke ihren Kopf. Dicke Schweißtropfen perlten von ihrer Stirn. Irenes Puls pochte heftig, ihr Herz schien zu rasen, während sie offenbar in wilde Fieberfantasien versunken war. Dunkle Erinnerungen peinigten die Königin, doch mehr als einige wenige unzusammenhängende Satzfetzen waren nicht zu verstehen.

Doch! Jetzt! Der Name! Brigitta beugte sich über den kaum geöffneten Mund der Kranken und lauschte angestrengt. Ein kraftloses Flüstern quälte sich über die spröden Lippen der Königin. Ganz schwach, aber dennoch eindeutig. Nur mit Mühe gelang es der Kammerzofe die Tränen zurückzuhalten, die ihr in die Augen geschossen waren, als sie die Worte endlich verstanden hatte. „Philipp!“ Immer wieder derselbe Name. „Philipp!“ Der Name des ermordeten Königs.

Mit einem matten fieberglänzenden Blick starrte Irene suchend an Brigitta vorbei zur Tür ihrer Kammer. „Philipp! Wo ist mein Gemahl? Bringt den König zu mir. Schickt nach ihm und sagt ihm, dass ich ihn sehen möchte. Philipp! Wo ist er? Philipp!“ Vergeblich hatte sie versucht ihren Oberkörper aufzurichten, doch mit einem kraftlosen Seufzer sank sie wieder auf ihre Lager zurück. „Philipp! Was habt ihr mit meinem Gemahl gemacht? Philipp! Wo ist er denn nur? Sag es mir!“ Anklagend richtete sie ihre zitternden Finger auf Brigitta. „Sag es mir! Was habt ihr mit dem König gemacht? Weshalb schickt ihr nicht zu ihm? Philipp! Wo ist der König!“ Die Unruhe der Kranken steigerte sich mehr und mehr. Was konnte Brigitta nur unternehmen, um die Königin zu beruhigen? Da kam ihr der rettende Gedanke: „Nur ruhig, Herrin. Ich lasse nach ihm schicken. Gleich wird er bei Euch sein, Euer Gemahl!“ Vorsichtig strich sie mit einem kühlen Seidentuch über Irenes schweißnasse Stirn, die diese Botschaft offenbar verstanden zu haben schien und sich nun merklich entspannte.

Rasch eilte Brigitta zur Tür und klatschte laut in die Hände. Nur Augenblicke später stand einer der Männer von der Burgwache bereits vor ihr und versuchte voller Neugierde über ihre Schulter hinweg in das Zimmer der Königin zu spähen, um so womöglich einen Blick auf die Kranke erhaschen zu können. „Ihr habt mich gerufen?“

Es war erstaunlich, wie rasch sich der Mann gemeldet hatte. Eigentlich viel zu schnell, für Brigittas Einschätzung. Hatten sie also in Wirklichkeit bereits heimliche Wachen direkt vor den Gemächern der Königin postiert? Augen und Ohren, denen nichts entging. War sie schon zu einer Gefangenen auf der eigenen Burg geworden? Brigitta schüttelte unwillig den Kopf. Es war jetzt nicht die Zeit dazu, sich darüber düstere Gedanken zu machen. Vielmehr musste nun alles unternommen werden um die Befindlichkeit der Kranken zu verbessern. Und sei es auch um den Preis, dass man ihr vorspiegelte, ihr so sehr vermisster Mann käme zu ihr zurück. Philipp, der doch in Wirklichkeit vor zwei Monaten ermordet worden war.

„Ich habe nach dir gerufen“, musterte die Kammerzofe den Reisigen mit strenger Miene. „Im Namen der Königin habe ich einen Auftrag für dich. Suche unter den Wachen einen jungen schmächtigen Mann aus, mit blondem Haar. Und lasse ihn dann mit den Gewändern unseres verstorbenen Königs bekleiden. Dann bringt ihr den Mann zu mir!“

Dem Wächter schien es vor Staunen beinahe die Sprache zu verschlagen. Mit offenem Mund und voller Verwunderung starrte er Brigitta direkt ins Gesicht. „Die Gewänder des Königs anlegen…Aber das…das ist…“ stammelte er verwirrt. „Das ist…das wäre…die offene Empörung. Die Würde des Königs wäre mit Füßen getreten! Das Rot des Königs zu tragen. Das ist…unmöglich! Darauf würde die Todesstrafe stehen…“

„Nicht, wenn ich es dir befehle. Auf ausdrücklichen Wunsch der Königin. Sag es deinem Hauptmann. Und sag ihm, dass er sich beeilen soll. Es ist der erklärte Wille der Königin und duldet somit keinen Aufschub!“ Inständig hoffte Brigitta mit ihrer harschen Entgegnung einen überzeugenden Eindruck bei dem schüchtern sich duckenden Mann hinterlassen zu haben. Es musste so wirken, als sei es der ausdrückliche Wunsch Irenes, als handele es sich um einen klaren Befehl, der keinen Widerspruch duldete. Der Befehl der Königin, die sich anscheinend – all den in der Burg kursierenden wilden Gerüchten zum Trotz – wieder auf dem Wege der Besserung befand. Wenn sie doch offenbar dazu in der Lage war, diesen zwar absonderlichen, aber gleichwohl keinen Aufschub duldenden Befehl auszusprechen.

Die sofortige Reaktion des Soldaten ließ sie innerlich aufatmen. „Wie ihr befehlt!“ Der Mann legte grüßend die Hand an seine Stirn und verneigte sich ehrerbietig um danach augenblicklich mit raschen Schritten zurück zu eilen und die Weisung schnellstmöglich seinem Hauptmann zu überbringen.

Zu Brigittas grenzenloser Erleichterung hatte er sich also von ihrem entschiedenen Auftreten beeindrucken lassen. Sorgfältig schloss sie die schwere Holztür der Kammer und legte den eisernen Riegel vor. Man konnte ja nie wissen…

„Wer war da an der Türe?", drang in diesem Augenblick die matte Stimme von Irene an ihr Ohr. Sie hatte den Kopf leicht erhoben und die fieberglänzenden Augen halb geöffnet, aus denen sie Brigitta mit verwirrter Miene betrachtete. Gerade so, als würde sie ihre langjährige Wegbegleiterin nicht einmal mehr richtig erkennen.

„Ein Bote hat mir berichtet, dass Euer Gemahl in Kürze zur Stelle sein wird. Der König lässt Euch seine Grüße übermitteln und dass er demnächst schon bei Euch eintreffen wird."

„Der König." Über Irenes ermattete Gesichtszüge huschte ein seliges Lächeln. „Philipp! Mein Gemahl." Kraftlos schloss sie die Augen wieder und sank in ihr Kissen zurück. Ihr Lächeln jedoch blieb. „Philipp! Wie schön, dass du zu mir kommst…"

Es bedurfte Brigittas ganzer Kraft und Selbstbeherrschung sich nicht den Gefühlen hinzugeben, die sie angesichts dieser traurigen Zeit zu überwältigen drohten. Wie schnell sich die Dinge doch verändert hatten. Das Unterste zuoberst und das Oberste ganz unten! Niemals hätte sie sich noch vor wenigen Monaten ausmalen können, in eine solche Situation zu geraten. Niemals! Nicht in ihren schwersten Alpträumen! Denn wie glanzvoll waren die letzten Jahre doch verlaufen. Nach so vielen glücklich überstandenen Gefahren für Leib und Leben des jungen Königspaares. Nachdem sich alles zum Guten gewendet hatte und der so lange herbeigesehnte Frieden endlich geschlossen war. Ein goldenes Zeitalter unter der Regentschaft des allseits bestaunten und bewunderten Königs Philipp würde nun Einzug halten im riesigen Stauferreich. Was alle Mitglieder des Hofstaates doch erwartungsfroh und aufatmend geglaubt hatten.

Bittere Tränen schossen in Brigittas Augen, als sie auf die fahlen Gesichtszüge der Königin blickte. Was für ein Bild des Jammers. Die bescheidene und makellos schöne Frau, die damals zu Weihnachten in Magdeburg vom ganzen Volk bejubelt worden war! Konnte es sich denn bei jener Lichtgestalt und der mit dem Tod ringenden Kranken tatsächlich um ein und dieselbe Person handeln? Um den strahlend hellen Stern in dunkler Zeit, der sich den Menschen vor wenigen Jahren gezeigt hatte. Um die anmutige Irene, die von dem jungen Minnesänger Walther von der Vogelweide euphorisch besungen worden war. Der sie die griechische Maria genannt hatte, die Rose ohne Dorn. Und ihren Gemahl in seinem Lied, das sich in Windeseile im ganzen Reich verbreitet hatte, als die Hoffnung der Welt, als den jungen süßen Mann gerühmt und gefeiert hatte! Ach, wie lange war all dies nun doch schon Vergangenheit. Was war ihnen davon noch geblieben?

Wehmütig betrachtete Brigitta den Ring an der rechten Hand der Königin. Ein wundersames Schmuckstück, auf das sämtliche Marterwerkzeuge Jesu hineingeschmiedet waren. Diesen Ring hatte Irene am Abend nach der gemeinsamen Königskrönung in Aachen von ihrem Gemahl geschenkt bekommen; ein bescheidenes Zeichen, das ihnen allen als Sinnbild für die tiefe Frömmigkeit der Irene von Byzanz gegolten hatte, ihrer unsterblichen Königin!

4

Die Nachricht von den sich dramatisch zuspitzenden Ereignissen auf dem Hohenstaufen hatte Gundelfingen in heftigste Unruhe versetzt. Am liebsten hätte sich der tief besorgte Swigger unverzüglich auf sein Pferd geschwungen und wäre davon gestürmt – doch es war unmöglich. Ein kurzer verzweifelter Blick zum Horizont hatte ihn davon abgehalten seiner spontanen Regung zu folgen. Denn das zarte Abendrot war mittlerweile schwarzblauer Dunkelheit gewichen. Und bald schon würde die Nacht völlig über das Land hereinbrechen. Selbst wenn es heute eine sternenklare Nacht werden würde, es wäre schlichtweg zu gefährlich den Weg durch die tiefen dichtbelaubten Buchenwälder zu wagen, zumal auch der Mond nur als schmale Sichel am Himmel zu erkennen war, die auf gar keinen Fall die nötige Helligkeit spenden konnte, um eine einigermaßen deutliche Sicht auf die steinigen und oft von Ästen bedeckten Pfade zu gewährleisten. Und sich im langsamen Trab mühsam durch das Gestrüpp zu quälen, ganz zu schweigen von den Wölfen, derer man sich in der finsteren Nacht in den großen Wäldern ebenfalls zu erwehren hatte – all dies stellte keine sinnvolle Alternative zu dem scharfen Ritt dar, zu dem sie am kommenden Tag gleich beim ersten Morgengrauen aufbrechen würden können.

Nein, so sehr es den Ritter auch plagte untätig auf Hohengundelfingen verharren zu müssen, während die Königin und ihr noch ungeborenes Kind sich in höchster Lebensgefahr befanden, umzingelt von Verrat und nur auf den eigenen Vorteil bedachten Hofschranzen: Es war nun erst recht geboten einen kühlen Kopf zu bewahren und sich nicht zu unüberlegten Handlungen hinreißen zu lassen. Selbst dann nicht, wenn sich auch seine Schwester Brigitta zusammen mit der Königin in höchster Gefahr befand!

Immerhin blieb Swigger so genügend Zeit, um seinen Aufbruch sorgfältig zu planen. Samt den Maßnahmen, die er dazuhin ergreifen würde. Boten mussten ausgesandt werden – zu allen verlässlichen Gefolgsleuten der Staufer. Die von Bergfried zu Bergfried reichende Alarmkette würden sie gleich nach Sonnenaufgang aktivieren müssen – und zwar nicht nur durch das bloße Hissen der Roten Fahne, die als gängiges Alarmzeichen für drohende Gefahr aufgezogen wurde, was für die umliegenden Burgen die sofortige Versetzung in den Verteidigungszustand bedeutete. Nein, dieses Mal kam es vielmehr darauf an, die Nachbarn mit einer eindeutigen Botschaft zu versehen. Einer Botschaft, die er seinem Wächter mehrfach würde einschärfen müssen. Bis der Mann dazu imstande wäre sie auswendig vor ihm herzusagen, Wort für Wort. Er durfte dabei nichts vergessen, nicht die geringste Kleinigkeit. Denn Swigger selbst würde sich zu dieser Zeit ja bereits auf den Weg gemacht haben. Noch vor der Prim am nächsten Morgen würde er davon stürmen, begleitet lediglich von einer Handvoll seiner Leute. Nur die wehrhaften und die hundertprozentig Verlässlichen! Die bis in den Tod hinein Getreuen.

Doch noch fehlte ihm ein Heilkundiger, den er mit zum Hohenstaufen bringen konnte. Denn falls Brigittas düstere Vermutung zutraf, die der Knecht Georg dem zunächst ungläubig den Kopf schüttelnden Ritter gegenüber gleich mehrfach hatte wiederholen müssen – dass es sich nämlich um einen Giftanschlag auf die Königin handelte – dann konnte in der Tat nur ein Medicus etwas bewirken – und kein noch so wohlgerüsteter und tapferer Reisiger.

Trotz der gebotenen Eile würde er den Weg also über Hohenjustingen nehmen, die Burg seines Vetters Anselm von Justingen. Hoffentlich war dieser persönlich anwesend und nicht wieder einmal, wie so oft in den letzten Monaten, auf Reisen, wie immer mit wichtigen Aufträgen der Regierung des Reiches betraut. Des in äußerste Gefahr geratenen Reiches!

Wenn es ihnen nicht gelänge die Königin und deren Kind zu schützen! Nein, er durfte diesen Gedanken nicht einmal denken! Noch nicht denken! Niemals!

Was also, wenn Anselm nicht anwesend wäre? Nun denn: zumindest sein Medicus dürfte zur Stelle sein. Ein angesehener Mann, zu dem die Menschen von weither reisten. Ein alter erfahrener Heilkundiger, der schon beim letzten Kreuzzug des Kaisers Barbarossa dabei gewesen war und die ungeheuren Strapazen und lebensbedrohlichen Krankheiten überstanden hatte, denen damals so viele Kreuzfahrer zum Opfer gefallen waren. Wie ja auch der große Kaiser selbst, samt seinem Sohn, dem Herzog Friedrich von Schwaben.

Swigger von Gundelfingen, der trotz der inzwischen völligen Dunkelheit, die über das Land hereingezogen war, noch einmal auf der schwankenden Holzleiter hoch zum Umlauf auf dem Bergfried geklettert war – warum auch immer, aber es hatte ihn regelrecht dort hoch gezogen – drehte sich in Richtung Norden und ließ seinen besorgten Blick hineintauchen in die finstere Nacht. Dort hinten, weit hinter dem Horizont, ragte der Staufen mächtig in die Höhe. Der Kaiserberg, auf dessen Gipfel sich die gewaltige Burg der Staufer befand. Welches Drama mochte in deren dicken Mauern gerade seinen schrecklichen Lauf nehmen? Hoffentlich war es noch nicht zu spät. Hoffentlich!

In dieser kurzen Nacht würde der Herr auf Gundelfingen nicht in den Schlaf finden. So nötig er ihn eigentlich doch brauchte. Aber zu viel stand auf dem Spiel, als dass ihm auch nur ein kurzer Schlaf vergönnt wäre. Es war die Sorge um die Zukunft, die ihn später ruhelos in seinem Schlafgemach umherwandern ließ. Nicht nur der eigenen Zukunft wegen…

5

26. August 1208, nach der Sexta

„Herrin – der König. Euer Gemahl ist zu Euch gekommen!“ Gerade eben erst hatte sie eine schwache Regung der Kranken wahrgenommen, die langsam ihre Augenlider öffnete und mit ihrem Blick Brigittas Hand folgte, die ihn zu dem blonden jungen Mann hinüber lenkte, der schüchtern neben dem Bett der Königin verharrte.

Es handelte sich um einen der Soldaten, den der Hauptmann schließlich auf Brigittas Verlangen hin dazu auserkoren hatte die Rolle des verstorbenen Königs zu spielen. Aufgrund seiner zierlichen Gestalt hätte man den jungen Burschen in der Tat mit König Philipp verwechseln können, zumal er ja in dessen Kleider hatte schlüpfen müssen. Brigitta hatte den zunächst widerstrebenden Mann direkt so postiert, dass er gleich in Irenes Blickfeld geraten musste, wenn sie ihre Augen aufschlug. Und wenn sie ihn etwas seitlich abgewandt platzierte, dann musste man tatsächlich zugeben, dass es eine gute Wahl gewesen war, die der Hauptmann getroffen hatte. Bis auf das Lebensalter – Philipp hatte bei seinem Tod über zehn Jahre mehr gezählt – , wies der junge Mann tatsächlich eine geradezu verblüffende Ähnlichkeit mit dem König auf, die durch die königlichen Gewänder noch deutlich unterstrichen wurde.

Aufatmend bemerkte Brigitta das schwache Lächeln, das sich nun über die matten Züge der Königin breitete. Vielleicht würde sie so nun zu der dringend benötigten Ruhe kommen, wenn sie dann in den hoffentlich heilsamen Schlaf zurück sank, verbunden mit der scheinbaren Gewissheit, ihr Mann sei zu ihr zurückgekehrt.

Das Lächeln der Bettlägerigen verstärkte sich. Mit äußerster Anstrengung gelang ihr eine einladende Handbewegung.

„Endlich, mein Gemahl, endlich bis du wieder da. Endlich sind wir miteinander vereint. Jetzt wird alles wieder gut.“ Allein diese Geste hatte ganz offenkundig alle Kraft verzehrt, die Irene geblieben war. Ermattet sank die Königin wieder tiefer in ihr Kissen. „Komm zu mir, mein Gemahl“, flüsterte sie müde.

Der junge Soldat zuckte erschrocken zusammen und starrte angstvoll zu Brigitta hinüber, während er ratlos die Achseln hob. Denn wenn er sich der Königin auf ihrem Lager weiter näherte… Was doch nicht nur ein höchst unziemliches Verhalten darstellte: Wo schon die Tatsache, dass er sich überhaupt in deren Schlafgemach aufhielt, einem Sakrileg gleichkam. Nein, wenn er sich jetzt der Königin näherte, dann würde dies den gut gemeinten Betrug auch rasch ans Tageslicht bringen, durch den sie versucht hatten, Irene den Eindruck vorzugaukeln, Königin Philipp sei zu ihr zurückgekommen.

Doch noch bevor sich die auf das Höchste beunruhigte Brigitta zu einer Entscheidung hatte durchringen können, schreckte Irene hoch und starrte aus fiebrigen, rot geränderten Augen voller Entsetzen und Abscheu in das Gesicht des verkleideten Soldaten. Zitternd richtete sie ihren Arm auf den erschaudernden Mann: „Nein, du bist es nicht! Welches üble Spiel wagt ihr mit mir zu treiben? Du bist nicht mein Gemahl. Du…du bist ein Verräter! Was habt ihr mit dem König gemacht? Die Wache! Wo ist die Wache? Ergreift ihn und lasst ihn in den Kerker werfen! Philipp…mein König…Wo bist du? Was haben sie dir angetan? Dir und mir angetan…“ Es handelte sich gerade noch um ein erschöpftes Keuchen, in dem die letzten Worte der Schwerkranken erstickten, bevor ihr die Kräfte schwanden und sie in einem unruhigen Traum versank.

Als habe ein bleierner Vorhang die Kammertür für immer verschlossen, senkte sich die Stille drückend über den finsteren Raum. Mit betroffenen Mienen verharrten Brigitta und der junge Soldat regungslos an Ort und Stelle. Lange offenbarte sich ihnen nicht das geringste Geräusch. Selbst das qualvolle Keuchen der Kranken, das Brigitta in den letzten Stunden so sehr mit Sorge erfüllt hatte, war nicht mehr zu hören. Mit all ihrer Selbstbeherrschung gelang es der Kammerzofe schließlich sich von dem Bann zu lösen, der sie hatte erstarren lassen.

„Du kannst gehen“, wisperte sie mit rauer Stimme, während sie den verwirrten leichenblassen Soldaten streng fixierte. „Dein Auftrag ist beendet. Du wirst nun diesen Raum verlassen und sofort die Gewänder des Königs wieder ablegen. Hast du mich verstanden?“

Der junge Mann nickte eifrig und wandte sich unverzüglich um.

„Halt," packte sie ihn rasch an der Schulter. „Erst wirst du mir noch schwören, dass kein Wort über das, was du hier erlebt und gesehen hast, über deine Lippen dringen wird. Hast du mich verstanden? Kein einziges Wort!"

Wieder nickte der Soldat nachdrücklich. „Ich schwöre es!"

„Du schwörst es mir feierlich? Beim Andenken deiner Mutter?"

„Beim Andenken meiner Mutter!" Feierlich hob er seine Rechte mit den ausgestreckten Schwurfingern in die Höhe. „Ich schwöre es euch, bei der Seele meiner Mutter – und der Jungfrau Maria!"

„Dann geh jetzt," flüsterte Brigitta ernst. „Aber sei leise!" Traurig beobachtete sie, wie der aufatmende Soldat eilig aus der Kammer schlich und vorsichtig die Türe hinter sich zuzog. Nun also war sie wieder allein. Allein mit der schwer Kranken. Und ihr Plan, auf den sie so viele Hoffnungen gesetzt hatte, war gescheitert. Mehr noch: Er hatte sich ins Gegenteil verkehrt und Irene weit zurück geworfen. In einen Alptraum aus der Vergangenheit.

Weit, ganz weit zurück.

Undeutliche Worte, fast unhörbar, drangen über die spröden Lippen der von einem hohen Fieber geschüttelten Patientin. Brigitta näherte sich vorsichtig und beugte sich über sie. Es war kaum zu verstehen. Weniger noch als ein leises Flüstern...

„Blut..."

Hatte sie richtig verstanden?

Da quälte sich das Wort ein weiteres Mal aus Irenes Kehle. „Blut... So viel Blut... Vater. Tut es nicht! Ich bitte euch! Nicht die Augen..." Blut! Vater! Die Augen! Die plötzliche Erkenntnis durchzuckte Brigitta schmerzvoll. Der Alptraum. Der immer wiederkehrende Alptraum um das Schicksal ihrer selbst, der so schwer und unauslöschlich auf der Seele der Königin lastete.

Einmal nur hatte sie sich Brigitta gegenüber offenbart und dieser erzählt, was es für Erinnerungen waren, die sie niemals würde vergessen können. Damals war Irene am frühen Morgen schweißgebadet erwacht und hatte in Brigittas Armen Geborgenheit gesucht, wo sie unter Tränen begonnen hatte vom Alptraum ihrer Kindheit zu erzählen. Von Byzanz.

Von der ersten bewussten Erinnerung ihres Lebens. Einer schrecklichen Erinnerung. Gerade fünf Jahre alt war sie damals gewesen, eine Prinzessin aus hochadligem Geblüt. Hineingeboren worden in eine unvorstellbar reiche Familie. Isaak Angelos, ihr Vater, hatte zur höchsten Führungsschicht des goldglänzenden Byzanz gehört, des oströmischen Reiches, das in jenem grauenvollen Jahr 1185 von blutigen Kämpfen um den Kaiserthron bis in seine Grundfesten erschüttert worden war. Mit brutaler Gewalt hatte sich nämlich ausgerechnet Irenes aus der griechischen Oberschicht stammender Vater auf den Thron geputscht und den bisherigen Kaiser Andronikos gestürzt. Doch beileibe nicht der Sturz des Andronikos war es, was das kleine Mädchen dermaßen entsetzt hatte: Es handelte sich vielmehr um die Art und Weise, wie Isaak Angelos damals vorgegangen war, der ihr in ihrem bisherigen jungen Leben doch als so sanftmütiger gütiger Vater erschienen war.

„Blut! Nichts als Blut!" Wieder wälzte die Kranke ihr fieberglühendes Haupt unruhig von der einen auf die andere Seite. „Die Augen! Weshalb die Augen? Weshalb hast du das getan?"

Besänftigend strich Brigitta ihr über die schweißnasse Stirn. „Es ist nur ein böser Traum. Nichts weiter als ein böser Traum..." versuchte sie traurig, die Königin zu beruhigen. Es war tatsächlich ein furchtbares Vergehen, das Irene nie mehr würde vergessen können. Denn damals war sie unmittelbare Zeugin des Verbrechens geworden, das ihr Vater während des Umsturzes begangen hatte. Der sich in seinem Palast verzweifelt gegen die Angreifer zur Wehr setzende Kaiser war schließlich überwältigt, gefesselt und vor den neuen Machthaber geschleppt worden. Dort hatte sich Isaak direkt vor dem aus zahlreichen unversorgten Wunden blutenden Andronikos aufgebaut und ein Messer gezückt. Ganz langsam und mit einem Ausdruck von bestialischer Wildheit in der hassverzerrten Miene hatte er dann zugestochen. Hatte die Klinge auf das linke Auge des gestürzten Kaisers gesetzt und langsam den Druck seiner Hand erhöht, während er in ein teuflisches Gelächter ausgebrochen war, in das sich die Schmerzensschreie seines gepeinigten Opfers mischten. Nie würde Irene vergessen können, wie ihr Vater das blutverschmierte Messer aus der leeren Augenhöhle herausgezogen hatte und die Klinge nun höhnisch vor dem sich angstvoll windenden Andronikos schwenkte. Wieder war er ganz langsam an sein schreckliches Werk gegangen, schien jedes Stöhnen, jeden Schmerzenslaut zu genießen. Irene hatte laut gerufen, hatte gefleht und gebettelt, er möge den Mann doch nicht weiter peinigen. Er solle innehalten. Um der Muttergottes willen innehalten! Doch der Vater hatte nicht auf ihre Rufe geachtet. Im Gegenteil: Von zweien seiner Soldaten war sie daran gehindert worden sich in den Arm ihres Vaters zu werfen. Und dann hatte er ein zweites Mal zugestochen und den Basileus Andronikos, den brutal vom Thron gestürzten oströmischen Kaiser, geblendet um ihn anschließend in den Kerker werfen zu lassen – wie viele aus dessen Familie. Sofern man sie zuvor nicht umgebracht und geschändet hatte. Damit war der bis zu diesem Zeitpunkt mächtigste Mann des riesigen byzantinischen Reiches am Ende. Niemals in ihrem ganzen Leben würde Irene diese blutdurchtränkten grauenvollen Tage in Byzanz vergessen können.

„Bedenke doch den Bibelspruch, den du mich hast lernen lassen: Tue keinem anderen, was auch dir nicht angetan werden soll…" Fast unhörbar drangen die flehenden Worte durch die spröden Lippen der Kranken, die in ihrem Alptraum tief in die Vergangenheit zurückgesunken war. Die Erinnerung an das Schicksal, das dann auch unbarmherzig ihren Vater getroffen hatte. Denn wenige Jahre nach dem brutalen Umsturz war er selbst vom Thron gestoßen worden. Und nicht nur das: Auch er war damals von den neuen Machthabern geblendet worden! Wie es in der Heiligen Schrift zu lesen stand: Auge um Auge, Zahn um Zahn…

Was war es, was die Königin nun murmelte? Vorsichtig näherte sich Brigitta dem Mund der Kranken und lauschte angestrengt.

„Die Barbaren…Kreuzfahrer…nach Jerusalem…der Kaiser mit dem roten Bart…"

Der Kaiser mit dem roten Bart: Kaiser Friedrich Barbarossa, der Vater ihres ermordeten Mannes Philipp also. Kummervoll richtete sich Brigitta von Gundelfingen wieder auf. Allem Anschein nach durchlebte die Kranke im Fiebertraum gerade ihr gesamtes Leben. Von Beginn an. Seit ihrer ersten bewussten Erinnerung. Seit dem blutigen Umsturz in Byzanz. Und jetzt das Zusammentreffen mit dem von ihrem Vater so gefürchteten deutschen Kaiser, dem selbstbewussten, fordernden Mann mit dem langen roten Bart, den sie deshalb mit dem Beinamen Barbarossa, der Rotbart also, bezeichnet hatten. Es musste sich also um das Jahr 1189 handeln. Um das Jahr, als der längst zur Legende gewordene Kaiser Friedrich Barbarossa an der Spitze eines riesigen Heeres von Kreuzfahrern Einzug in Byzanz gehalten hatte.

Nicht als Gast war der strenge Mann in seiner prunkvollen Rüstung mit dem riesigen Kreuz auf der Brust dem Kaiser von Byzanz entgegen getreten, sondern vielmehr als Besatzer und Beherrscher des Reiches. Denn der Ankunft des Kreuzfahrerheeres waren zähe diplomatische Verhandlungen sowie zahlreiche Überfälle und Hinterhalte vorangegangen. Nervenzermürbende Stolpersteine auf dem Weg zu den Heiligen Stätten, deren Ursache Friedrich Barbarossa schließlich in der Person des Basileus Isaak Angelos identifiziert hatte. Dementsprechend kühl war das Verhältnis seit ihrem ersten Zusammentreffen zwischen den beiden Regenten geblieben, zumal sich die Kreuzfahrer in der Tat aufführten, als sei Byzanz von ihnen erobert worden. Eine militärische Auflehnung gegen die erdrückende Übermacht der Kreuzritter freilich war sinnlos. Denn sie hätte zu nichts Anderem als zur völligen Unterwerfung der Stadt unter die barbarischen Horden aus dem Norden geführt und so hatten sich die Einwohner von Byzanz zähneknirschend in ihr Schicksal ergeben, im Winter 1189 auf 1190 monatelang als Gastgeber der gegnerischen Truppen herhalten zu müssen. Während dieser langen Zeit der systematischen Ausplünderung seiner Stadt durch die Kreuzfahrer war es Isaak Angelos gleichwohl gelungen, sein Verhältnis mit dem staufischen Kaiser wieder auf eine solidere Basis zu stellen, in dem er dessen Hilfe im Kampf gegen die Normannen erbat. Ein Schachzug, wie er ihn raffinierter gar nicht hätte ausführen können. Denn die Normannen, die das riesige Königreich Sizilien beherrschten, das ja in jenen Zeiten nicht nur aus der Insel gleichen Namens bestand, sondern auch mehr als die halbe Fläche des italienischen Stiefels umfasste, waren dem deutschen Kaiser schon seit Jahrzehnten ein Dorn im Auge. Gleichwohl war es ihm in keinem seiner erbitterten Kämpfe jemals gelungen sie in die Knie zu zwingen. Im Gegenteil: Von ihrer prunkvollen, jegliches Vorstellungsvermögen sprengenden Hofhaltung in Palermo berichteten jene, die sie staunend hatten beobachten dürfen, zu Barbarossas Ärger in den höchsten Tönen – und gleichzeitig erwiesen sich die Normannen als immer stärkere Konkurrenten und Widersacher bei den ewigen Auseinandersetzungen der Staufer in Oberitalien. Und dies obwohl er seinen ältesten Sohn und Mitkönig Heinrich VI. inzwischen mit einer normannischen Prinzessin namens Konstanze verheiratet hatte. Das Misstrauen war geblieben – und innige Freundschaft würden Staufer und Normannen niemals schließen. In hundert Jahren nicht. So viel war beiden Seiten durchaus bewusst. Jetzt hatten sich die Normannen in letzter Zeit auch schon mehrfach drohend vor der byzantinischen Küste gezeigt!

Bislang hatte sich Isaak Angelos den Wünschen der Normannen nach einem Pakt gegen die Truppen des Staufers als durchaus aufgeschlossen gezeigt, doch nun hatte sich mit der Ankunft des Barbarossa das Blatt eben gewendet. Vielleicht konnte man sich entscheidende Vorteile verschaffen, in dem man sich auf dessen Seite schlug. Immerhin wären damit auch die horrenden Tributzahlungen vom Tisch, die von den hochmütigen Normannen gefordert worden waren.

Während also der rotbärtige Kaiser ganz offenkundig immer mehr Zutrauen zu Isaak Angelos gefasst hatte, verhielten sich die meisten seiner engsten Vertrauten abwartend und misstrauisch.

Vor allem ein junger Adliger war es, vor dessen stechendem Blick es die nunmehr zehnjährige Irene regelmäßig schauderte. Denn dieser hatte die Kaisertochter bei einem ihrer wenigen, aber dennoch manches Mal nicht zu vermeidenden Zusammentreffen mit finsterer Miene wieder und wieder ungeniert direkt in sein Visier genommen. Nie würde sie vergessen, wie er eines Tages sogar den Arm ausgestreckt hatte und entgegen jeglichem Anstand und höfischer Sitte direkt auf Irene deutete. Das Mädchen sei inzwischen alt genug um es in die staufischen Heiratspläne mit einzubeziehen, argumentierte er mit lauter Stimme und völlig ungeniert in Richtung des Kaisers Barbarossa, der sie daraufhin ebenfalls durchdringend musterte und schließlich zustimmend nickte. Bei dem finsteren Ritter handelte es sich im Übrigen, wie Irene wenig später in Erfahrung brachte, um Herzog Friedrich von Schwaben, den zweitältesten Sohn des

Kaisers, der seinen Vater auf dem Kreuzzug begleitete, während sein älterer Bruder und Mitkönig Heinrich sicherheitshalber zuhause im Reich geblieben war um dort stellvertretend für seinen Vater die Zügel in der Hand zu behalten.

Was Irene zusätzlich verstört hatte, war das anerkennende Nicken ihres Vaters, als Herzog Friedrich sogleich einen staufischen Heiratskandidaten ins Spiel brachte. Mit den Argumenten, eine Tochter des Kaisers Isaak II. Angelos von Byzanz vertrage sich hervorragend mit dem edlen Blut der Staufer, schließlich handele es sich bei beiden Dynastien um die mächtigsten Herrscher der Welt, schien sein Entschluss bereits gefallen. Die zehnjährige Irene als Heiratspfand der Kreuzfahrer? Ein geradezu alptraumhafter Gedanke für das junge Mädchen, das sich gleichwohl mit ohnmächtiger Hilflosigkeit mitanhören musste, man habe einen Jungen namens Philipp, den allerjüngsten Staufenspross, bereits als geeigneten Ehekandidaten für sie in ernsthafte Erwägung gezogen.

Das begeisterte Nicken des Kaisers signalisierte dessen uneingeschränkte Zustimmung, nachdem er die schamrote Irene zuvor genauso intensiv wie ungeniert gemustert hatte. Bei dem inzwischen 14 jährigen Philipp gerate seine Tochter an einen sanftmütigen Jüngling, eine geradezu ideale Partie, wie sie sich dies besser gar nicht wünschen könne. Eigentlich habe man ihn ja für eine geistliche Laufbahn auserkoren und er amtiere inzwischen auch als Propst des Stiftes in Aachen, aber die Staatsräson gebiete es nun eben einen anderen Weg zu beschreiten. Einen weltlichen Weg. Dies auch vor dem Hintergrund, dass sein ältester Sohn Heinrich schon an die Normannin Konstanze vergeben worden sei. So bliebe jetzt eben nur noch Philipp übrig – immerhin mit dem Vorteil versehen, dass er vier Jahre älter sei als Irene. Das größere Opfer habe so gesehen eindeutig Heinrich erbringen müssen, dessen Frau Konstanze ihren bedauernswerten Gemahl um elf Lebensjahre übertreffe.

Dass die beiden inzwischen stark angetrunkenen Kaiser nach dieser spöttischen Bemerkung auch noch in ein dröhnendes Gelächter ausgebrochen waren, hatte das Mädchen zusätzlich verstört. Abrupt war Irene aus dem Raum gestürmt ohne sich um die verdutzten Mienen der anderen zu kümmern.

Es hatte viele Tage gebraucht, bis sich die Kaisertochter wieder einigermaßen von diesem Schock erholte. Erst ihrer Mutter war es schließlich gelungen, sie mit der Bemerkung zu beruhigen, dass aller Wahrscheinlichkeit nach noch Jahre ins Land gehen würden, bis die Pläne der Staufer realisiert werden könnten. Wenn überhaupt… hatte sie mit einem sibyllinischen Lächeln auf den Lippen noch hinzugefügt.

Noch seien die Kreuzfahrer längst nicht am Ziel – und überall auf ihrem Weg lauerten Gefahren, bis hin zu den Schlachten im Heiligen Land, deren Ausgang alles andere als eindeutig vorhersehbar sei. Und dies sei auch der wahre Beweggrund für den Vater gewesen vermeintlich gute Miene zum bösen Spiel zu machen. Denn Basileus Isaak Angelos sei äußerst skeptisch, was den erfolgreichen Verlauf dieses Kreuzzugs betreffe. Ob nicht viele von denen, die sich jetzt im Augenblick als die Herren der Welt aufspielten, morgen schon im Wüstensand begraben wären. Nein, er, Isaak Angelos, Kaiser von Byzanz, habe andere Pläne. Geheime Pläne, die er dann in die Tat umsetzen würde, wenn der rechte Zeitpunkt dafür gekommen sei…

Und immerhin: Ein Großteil der Vorahnung des oströmischen Herrschers hatte sich wenige Monate später schon bewahrheitet. Der von aller Welt gefürchtete Stauferkaiser war am 10. Juni des Jahres 1190 beim Baden im Fluss Saleph ertrunken. Der mächtige Kaiser des Heiligen Römischen Reiches! Einfach ertrunken! Unauslöschlich hatte sich das Datum des 10. Juni 1190 seitdem eingebrannt in die Erinnerung der staufischen Parteigänger. Und vor allem die unglaubliche, aber gleichwohl wahre Kunde von dem toten König, dessen Leichnam die Kreuzfahrer vergeblich versucht hatten wegen der Gluthitze in einem mit bis an den Rand mit Essig befüllten Fass nach Jerusalem zu transportieren, hatte in ganz Byzanz für höhnisches Gelächter und erleichtertes Aufatmen gesorgt.

Die Staufer war man los – vorläufig wenigstens. Und nachdem im folgenden Jahr sogar die Nachricht eingetroffen war, dass vor der Feste Akkon auch noch der finstere Herzog Friedrich von Schwaben, der Sohn des Kaisers, gestorben war, standen die nächsten Schachzüge des listigen Isaak Angelos fest: Nun hieß es sich in erster Linie wieder an den Normannen zu orientieren. Schließlich handelte es sich bei diesen immerhin wenigstens nicht um solch grobschlächtige Barbaren, wie die Staufer und ihr wildes Gefolge es darstellten.

26. August 1208, um die Nona

Mit sorgenvoller Miene musterte Brigitta von Gundelfingen die Kranke, die nahezu bewegungslos auf ihrem Lager in einen tiefen schweren Traum versunken war, während ihr Gesicht vor Fieber glühte. Sachte betupfte die Kammerzofe Irenes heiße Stirn mit einem kühlen Tuch. Fast schien es ihr so, als habe inzwischen die alles entscheidende Phase begonnen: der gnadenlose Fieberkampf auf der Schwelle zwischen Leben und Tod.

Ganz offenbar durchlebte die Königin in dieser kritischen Situation noch einmal ihr gesamtes Schicksal. All die wichtigen Ereignisse, die ihr in den 28 Jahren ihres noch so jungen Lebens schon begegnet waren.

Was murmelte sie da in diesem Augenblick? Nur undeutliche Wortfetzen waren zu verstehen. „Fort...für immer fort...Sizilien...Roger...Normannen...Hochzeit...Roger..."

Es war der Sommer des Jahres 1193, als die 13-jährige Irene begleitet von einer imposanten Flotte ihres Vaters im Königreich Sizilien eintraf. Im Hafen von Brindisi, also auf dem auf dem Festland liegenden Teil des Königreichs, war sie an Land gegangen und hier traf sie auch zum ersten Mal auf ihren Verlobten, Roger, den ältesten Sohn des Königs Tankred von Sizilien, mit dem sie wenige Tage später hier in Brindisi verheiratet werden sollte.

Bis hinauf zum Hals fühlte Irene ihr Herz heftig pochen, als sie, fest die Hand ihrer Mutter umklammernd, den um nur ein Jahr älteren Jüngling erblickte, zu dessen Gemahlin sie nun also werden sollte. So hatte es der Vater von ihr verlangt: Dabei handele es sich um ihre Pflicht als Tochter des Kaisers, die Pflicht, sich den Interessen von Byzanz zu unterwerfen. Und überdies sei die Auswahl ihres Ehegatten durchaus in ihrem Sinne verlaufen: Denn bei Roger III. handele es sich um einen gebildeten und kultivierten jungen Normannen, der sie gleichwohl nicht allzu sehr würde behelligen können, da er am Tage seiner Heirat auch gleichzeitig zum Mitkönig seines Vaters Tankred und zum Regenten über Sizilien gesalbt werden würde. Er habe also genügend andere – und schwierige – Aufgaben zu bewältigen, die eine allzu enge Anbindung Irenes an ihren Ehegatten von vornherein unmöglich machten. Mit anderen Worten: Es sei ihr dank dieser Heirat immerhin vergönnt im prächtigen Palast der Normannenkönige in Palermo ein unbeschwertes und luxuriöses Leben zu verbringen. Nirgendwo sonst – mit Ausnahme von Byzanz natürlich – habe sich bekanntlich eine dermaßen prunkvolle und bestaunenswerte Hofhaltung entwickelt, wie in dem riesigen Königspalast von Palermo, dessen Gewölbe bis an die Decke angefüllt seien mit unvorstellbaren Schätzen und Kostbarkeiten aus aller Herren Länder. Besser also habe sie es gar nicht treffen können, hatte ihr der Vater zum Abschied noch mit auf den Weg gegeben. Und dazuhin habe sie sich damit um Byzanz verdient gemacht. So, wie dies eben die Staatsräson von ihr verlange.

Doch es war weiß Gott nicht die Trennung von den Eltern gewesen, die Irenes Herz beim Abschied von Byzanz so schwer gemacht hatte. Denn das Verhältnis zu dem einst von ihr so sehr bewunderten Vater war seit den furchtbaren Erlebnissen, die sie beim Sturz von dessen Vorgänger Andronikos hatte voller Entsetzen mit ansehen müssen, längst tiefer Abneigung und Furcht gewichen. Furcht vor diesem dunklen jähzornigen Mann mit so viel Blut an seinen Händen. Ihr Vater, der Tyrann! Wie viele ungezählte Stunden hatte sie in ihrem noch jungen Leben unter bitteren Tränen in ihren Gemächern verbracht, wenn wieder einmal die Kunde von neuen Grausamkeiten des unberechenbaren Despoten an ihr Ohr gedrungen war. Das Ungeheuer von Byzanz: So nannten ihn inzwischen viele – natürlich hinter furchtsam vorgehaltener Hand! Und bei dieser Bestie in Menschengestalt, die sich nur noch an den Einflüsterungen unzähliger Wahrsager orientierte, handelte es sich um ihren Vater – ausgerechnet ihren Vater! Nein, so gesehen hätte sie sogar aufatmen können endlich diese Stätte des Grauens hinter sich zu lassen. Aber bis auf ihre enge Gefährtin Theodora, die ihr versprochen hatte ihr auch weiterhin als Kammerzofe zu folgen, wohin ihr Weg auch führen würde, waren all die anderen langjährigen Freundinnen in Byzanz zurück geblieben. Freundinnen, die sie bereits nach wenigen Tagen schmerzlich vermisste. Und überdies fühlte sich die 13 Jahre alte Irene noch viel zu jung zum Heiraten, was auch immer die Mutter daraufhin immer lachend erwiderte. Dass nämlich sie selbst gerade einmal zehn Jahre alt gewesen sei, als sie mit Isaak Angelos verheiratet worden war, ohne dass dabei irgendjemand auch nur im Geringsten auf ihre eigenen Wünsche und Befindlichkeiten Rücksicht genommen hätte. Dies sei nun einmal der Preis der hochgeborenen Abstammung, den man eben dafür zu zahlen habe, nicht in Dreck und Elend aufwachsen zu müssen, hatte die Mutter noch abschließend hinzu gefügt.

Den für sie auserkorenen Gemahl Roger III., einen schüchternen jungen Mann von 17 Jahren schienen ähnliche Gedanken zu bewegen. Und so hatte er Irene bereits bei ihrem ersten kurzen Zusammentreffen versichert, dass er nicht im Entferntesten daran dächte, sich ihr in irgendeiner Art und Weise zu nähern. Selbstverständlich würde er, sobald sie im folgenden Monat die offizielle Hochzeitszeremonie hinter sich gebracht hätten, seine eigenen Gemächer bewohnen. Nicht im Traum müsse sie sich davor fürchten, er könne womöglich allen Ernstes im Sinne haben die Ehe auf dem gemeinsamen Lager auch tatsächlich zu vollziehen. Also genau das, wovor sie sich doch in der Tat so sehr gefürchtet hatte. Nein, auf gar keinen Fall. Er, Roger, betrachte sie beide als noch viel zu jung für ein solches Eheleben, wie es die Alten führten. Auf gar keinen Fall könne er sich solches vor seiner Schwertleite vorstellen, also vor seiner offiziellen Aufnahme in den Kreis der waffentragenden Ritter. Und bis dahin vergingen bekanntlich noch einige Jahre. Beinahe vier Jahre um genau zu sein. Später eventuell würde man sich einmal näher kommen. Die Zeit würde es mit sich bringen – vielleicht.

Voller Erleichterung hatte Irene diese Kunde vernommen – und dieses Aufatmen brachte es mit sich, dass sie ihren künftigen Gemahl, den schmächtigen, immerzu warm und freundlich lächelnden Sohn König Tankreds, nunmehr mit ganz anderen Augen wahrzunehmen imstande war. Er mochte mit seiner Prognose vielleicht sogar Recht behalten: Gut möglich, dass aus ihnen beiden im Laufe der Jahre doch noch ein glückliches Paar werden könnte. Und zwar aus freien Stücken. Wahrlich: Sie hätte es schlechter treffen können. Eine Einschätzung, die auch ihre Freundin Theodora vorbehaltlos mit ihr teilte.

Doch unmittelbar nach der Hochzeit in Brindisi hatten sich neuerlich dunkle Wolken am Horizont gezeigt. Dabei handelte es sich nicht um die nahezu im Wochenrhythmus eintreffenden Nachrichten von grausamen Überfällen, mit denen Piraten, in erster Linie die gefürchteten Sarazenen, die Bewohner der Küstenstreifen in Angst und Schrecken versetzten. An diese offenbar niemals ganz und gar ausrottbare Heimsuchung hatte man sich im Königreich Sizilien inzwischen zähneknirschend gewöhnt, doch brachten diese Überfälle nie eine Gefahr für das Reich als solches mit sich. So schlimm sich die Verluste an Menschenleben neben den wirtschaftlichen Folgen für die gebrandschatzten Landstriche im Einzelfall auch immer darstellten.

Nein, es war die Furcht vor einem neuen großen Krieg, der das Land bedrohte. Eine Furcht, die schwer auf dem Gemüt der Menschen lastete. Sie ahnten, dass es nicht mit dem bloßen Aufeinanderprallen zweier feindlicher Heerhaufen in der offenen Schlacht zu Ende sein würde. Dieses Mal nicht. Ein schreckliches Gemetzel unter der Bevölkerung stand zu befürchten. Denn der Feind kam jetzt aus dem Norden. Das Heer des staufischen Kaisers Heinrich VI., der die finstere Drohung ausgestoßen hatte, das Königreich Sizilien, das rechtmäßige Erbe seiner Frau Konstanze, um jeden Preis der Welt erobern zu wollen. Ein zweites Mal. Der schreckliche Staufer Heinrich, bei dessen bloßer Namensnennung selbst kriegsgeübte Recken erschaudernd zusammen zuckten!

Das Schlimmste an der Sache war, dass die Ansprüche des Staufers auf den Normannenthron sogar berechtigt waren, selbst seine entschiedensten Gegner konnten nicht umhin, dies hinter vorgehaltener Hand einzugestehen.

Schließlich war nach dem völlig überraschenden Tod des ohne Erben verstorbenen Königs Wilhelm II. im November 1189 die Erbfolge eindeutig an Heinrichs elf Jahre ältere Frau Konstanze übergegangen. Eine verblüffende Tatsache, über die sich noch wenige Jahre zuvor kein Mensch auch nur das geringste Kopfzerbrechen gemacht hätte. Doch es war nicht abzustreiten: Bei Konstanze handelte es sich um die Tochter Rogers II., des vorherigen Königs über Sizilien, um die Tante des nun verstorbenen Wilhelm. So war sie als Einzige übrig geblieben, die rechtmäßige Ansprüche auf den Thron erheben durfte – samt ihrem Mann Heinrich, der sich ja bereits mit Fug und Recht als König von Sizilien bezeichnen durfte. Eine Horrorvision für jeden aufrechten Normannen – und dennoch Tatsache. Denn Heinrich VI. hatte noch im Spätjahr 1189 gehandelt und die zähneknirschende Zustimmung der apulischen Adligen erhalten, die ihn im Dezember feierlich als König von Sizilien anerkannt hatten. Dies allerdings erst, nachdem er ihnen im Verweigerungsfall mit schlimmsten Konsequenzen gedroht und darauf verwiesen hatte, dass schließlich auch Papst Clemens seine legitime Forderung bejahte. Ein Staufer als König der Normannen! Zwar nicht von allen gewählt und auch noch nicht gesalbt – da er selbst sich ja in seinem Reich nördlich der Alpen aufgehalten hatte, aber dennoch…

Doch kaum hatte der Abgesandte des Staufers seinem Herrn die Nachricht überbracht, dass sich ihm zumindest die Adligen auf dem Festland unterworfen hatten, da platzte eine andere Nachricht herein. Auf der sizilianischen Insel war bei Bekanntwerden der erzwungenen Königswahl offener Aufruhr ausgebrochen.

Nie und nimmer würde die normannische Oberschicht den Staufer als König anerkennen, ausgerechnet den Erzfeind des mächtigen Reiches. Erbansprüche hin oder her! In hektischer Eile bemühten sie sich einen Gegenkönig auf den Schild zu heben. Wenn es gelänge, den Papst auf ihre Seite zu ziehen. Ausgerechnet den Papst, der viel zu früh die Legitimation Heinrichs anerkannt hatte. Doch Papst Clemens war schnell auf ihre Seite gewechselt. Immerhin konnte auch ihm nur daran gelegen sein, die Macht des Staufers nicht ins Uferlose wachsen zu lassen – schon im Interesse des Kirchenstaates nicht. Und nachdem ihm die normannischen Adligen nun feierlich versichert hatten den Kirchenstaat zu schützen und zu verteidigen, kam ihm die Empörung gegen den Staufer alles andere als ungelegen. Ganz im Gegenteil sogar.

Und so hatte der Erzbischof von Palermo mit der offiziellen Zustimmung von Papst Clemens schon im Januar des Jahres 1190 den Grafen Tankred von Lecce, einen angeblichen Halbbruder des verstorbenen Wilhelm, zum König gesalbt. Wobei er zunächst die feierliche Erklärung des Papstes verkündet hatte, dass hiermit alle sizilianischen Adligen von ihrem gerade einmal vier Wochen alten Treueeid gegenüber Heinrich entbunden seien. Ein unglaublicher Vorgang, der den vor Wut rasenden Staufer finstere Drohungen gegen die Normannen hatte ausstoßen lassen. Noch im Sommer dieses Jahres würde er sich an die Spitze eines gewaltigen Heeres stellen und furchtbare Rache für diesen Meineid nehmen, hatte er zornbebend geschworen – und wer Heinrich kannte, der wusste, dass er seine Drohung in die Tat umsetzen würde. Doch der Tod seines Vaters, des Kaisers Friedrich Barbarossa, im Juni desselben Jahres machte die Rückeroberungs- und Rachepläne vorläufig zunichte. Als ein Zeichen des Himmels hatten die Sizilianer aufatmend diese glückliche Wendung des Schicksals bezeichnet.

König Tankred hatte die Zeit genutzt, die ihm durch den Tod des Kaisers unverhofft geschenkt worden war. Seinen Sohn Roger hatte er zum Mitkönig erheben lassen und sich mit dem Kaiser im fernen Byzanz verbündet, dem die Staufer ja ein ebensolcher Dorn im Auge waren, wie den Normannen. Damals schon war auch die Eheverbindung zwischen Irene und Tankreds Sohn Roger verabredet worden. Eigentlich war die Hochzeit schon für den Sommer 1191 geplant gewesen, doch gegen Ende des Winters hatte sie die Kunde erreicht, dass Heinrich bereits mit einem riesigen Heer die Alpen überquert habe und in großer Eile nach Süden vordringe.

Sein erstes Ziel war Rom gewesen, wo gerade Papst Clemens gestorben war, dem er bittere Rache für seinen Verrat geschworen hatte. Mit brachialer Gewalt hatte Heinrich an Ostern 1191 in Rom die Kaiserkrönung erzwungen, die ihn damit endgültig als Nachfolger seines Vaters auf dem Thron des Reiches manifestierte. Unmittelbar danach hatte er sich mit seinen Truppen wieder aufgemacht um seine Drohung wahr zu machen, Sizilien zu erobern, König Tankred vom Thron zu stoßen und sich in Palermo zum rechtmäßigen König der Normannen salben zu lassen.

Alles, was sich seinen Truppen dabei in den Weg stellte, war mit brutaler Gewalt nieder gewalzt worden. Voller Schaudern erfuhren die Sizilianer durch ihre Kundschafter von den Greueln, die sich dabei ereignet hatten. Schon lag das Heer des Staufers vor Neapel und es war nur noch eine Frage von wenigen Tagen, bis die Stadt fallen würde.

Doch es kam anders. Als ein neuerliches Gottesurteil hatten die jubelnden Normannen das bezeichnet, was sich nun ereignete. In der brütenden Hitze dieses Sommers war während der Belagerung von Neapel urplötzlich die Malaria ausgebrochen. Tausende von Soldaten waren der Seuche zum Opfer gefallen – nahezu die gesamte Führungsschicht des Stauferreiches! Selbst der Kaiser war schwer erkrankt und schon gab es Gerüchte, er selbst sei der Seuche zum Opfer gefallen. Denn wie anders sollte man sich die panische Eile erklären, mit der die kläglichen Reste des Heeres zurück über die Alpen geflohen waren? Und kaum war der erste Jubel in Palermo verklungen, traf im Palast die Nachricht ein, dass Heinrichs Gemahlin, die Kaiserin Konstanze, von Soldaten der Stadt Salerno gefangen genommen worden war. Die Kaiserin in Tankreds Hände gefallen! Unglaublich! Ein weiteres Zeichen des Himmels! Ein Gottesurteil! Kein Wunder, dass nun auch der neue Papst, Coelestin, umgeschwenkt war und sich auf Tankreds Seite geschlagen hatte.

Im Übrigen habe es sich bei dem überstürzten Rückzug des Kaisers aus Italien tatsächlich vielmehr um eine Flucht gehandelt, zumal sich die Kunde von seinem angeblichen Tod wie ein Lauffeuer in Oberitalien und im Reich verbreitet hatte. Urplötzlich drohten Aufstände. Überall rüsteten sich die lombardischen Städte um sich aus der Zwangsherrschaft der Staufer zu befreien. Auch die Partei der Welfen, von der man doch gemeint hatte sie endgültig geschlagen zu haben, schien mit einem Mal schon wieder die Hand nach dem Thron auszustrecken. In wilder Hast wurde der kranke Kaiser zurück über die Alpen gebracht um den Aufstand im Keim zu ersticken. Wobei man um die Städte in Oberitalien sicherheitshalber einen großen Bogen schlug. Denn es stand durchaus zu befürchten, dass sie Heinrich nur allzu gerne ergreifen und als ihren Gefangenen in den Kerker werfen würden. Und all dies doch nur wegen jener aufrührerischen Normannen. Noch auf dem Krankenlager schwor Kaiser Heinrich bittere Rache. Sobald die Dinge im Reich wieder ins Lot gebracht wären, würde er wieder kommen und keinen von ihnen verschonen!

Seit dieser Zeit war seine Gesundheit jedoch angeschlagen, seitdem spürte er die Krankheit in sich. Auch dafür gab er den Normannen die Schuld.

Es war mehr Zeit verstrichen, als sie zunächst vermutet hatten, bis Heinrich daran denken konnte seine Rachepläne in die Tat umzusetzen. Doch jetzt war diese Zeit gekommen. Schon im Spätherbst des Jahres 1193 schien er seine Lehensleute auf den bevorstehenden Italienzug einzuschwören. Auch seine Zweckbündnisse mit den italienischen Hafenstädten hatte er, von langer Hand vorbereitet, erneuern lassen. In der Tat also beunruhigende Kunde war es, die nahezu täglich am Hof von Palermo eintraf und sich schwer auf das Gemüt der Menschen senkte.

Was war zu tun? Die Befestigung der Burgen und Wälle war schon in den vergangenen Jahren verstärkt worden. Das Heer war gut gerüstet, die Soldaten kampfbereit. Doch was war mit den Verbündeten? Zu König Tankreds maßlosem Entsetzen war mit dem Beistand Englands nicht mehr zu rechnen. Die treuesten Partner waren nun handlungsunfähig gemacht! Denn Heinrich war es gelungen den englischen König Richard Löwenherz bei dessen Rückkehr vom Kreuzzug Ende des Jahres 1192 gefangen nehmen zu lassen. Es war ein heimtückischer Überfall, gegen allen Anstand und alle ritterlichen Tugenden. Zumal sich König Richard ja auf der Rückreise von einem Kreuzzug befunden hatte und somit unter dem ganz besonderen Schutz des Papstes stand. Doch Heinrich war ungeniert darüber hinweg gegangen, und so saß Löwenherz auf Burg Trifels in Reichsgewahrsam gefangen, wo er sich standhaft der Forderungen erwehrte, Heinrich bei dessen Zug gegen König Tankred sogar noch unterstützen zu sollen. Dafür aber schraubte sich die Lösegeldsumme, die der Staufer von England erpresste, in immer neue, Schwindel erregendere Höhen. Geld, das Heinrich dann sofort in seinen Feldzug gegen Sizilien stecken würde. Und es konnte nicht mehr lange dauern, bis es ihm zur Verfügung stand!

„Was ist denn mit dem Bündnis zwischen Sizilien und Byzanz?“, hatte sich Irene in dieser Situation erstmals in einer der mutlosen Debatten zu Wort gemeldet, die König Tankred mit seinem Sohn angesichts der bedrohlich näher heranrückenden Gefahr geführt hatte. „Mein Vater hat es doch mit euch geschlossen. Gerade um die Staufer in ihre Schranken verweisen zu können! Habt ihr noch keine Nachricht aus Byzanz erhalten?“

Niemals würde Irene das verächtliche Schnauben vergessen, das Tankred bei diesen Worten ausgestoßen hatte. „Isaak Angelos! Ausgerechnet! Die Hochzeitsfeier hätten wir uns sparen können!“ Missmutig hatte er mit der Faust auf den Tisch gehauen und dabei heftig seinen Kopf geschüttelt, dann aber auf weitere Erklärungen verzichtet, nachdem Irene bei diesem Ausruf erschrocken zusammen gezuckt war. Nach einem vieldeutigen Blick hinüber zu seinem Sohn übernahm es Roger, seiner Frau die Lage auseinander zu setzen. „Es ist so, dass uns Isaak Angelos hat wissen lassen, seine Truppen stünden nicht zur Verfügung. Weder Truppen noch byzantinische Schiffe, die uns natürlich noch viel wertvollere Dienste hätten leisten können. Er habe im Augenblick selbst genügend damit zu tun, die Angriffe und Überfälle von heidnischen Völkern abzuwehren, die mit Unterstützung des Sultans Saladin die Grenzen seines Reiches bedrohten. Denn seit dem vergangenen Kreuzzug sei die mühsam austarierte Machtbalance zwischen Byzanz und den Heiden in eine gefährliche Schieflage geraten. Die Schuld hierfür liege einzig und allein bei den Kreuzfahrern, von denen sich anscheinend keiner bei ihrem fahrlässigen Vormarsch um das Wohlergehen von Byzanz auch nur die geringsten Gedanken gemacht habe. Und deshalb sei es ihm auf gar keinen Fall möglich den Wünschen der Sizilianer zu entsprechen.

„Dass er aber ganz offensichtlich auch gewaltige Probleme mit seinen eigenen Leuten auszufechten hat, das hat Isaak Angelos freilich geflissentlich vergessen, zu erwähnen," setzte König Tankred kopfschüttelnd noch hinzu.

Wieder war Irene erschrocken zusammen gefahren. Probleme mit den eigenen Leuten? Davon hatte sie bislang nicht das Geringste erfahren. Bestand etwa Gefahr für Leib und Leben ihrer Angehörigen? Für ihre Mutter, für die Freundinnen? Natürlich hatte es schon zu ihrer Zeit in Byzanz immer wieder Versuche gegeben den Kaiser zu stürzen. Immer wieder waren Verschwörungen aufgedeckt und schon im Keim erstickt worden. Tatsächliche oder manchmal auch nur angebliche Putschversuche, denen der krankhaft misstrauische Vater mit brutalster Gewalt begegnet war. Mit eiserner Faust regierte er das Land.

Aber nun schien sich die Situation mit einem Mal anders darzustellen. Völlig anders! Wenn selbst in Palermo schon Putschgerüchte die Runde machten.

Beschwichtigend hatte Roger daraufhin die Hände gehoben und seine junge Ehefrau, über deren Wangen die ersten sorgenvollen Tränen rannen, zärtlich umschlungen. Beruhigend hatte er in ihr Ohr geflüstert, dass es viel zu früh sei sich Sorgen machen zu müssen. Denn es handele sich im Moment doch um nichts Anderes, als eben um Gerüchte. Von wem auch immer und in wessen Interesse auch immer gezielt ausgestreute Gerüchte. In diesem Augenblick hatte sie es ganz plötzlich gefühlt. Diese merkwürdige Hitzewallung, die mit einem Mal durch ihren Körper geströmt war. Diese Zuneigung, dieses Gefühl der Geborgenheit und Vertrautheit, wie sie es niemals zuvor in ihrem Leben empfunden hatte. Zumindest nicht in dieser Dichte und in dieser klaren Reinheit. Mit dieser – Liebe. Ja, doch: Liebe. Es musste Liebe sein. Ihr einfühlsamer jugendlicher Gemahl Roger und Irene: in der Tat gehörten sie zusammen. Das Schicksal hatte es trefflich gefügt!

Doch die Zeiten waren nicht dazu geeignet, um den beiden jungen Menschen Raum für ihre romantischen Empfindungen zu schaffen. Denn nun ging es zunächst einmal um die Zukunft Siziliens, um nichts Anderes. Um die schwierige Aufgabe, den Bestand des Normannenreiches vor der drohenden Gefahr aus dem Norden zu sichern. Und ausgerechnet auf den Beistand des mächtigen Byzanz konnten sie in dieser Situation nicht zählen. Irene zerriss es fast das Herz, wenn sie an den feierlichen Beistandspakt zurückdachte, den ihr Vater anlässlich der Heiratsabrede doch geschworen hatte. Und nun ließ er sie mit fadenscheinigen Ausreden einfach im Stich. Nicht nur die Normannen im Königreich Sizilien, sondern auch seine eigene Tochter!

Roger und sein Vater hatten sich darauf verständigt, erst einmal auf Zeit zu spielen und die immer drängender werdenden Anfragen und Forderungen, wie sie nahezu täglich von den italienischen Hafenstädten Genua oder Pisa am Hof von Palermo eintrafen, nur ausweichend zu beantworten. Denn dass Pisa und Genua sich auf die Seite des Staufers geschlagen hatten, weil sie sich davon reiche Beute versprachen, lag auf der Hand. Nur mit der Zahlung von immensen Summen durch die sagenhaft reichen Normannen würden sie sich eventuell zufrieden geben können. Diese Botschaft hatten ihre Abgesandten mehrfach überbracht. Und zwar in einer solch drastischen Deutlichkeit, dass ein längeres Hinhalten beinahe nicht mehr möglich war.

Aber dennoch spielten König Tankred und seine Berater auf Zeit. Zwar war es der Staufer Heinrich, der letztendlich hinter den Kulissen an den entscheidenden Fäden zog. Gleichwohl aber würde er mit seinem Heer nicht vor dem Frühjahr 1194 in Sizilien erscheinen können. Somit blieb ihnen also über den Winter doch noch Zeit genug um neue Bündnisse zu schmieden. Ein neuer Pakt mit dem Papst stand dabei im Vordergrund der Bemühungen, obwohl sich Papst Coelestin selbst in tiefer Sorge um die Zukunft des Kirchenstaates befand. Denn der Staufer würde vor nichts zurückschrecken, wenn ihn erst einmal die blinde Wut gepackt hatte. Nicht einmal vor der Zerschlagung des Kirchenstaates, der ja nicht nur ihm, sondern fatalerweise auch den italienischen Städten ein Dorn im Auge war. Dennoch musste sich der Papst entscheiden. Er musste kraft seiner Autorität als Kirchenoberhaupt die Seemächte Pisa und Genua klipp und klar in ihre Schranken verweisen – und ihnen nötigenfalls mit seiner schärfsten Waffe, mit dem Kirchenbann, drohen. Hoffentlich besaß der greise Papst, der ja mittlerweile schon über 90 Lebensjahre zählte, noch die nötige Kraft für diesen Schritt. Die ersten Signale, die sie aus Rom erhielten, ließen sie aufatmen und den Dingen wieder zuversichtlicher entgegen blicken. Denn es war eben jenes biblische Alter des Papstes, das diesen mutig und unerschrocken agieren ließ. Seine Lebensweisheit gebiete es ihm, im Interesse Gottes, des Stuhles Petri und der ganzen Menschheit zu handeln. Und so rätselhaft sich dies zunächst auch angehört haben mochte: Es bedeute also keineswegs, dass der Papst gewillt sei sich einfach und willenlos unter das Diktat des Staufers zu begeben. So hatten die normannischen Diplomaten diese Erklärung interpretiert. So zur Erleichterung von König Tankred und den anderen.

Weiter also mit den fieberhaften Bündnisbemühungen. Aquitanien. Das mächtige Aquitanien. Die Heimat der Königin Eleonore, der Mutter von Richard Löwenherz. Auch Aquitanien ließ den bedrängten Freunden ausrichten, man stünde an ihrer Seite bereit, sobald es die Lage erfordere.

Wieder ein Schritt nach vorne gemacht. Aber noch war der Beistand nicht groß genug. Vor allem ein Stichwort war es, das immer und immer wieder genannt wurde. England! Ohne Englands Hilfe würde es nicht gehen. Also musste man es noch einmal versuchen, die seit der Gefangennahme von Richard Löwenherz wie gelähmten englischen Barone auf den Plan zu rufen. Ihre besten und vornehmsten Diplomaten schickten sie nun nach England um in geheimen Verhandlungen doch noch einen Beistandspakt schmieden zu können. Zusätzlich versehen mit einer stattlichen Anzahl von Goldmünzen, die für den Freikauf des englischen Königs aus der Haft verwendet werden sollten.

Und auch dabei gelang Erstaunliches. Kurz nach dem Jahreswechsel 1193 auf 1194 erreichten den Palast in Palermo erste hoffnungsvolle Signale ihrer Abgesandten. Bald schon, so war nämlich zu hören, würde Richard Löwenherz freikommen. Die riesige Lösegeldsumme war von den Gefolgsleuten des Königs aufgebracht worden, trotz der hinterlistigen

Intrigen, mit denen Johann, genannt Ohneland, der Bruder des Königs, beständig versucht hatte, den Loskauf zu hintertreiben.

Der große Richard Löwenherz also würde demnächst schon freikommen – und dann: Dann würde England für diese Schmach Vergeltung üben. Seite an Seite mit den sizilianischen Verwandten würden die Engländer furchtbare Rache an dem unverschämten Staufer nehmen.

Im Palast von Palermo begann man nach diesen so hoffnungsvollen Mitteilungen ganz allmählich aufzuatmen. Als würde eine drückende Last von ihrer Seele weichen, so beschrieb Roger diesen Zustand seiner Gemahlin, die erschaudernd jetzt erst so richtig begriff, wie drängend sich die Gefahr bereits dargestellt und wie eng das Netz des Staufers sich schon um Sizilien gelegt hatte. Doch bei aller Erleichterung, auch dies hatte Roger ihr deutlich gemacht: Ein Kampf würde sich nicht vermeiden lassen. Heinrich würde alles versuchen um die Macht in Palermo zurück zu erobern und sich als König auf den Normannenthron zu setzen. Zwar sei ihre Lage nun nicht mehr aussichtslos, doch der Sieg sei noch lange nicht in Sicht. Wenngleich er auch begründete Hoffnung hege, den Angriff erfolgreich abzuwehren und dem Staufer eine empfindliche Niederlage zu bereiten.

Er, Roger, würde sich dem Feind an der Spitze des normannischen Heeres mit all seiner Kraft entgegenwerfen. Schließlich war er von König Tankred mit Zustimmung der Führungsschicht am Hof zum Oberbefehlshaber der Truppen bestimmt worden, ein erstaunlicher Vertrauensbeweis, dem er sich auf alle Fälle als würdig erweisen wolle. So besorgt sich Irene ihm gegenüber in Anbetracht dieser gefährlichen Aufgabe auch äußerte, Roger ließ sich nicht davon abbringen. Nicht nur als seine Pflicht, sondern auch als große Ehre dürfe er es ansehen, dass man ihm im Alter von nahezu 18 Jahren ein solches Amt übertragen hatte. Noch vor seiner offiziellen Schwertleite sogar – doch eine solche Formalie durfte in Zeiten der Not keinen Hinderungsgrund darstellen.

Voller Sorge hatte sich Irene den Tatsachen gebeugt, die sie nicht verändern konnte. Es musste in Wirklichkeit schlimm stehen um das Reich der Normannen, wenn ihr Schwiegervater König Tankred zum äußersten Mittel griff, in dem er seinen Sohn an die Spitze der Verteidiger berufen ließ. Was ja auch eine symbolische Geste darstellte, nämlich seine hiermit offen bekundete Bereitschaft, den Sohn der größten Gefahr für Leib und Leben auszusetzen. Eine Maßnahme, die auf die zahlreichen normannischen Adligen im Festlandsteil des Königreiches zielte, denn diese wähnten sich in noch viel größerer Gefahr als die Verteidiger der sizilianischen Insel. Sie ahnten: Der Zorn des Staufers würde sich zunächst einmal ungehemmt an ihnen entladen. Und so waren durchaus auch Stimmen laut geworden, die dafür plädierten, sich den Thronansprüchen Heinrichs VI. zu beugen, zumindest im Augenblick. So lange, bis sich die Lage zugunsten der Normannen wieder verschoben hätte. Eine Forderung, die König Tankred mit aller Entschiedenheit zurück gewiesen hatte. Den Grafen von Brindisi, den Wortführer jener Gruppe, hatte er ergreifen und wegen Hochverrats in den Kerker werfen lassen. Demnächst würde der Prozess gegen den Mann beginnen, dem zur Last gelegt wurde, schon Geheimverhandlungen mit der Stauferpartei geführt zu haben. Und wie der Urteilsspruch lauten würde, das hatte Roger seiner erschaudernden Gattin Irene bereits angedeutet: Tod durch Enthaupten. Ein durchaus ehrenvolles Ende für einen Verräter, wie Roger finster noch hinzugefügt hatte.

In der Tat ging es für König Tankred und seine Anhänger um das eigene Leben. Widerspruch durfte in dieser Situation nicht geduldet werden. Denn dass König Tankred eine Unterwerfung vor Heinrich VI. auf alle Fälle mit seinem Leben würde bezahlen müssen, das war eine nicht abzustreitende Tatsache. Und mit ihm würden seine engsten Vertrauten enden, die sizilianischen Barone.

Also galt es persönlichen Mut und grimmige Entschlossenheit zu demonstrieren. Auch durch den bedingungslosen Einsatz seiner Familie. Nur so konnte es gelingen den anstürmenden Feinden zu trotzen. Wenn überhaupt…

Aber je mehr Zeit ins Land ging, desto mehr wuchs die Zuversicht der Verteidiger. Die ersten warmen Sonnenstrahlen des neuen Jahres ließen die Hoffnungen sprießen. Zumal die Freilassung von Löwenherz nun unmittelbar bevorstand und man inzwischen auch erste Signale von früheren Verbündeten erhalten hatte, die sich einem neuen Beistandspakt mit einem Mal nicht mehr von vornherein verweigern wollten. Dies vor allem auch aus dem Beweggrund heraus, dass die Botschaft von König

Tankreds zahlreichen Gesandten endlich verfangen hatte. Mit dem Argument, es gelte, den uferlosen Machtansprüchen des Staufers endlich Einhalt zu gebieten, hatte er sie an alle europäischen Höfe und Stadtrepubliken geschickt – teilweise natürlich unter höchster Gefahr für Leib und Leben seiner Boten. Doch es gab keine andere Wahl: Man musste den anderen dringend die Konsequenzen vor Augen führen. Schließlich drohte ihnen allen das größte Reich der Geschichte, das Heinrich VI. im Augenblick zusammenfügte: Ein Imperium, größer als das seines Vaters, des rotbärtigen Stauferkaisers, umfassender sogar als das Reich des Kaisers Karl, den die Barbaren den Großen nannten. Ja, selbst mächtiger noch als das unvorstellbar große römische Imperium, falls es ihm nach der Eroberung von Sizilien dann auch noch gelänge das goldene Byzanz unter seine Herrschaft zu zwingen. Ein Vorhaben, das zweifelsohne längst in seine Planungen eingeflossen war…

Endlich also war wenigstens ein Teil der anderen erwacht und hatte begriffen, dass in diesen Zeiten wirklich kein Platz für das Ausfechten der eigenen Rivalitäten war und dass der Staufer nur durch ein konsequentes und gemeinsames Vorgehen in seine Schranken verwiesen werden könnte. Der Verteidigungspakt schien zustande zu kommen!

Doch mitten in dieser Phase neuer Hoffnung erkrankte König Roger plötzlich schwer. Es war am frühen Morgen des 20. Januar 1194, als ein Bote des Königs Tankred Irene eine Nachricht überbrachte, verbunden mit der Bitte, sie möge unverzüglich an das Lager ihres Gemahls eilen, der sie dringend zu sehen wünsche. Es gehe auf Leben und Tod.

Obwohl die tief besorgte Irene nur wenige Augenblicke später in Rogers Schlafgemächern eingetroffen war, kam sie zu spät. Niemals in ihrem Leben würde sie den Blick vergessen können, mit dem sich der plötzlich um Jahre gealterte König Tankred vom Bett seines Sohnes erhob, dessen Augenlider er gerade für immer geschlossen hatte. „Er ist tot!" Mehr als diese drei Worte kamen nicht über seine Lippen. Sein Sohn und Mitkönig Roger war soeben gestorben. Gerade einmal 18 Jahre alt war er geworden. Die Hoffnung der Normannen: Tot! Mit tief gesenktem Haupt wankte Tankred hinaus ohne sich weiter um seine Schwiegertochter oder die ratlos vor dem Bett des Toten verharrenden Ärzte zu kümmern.

Ihr Mann Roger, mit dem sie erste zarte Bande verbunden hatten, war tot. „Aber warum denn nur?“, murmelte sie leise. Wie sollte sie sich den plötzlichen Tod des jungen Mannes nur erklären? Nun ja: Am vorgestrigen Abend hatte er erstmals über Bauchschmerzen geklagt und sich noch während des Nachtmahls in seine Kammer zurückgezogen. Und auch gestern schien es ihm noch nicht besser zu gehen. Von starkem Fieber hatten die Ärzte berichtet, von Bauchschmerzen und Magenkrämpfen. Eine zwar lästige, aber im Grunde harmlose Infektion, die bald schon überstanden sei. Doch dann war das Fieber in der Nacht immer stärker geworden. Heftige Krämpfe hatten den Kranken gepeinigt, der sich unter Schmerzen krümmte und mehrfach das Bewusstsein verlor. Kein Mittel der besorgten Ärzte hatte auch nur das Geringste zur Besserung seines Zustandes beigetragen. Der König hatte nach weiteren Heilkundigen aus Palermo schicken lassen, doch nach dem Morgengrauen des 21. Januar spitzte sich die Lage dramatisch zu. Der Todkranke öffnete ein letztes Mal die Augen und sah sich suchend in seiner Kammer um. „Irene! Holt Irene zu mir! Schnell!“ Das waren die letzten Worte seines jungen Lebens. Noch bevor der Bote Irenes Gemächer erreicht hatte, war der 18 jährige König Roger gestorben. Und Irene selbst – war Witwe. Mit noch nicht einmal 14 Jahren!

Der plötzliche Tod des jungen Königs sorgte in den nächsten Wochen für reichlich Gesprächsstoff am Hof in Palermo. Konnte es denn möglich sein, dass ein gesunder kräftiger Mensch in seinem Alter von einem Tag auf den anderen einfach starb? Die wildesten Spekulationen machten die Runde. Und während sich die Ärzte schließlich darauf festlegten, dass mit ziemlicher Wahrscheinlichkeit nicht Malaria als Ursache der Krankheit anzusehen war, sondern dass die Symptome viel eher auf Cholera hindeuteten, an der auch in der Stadt Palermo in letzter Zeit mehrere Menschen verstorben waren, wollten gleichzeitig die Gerüchte nicht verstummen, der König sei einem heimtückischen Giftanschlag zum Opfer gefallen. Womöglich in Auftrag gegeben von dem ruchlosen Staufer, der den Normannen vor Jahren bittere Rache geschworen hatte. Ihm war alles zuzutrauen – wenigstens in den Augen der Sizilianer.

Tagelang verharrte Irene nach den schrecklichen Ereignissen in ihrer Kammer und suchte Trost in stundenlangen Gebeten. Nur bei dem am nächsten Tag erfolgten prunkvollen Begräbnis ihres Mannes im Dom zu Palermo hatte sie teilgenommen und mit tiefer Erschütterung miterleben müssen, wie König Tankred vor dem Sarg seines Sohnes zusammengebrochen war. Ohnmächtig hatten sie ihn aus der Kirche schaffen müssen. Und wie man gerüchteweise aus den Gemächern des Königs hörte, hatte nun auch ihn eine schwere Krankheit auf das Lager gestreckt. Wieder schien es auf Leben und Tod zu gehen. Ausgerechnet jetzt, in dieser schlimmen Situation!

Nur Rogers Mutter, Königin Sibylle, schien im Moment noch die nötige Kraft zu besitzen, die Fäden in der Hand zu behalten. Ausgerechnet Sibylle, der dies niemand jemals zugetraut hätte, führte die Regierungsgeschäfte weiter und ließ die Zustimmung des normannischen Adels einholen, um demnächst ihren jüngsten Sohn, den sechsjährigen Wilhelm, anstelle seines verstorbenen Bruders zum Mitkönig salben zu lassen. Wenn nicht gar zum Nachfolger ihres Mannes – denn über den Gesundheitszustand König Tankreds hörte man mehr und mehr bedenkliche Nachrichten. Eine drückende Vorahnung des unbarmherzig immer näher an sie heran rückenden Unheils lastete auf den Menschen.

Tatsächlich starb am 20. Februar 1194 zum Entsetzen der Normannen auch König Tankred, der den Tod seines Sohnes nie verwunden hatte. Und als wäre dies noch nicht genug an schlechten Vorzeichen, erreichte eine weitere Schreckensmeldung den Königspalast. In diesem Monat war König Richard Löwenherz nach der Zahlung einer gigantischen Lösegeldsumme zwar tatsächlich freigelassen worden, hatte sich aber gleichzeitig dazu verpflichten müssen sich unter Staufische Lehenshoheit zu begeben. Ein ungeheuerlicher Vorgang: Der englische König ein Vasall des Staufers, den er doch eigentlich, Seite an Seite mit den Sizilianern, nun hätte bekämpfen müssen. Doch der brutal erpresste Lehenseid für Heinrich VI. machte Löwenherz handlungsunfähig. Zumindest aktiv durfte er sich in die Kämpfe nun nicht mehr einmischen. Überdies hatte er in England auch mehr als genug damit zu tun, seine ins Wanken geratene Herrschaft wieder zu festigen. Denn der Aufstand, den sein eigener Bruder, König Johann, gegen ihn angezettelt hatte, musste erst einmal niedergeworfen werden. Was alles andere als einfach war. Auf keinen Fall war also zum jetzigen Zeitpunkt mit dem Beistand von Richard Löwenherz zu rechnen. Und dabei hatten sie genau darauf doch einen Großteil ihrer Hoffnungen gesetzt!

Die Lage war furchtbar: König Tankred tot, genauso wie Roger, sein Sohn und Mitkönig.

Wilhelm II., der gewählte neue König, befand sich unter der Vormundschaft seiner Mutter Sibylle, denn er war ja erst sechs Jahre alt und damit noch unmündig. Einzig und allein Königin Sibylle war es nun, auf die sie all ihre Hoffnungen zu konzentrieren hatten. Nur sie schien nervenstark genug – und darüber hinaus auch gewillt zu sein – die Thronansprüche ihres jüngsten Sohnes zu verteidigen.

Doch die aus dem Norden eintreffenden Botschaften sprachen eine ganz andere Sprache, die gleichwohl an Eindeutigkeit nicht zu überbieten war. Sie lautete, dass die Staufer nicht einmal mehr gewillt waren, mit sich verhandeln zu lassen. Denn mit dem gewaltigen Lösegeld, das sie von den Engländern erpresst hatten, sahen sie sich nun auch in die Lage versetzt durch entsprechend großzügige Zahlungen so wichtige Städte wie Genua und Pisa auf ihre Seite zu ziehen. Weder Pisa noch Genua würden den Sizilianern zu Hilfe eilen. Schlimmer noch: Sie würden den Staufern sogar ihre Schiffe zur Verfügung stellen und mit diesen Seite an Seite Sizilien somit auch vom Meer her angreifen. Heinrichs Diplomaten hatten ganze Arbeit geleistet!

Die Lage war auswegslos. Eine Kapitulation andererseits jedoch lebensgefährlich. Dementsprechend angstvoll war die Stimmung unter den Normannen. Nur noch ein Wunder konnte ihnen helfen – oder aber neu aufflammende Rivalitäten zwischen Staufern und Welfen jenseits der Alpen. Trotz allem konnte sich auch der allmächtig scheinende Heinrich also seiner Sache nie hundertprozentig sicher sein. Nein, trotz aller Bedrückung und aller schlimmen Ereignisse der letzten Wochen: Die Hoffnung aufgeben, das würden sie in Palermo nicht. So bitter die Aussichten auch schienen.

Wie Blei hatten sich die Ereignisse der letzten Wochen auf das Gemüt der jungen Witwe gelegt. Nicht alles, was an Gerüchten und Erklärungen an ihr Ohr drang, konnte sie auch begreifen. Viel zu wenig hatte sie sich bisher um solche Dinge gekümmert. Das meiste war ja ohnehin von ihr fern gehalten worden und hatte höchstens ihren verstorbenen Mann betroffen, der für sie doch immer noch ein Fremder gewesen war, trotz der ersten zaghaften Annäherung der beiden. Ein Fremder in einem für Irene nach wie vor völlig fremden Land, in dem es mit ihrer langjährigen Weggefährtin Theodora auch nur eine einzige Vertraute für sie gab. Wie gerne wäre sie zurückgekehrt nach Byzanz! Doch dieser Weg war seit ihrer Heirat für sie versperrt. Erst recht seit Rogers Tod: Denn sie war die Witwe eines Normannen und als solche nutzlos für ihren Vater, der längst an anderen Bündnissen schmiedete.

So blieb ihr nichts Anderes, als hier im Königspalast von Palermo zu verweilen. Als Teil der normannischen Oberschicht, denn als solches und nicht anders hatte sie sich zu betrachten. Und dabei beherrschte sie noch nicht einmal die Sprache der Normannen!

Der einzige Trost, den Irene fand, war das Gebet. Nur im Gebet war es ihr vergönnt, die Welt rings um sich herum völlig zu vergessen und einzutreten in einen Zustand voller Demut, Milde und Barmherzigkeit. Ohne Kriege, ohne Streit und ohne Rache.

Umso schlimmer war das anschließende Erwachen.

7

Es war der Morgen des 19. November 1194. Eine fahle Sonne kämpfte sich für kurze Zeit durch die dunklen Wolken und ließ ihr mattes Licht zögernd auf die weiße Fahne fallen, die seit wenigen Augenblicken vom höchsten Turm des Schlosses in Palermo wehte. Im selben Moment öffneten sich mit scheinbar widerstrebendem Quietschen die gewaltigen Eisentore, die sämtliche Zugänge zum Königspalast bislang undurchdringlich verschlossen hatten.

Das nun folgende wilde Siegesgeheul, das ausgehend vom Hafen wie ein Orkan den steilen Hang hinauf zur Festung brauste, ließ den Verteidigern der Stadt das Blut in den Adern gefrieren. Es war geschehen! Mit der demonstrativen Öffnung aller Burgtore, was nur noch einen rein symbolischen Akt bedeutete, war es für jeden sichtbar geworden: Nicht nur Palermo, nein, das gesamte Königreich Sizilien unterwarf sich in diesem Augenblick der drückenden Übermacht der feindlichen Truppen. Der Traum von einer erfolgreichen Verteidigung war endgültig ausgeträumt. Die Normannen begaben sich unter die Herrschaft ihres ärgsten Feindes, des Stauferkaisers Heinrich VI.!

Auf den zahlreichen, im Hafen von Palermo vor Anker liegenden Kriegsschiffen und Truppentransportern blitzten die stolz in den Himmel gereckten Säbel. Es handelte sich in der Tat um eine gewaltige Flotte, die Genua und Pisa den Deutschen zur Verfügung gestellt hatte. Eine noch nie gesehene Anzahl von Schiffen, die unter dem Kommando des Reichstruchsessen Markward von Annweiler am gestrigen Morgen von Norden her drohend am Horizont erschienen war. Jeder Widerstand war zwecklos und würde lediglich in ein grausames Schlachten münden, das hatten die Verteidiger des Palastes schnell erkennen müssen. Zumal auch die Nachrichten, die sie vom Festland erreichten, eine eindeutige Sprache sprachen. Nichts und niemand konnte den Staufer mehr aufhalten. In Windeseile war er an der Spitze seiner Truppen voran gekommen. Sämtliche Städte auf dem Festland hatten sich ihm bedingungslos unterworfen ohne überhaupt eine Gegenwehr versucht zu haben. Seine Boten, die dem Kaiser jeweils zwei Tage voraus geeilt waren, hatten vollauf genügt. Selbst das sonst so tapfere Neapel, das den Staufern in der Vergangenheit schon manche schwere Scharte geschlagen hatte, war übergelaufen. Und sogar ausgerechnet jene sizilianischen Barone, von denen noch vor wenigen Wochen feierlich geschworen worden war, sie würden erbitterte Gegenwehr leisten und bis zum letzten Blutstropfen kämpfen, waren dem Kaiser entgegen gezogen und hatten sich demütig vor dessen Füße geworfen. Alle!

Alle – bis auf eine Stadt: Salerno! Und dies aus gutem Grund. Denn dieser Stadt und ihren Einwohnern hatte Heinrich furchtbare Rache geschworen und sie vor wenigen Tagen auch ausgeführt, ohne dass eine der Nachbarstädte Salerno zur Seite gestanden hätte. Die Stadt war nun völlig zerstört, die Einwohner getötet oder in panischer Angst in die Wälder geflohen. Dies alles, weil es sich um eben jenes Salerno handelte, das wenige Jahre zuvor, im Sommer des Jahres 1191, die Kaiserin Konstanze gefangen genommen hatte, nachdem Heinrich seinen Feldzug hatte abbrechen müssen, weil er selbst und die überwiegende Mehrzahl seiner Leute an Cholera und Malaria erkrankt waren. Diese heimtückische Tat würden sie eines Tages bitter bereuen – so lautete vor drei Jahren der Schwur des vor Wut rasenden Kaisers – und jetzt hatte er diese Drohung auf grausamste Art und Weise wahr gemacht.

Voller Schaudern hatte Irene von den Dingen vernommen, die sich unaufhaltsam auf den Königspalast von Palermo zu bewegten. Es war ihr nur das Gebet geblieben, in dem sie zumindest für einige Stunden Trost und Zuflucht fand. Das Gebet und ihre treue Begleiterin Theodora, die einzige Person ihres Vertrauens. Der einzige Mensch, mit dem sie sich in der ihr vertrauten Sprache unterhalten konnte. Sonst war da niemand mehr. Weder war es ihr möglich gewesen unter den Frauen der Normannen eine Freundin zu finden noch besaß sie das harte Naturell ihrer Schwiegermutter, der Königin Sibylle, die trotz der drängenden Sorgen und trotz des Todes von Mann und ältestem Sohn ihr Leben einzig und allein dem Kampf gegen den Staufer gewidmet hatte. Weshalb, so fragten sich Theodora und Irene in manchen ihrer traurigen Gespräche, weshalb ging Sibylle diesen Weg? Weshalb spielte sie mit dem Leben ihrer Untertanen, die sie rücksichtslos in eine Schlacht führte, die doch nie und nimmer zu gewinnen war? Wäre es in Wirklichkeit nicht angebracht gewesen, angesichts der Situation, wie sie sich nun einmal darstellte, die Übermacht des Staufers zu erkennen und sich ihm zu unterwerfen? Eine Frage, die sie niemals mit der harten und unzugänglichen Sibylle würde erörtern können. Geradezu besessen schien die Königin von ihrer selbst gestellten Aufgabe, die Regentschaft ihrer Familie über das Königreich Sizilien zu sichern und den Thron für den kleinen erst sechs Jahre alten Wilhelm zu reservieren.

Doch jetzt hatte selbst Sibylle kapitulieren müssen. Die gewaltige Anzahl von feindlichen Schiffen, die das Meer bis zum Horizont bedeckten, die auf dem Landweg schnell näher rückenden Truppen, die Nachrichten von der freiwilligen Unterwerfung vieler Städte, der Fall und die Verwüstung von Salerno – und schließlich die von einem Boten des Kaisers Heinrich überbrachte ultimative Drohung entweder am Morgen des 19. November die weiße Fahne zu hissen und widerstandslos sämtliche Tore des Palastes zu öffnen, oder aber ohne weitere Vorwarnung berannt zu werden bis auch der letzte Verteidiger mit seinem Blut die Erde tränke, dies hatte selbst Sibylle zur Kapitulation bewogen.

Vorsichtig spähte Irene aus dem Fenster ihrer Gemächer. Was würden die folgenden Tage bringen? Würde sich der als Wüterich berüchtigte Staufer an sein Wort halten und den Palast friedlich besetzen? Wie würden die Verhandlungen zwischen Heinrich und den Normannen enden? Konnten sie zumindest auf einen ehrenhaften Abzug pochen und würde der neue König die Besitzungen der Normannen in Sizilien respektieren? Oder würde er sie von ihren Burgen verjagen, widerspenstige Städte dem Erdboden gleichmachen, die eigenen Leute als neue Herren des Landes etablieren und die normannischen Adligen als Gefangene verschleppen? Unter ihnen auch Irene? Bei dem Staufer konnte man sich niemals sicher sein. Das war die einhellige Meinung, die unter den Normannen herrschte. Aber was Anderes konnte man in dieser Lage unternehmen? In der Tat half nur noch Beten.

Voller Ekel hatte Theodora ihr neulich die Geschichte des Ostern 1191 erzählt, die momentan im Königspalast die Runde machte. Gezielt verbreitet von den Getreuen der Königin Sibylle, um den Widerstandswillen der Normannen zu stärken. Doch auch dies hatte nichts mehr geholfen. Eher das Gegenteil war damit erreicht: Nun herrschte noch mehr Angst vor dem finsteren Mann aus dem kalten Norden. Denn der Bericht von den drei Jahre zurückliegenden Ereignissen um die Kaiserkrönung Heinrichs entsprach den Tatsachen. Schauderhaften Tatsachen!

Nach dem Tod seines Vaters, des rotbärtigen Kaisers Friedrich auf dem Kreuzzug im Jahr 1190 war König Heinrich im folgenden Jahr, sobald er die Dinge im Reich in seinem Sinne geordnet hatte, mit seiner Frau Konstanze nach Rom geeilt um sich dort als Nachfolger seines Vaters von Papst Clemens zum Kaiser des Heiligen Römischen Reiches krönen zu lassen. Dort hatte sich in der Tat Unfassbares ereignet, was auf keinen Fall eines Kaisers würdig war.

In der Zwischenzeit nämlich war Papst Clemens gestorben und der neu gewählte fast 90 jährige Papst Coelestin III., ein erklärter Gegner der Staufer, versuchte nun mit allen ihm zur Verfügung stehenden Mitteln Heinrichs Kaiserkrönung zu verhindern. Dabei ging er ausgesprochen listig vor. Denn Coelestin hatte sich vom Kardinalskollegium zwar zum Papst wählen, nicht aber gleich anschließend, wie es üblich war, auch zum Papst weihen lassen. Da jedoch nur ein geweihter Papst in der Lage war, einen Kaiser zu krönen und damit in sein Amt einzuführen, steckte Heinrich in einer Zwickmühle. Zumal ihm die Bürger der Stadt Rom mit offener Feindschaft begegneten, sodass er selbst weder mit seinem Gefolge noch mit seinen Truppen in Rom hatte Quartier nehmen können. Die Furcht vor Überfällen hatte ihn dazu bewogen, außerhalb Roms in der ihm treu ergebenen Stadt Tusculum zu logieren und abzuwarten, wie sich die Dinge entwickeln würden. Hier in Tusculum befand sich Heinrich in Sicherheit, denn die Stadt galt als einer der entschiedensten Gegner ihres ewigen Rivalen Rom. Da man den Staufer in Rom aber regelrecht gedemütigt hatte, war der vor Wut rasende Heinrich sofort bereit gewesen, das Schutzversprechen für Tusculum, das schon sein Vater dereinst abgegeben hatte, zu erneuern. Bei einem möglichen Angriff Roms würde er bedingungslos auf der Seite von Tusculum stehen, mit diesem Versprechen wurde der Pakt besiegelt.

Gleichzeitig freilich hatten Heinrichs Abgesandte rege Geheimverhandlungen geführt, mit dem Ergebnis, dass sich die Römer nun plötzlich bereit erklärten, so starken Druck auf den Papst auszuüben, dass der Kaiserkrönung nichts mehr im Wege stünde. Freilich erwartete Rom dafür eine Gegenleistung – nämlich die Preisgabe von Tusculum. Eine unerhörte Forderung – unmöglich, zu erfüllen. Denn schließlich hatte der König gerade eben erst den Beistandspakt mit Tusculum geschlossen. Doch wider alle Moral und ritterliche Ehre geschah das nicht für möglich gehaltene: Heinrich stimmte den Bedingungen zu und zog mit seinem Heer sofort aus Tusculum ab. Damit war die Stadt dem überraschenden Angriff der Römer schutzlos preisgegeben und versank am Karfreitag des Jahres 1191 in Schutt und Asche. Greise, Frauen und Kinder: Niemand wurde von den grausam agierenden Römern verschont. Die Stadt war dem Erdboden gleich gemacht. Erst ganz allmählich kamen die wenigen Überlebenden des Gemetzels aus den Bergen wieder zurück an die Stätte des Grauens, wo sie sich aus Zweigen notdürftige Unterkünfte errichteten. Doch Tusculum selbst wurde nie wieder aufgebaut. Der Name der armseligen neuen Siedlung neben den Trümmern der alten Stadt leitete sich fortan aus dem Material ab, aus dem sie in dieser Not entstanden war: Frascati, also die aus Zweigen gebaute.

Dies war das niemals für möglich gehaltene Resultat eines Verrats, wie ihn die Welt noch nie erlebt hatte. Doch Heinrich war am Ziel: Der entsetzte Papst Coelestin wurde von den Römern gezwungen, sich auf der Stelle zum Papst weihen zu lassen, und so stand der Kaiserkrönung Heinrichs und seiner Frau Konstanze nun nichts mehr im Wege. Nur einen Tag nach seiner Papstweihe salbte Coelestin III. den Staufer am Ostermontag 1191 zum neuen Kaiser des Heiligen Römischen Reiches. Ein Kaiser, dem fortan kein rechter Christenmensch mehr über den Weg trauen konnte!

8

Was würde dieser Tag nun bringen? Wie würden sich die schrecklichen Männer aus dem Norden verhalten? Der meineidige Kaiser, der mehrfach solch schlimme Drohungen gegen die Normannen ausgestoßen hatte. Und der jetzt – einen Tag nach der Kapitulation von Palermo – seinen feierlichen Einzug im Königspalast halten würde. Voller Anspannung und mit klopfendem Herzen hatte sich Irene am Morgen des 20. November mit Königin Sibylle und deren Gefolge in den riesigen Thronsaal begeben um die Ankunft des Staufers zu erwarten.

Dramatische Stunden lagen hinter ihnen. Hektische Aktivitäten der Gesandten beider Seiten, bei denen es um die offizielle Übergabe der Königswürde gegangen war, um den Thronverzicht des sechsjährigen Wilhelm und um die damit verbundene Unterwerfung unter die Königsherrschaft Heinrichs und seiner Frau Konstanze. Um die Anerkennung des rechtmäßigen Erbes von Konstanze! Trotz der vollständigen militärischen Kapitulation: Es waren gnadenlose Bedingungen, die ihnen der Staufer diktiert hatte. Doch König Tankreds Witwe war genauso hart geblieben und hatte sich durch keine Drohung einschüchtern lassen. Zumal sie durchaus die Tatsache mit in ihr Kalkül gezogen hatte, dass es sich bei Konstanze immerhin um eine normannische Verwandte handelte, die dazu in der Lage sei, die schlimmsten Drohungen ihres Gemahls wieder abzumildern, eben im Bewusstsein vom selben Blut zu stammen, wie auch die Bedrohten. Allen bisherigen Streitigkeiten zum Trotz. Ein Normanne war und blieb ein Normanne.

Und so hatte es Sibylle immerhin vermocht, dass Heinrich ihr im Gegenzug für die Anerkennung seiner Königsherrschaft über Sizilien feierlich versprochen hatte, Wilhelm, den kleinen Sohn des verstorbenen Königs Tankred, nicht nur unbehelligt zu lassen, sondern ihm sogar die Herrschaft über Lecce zu belassen, aus der sein Vater stammte. Und nicht nur die Grafschaft Lecce: Sogar das Fürstentum Sorrent würde er künftig als Lehen erhalten. Dieses Zugeständnis war weit mehr, als man jemals hatte erwarten können. In der Tat musste Konstanze eine entscheidende

Rolle bei diesem erstaunlichen Zugeständnis gespielt haben – ganz so, wie es sich Sibylle erhofft hatte.

Welchen Wert dieses Versprechen freilich haben konnte, das würde erst die Zukunft zeigen. Voller Skepsis hatten die normannischen Edlen auf den Verrat an Tusculum verwiesen, doch zähneknirschend mussten auch sie anerkennen, dass man dem Staufer ausgeliefert war, auf Gedeih und Verderb. Das Ergebnis der Verhandlungen war somit wenigstens ein Hoffnungsschimmer am dunklen Horizont. Es blieb ihnen schlichtweg keine andere Wahl, als darauf zu setzen, dass Heinrich dieses Mal sein Wort nicht brechen würde.

Da war er! Voller Schaudern trat Irene einen Schritt hinter ihre Schwiegermutter zurück, als sie den Kaiser erblickte, der sich ihnen nun gemessenen Schrittes näherte. Ein finster blickender, blasser Mann, der wesentlich älter wirkte, als man dies angesichts seiner 28 Lebensjahre hätte vermuten können. An seiner Seite befand sich eine hochschwangere stolze Frau, der jeder ihrer Schritte offenbar größte Mühe bereitete. Die Kaiserin Konstanze, die demnächst mit nahezu 40 Jahren zum ersten Mal ein Kind gebären würde – den so lange schon erhofften Thronfolger. Immerhin wäre dieser dann ein halber Normanne, wie die sizilianischen Edelleute sich am gestrigen Abend hinter vorgehaltener Hand mit bitterer Ironie zugeflüstert hatten.

Dem Kaiserpaar folgte ein groß gewachsener, prunkvoll gekleideter Mann, Markward von Annweiler, der Reichstruchsess, unter dessen Kommando die Flotte der Angreifer gestanden hatte. Voller Misstrauen und Anspannung wandte er den Kopf von der einen zur anderen Seite, während seine Rechte auf dem Knauf des großen Schwertes ruhte: Ganz offenkundig in ständiger Bereitschaft einen möglichen Angriff auf den Kaiser sofort zu parieren.

Mit ausdruckslosen starren Mienen verfolgten die normannischen Adligen den Einzug des Kaisers in den Thronsaal. Wie gelähmt wirkten selbst die tapfersten unter ihnen, denn sie hatten kurz zuvor eine weitere ungeheure Demütigung erleben müssen. Anstatt beim Spalier für den neuen König die erste Reihe zu bilden, waren sie von den Hofbeamten des Staufers nicht nur mit harschen Befehlen in die zweite Reihe hinter die Deutschen und die Italiener zurück beordert worden, sondern man hatte die Unverschämtheit besessen sie sogar noch hinter die Araber zu stellen, die doch im Königspalast sehr viel niedrigere Funktionen ausgeübt hatten, als die Edelleute von normannischem Geblüt. Aber es ging noch weiter: Zu allem Überfluss waren die deutschen Ritter auch noch mit ihren Waffen umgürtet – obwohl das Tragen von Waffen im Palast des Königs einzig und allein der Palastwache vorbehalten war. Ein deutlicheres Zeichen der Missachtung und des Misstrauens den Normannen gegenüber konnte es gar nicht geben! So wäre es tatsächlich alles andere als verwunderlich gewesen, wenn sich der eine oder andere von ihnen zornbebend auf den Usurpator gestürzt und versucht hätte, ihm das Leben zu nehmen. Doch nichts dergleichen geschah.

Der Kaiser war mit seiner Gemahlin inzwischen direkt vor dem Königsthron angelangt und reckte erwartungsvoll den Kopf in die Höhe. Dies war das Zeichen für Königin Sibylle nun vor aller Augen die vereinbarte Unterwerfungsgeste auszuführen. Noch einmal atmete Tankreds Witwe tief durch, dann trat sie Hand in Hand mit ihrem kleinen Sohn einen kurzen Schritt nach vorne, neigte demutsvoll das Haupt und beugte ihr Knie. Der sechsjährige König Wilhelm tat es seiner Mutter gleich.

Während der Truchsess die Szene mit einem befriedigten Nicken quittierte, spielte ein höhnisches Lächeln um Heinrichs Lippen. Mit weit ausgestrecktem Arm deutete er hinter sich: „Ihr könnt gehen!“ Nur diese drei Worte waren es, die er für die ehemalige Königin noch übrig hatte. Eine weitere üble Beleidigung, die die Hand manches Normannen zum Gürtel zucken ließ, doch im Gegensatz zu den unverschämten Eroberern waren sie ja unbewaffnet.

Voller Strenge ließ Heinrich seinen Blick über die Mitglieder der Königsfamilie wandern, während Sibylle mit ihrem Sohn der Weisung des Staufers nachkam und sich mit müden Schritten entfernte. Mit einem Mal hielt Heinrich inne, als er Irene entdeckt hatte, die schützend und beruhigend ihre Arme über die vor Angst schlotternden drei kleinen Töchter der Königin gebreitet hatte, Wilhelms jüngere Schwestern, die sich nicht erklären konnten, was sie dem bleichen Mann mit der schweißnassen Stirn angetan hatten, dass er sie so finster aus seinen fieberglänzenden

Augen musterte. „Wer ist diese da?", wandte Heinrich sich an einen der normannischen Diplomaten, die am Tag zuvor die Übergabemodalitäten ausgehandelt hatten, und wies mit dem Zeigefinger direkt auf Irene.

„Es ist die Königin Irene – die Witwe des verstorbenen Königs Roger. Eine Tochter des Isaak Angelos aus Byzanz," beeilte sich der Gefragte mit seiner Antwort.

Überrascht klatschte Heinrich in die Hände. „Eine Byzantinerin! Die Tochter des Basileus!" Langsam näherte er sich dem vor Aufregung und Anspannung zitternden Mädchen, während er nachdenklich die Augenbrauen zusammen kniff. „Bist du nicht also diejenige, die schon meinem seligen Vater, dem großen Kaiser Friedrich, gegenüber gestanden hat?", zischte er mit leiser Stimme.

Irene nickte schüchtern.

„Warst es also nicht du, die, wie man mir berichtet hat, von meinem Vater und meinem Bruder Friedrich dazu auserkoren worden ist, meinen Bruder Philipp zu ehelichen?" Einen weiteren Schritt näherte er sich der furchtsam zurückweichenden Irene, an die sich nach wie vor die drei Kleinen schmiegten.

„Und nun sehe ich dich hier, im Palast von Palermo! Dazuhin als Witwe eines Normannenkönigs!" Er schnaubte zornig. „Nun denn: Dein Mann hat vor Gott die gerechte Strafe gefunden. Sein Königtum war so unrechtmäßig, wie das seines verfluchten Vaters, des Grafen von Lecce. Höre also meine Worte und denke immer daran: So ergeht es jedem, der sich erkühnt sich gegen das Geschlecht der Staufer zu erheben!" Er wandte sich um und schien einen Augenblick in seinem Gefolge zu suchen. Dann nickte der Kaiser mit dem Kinn in Richtung eines schüchtern in der Menge der deutschen Adligen verharrenden schmächtigen blonden Jünglings, dem all diese demütigenden Vorgänge erstaunlicherweise unangenehm zu sein schienen.

„Schau ihn dir nur ganz genau an, meinen Bruder. Dessen Frau wirst du werden um deine Schuld zu sühnen!"

Erschrocken war bei diesen laut in den Saal gerufenen Worten auch der blonde Jüngling zusammen gezuckt: Philipp, der mit seinen 18 Jahren jüngste Bruder des Kaisers, dessen Leben vor wenigen Wochen eine völlig unerwartete Wendung genommen hatte. Denn eigentlich war er längst zum Bischof von Würzburg erwählt worden und bereitete sich auf dieses Amt schon mit Freuden vor, zumal die geistliche Laufbahn seinen eigenen Wünschen durchaus entsprach – wie im Übrigen auch der seitherigen Planung seines Vaters Barbarossa und seines Bruders, des Kaisers Heinrich. Denn mit der Erhebung des jungen Mannes zum Bischof von Würzburg war nur die erste Stufe eines auf viele Jahre angelegten Vorhabens beschritten, das in einiger Zeit mit der Papstwahl Philipps seinen Höhepunkt erreichen sollte. Ein sorgfältig ausgeklügelter Schachzug – ein Staufer auf dem Thron Petri. Ausgerechnet! Die einzigen noch ernst zu nehmenden Widersacher der staufischen Kaiser dadurch neutralisiert, dass man ein Mitglied der eigenen Familie zum Papst bestimmte. Doch so raffiniert die Sache auch begonnen worden war, der Tod Barbarossas und das Ende seines Sohnes Friedrich, des Herzogs von Schwaben, hatte diese Pläne ins Wanken gebracht.

Als nun auch noch sein Bruder Konrad, der nächste Herzog von Schwaben, überraschend gestorben war, da hatte Kaiser Heinrich rasch gehandelt und Philipp zu dessen Nachfolger im Herzogsamt bestimmt ohne diesen vorher überhaupt um dessen Meinung gefragt zu haben. Es war der Wille des Kaisers und diesem Willen hatte jedermann zu gehorchen – auch der eigene Bruder.

Mit mehr als verhaltener Begeisterung hatte sich Philipp in das Unvermeidliche gefügt und seinen Bruder anschließend auf dem Eroberungszug nach Sizilien begleitet. In der Tat war es unübersehbar, wie der seit jeher machtversessene Heinrich durch die unmittelbar bevorstehende Übernahme des Königreichs Sizilien sich nun ganz und gar als vollkommener und unüberwindlicher Herrscher gab. Nicht ganz zu unrecht, denn tatsächlich regierte er ein riesiges Reich. Und wenn er es schaffte durch Philipps erzwungene Heirat mit Irene verwandtschaftliche Beziehungen mit Byzanz zu beginnen, dann könnte es durchaus gelingen sich in absehbarer Zeit an die Spitze des größten Reiches zu stellen, das die Menschheit je gesehen hatte. Zu diesem immer mehr von Heinrich Besitz ergreifenden Machtrausch gesellte sich nun noch die nicht für möglich gehaltene Pracht im Schloss der Normannen, in dem sich darüber hinaus die bedeutendsten Kunstwerke befanden, die man sich nur vorstellen konnte. Erschaffen von den besten Künstlern ihrer Zeit, von Byzantinern, Arabern, Normannen und Italienern, die sich allesamt am Hof von Palermo ein gegenseitig befruchtendes Stelldichein gaben. Was waren im Vergleich dagegen jene Schmuckgegenstände aus Gold und Silber, die von den Barbaren aus dem kalten Norden bislang voller Stolz bestaunt und behütet worden waren? Nichts! Schlicht und einfach nichts!

Voller Entsetzen hatte Irene bei den Worten des Kaisers die Hand vor den Mund geschlagen und heftig ihren Kopf geschüttelt, bevor sie ohnmächtig zu Boden sank. Es war zu viel für das junge Mädchen gewesen. Erst Anspannung und Furcht vor den fremden Eindringlingen mit ihren rohen Sitten, dann die schlimmen Demütigungen, die sie mit den anderen über sich hatte ergehen lassen müssen, und nun auch noch die Drohung bald schon zwangsweise mit einem der Barbaren verheiratet zu werden! Schon wieder gegen ihren Willen verheiratet zu werden! Mit einem völlig fremden Mann, dessen Sprache sie noch nicht einmal mächtig war. Es dauerte Tage, bis sich Irene von diesem Schock und dem darauf folgenden hohen Fieber zumindest so weit wieder erholt hatte, dass es ihr einigermaßen möglich war, sich mit Theodoras Hilfe von ihrem Krankenlager zu erheben.

Zwei Bilder hatten sie bis hinein in ihre Alpträume verfolgt und waren ihr wieder und wieder erschienen: Das hohnverzerrte Antlitz des Furcht erregenden bleichen Kaisers und die Gesichtszüge seines jugendlichen Bruders Philipp. Doch bei der Erinnerung an Philipp war sie nicht erschrocken, eher im Gegenteil. Fast erinnerte dieser Irene an ihren so früh verstorbenen Gemahl. Eine Tatsache, die sich das Mädchen nicht erklären konnte, und die Irene nur noch tiefer aufwühlte…

9

Das Datum für die Krönung zum König der Normannen war von Heinrich und dessen Beratern mit Bedacht gewählt worden: Der erste Weihnachtstag des Jahres 1194. Derselbe Tag also, an dem vor vielen hundert Jahren, im Jahr 800, der große Kaiser Karl im Petersdom zu Rom gekrönt worden war; er war gleichzeitig der Gründungstag des Heiligen Römischen Reiches Deutscher Nation geworden. Ein geradezu magisches Datum, das Heinrichs Legitimation einmal mehr unterstrich. Und als gesalbter Kaiser des Reiches durfte sich Heinrich VI. ja mit Fug und Recht als Nachfolger des großen Kaisers Karl bezeichnen. Mit dem entscheidenden Unterschied, dass er heute, am ersten Weihnachtstag des Jahres 1194, nun auch noch zum König der Normannen gekrönt werden würde und damit Herrscher eines Reiches war, das den Machtbereich des großen Karl bei weitem in den Schatten stellte.

In den Wochen zuvor war es zu heftigen Auseinandersetzungen zwischen dem Kaiser und seiner Frau Konstanze gekommen. Denn nach Heinrichs Willen sollte Konstanze bei der offiziellen Krönungszeremonie im Palast von Palermo nicht anwesend sein. Ausgerechnet Konstanze! Wo es sich doch um ihr rechtmäßiges Erbe handelte, das der Staufer nur dank der Heirat mit ihr beanspruchen durfte! Wie konnte er nun die Kühnheit aufbringen seine Frau nicht nur von den Feierlichkeiten fern zu halten, sondern ihr sogar die gemeinsame Krönung zu versagen! Kühnheit? Vielleicht sollte man es eher Hartherzigkeit nennen – die am Hof Versammelten, ob Deutsche, Araber oder Normannen, konnten sich allesamt keinen Reim auf das merkwürdige Verhalten des Kaisers machen. Fast keiner zumindest.

Aber jeder Widerspruch war zwecklos gewesen. Heinrich hatte klipp und klar erklärt, dass er es angesichts der demnächst bevorstehenden Niederkunft seiner immerhin schon 40 Jahre alten Ehefrau für dringend geboten halte sie zu Ärzten und Heilkundigen seines Vertrauens bringen zu lassen. Schließlich handelte es sich um ihr erstes Kind, um den lange erhofften Thronfolger, und die Schwangerschaft war problematisch genug verlaufen. Er wünsche nicht, dass weitere Risiken eingegangen würden. Erfahrene Geburtshelfer mit allerbestem Ruf befanden sich nach Auskunft seiner Berater in der Stadt Jesi, also in der Mark Ancona. Dorthin würde sich Konstanze unverzüglich begeben müssen.

In der den Staufern nach wie vor feindlich gesinnten Umgebung des Königspalastes von Palermo halte er das Risiko für viel zu groß, dass dem Kind bei dessen Geburt etwas unvorhergesehenes zustoßen könnte, wie er sich ausdrückte. Ebenfalls eine Einschätzung, in der ihm seine Berater beipflichteten. Nicht einmal Konstanzes nachdrücklicher Hinweis auf die Beschwerlichkeiten einer solchen Schiffsreise jetzt, um diese Jahreszeit, hatten Heinrich noch umzustimmen vermocht. Und so war sie, mehr schon wie eine Gefangene denn als Kaiserin und künftige Königin der Normannen, schon am Morgen des 22. November von einer schwer bewaffneten Einheit aus Reisigen zu dem Schiff geleitet worden, das unmittelbar danach die Anker lichtete und Kurs auf die Stadt Ancona nahm, deren Hafen eine Tagesreise von Jesi entfernt am adriatischen Meer lag, an der Nordgrenze des sizilianischen Reiches.

Trotz der vermeintlichen Gefahr für das ungeborene Kind, von der Heinrich geredet hatte, konnten nur die allerwenigsten glauben, dass es sich dabei um den wahren Grund für Konstanzes Abreise handeln konnte. Denn was hätte den Kaiser denn daran gehindert, die Heilkundigen aus Jesi hierher nach Palermo bringen zu lassen und sie unter dem Schutz der deutschen Reisigen völlig vom übrigen Hofleben abzuschirmen?

Auch Irene hatte sich die merkwürdige Begründung nicht so recht erklären können. Doch angesichts ihrer eigenen Zukunft und der neuerlich drohenden Verheiratung, befand sich die 14-jährige in einem Zustand der tiefen Depression, mit der sich jeder neue Tag mit einer weiteren lähmenden Last auf ihre Seele setzte. Viel zu viel war in den letzten Monaten auf sie eingestürmt: der Wegzug aus Byzanz, all die fremden Leute im Umfeld ihres jugendlichen Mannes, der am Horizont drohende Krieg, Rogers Tod, dann Tankreds Ende. Zuviel, als dass sie sich in der Lage sah sich tiefere Gedanken über die Gegebenheiten im Königspalast zu machen. Es waren eigene Sorgen, die Irene quälten.

Im Nachhinein jedoch hegte sie einen ganz anderen Verdacht, weshalb

Heinrich seine Frau nicht länger in Palermo hatte sehen wollen. Der Kaiser benötigte bei den schrecklichen Geschehnissen, die sich kurz nach seiner Krönung zum König der Normannen ereignet hatten, völlig freie Hand. Konstanze, die gebürtige Normannin, hätte bei der brutalen Umsetzung des mit Sicherheit schon lange vorbereiteten Planes nur gestört. Sie hatten Konstanze nicht dabei haben wollen! Das war die einzige Erklärung, die Sinn machte. Umso entsetzlicher freilich war die damit verbundene Erkenntnis, um welch heimtückisches und Menschen verachtendes Ungeheuer es sich bei dem Kaiser handelte. Samt seinem Anhang!

Der Thronsaal des juwelenübersäten Normannenpalastes erstrahlte an diesem Nachmittag des ersten Weihnachtstages im Licht von tausend Kerzen. Mit feierlicher Miene hatten sich die in ihre prunkvollsten Gewänder gehüllten Edlen des Reiches und die Kardinäle um den goldenen Thron versammelt. Direkt davor präsentierte sich der blasse Kaiser mit stolz emporgerecktem Kinn, die Arme vor dem mit einem fein gearbeiteten silbernen Brustpanzer bedeckten Oberkörper verschränkt.

Und wieder konnten Irene die wutbebenden Mienen der normannischen Adligen nicht verborgen bleiben, die eine neuerliche schwere Demütigung erfahren hatten. Denn erneut mussten sie bei der bedeutungsvollen Zeremonie mit der hintersten Reihe vorlieb nehmen – ob es ihnen gefiel oder nicht. Hinter den Deutschen – und auch noch hinter den Arabern! Ein Raunen wanderte in diesem Augenblick durch den Thronsaal und alle Köpfe wandten sich nach hinten, zum weit geöffneten Portal. Dort erschien Sibylle, die Witwe des Königs Tankred. Seite an Seite mit ihrem sechsjährigen Sohn Wilhelm, der die auf ein rotsamtenes Kissen gebettete, edelsteingeschmückte Krone der Normannen in seinen Händen hielt. Mit langsamen Schritten näherten sich die beiden dem Thron, gefolgt vom Erzbischof von Palermo, den es eine ganz besondere Überwindung gekostet hatte, sich zu dieser Zeremonie einzufinden. Denn schließlich war er es, der den kleinen Wilhelm unter der Vormundschaft von dessen Mutter erst vor gut einem Jahr zum König der Normannen gesalbt hatte. Eine heilige Handlung, über die sich die unverschämten Eroberer mit kaltem Herzen einfach hinwegsetzten!

Unmittelbar vor dem Kaiser waren Sibylle und ihr Sohn stumm verharrt. Demutsvoll beugten die beiden ihre Häupter, dann legte der Junge die funkelnde Krone direkt auf den kostbaren Teppich vor Heinrichs Füßen und sank auf die Knie.

Ein kurzer Wink des Kaisers genügte, und Markward von Annweiler trat hervor um Heinrichs Schultern mit einem prächtigen roten Mantel zu bedecken, in den mit gelber Seide kunstvolle orientalische Motive gestickt waren: der Krönungsmantel seines verstorbenen normannischen Schwiegervaters Roger II.! Der Krönungsmantel des großen Normannenkönigs auf den Schultern des Staufers! Die Mienen der Barone waren aschfahl geworden, ja, Irene meinte sogar in diesem Moment ein gequältes Stöhnen aus dem Mund des Grafen Giordano zu vernehmen.

Doch es kam noch schlimmer. Gerade hatte der Erzbischof von Palermo einem seiner Priester den Wink gegeben, ihm die Krone zu reichen, damit er sie auf das Haupt des Staufers setzen und ihn somit vor aller Augen zum König der Normannen erheben könne, da kam ein anderer deutscher Adliger, Konrad von Urslingen, dem Priester zuvor. Schnell bückte sich der Edelmann nieder und präsentierte Heinrich, über dessen finstere Züge nun ein zufriedenes Lächeln huschte, die Normannenkrone. Der Kaiser ergriff die Krone rasch und hielt sie einen Augenblick lang bedeutungsvoll in die Höhe. Dann setzte er sich die Krone mit triumphierender Miene auf sein Haupt.

Lähmendes Entsetzen spiegelte sich auf den Gesichtern der Normannen. Heinrich hatte den Erzbischof von Palermo – und damit sie alle – ein weiteres Mal auf übelste Art und Weise gedemütigt, hatte sich die Krone selbst aufgesetzt und damit aller Welt bedeutet, dass er es ablehnte sich von einem Normannen krönen zu lassen!

Wären die normannischen Edelleute an ihren Gürteln bewaffnet gewesen, es wäre angesichts dieser Beleidigung zu einem Blutbad gekommen. Dessen war sich Irene sicher, als sie den Ausdruck in den Augen der Menschen gewahrte.

Ein Blick in die Reihen der deutschen Ritter machte ihr deutlich, dass selbst bei diesen doch eher rauen Gesellen Erstaunen, wenn nicht gar maßlose Betroffenheit über einen solchen Akt der Willkür vorherrschte. Einige schüttelten sogar sorgenvoll die Köpfe, darunter auch die ranghöchsten unter ihnen, die ganz vorne in der Nähe des Kaisers standen, und ein schmächtiger blonder Jüngling. Der jüngste Bruder des Kaisers. Philipp!

Handelte es sich etwa gar um Schamröte, die sein Gesicht mit einem leichten Rot überzogen hatte? Für den Bruchteil eines Wimpernschlags trafen sich ihre Blicke, bevor beide erschrocken und betroffen zusammen zuckten. Von dem ungeheuerlichen Vorgang gerade eben und auch von der Peinlichkeit, dass über sie geredet und seit der Ankunft der Deutschen und der verhängnisvollen Ankündigung Heinrichs, Philipp werde sich mit Irene vermählen müssen, über beide getuschelt und spekuliert wurde. Immerhin schien der Bruder des Kaisers in der Tat ein völlig anderes Naturell zu besitzen, als der jähzornige und heimtückische Heinrich. Davon hatte ihr auch Theodora mehrfach berichtet, die sich beim einen oder anderen Mitglied des staufischen Hofstaates neugierig nach Philipp erkundigt hatte. Doch Irene war ihr jedes Mal sofort harsch ins Wort gefallen: Sie wolle davon nichts wissen. Nicht das Geringste. Was kümmere sie die Person des jungen Staufers, wo sie selbst sich noch im Trauerjahr befand. Und überdies: Sie würde sich kein zweites Mal über ihren Kopf hinweg verheiraten lassen. Auf gar keinen Fall. Lieber würde sie ins Kloster gehen. Und falls man ihr aufgrund dieser Heiratspläne den Eintritt ins Kloster verwehren wollte, dann werde sie notfalls ihrem Leben selbst ein Ende setzen. Mehrfach waren sie bei ihrer Diskussion an diesem Punkt angelangt. Immer wieder war sich Irene schmerzhaft der Tatsache bewusst geworden, dass nicht sie es war, die ihr weiteres Schicksal selbst bestimmen konnte, sondern dass andere anscheinend nach Belieben über sie verfügten. Dass sie den Launen und dem Willen des Furcht erregenden Kaisers schutzlos ausgeliefert war. Dass es womöglich am Ende nur noch einen einzigen Ausweg gab…

Am Vorabend der Krönungsfeierlichkeiten waren sich Irene und Philipp in der Kirche des Palastes zufällig begegnet. Es hatte eine ganze Weile gedauert, bis die tief im Gebet versunkene Irene bemerkte, dass sie beobachtet wurde und dass die Augen des in schlichte Gewänder gekleideten blond gelockten Mannes staunend auf ihr ruhten. Auf der schwarz gekleideten jungen Witwe, die hier in der Kirche Trost im Gebet suchte. Am einzigen Ort in diesem riesigen kalten Palast, an dem ihr warm wurde um das Herz. Rasch hatte sie sich erhoben und war aus dem Gotteshaus in ihre Gemächer zurück geeilt. Mit wild pochendem Herzen und tief aufgewühlt von ihren Gefühlen.

Genauso wie am heutigen Abend. Dieses bedrückende Gefühl nur ein Spielball in Händen des Kaisers zu sein, dem Schicksal, Leben und Tod seiner Mitmenschen anscheinend kein Kopfzerbrechen zu bereiten schien. Im Gegensatz zu seinem Bruder. Das musste sie zugeben. Aber weshalb musste sie das zugeben? Weshalb ließ man sie nicht einfach in Ruhe?

Sie würde den Schleier nehmen. Mehr und mehr verfestigte sich diese Gewissheit in Irene. In der Sicherheit von dicken Klostermauern ihr weiteres Dasein zu fristen war bei weitem nicht die schlechteste aller Möglichkeiten. Doch, so wäre es das Beste. Während von ferne der Lärm der ausgiebig feiernden Staufer, die sich zu einem riesigen Gelage versammelt hatten, in ihr Gemach drang, stieß Theodora plötzlich einen überraschten Schreckensruf aus. Sie erhob sich abrupt und eilte zum Fenster, wo sie mit weit ausgestrecktem Arm in die Nacht hinaus deutete: „Da! Der Himmel brennt!“

Nun nahm auch Irene die orangerote Flammenwand wahr, in welcher der gesamte Horizont erglühte. Eine riesige Feuersäule wuchs dort hinten in den Himmel um sich als gigantischer Feuerregen über das Land zu senken.

„Der Ätna! Es ist der Ätna!“, murmelte Theodora atemlos.

Der Ätna! Dieser riesige schneebedeckte Berg, dessen Anblick Irene schon immer hatte erschaudern lassen. Seit einigen Tagen schon quollen dicke Rauchwolken aus seinem Gipfel – ein übles Vorzeichen für bevorstehendes Unglück, wie sich die Einheimischen hinter vorgehaltener Hand sorgenvoll zuflüsterten. Dabei war ihnen doch eigentlich schon mehr als genug an üblen Ereignissen widerfahren: War es nach der Eroberung von Palermo denn noch nicht vorbei? Welche Katastrophe hatte das Schicksal ihnen darüber hinaus zugedacht? Einen neuerlichen Krieg oder gar ein Erdbeben? Einen gigantischen Ascheregen, wie er sich in lange vergangenen Zeiten über eine Stadt der Römer bei Neapel gelegt und alles Leben darin erstickt hatte?

Wie auch immer: Auf alle Fälle handelte es sich um keine guten Vorzeichen im Hinblick auf das neue Jahr, das doch erst vor wenigen Stunden angebrochen war…

„Mein Sohn!" Ein lauter Jubelschrei hallte durch den Thronsaal. Freudestrahlend war Kaiser Heinrich aufgesprungen und hatte den schweißnassen Boten stürmisch umarmt, der ihm soeben die Nachricht von der glücklich verlaufenen Geburt seines Sohnes überbracht hatte. Der Thronfolger! Endlich war er geboren worden! Ihr erstes Kind! Der lang ersehnte Sohn! Nach achtjähriger Ehe! Geboren am selben Tag, an dem er, Heinrich, zum König der Normannen gekrönt worden war, wie der Bote dem überglücklichen Heinrich mitteilte. Die staufische Thronfolge war gesichert!

Es war eine Geburt gewesen, wie sie das Abendland noch niemals erlebt hatte: eine öffentliche Geburt auf dem Marktplatz von Jesi! Dies aus gutem Grund, denn schon während der Schwangerschaft der Kaiserin waren die ersten Gerüchte aufgekommen, die mittlerweile 40-jährige Konstanze sei gar nicht in der Lage ein Kind zu bekommen. Und jetzt, angesichts ihres fortgeschrittenen Alters, sei dies gleich gänzlich undenkbar. Bei dem deutlich gewachsenen Leibesumfang handele es sich nur um ein Kissen, das sie sich vor den Bauch gebunden habe, um die Schwangerschaft vorzutäuschen, und bei der scheinbaren Geburt werde man schließlich ein Kind präsentieren, das nie und nimmer das eigene sei.

Um all jenen Gerüchten ein für allemal den Boden zu entziehen, hatte sich Konstanze zu diesem spektakulären Schauspiel entschlossen und ihren Sohn vor aller Augen auf dem Marktplatz von Jesi zur Welt gebracht. Nur einige große Leinentücher hatten die Kaiserin in der letzten Phase der Geburt vor den Blicken der Neugierigen verhüllt. Eine wahrhaft ungewöhnliche Maßnahme, dazuhin noch von einer Kaiserin. Doch der Zweck war erreicht und niemand wagte es mehr an der rechtmäßigen Abstammung ihres Sohnes Konstantin irgendwelche Zweifel zu äußern.

„Konstantin!" Unwirsch ballte Kaiser Heinrich die Fäuste. „Sie hat ihn Konstantin genannt!" Er schüttelte heftig seinen Kopf, während er dem Boten mit einer gebieterischen Handbewegung bedeutete sich zu entfernen. „Von wegen Konstantin! Wir werden ihn umbenennen, gleich im

Frühjahr, wenn ich den Reichstag in Bari abhalte. Wir werden ihn Friedrich nennen. Zur Erinnerung an seinen ruhmreichen Großvater und zur Erinnerung an seine Abstammung aus dem Geschlecht der Staufer! Konstantin! Nie und nimmer Konstantin!" Wie zur Bekräftigung seines unumstößlichen Willens stampfte er mit dem Fuß auf dem Boden auf und blickte entschlossen in die Runde der Adligen, die sich an diesem Dezembernachmittag um ihn versammelt hatten.

Konrad von Urslingen war es schließlich, der sich vorsichtig räusperte: „Wenn ich einen Vorschlag machen dürfte..." begann er vorsichtig mit seinem Einwand.

„...und der lautet?", fragte Heinrich mit wenig Interesse.

„Vielleicht sollte man dem Knaben noch einen weiteren Vornamen geben..."

Der Kaiser schnaufte verächtlich. „Etwa doch Konstantin?"

„Nein, im Gegenteil," wehrte Konrad hastig ab. „Ich denke vielmehr an die Tatsache, dass euer Sohn eines Tages über diese beiden gewaltigen Reiche herrschen wird. Über das Heilige Römische Reich und über ganz Sizilien. So, wie er in seiner Person schon durch seine Herkunft beide Reiche in sich vereint, so könnte er auch heißen..." Konrad von Urslingen unterbrach sich und warf einen forschenden Blick zu Heinrich hinüber.

Dessen Neugierde schien in der Tat geweckt. „Weiter!", forderte er ungeduldig. „Wie lautet Euer Vorschlag?"

„Lasst ihn auf den Namen Friedrich Roger taufen, Herr. Zur ewigen Erinnerung an seine beiden Großväter: Kaiser Friedrich und König Roger. Als für alle Welt erkennbares Zeichen, dass es sich bei ihm um den rechtmäßigen Beherrscher beider Reiche handelt, um den Erben der großen Staufer und der Normannen!"

Mit zustimmendem Kopfnicken verfolgte Heinrich die Argumentation seines Ratgebers. „Friedrich Roger! Ein guter Vorschlag! So soll es sein! Und in zwei Monaten werden wir ihn beim Reichstag in Bari auf diesen Namen..."

Lautes Stimmengewirr vom Eingangsportal des Thronsaales unterbrach seine Rede. Im selben Moment wurde einer der Türflügel aufgestoßen und ein in höchstem Maß erregter staufischer Hofbeamter stürmte herein, gefolgt von mehreren schwer bewaffneten Reisigen. „Verrat! Sie planen einen Aufstand! Das ist der Beweis!" Er wedelte dabei heftig mit einigen eng beschriebenen Pergamenten in seiner Hand, die er kurz darauf dem Kaiser präsentierte. Noch viele Jahre später wollte das Gerücht nicht verstummen, einige der deutschen Edelmänner hätten ein verstohlenes Lächeln kaum unterdrücken können, als der Mann mit seinen schlimmen Nachrichten in ihre Versammlung geplatzt war. Schlimmer noch: Hinter vorgehaltener Hand war damals sogar gemunkelt worden, dass nicht nur die Edlen, sondern auch der Kaiser selbst diese doch eigentlich lebensbedrohlichen Meldungen im ersten Augenblick befriedigt zur Kenntnis genommen hatte...

Dann jedoch hatte sich Heinrich wieder in der Gewalt. „Verrat?! Was soll das bedeuten? Schnell, sprich: Was beinhalten diese Schriftstücke, dass von Verrat die Rede ist? Wer wagt es sich gegen mich aufzulehnen?"

Der aufgeregte Mann schnappte heftig nach Atem, danach begann er hastig mit seiner Erklärung. „Es sind vertrauliche Mitteilungen des Edlen von Acera an Graf Giordano, die wir gerade eben abgefangen haben. Ein Aufstand ist geplant! Es ist die Zusage vom Festland, den Normannen in Palermo zu Hilfe zu eilen, wenn sie sich gegen uns erheben. Schon morgen soll der Aufstand beginnen!"

Den nun folgenden Alptraum, der wie ein Gewittersturm über die Normannen hereinbrach, würde Irene niemals mehr völlig aus ihrer Seele verdrängen können. Im Alter von gerade einmal 14 Jahren sah sie sich dazu gezwungen, Gräueltaten mit anzusehen, die jegliche Vorstellungskraft eines Menschen sprengten. Ein Blutbad, das dem grässlichen Gemetzel in keiner Weise nachstand, das ihr Vater damals bei dem von ihm angeführten Umsturz begangen hatte – wenn man solche bestialischen Grausamkeiten überhaupt miteinander vergleichen sollte!

In sämtlichen Gemächern des Königspalastes erklirrten die blank gezogenen Waffen der deutschen Ritter, mit denen sie die völlig ahnungslosen Normannen brutal zusammen trieben und in die tiefen Kerkerverliese unterhalb des Schlosses warfen. Beim Anschein auch nur der geringsten Gegenwehr wurde nicht lange gefackelt: Ohne Vorwarnung stießen die Männer des Kaisers zu und verursachten dabei des Öfteren schwere, teilweise heftig blutende Verletzungen, die sie mit rohem Lachen ungerührt zur Kenntnis nahmen. Auch in der Stadt Palermo und den umliegenden Adelssitzen hausten die Angreifer fürchterlich. Mehrere dutzend Tote und zahlreiche schwer Verletzte waren die schreckliche Bilanz am Ende dieses Tages. Und immer noch konnten sich die zahlreichen Mitglieder der normannischen Oberschicht, in den dunklen stinkenden Kerkern zusammengepfercht wie Schlachtvieh, sich keinen Reim auf die Geschehnisse machen, die ohne jede Vorwarnung über sie gekommen waren. Auch Königin Sibylle, ihr Sohn Wilhelm und die drei kleinen Töchter befanden sich unter den Gefangenen – ebenso wie Irene und ihre Gefährtin Theodora.

Doch der nächste Tag sollte die Grausamkeiten, die sie heute hatten miterleben müssen, noch bei weitem übertreffen.

Nach einer fürchterlichen Nacht in der feuchten Kälte ihres Gefängnisses, umgeben von Ratten und anderem Ekel erregenden Getier, waren Sibylle, ihre vier Kinder sowie Irene und andere Mitglieder der normannischen Königsfamilie mit roher Gewalt aus dem Verlies herausgezerrt und von den Reisigen mit groben Stiefeltritten vor sich her getrieben worden. Keiner der höhnisch lachenden Männer kümmerte sich dabei auch nur im Geringsten um die verstörten, angstvoll schluchzenden kleinen Kinder oder den vor Hunger und Kälte am ganzen Leib zitternden sechsjährigen Wilhelm. Niemand erklärte den Gefangenen, was nun mit ihnen geschehen sollte. Jetzt öffneten sich die Tore des Palastes und eine weitere schwer bewaffnete Eskorte gesellte sich zu ihnen um sie – ungeschützt vor dem strömenden Regen – hinunter nach Palermo zu bringen. Und hier offenbarte sich Irenes entsetzten Augen das ganze Ausmaß der staufischen Rache an den angeblichen Verschwörern. Furchtbar hatten die Deutschen unter den Familien der sizilianischen Edelleute gewütet. Die Gassen der Stadt waren übersät mit Leichen, die zum Großteil grässliche klaffende Wunden offenbarten. Dazu kamen die zahlreichen Pfützen, in denen sich Blut und Regenwasser zu einer schrecklichen Flüssigkeit vermischt hatten.

Doch welche Pläne hatten die brutalen Eroberer aus dem Norden mit der Königsfamilie? Würden sie es wagen auch Hand an Sibylle und ihre

Kinder zu legen? Wo es doch niemand anderes als Sibylle gewesen war, die sich zusammen mit dem kleinen Wilhelm der Macht der Staufer unterworfen und Wilhelms Königskrone an Kaiser Heinrich übergeben hatte!

Vor dem Dom von Palermo kam der Zug zum Stehen. Noch immer machte keiner der Bewacher auch nur die geringsten Anstalten die Mitglieder der königlichen Familie vor dem unaufhörlich hernieder prasselnden Regen zu schützen. Ganz im Gegenteil: Man wollte die Demütigung vollkommen machen und den zu Tode erschreckten Einwohnern der einst so stolzen Stadt, die man auf dem Domplatz zusammen getrieben hatte, nachdrücklich demonstrieren, wer die neuen Herren waren und welchen Stellenwert man den alteingesessenen Adelsfamilien noch einräumte – nämlich nicht den geringsten. Wie Schlachtvieh kurz vor der Tötung, schoss es der verzweifelten Irene durch den Kopf, deren Kleidung längst bis auf die Haut durchnässt war.

Rechts neben dem Haupteingang des Gotteshauses loderte trotz des starken Regens ein kräftiges Feuer, das man ohne Rücksicht auf die Beschädigung der kunstvoll gearbeiteten Skulpturen direkt an der Fassade entzündet hatte. Über die Funktion des merkwürdigen, allem Anschein nach aus Eisen bestehenden Gestells, das schemenhaft durch die Flammenwand zu erkennen war, konnte sich weder Irene noch die anderen den geringsten Reim machen. Angesichts all der unvorstellbaren Grausamkeit, die sie hatte mit ansehen müssen, fiel es der jungen Frau schwer genug, überhaupt noch einen klaren Gedanken zu fassen.

Laute Flüche, in die sich das metallische Klirren von Ketten mischten, ertönten in diesem Augenblick hinter ihnen. Ein weiterer Trupp mit Gefangenen, die von ihren Bewachern mit brutalen Stößen vor sich her getrieben wurden, näherte sich dem Dom – unter den Gefesselten erkannte Irene den Grafen Giordano, einen der höchsten Beamten am Normannenhof, dessen Stirn mit einer großen blutverkrusteten Wunde überzogen war. Und… Irene stockte beinahe der Atem: auch der Erzbischof von Palermo! Auch er in Ketten gelegt! Ein ungeheuerlicher Anblick! Zahlreiche hohe geistliche und weltliche Würdenträger komplettierten die Gruppe der Gefangenen.

Die hohen Türen des Eingangsportals schwangen weit auf, Hornstöße ertönten aus dem Inneren der gewaltigen Kirche, wo im flackernden Halbdunkel des Fackelscheins Kaiser Heinrich zu erkennen war, der mit strenger Miene den nun folgenden Einzug der Geiseln überwachte.

Langsam begab sich der Staufer zum Seitenschiff des Doms, genau an jene Stelle, wo vor noch nicht einmal einem Jahr nacheinander erst Irenes früh verstorbener Ehemann, König Roger, und kurz danach auch sein Vater, König Tankred, begraben worden waren. Bevor die völlig verstörte Irene noch dazu in der Lage war sich einen Reim darauf zu machen, weshalb man sie an diesen Ort verbrachte, da ertönte ein entsetzter Schreckenslaut. Es war die Königin Sibylle, die den Schrei ausgestoßen hatte. Mit weit ausgestrecktem Arm deutete sie zitternd nach vorne – und in der Tat, jetzt sahen es auch die anderen. Es ließ ihnen das Blut in den Adern gefrieren: Die Gräber der beiden Könige waren geöffnet worden und es bot sich ihnen ein grauenhafter Anblick – die halb verwesten Leichen von Roger und Tankred, von denen ein grässlicher Gestank ausströmte, der die Luft im ganzen Gotteshaus verpestete. Aus der Menge der höhnisch auf die Toten hinunter starrenden Deutschen lösten sich nun zwei rotgekleidete Henkersknechte, deren Gesichter völlig verhüllt waren. Behände kletterten sie zu den beiden Skeletten hinunter, bückten sich rasch und rissen mit einer ruckartigen Bewegung die Königskronen von den Totenschädeln, die sie anschließend direkt vor die Füße des triumphierend lächelnden Kaisers legten.

„Halt! Es ist genug jetzt!“ Mit energischen Schritten drängte ein schmächtiger blonder Jüngling durch die enge Reihe der Adligen und baute sich direkt vor dem Kaiser auf. „Es reicht nun!“ Voller Empörung stemmte er seine Hände in die Hüften und funkelte Heinrich zornig ins Gesicht. „Das… das ist… eines Kaisers nicht würdig!“, keuchte er erregt.

Doch Heinrich, der seine Stirn zunächst in ärgerliche Falten gelegt hatte, lachte derb. „Mein liebreizender Herr Bruder! Immerzu milde und auf Ausgleich bedacht, wie es sich für einen geistlichen Würdenträger eben geziemt. Aber bedenke, du amtierst schon seit geraumer Zeit nicht mehr als Bischof. Die gnädige Vorsehung hat dich vor diesem Leben bewahrt und hat es dir ermöglicht, als würdiger Sohn eines großen Vaters zu Ruhm und Ehre zu gelangen. Und demnächst wirst du gar als Herzog von Schwaben in das traditionsreichste Amt unserer Familie aufsteigen. Doch ein solches Amt bedingt auch Standfestigkeit und Willensstärke. Man sollte darin schon etwas mehr aushalten können, wie das gemeinhin bei einem Bischof der Fall ist," grinste der Kaiser spöttisch. „Wir werden es dich heute lehren!" Auf einen kurzen Wink des Kaisers traten zwei Reisige an Philipps Seite und umklammerten dessen Oberarme mit eisenhartem Griff. Heinrich nickte befriedigt. „Ihr könnt fortfahren", bedeutete er den beiden Henkersknechten.

Diese verbeugten sich demutsvoll, um anschließend das mächtige Richtschwert zu ergreifen, das sie nun mit feierlicher Miene einem groß gewachsenen, ebenfalls gänzlich in rotes Tuch gekleideten Mann überreichten: dem Henker.

Kaum einer unter den erschaudernden Anwesenden konnte sich einen Reim auf diese Zeremonie machen. Wollte Kaiser Heinrich etwa hier, mitten im Gotteshaus, eine Hinrichtung ausführen lassen? Das war undenkbar! Nicht einmal dem grausamen Staufer, dessen Handeln alles in den Schatten stellte, was man bislang an Gräueltaten von deutschen Rittern vernommen hatte, war eine derartige Barbarei zuzutrauen! Oder etwa doch?

Unruhig wand sich Philipp unter dem Griff der beiden Reisigen, doch die Männer verfügten über Bärenkräfte. Nie und nimmer würde es ihm gelingen sich zu befreien. Langsam hob der Henker das große Schwert und präsentierte es den Betrachtern feierlich, denen vor Anspannung der Atem stockte. Was hatten sie nur vor? Was bezweckte der Henker mit seiner Demonstration? Mit Sicherheit eine neuerliche Grausamkeit, eine weitere, unvorstellbare Demütigung der Geiseln.

Der junge Mann schüttelte unglücklich den Kopf, während er seinen Blick suchend über die Reihe der gefangenen Normannen schweifen ließ. Da! Jetzt hatte er sie entdeckt. Mit panisch geweiteten Augen, in denen sich maßloses Entsetzen spiegelte, starrte die leichenblasse Irene zu dem Furcht einflößenden Mann mit dem riesigen Schwert hinüber. Jetzt bemerkte sie Philipp und für den Bruchteil einer Sekunde trafen sich ihre Blicke, bevor Irene rasch die Augen niederschlug. Zu schnell um den bittenden Ausdruck in seiner Miene wahrzunehmen. Den um Verzeihung bittenden Blick. Der doch ausdrücken sollte, wie sehr auch ihm, Philipp, diese Freveltaten zuwider waren. Doch vergeblich. Voller Bitterkeit musste sich der Bruder des Kaisers vergegenwärtigen, dass er für Irene nichts weiter darstellen konnte, als einen Adligen aus den Reihen der Eroberer. Als einen jener Barbaren aus dem Norden, wie man sie ja in Sizilien – und dies durchaus nicht zu Unrecht – inzwischen bezeichnete. Die gekommen waren um Leid und Unheil unter den Normannen zu verbreiten.

In diesem Augenblick durchzuckte Philipp die grausame Erkenntnis, was der Henker mit seinem Schwert im Sinn hatte. Und auch die anderen Beobachter hatten es begriffen. Plötzlich erhob sich ein erregtes Gemurmel, vermischt mit erstaunten Lauten der Überraschung und des Schreckens und hallte tausendfach zurück von den steinernen kalten Wänden des Domes.

Mit einer ruckartigen Bewegung versuchte Philipp sich dem Griff seiner Bewacher zu entwinden. Vergeblich. „Bewahrt Ruhe, Herr," flüsterte gleichzeitig eine heisere Stimme von hinten in sein Ohr. „Widerstand gegen die Anordnungen des Kaisers ist nur Wasser auf die rebellischen Gemüter der Normannen!" Unwirsch wandte Philipp seinen Kopf. Es war Gangolf von Hoheneck, der sich erdreistete, ihm diese Lektion erteilen zu wollen, ein klein gewachsener, noch junger Edelfreier, der Philipp schon in der Vergangenheit mehrfach durch besonders offensichtliche Unterwürfigkeit unangenehm ins Auge gefallen war. Er meinte wohl sich mit einem solchen Verhalten besonders rasch eine herausgehobene Stellung am Hof erschleichen zu können!

„Dann habt wenigstens die Größe, der jungen Frau dort drüben den grausamen Akt zu ersparen" zischte Philipp scharf. „Stellt Euch vor die Frau und verdeckt ihr den Blick auf die beiden Toten!"

„Es ist mir leider nicht gestattet mich den Gefangenen zu nähern" wies Hoheneck das Ansinnen mit bedauerndem Tonfall zurück.

Doch er wäre zu spät gekommen. die Dinge hatten bereits ihren offenbar unabänderlichen Lauf genommen. Wie gelähmt und starr vor Entsetzen mussten Irene und die anderen Gefangenen die scheußlichen Vorgänge mit ansehen, die sich an den Gräbern der Verstorbenen ereigneten.

Mit einem einzigen brutalen Hieb hatte der Henker sein Richtschwert auf den toten König Tankred niederfahren lassen und somit dessen Furcht erregend grinsenden Totenschädel von dem halb verwesten Rumpf getrennt. Dann hob er das Schwert zum zweiten Mal in die Höhe um unmittelbar danach auch den toten Roger zu enthaupten. Ein grauenhafter Vorgang, der sich wie eine eiskalte Faust in Irenes Bewusstsein krallte und die junge Witwe zu ersticken drohte. Der faulige Gestank nach Moder und Verwesung, der ihnen den Atem verschlug, der entsetzliche Anblick der toten Könige, die barbarische Enthauptung ihres toten Mannes... Es war zu viel. Viel zu viel. In Theodoras Armen schlug eine gnädige Ohnmacht über Irene zusammen.

Kaiser Heinrich ließ ein höhnisches Lachen vernehmen. „So also ergeht es dem, der sich unrechtmäßig die Königskrone auf das Haupt setzen lässt. Ich hoffe sehr, die Lektion ist deutlich genug ausgefallen!“ Er schenkte dem Henker und dessen Gehilfen ein zufriedenes Kopfnicken, dann deutete er mit einer gebieterischen Geste nach draußen. „Ihr könnt fortfahren!“

War es denn immer noch nicht genug? Welche Grausamkeiten meinte Heinrich, denn nun noch begehen zu müssen? Wieder versuchte Philipp sich aus dem Griff der Reisigen zu befreien, doch seine beiden Bewacher schlossen ihre Pranken daraufhin nur noch fester um seine schmerzenden Oberarme. Beißender Qualm drang vom geöffneten Portal des Domes nun ins Innere und vermischte sich mit dem Verwesungsgestank. Was um Gottes Willen war das denn? Während zwei schwer bewaffnete Ritter nun den Grafen Giordano, dessen große Stirnwunde wieder zu bluten begonnen hatte, vor Kaiser Heinrich schleppten, näherten sich vom Portal mit langen Eisenstangen auf den Schultern weitere Henkersknechte. Damit transportierten sie das merkwürdige Eisengestell, das man vorher schemenhaft in den wild lodernden Flammen des Scheiterhaufens neben der Domfassade hatte erkennen können. Das rotglühende Gestell strahlte eine gewaltige Hitze aus. Direkt vor Kaiser Heinrich und den in Ketten gelegten, leise unter seinen Schmerzen stöhnenden Grafen Giordano, wurde es vorsichtig auf dem Steinboden platziert, dann eilten die Schergen von neuem hinaus. Wenig später kehrten sie mit weiteren glühenden Eisenteilen zurück, mit denen sie das Gestell bedeckten.

Einer der im Kirchenschiff versammelten Reisigen schien plötzlich begriffen zu haben und stieß einen lauten Überraschungsschrei aus. „Ein Stuhl! Es ist ein Stuhl aus Eisen!“, rief er in die verblüffte Menge. „Ein glühender Stuhl aus Eisen!“

Auf den Gesichtszügen des Kaisers spielte ein diabolisches Lächeln, als er verneinend seinen Kopf schüttelte. „Kein Stuhl im eigentlichen Sinne!“, verkündete er triumphierend. „Es ist ein Thron. Ein Thron, wie ihn jener hat besteigen wollen, in dem er sich an die Spitze der Verschwörung gegen mich gestellt hat,“ wies er mit ausgestrecktem Arm anklagend auf den mittlerweile zwischen seinen Bewachern vor Schmerzen und Entkräftung zusammengesunkenen Grafen Giordano. „Und hier,“ er deutete mit dem Kinn zum Domportal hinüber, „hier kommt seine Krone!“

Laute Überraschungsschreie vermischten sich mit dem entsetzten Aufstöhnen der normannischen Gefangenen, als sie den Blicken des Kaisers folgten. Tatsächlich transportierten die Henkersknechte mit langen Eisenzangen vorsichtig ein rotglühendes Gebilde durch das Spalier der Menschen, dessen Umrisse durchaus Ähnlichkeiten mit einer richtigen Krone aufwiesen. „Die Krone des Verräters!“, kommentierte Heinrich trocken und machte somit auch dem letzten Zweifler deutlich, was er mit dem merkwürdigen Schauspiel bezweckte, das er nun vor aller Augen hier in der Kirche abzuhalten gedachte.

Ein lang gezogener, durch Mark und Bein dringender Klagelaut ließ die Versammlung zusammen zucken. „Nein! Das dürft ihr nicht! Nein!“ Es war die Frau des Grafen, die es in wilder Verzweiflung geschafft hatte sich aus der Menge der Gefangenen zu lösen. Mit raschen Schritten stürmte sie auf den Kaiser zu und schien sich im nächsten Moment auf Heinrich stürzen zu wollen, als das Richtschwert des Henkers blitzschnell hernieder sauste und ihren Schädel in zwei Hälften spaltete.

Der durch die Schmerzen halb ohnmächtige Graf Giordano, in dessen Bewusstsein der brutale Mord an seiner Gemahlin offenbar gar nicht gedrungen war und der von den grässlichen Plänen nicht das Geringste zu ahnen schien, wurde nunmehr von den beiden kräftigsten Gehilfen des Henkers unter den Achseln angehoben und direkt vor dem spöttisch grinsenden Kaiser aufgebaut.

„Nun denn, es sei! Krönt ihn mit der heißen Krone des Südens!", gab Heinrich die entscheidende Anweisung, die auch das letzte Quäntchen Hoffnung in Philipp zunichte machte, es handle sich bei der Inszenierung lediglich um ein makabres Schauspiel seines Bruders, das nun jedoch sein Ende hatte. Das Gegenteil war der Fall!

Mit ihren langen Zangen hoben die Schergen daraufhin die glühende Krone in die Höhe und drückten sie auf das Haupt ihres Opfers. Ein entsetzlicher Gestank aus verbrannter Haut, zersengten Haaren und undefinierbarem Qualm vermischte sich nur einen Wimpernschlag später vor den entsetzten Augen der versammelten Menschen mit dem nicht enden wollenden Todesschrei des Gequälten. Doch es war längst noch nicht zu Ende. Erbarmungslos schleppten die Henker den Grafen zu dem roh geschmiedeten Eisengebilde hinüber und drückten ihn auf die heißen Platten nieder. Dem verzweifelt sich in seinen Schmerzen windenden Opfer bot sich nicht die geringste Überlebenschance, da ihn zwei weitere Männer gleichfalls mit langen Zangen auf dem rot glühenden Thron gewaltsam festgepresst hielten, während erste Flammen aus seinen Gewändern züngelten.

Voller Scham und Verzweiflung richtete Philipp den Blick zum Himmel, während er seine Tränen nun nicht mehr zurückhalten konnte. Aber das war ihm in diesem bitteren Moment völlig gleichgültig. Sollten ruhig alle Edlen zu Zeugen seiner tiefen Bestürzung werden. Damit sich später einmal vielleicht auch die Erkenntnis verbreitete, dass nicht alle Staufer das grausame Vorgehen billigten, mit dem Kaiser Heinrich seine Macht im Normannenreich demonstrierte. Weshalb ließ der Himmel dies alles zu? Diese Barbarei, diese Qualen, diese Schreie! „Herr, erbarme dich seiner und schenke ihm ein rasches Ende," murmelte Philipp verstört, während weiterhin die fürchterlichen Schmerzensschreie des Gefolterten alle Zeugen des schrecklichen Spektakels bis ins Innerste erbeben ließen.

In diesem Moment erwachte Irene wieder aus ihrer Ohnmacht. Wie durch dichten weißen Nebel nahm sie nur schemenhaft wahr, was sich um sie herum ereignete. Die Schreie. Der Gestank. Das qualvoll sich auf einem glühend heißen Thron windende Opfer in der völlig verschmorten Kleidung, die in Fetzen von seinem geschundenen Körper hing: So musste die Hölle aussehen! „Die Hölle," flüsterte sie kraftlos. „Herr, was habe ich nur getan, dass ich deinen Zorn so sehr erregt habe?"

Nun klatschte der Kaiser laut in seine Hände. Das Zeichen dafür, die anderen Gefangenen vor ihn zu führen, die erfüllt von panischem Entsetzen dazu gezwungen worden waren die brutale Hinrichtung mit eigenen Augen verfolgen zu müssen. Der Erzbischof von Palermo, zahlreiche Priester und die vornehmsten Edelleute des Hofes, alle in Ketten vor dem Hohn lachenden Kaiser!

„Ihr alle, die ihr die unrechtmäßige Krönung des Usurpators Tankred, des Grafen von Lecce und seines Sohnes vollzogen habt," donnerte Heinrich ihnen mit Unheil verkündender Stimme entgegen. „Alle, die ihr es gewagt habt eine neue Verschwörung gegen mich zu inszenieren: Seht, welche Strafe euch das Schicksal zuteil lassen wird!" Er deutete auf den glühenden Thron, wo die Schreie des Grafen Giordano mittlerweile verstummt waren. „Wer von euch will der Nächste sein?"

Zitternd sanken die Edelleute auf ihre Knie. „Herr, um der Barmherzigkeit willen. Verschont uns im Namen der Jungfrau Maria!", flehte der Erzbischof mit krampfhaft gefalteten Händen. Doch mehr als ein heiseres Lachen des Kaisers erreichte er damit nicht. „Es ist den Herren also anscheinend zu heiß auf dem für sie bereiteten Thron," schleuderte er den Normannen streng entgegen. „Nun gut, dann wollen wir eine andere Art der Krönung für euch bereithalten! Falls euch die Flammen zu heiß sind, dann werden wir daran gehen, sie zu löschen." Wieder machte er eine gebieterische Handbewegung, worauf sich zahlreiche Bewaffnete aus der Menge lösten und die Gefangenen vom Boden rissen. „Führt sie ans Wasser und erteilt ihnen die nötige Taufe!"

Er würde sie ertränken lassen! Einfach ertränken lassen. Die gesamte ehemalige Führungsschicht des Normannenreiches. Wieder war es Philipp, als müsse sich der Boden auftun und die Hölle sie verschlingen. Doch nichts dergleichen geschah. Es war die Hölle! Und welchem Menschen würde man fürderhin noch verdenken können, wenn er sich bei der bloßen Erwähnung der deutschen Kaiser voller Schaudern abwandte, so wie viele dies schon beim Namen des Kaisers Friedrich machten, den sie Barbarossa nannten. Sehr zum Zorn Philipps im Übrigen, der bisher nicht hatte glauben wollen, was man sich über die Taten seines Vaters erzählte. Dass dieser nämlich nach seiner Eroberung der Stadt Mailand alle Männer hatte blenden lassen. Aus purer Rache, weil sich die Stadt ihm widersetzt hatte. Seitdem waren die Staufer tatsächlich in ganz Italien als der Schrecken aus dem Norden bezeichnet worden – und dies, wie Philipp nun erkennen musste, wahrlich nicht zu Unrecht. Und die Handlungsweise des Kaisers Heinrich, seines Bruders, übertraf die Grausamkeiten ihres Vaters noch bei weitem! Unvorstellbar!

Doch es war noch immer nicht zu Ende: Während die zitternden normannischen Edelleute von ihren Bewachern mit derben Griffen vom Boden gezogen wurden, traten zwei vom Kaiser allem Anschein nach sorgfältig instruierte Reisige rasch nach vorne und ergriffen blitzschnell den kleinen Wilhelm, der weinend hinter seiner Mutter Sibylle Schutz gesucht hatte, die hochaufgerichtet und mit versteinerter Miene das furchtbare Geschehen über sich ergehen ließ.

Und dann geschah das Unfassbare: Noch bevor Philipp es schaffte sich rechtzeitig abzuwenden, war die scheußliche Tat bereits begangen worden. Während die Reisigen den laut aufheulenden Wilhelm mit brutaler Gewalt direkt vor den Henker platzierten, hatte dieser den sechsjährigen Knaben mit der Linken bei seinem Haarschopf gepackt und seinen Kopf in die Höhe gerissen, während er in der rechten Hand blitzschnell ein Stilett präsentierte. Mit zwei gezielten Stichen in die Augenhöhlen hatte der Henker seinen Auftrag im nächsten Moment ausgeführt: Wilhelm war geblendet!

Dass der kleine Sohn des toten Königs Tankred darüber hinaus auch noch entmannt worden war und der Henker seine Hoden unter dem höhnischen Gelächter des Kaisers auf den glühenden Thron mit den Überresten des Grafen Giordano geworfen hatte, überstieg für Philipp endgültig jegliches Maß. Nie wieder würde er über die Ereignisses dieses Tages auch nur ein einziges Wort verlieren. Niemals wieder! Und dennoch: Es war ihm nicht vergönnt, das Trauma zu vergessen, das sich an diesem Tag für alle Zeiten qualvoll in seine Seele hinein gebrannt hatte. Genauso, wie in Irenes Leben.

Wie in Trance verlebte Philipp die Tage nach dem Alptraum. Am darauf folgenden Abend war es ihm endlich gelungen die Gefangenen – unter ihnen auch der mit dem Tod ringende Wilhelm und dessen Mutter Sibylle – vom Kerker zumindest in einen schwer bewachten Teil des Palastes verbringen zu lassen. Dort war er dann auch mit Irenes Begleiterin Theodora zusammen getroffen. Von Theodora hatte Philipp erfahren müssen, dass Irene schwer am Fieber darnieder lag. Die Ärzte, die er daraufhin zu ihr entsandte, waren mit bedenklichen Mienen wieder zu ihm zurück gekommen und hatten Philipp bedeutet, dass es sich um ein schweres Nervenfieber handle, das von Irene Besitz ergriffen habe. Es würde viele Wochen dauern, bis sie die Krankheit überwunden habe. Wenn es denn überhaupt gelänge, denn der Schock der grauenhaften Erlebnisse laste schwer auf der jungen Frau. Nur die Zeit könne solche Wunden heilen. Die Zeit und eine zärtliche Fürsorge.

Philipp selbst war es verwehrt sich der nur langsam genesenden Kranken zu nähern. „Verzeiht, Herr," war ihm von Theodora bei einer ihrer nächsten Zusammenkünfte mitgeteilt worden. „Aber die Königin lehnt jede Begegnung mit Euch ab. Sie wolle niemals etwas mit einem Staufer zu tun haben. Auch nicht mit Euch. Und an eine Heirat verschwende sie nicht den geringsten Gedanken. Niemals könne sie vergessen, was die deutschen Ritter ihr und der Familie ihres verstorbenen Mannes angetan hatten. Eine Heirat mit Euch, Herr, so hat sie mir wortwörtlich anvertraut, käme auf gar keinen Fall in Betracht. Eher bringe ich mich um, hat sie geschworen…"

11

Es war Anfang März des Jahres 1195. Nach einer stürmischen Überfahrt von Palermo nach Neapel hatten die genuesischen und pisanischen Schiffe, die bis zu diesem Tag vereinbarungsgemäß noch immer unter dem Oberkommando des Markward von Annweiler standen, endlich im Hafen von Neapel Anker geworfen. Die Mission der beiden Städte war damit beendet. Aus der unermesslichen Beute der Staufer hatten sie reichen Lohn erhalten. Jetzt allerdings pochten sie darauf, dass der Kaiser auch seine sonstigen Versprechen in die Tat umsetzte, und ihren Flotten wichtige Stützpunkte in Sizilien überließ. Doch davon war zum maßlosen Ärger der Städte keine Rede mehr. Noch habe er seine Mission bei den Normannen nicht endgültig erfüllt – und zumindest so lange müssten sich sowohl die Pisaner wie auch die Genueser noch gedulden, hatte der Kaiser auf Zeit gespielt.

Doch Heinrich hatte sein Augenmerk längst in die Zukunft gerichtet. Nachdem Sizilien nun erobert war, konnte er sich also endlich neuen Aufgaben zuwenden und seine Macht im Reich endgültig festigen. Deshalb hatte er für Mitte März auch einen großen Reichstag in Bari einberufen, was bei den deutschen Edelleuten teilweise auf heftigen Unmut stieß, denn dies bedeutete für diejenigen, die nicht am Feldzug teilgenommen hatten sich noch im Winter auf den langen und beschwerlichen Weg über die Alpen zu machen, um rechtzeitig im Süden Italiens einzutreffen. Auf solcherlei Befindlichkeiten freilich wollte Heinrich keine Rücksicht nehmen, wohl wissend, dass es angesichts seiner neu hinzugewonnenen Machtfülle keiner wagen werde nicht auf dem Reichstag zu erscheinen. Man konnte ja nie wissen, welches Amt der Kaiser für einen deutschen Edelmann möglicherweise vorgesehen hatte oder dass ernsthafte Gefahr bestand, das Amt würde an einen unliebsamen Konkurrenten vergeben. Schon deshalb musste man auf der Hut sein – und dies bedeutete, allen Beschwernissen zum Trotz, die Anwesenheit auf diesem Reichstag in den neu eroberten Reichsgebieten.

Für die Überfahrt nach Neapel war es Philipp gelungen, dasselbe Schiff besteigen zu können wie Irene und deren Begleiterin Theodora – wenn man angesichts der stattlichen Anzahl von an die großen Ruder gefesselten Sklaven überhaupt von einem Schiff sprechen mochte und nicht von einer stinkenden Galeere, wo die Menschen unter unwürdigsten Bedingungen ihr Dasein fristeten. Doch weder der Kapitän noch sonst einer der pisanischen Offiziere schienen sich das geringste Kopfzerbrechen über diese Zustände zu machen. Es handelte sich um nordafrikanische Sklaven – nicht um Menschen, so zumindest war ihre Auffassung. Dass die hygienischen Verhältnisse im wahrsten Sinn des Wortes zum Himmel stanken und man immer wieder von Krankheiten hörte, die sich mit rasender Geschwindigkeit unter den Schiffsbesatzungen ausbreiteten, bedeutete überdies Lebensgefahr für jeden der Passagiere. Kein Wunder, dass sich der Kaiser und sein Gefolge auf andere Schiffe begeben hatten – mochte mit den Normannen geschehen, was eben geschehen würde. Keine Warnung hatte Philipp freilich von der Überfahrt auf der Galeere abbringen können. Einzig und allein ging es ihm darum, diese Seefahrt gemeinsam mit Irene zu überstehen, um nichts Anderes. Die wenigen engen Räume, in denen sie dicht gedrängt untergebracht waren, würden ihm nun endlich ein Zusammentreffen mit Irene ermöglichen. Um nichts Anderes mehr kreisten Philipps Gedanken, seit er die von den schlimmen Geschehnissen zu Tode betroffene junge Königswitwe im Dom von Palermo zum letzten Mal erblickt hatte. Gefühle, wie er sie in seinen 18 Lebensjahren noch nie verspürt hatte, waren plötzlich in ihm erwacht. Gefühle, die er sich nicht im Geringsten erklären konnte, die aber sein gesamtes Handeln in den vergangenen Wochen bestimmt hatten. Wieder und wieder jedoch hatte Irene seine zaghaften Anfragen nach einer kurzen Aufwartung über Theodora stets mit dem Hinweis auf ihre angegriffene Gesundheit zurückweisen lassen. Und so hatte sich Philipp nun zu diesem von den Edlen des Reiches mit Kopfschütteln quittierten Schritt entschlossen: zur Überfahrt auf der Galeere.

Der Bruder des Kaisers und die sizilianischen Gefangenen auf ein und demselben Schiff – eine Maßnahme, die zwar seinem Stand im Reich und seiner Herkunft aus der kaiserlichen Familie in keiner Weise entsprachen, die er aber dennoch mühelos durchsetzte, zumal der Kaiser mit hinterlistigem Grinsen geäußert hatte, einer Annäherung der beiden künftigen

Eheleute wolle er schließlich auf gar keinen Fall im Wege stehen. Mit verständnislosem Achselzucken hatte Heinrich noch hinzugefügt, es bleibe ihm zwar völlig rätselhaft, weshalb sein kleiner warmherziger Bruder meine diesen beschwerlichen Weg gehen zu müssen und sich nicht einfach hole, was ihm rechtmäßig zustehe und überdies auch bereits versprochen sei, aber: Nun denn, er solle seinen Willen haben.

Freilich waren sich Philipp und Irene während der gesamten zweitägigen Überfahrt nur einmal begegnet, ausgerechnet mitten in einem schweren Sturm, während riesige Wellen über das Schiff hereingebrochen waren. Zwei der normannischen Gefangenen waren von den gewaltigen Brechern schon wie Spielzeugfiguren über Bord gespült worden und in der wild tosenden See versunken. Und nun schien es gar, als drohe das Schiff demnächst zu kentern. Die starke Schieflage des Bootes und die ernste Miene des erfahrenen Steuermannes, der sich mit einem dicke Tau am Mast festgebunden hatte um nicht ebenfalls von den Wellen erfasst und fortgetragen zu werden, sprachen Bände. Es war nur noch eine Frage der Zeit, bis man kenterte – falls der Sturm nicht endlich nachließ.

Voller Sorge hatte sich Philipp trotz der erschrockenen Warnungen seines Knappen über das klatschnasse schwankende Deck auf allen vieren zu der Kabine vorgearbeitet, in der sich auch Irene aufhielt. Von den an dem Gefängnis postierten beiden Wachen war nichts zu entdecken, auch sie hatten sich in Sicherheit gebracht oder waren ebenfalls längst zu Opfern der wütenden See geworden. Mit Mühe war es Philipp gelungen die Tür einen Spalt weit zu öffnen und rasch in den dunklen Raum hinein zu schlüpfen, bevor die nächste Welle gegen den Rumpf ihres Bootes krachte und es bedrohlich ins Schlingern brachte.

Im Inneren der dicht mit den Gefangenen voll gestopften Kabine herrschte völlige Dunkelheit. Ein grässlicher Gestank nach Erbrochenem und menschlichen Exkrementen verschlug Philipp fast den Atem. Dazu gesellte sich ein wirres Durcheinander aus gemurmelten Gebeten, hysterischen Angstschreien und zornigen Flüchen. Zu sehen war nicht das Geringste, nachdem die hölzernen Läden der Kabine schon vor Antritt der Überfahrt sicherheitshalber vernagelt worden waren. So nahe war er nun bei Irene und dennoch konnte er nicht erkennen, in welcher Ecke sie sich befand. Es war die Hölle.

Und es blieb ihnen nichts, als abzuwarten. Zu warten und zu beten. Endlose Stunden waren vergangen, als der Sturm endlich abebbte und sich das Meer allmählich wieder beruhigte. Mühsam tastete Philipp sich auf dem Boden entlang zur Kabinentür und drückte diese auf. Gleißendes Sonnenlicht stach in die Augen der Gefangenen. Es dauerte geraume Zeit, bis sie sich an die Helligkeit gewöhnt hatten. Dann jedoch ertönten ärgerliche Flüche und Verwünschungen, die ganz offensichtlich ihm, dem Staufer, galten, den sie nun plötzlich erkannten. Jetzt erst wurde Philipp bewusst, dass er sich soeben in doppelter Lebensgefahr befunden hatte: Zum einen wegen des drohenden Untergangs ihres Schiffes, zum anderen aber, wenn die Normannen trotz der Dunkelheit erkannt hätten, wer sich ihnen da schutzlos und völlig naiv auslieferte. Obwohl ihre Handgelenke von Ketten umschlossen waren, hätten die Männer mit dem Staufer kurzen Prozess gemacht, das musste der zu Tode erschrockene Philipp in diesem Moment schmerzlich erkennen. Keiner dieser Menschen würde ihm Glauben schenken, dass er die Taten seines Bruders tief verabscheute und dass es ihm doch vor allem um Ausgleich zu tun war, um eine Linderung ihrer Leiden. Irenes Leiden vor allen Dingen.

Wo war sie denn? Suchend ließ er seinen Blick über die Gesichter der Gefangenen schweifen ohne auf die hasserfüllten Mienen und die zornigen Ausrufe zu achten, mit denen sie ihn bedachten. Da! Dort hinten lehnte sie erschöpft an der Kabinenwand, eng umschlungen von Theodora, ihrer ständigen Begleiterin. Und sie war seinem Blick nicht mehr ausgewichen, sondern hatte ihm stand gehalten. Länger als nur einen Wimpernschlag. Viel länger! Dann erst hatte die in den letzten Wochen stark abgemagerte Irene den Kopf gesenkt und dabei leise einige Worte in ihrer ihm unverständlichen Sprache gemurmelt. Danach hatte sie sich an der Wand langsam auf den Boden sinken lassen, bis sie von der Menge der anderen Normannen verschluckt worden war.

Tief bedrückt hatte Philipp die Türe hinter sich verschlossen, während er die beiden gerade erschrocken herbei eilenden Bewacher keines Blickes würdigte. Die leichenblasse und anscheinend nur noch aus Haut und

Knochen bestehende Witwe, deren früher so samtig glänzendes schwarzes Haar nun in wirren Strähnen ihr Gesicht bedeckte, bot einen Besorgnis erregenden Anblick. Ein Schatten ihrer selbst! Kein Vergleich mit der anmutigen jungen Frau, der Philipp vor wenigen Wochen zum ersten Mal begegnet war.

Wenige Stunden später waren sie im Hafen von Neapel vor Anker gegangen. Noch vor dem Verlassen des Schiffes ließ Philipp durch seinen Knappen die der deutschen Sprache einigermaßen mächtige Theodora zu sich bringen und erkundigte sich bei dieser nach dem Inhalt von Irenes Worten. Verlegen senkte die kleine Frau den Kopf, dann breitete sie mit einer Entschuldigung heischenden Geste die Arme aus. „Herr, Ihr müsst sie verstehen. Was hat sie nicht alles an Grausamkeiten erleben müssen. Sie sieht in Euch niemand anderen, als den Bruder des Kaisers. Als den Bruder des Mannes, der ihr all dieses angetan hat!"

Obwohl allein schon diese Worte Philipp einen bitteren Stich mitten in das Herz versetzten, beharrte er dennoch darauf, den Inhalt von Irenes Satz zu erfahren. „Nun sag schon, und zwar Wort für Wort," drängte er ungeduldig.

„'Ich möchte niemals mit Euch zusammentreffen', so waren ihre Worte, Herr," begann Theodora stockend. „'Aber Ihr seid der Gebieter. Ich selbst bin nur Gefangene auf dieser stinkenden Galeere. Ihr seid der Herr über Leben und Tod. Und es würde meinen Tod bedeuten, mich mit Euch verheiraten zu müssen'. Verzeiht, aber Ihr wolltet es hören. Genau dies hat sie gesprochen, Herr." Verlegen senkte Theodora den Kopf und verharrte regungslos vor dem tief betroffenen jungen Mann.

Es dauerte geraume Zeit, bis Philipp sich wieder gefasst hatte und Irenes Begleiterin mit einem kurzen Kopfnicken verabschiedete. „Ich danke dir, dass du mir die Wahrheit gesagt hast. So schlecht sie auch für mich geklungen hat. Bestelle deiner Herrin dennoch meine Grüße und teile ihr mit, dass nichts gegen ihren Willen geschehen wird. Ich schwöre es, bei der Seele meiner Mutter!" Damit wandte er sich traurig ab, um das Schiff nunmehr zu verlassen.

„Herr," nahm Theodora in diesem Augenblick all ihren Mut zusammen. „Da wäre noch etwas..."

„Was meinst du?“ Gespannt wartete Philipp, welches Anliegen der Frau so sehr am Herzen lag.

„Ihr habt es in all dem Elend und der Gefahr wohl nur schlecht bemerken können, zumal es ja auch völlig dunkel war. Aber...es...ist...ich weiß nicht...“ Verzweifelt schien sie um die richtigen Worte zu ringen.

„Sei unbesorgt,“ versuchte Philipp ihr zu Hilfe zu kommen. „Sprich aus, was dich bedrückt!“

„Es geht um Wilhelm, den kleinen Sohn des Königs...“

Wieder war es Philipp, als würde eine eiskalte Faust seine Kehle zuschnüren. Wilhelm! Der so grauenvoll misshandelte sechsjährige Wilhelm, den sie entmannt und geblendet hatten und der diese grausame Folter dennoch überlebt hatte, wenngleich über Wochen sein Leben an einem seidenen Faden zu hängen schien. Und manches Mal schon hatte Philipp sich die bedrückte Frage gestellt, ob nicht der Tod ein besseres Los für den armen Jungen gewesen wäre, dem nun, ebenso wie seinen kleinen Schwestern und seiner Mutter, lebenslange Verbannung in einem fremden kalten Land beschieden war. Lebenslang eingeschlossen hinter den dicken Mauern einer Burg, vielleicht auch eines Klosters. Je nachdem, wie die Pläne des Kaisers im Anschluss an den bevorstehenden Reichstag in Bari lauteten – wenn Wilhelm den langen und mühevollen Zug über die Alpen überhaupt überleben würde.

Wie in Trance drang Theodoras Bitte in sein Bewusstsein. „Ihr habt die Klagelaute des Jungen sicherlich vernommen, wenn euch auch nicht bewusst war, von wem sie stammten. Und die Schreie des kleinen Mädchens, seiner Schwester Elena, die das Geschehen im Dom von Palermo nicht verkraftet hat und seitdem dem Wahnsinn verfallen ist und sich bei Tag und Nacht von üblen Dämonen verfolgt sieht... All das muss auch Sibylle, die Mutter, ertragen... Wäre es... Ich meine... Darf ich es wagen Euch zu bitten, ob es vielleicht möglich wäre die Not dieser armen Menschen in der Weise zu lindern, dass Ihr ihnen ein eigenes Zelt zuweisen könnt, getrennt von den anderen. Und dass Ihr uns noch zwei der heilkundigen Dienerinnen überlasst, die uns bei der Pflege der Kinder unterstützen können, bevor sie von Euren Rittern davon geführt werden. Ich denke, es läge auch im Interesse meiner Herrin Euch darum zu bitten.

Ich könnte Eurem Knappen die Namen der beiden Dienerinnen nennen…"

„Tut es," würgte Philipp trocken hervor. „Euer Wunsch ist hiermit schon erfüllt. Ich werde versuchen ihr Leiden zu lindern solange mir dies möglich ist. Und – sagt Eurer Herrin: Es tut mir Leid!" Grußlos eilte der junge Mann mit raschen Schritten davon um vor Theodora die Tränen des Kummers und der Scham zu verbergen, die nun über seine Wangen rannen.

12

Nachdem die Schiffe ihre traurige Fracht in Neapel entladen hatten, sollte es schon am nächsten Tag mit Pferden und Maultieren weiter nach Bari gehen. Mindestens zehn Tage, wenn nicht sogar wesentlich länger, würde die Reise dauern, nachdem der unaufhörliche Regen in den letzten Wochen die wenigen Wege und Straßen, die sich quer durch das Land in Richtung Adria zogen, völlig durchweicht und teilweise fast unpassierbar gemacht hatte. Man benötigte die ganze Nacht, bis die Packpferde mit dem ersten Teil der erbeuteten unermesslichen Schätze aus dem Normannenpalast beladen waren. Gold, Silber, Prunkwaffen aus aller Herren Länder, Edelsteine und kostbarste Tücher, die sich die Eroberer angeeignet hatten. Der Palast war von Kaiser Heinrich systematisch geplündert worden. Mit dem Reichtum, der ihm dabei in die Hände gefallen war, würde er seine Macht ein für alle Mal sichern können – falls er es schaffte diese unvorstellbaren Preziosen sicher nach Deutschland zu schaffen, auf den Trifels, das Lehen seines engsten Gefolgsmannes Markward von Annweiler. Er war die sicherste Burg im ganzen Reich – schon Richard Löwenherz hatte einst vergeblich darauf gehofft, aus ihr fliehen zu können. Aus Sicherheitsgründen hatte der Kaiser angeordnet den Schatz der Normannen in zwei gleichen Teilen auf verschiedenen Wegen zunächst zum bevorstehenden Reichstag nach Bari zu schaffen. Den einen Teil mit den Schiffen, auf denen sich auch Philipp und Irenes Familie befunden hatten, von Palermo nach Neapel und dann auf dem Landweg weiter nach Bari. Der zweite Teil sollte mit den Schiffen der Verbündeten direkt nach Bari verbracht werden. So hoffte der tief besorgte Heinrich das Risiko zumindest zu halbieren, den ganzen Schatz womöglich doch noch zu verlieren. Wer konnte in jenen Zeiten schon sicher sein auf dem beschwerlichen Landweg durch die italienischen Fiebersümpfe und das schier undurchdringliche Dickicht nicht in einen heimtückischen Hinterhalt zu geraten. Und auf dem Seeweg lauerten ebenfalls viele Gefahren! Wie oft war schon die Kunde von blitzschnellen Piratenüberfällen auf dem offenen Meer verbreitet worden? Gerade die Sarazenen galten in dieser Hinsicht ja nicht nur als meisterhafte Seefahrer, sondern auch als gefürchtete Piraten, vor deren blitzartigen Überfällen kein Schiff jemals sicher war.

Wie Philipp in Neapel hörte, war der Kaiser schon einen Tag zuvor angekommen. Offenbar war es ihm mit seinem wesentlich schnelleren Schiff noch gelungen dem Sturm zu entgehen. Doch unmittelbar nach seiner Ankunft war er mit den Männern aus seinem engsten Führungsstab schon wieder weiter geeilt, wobei er sich mit einem zusätzlichen Begleittrupp aus neapolitanischen Berittenen versehen hatte. Ein weiterer schwer bewaffneter Trupp stand aufgrund von Heinrichs Anordnung schon bereit, ihm mit den normannischen Gefangenen rasch zu folgen.

Doch zu Philipps Überraschung nahmen sie nicht den direkten Weg, der sie über die Stadt Benevent an Foggia und Andria vorbei nach Bari geführt hätte, sondern die königliche Familie und deren ehemals höchste Beamte wurden schon nach etwas mehr als einer Stunde von den übrigen Gefangenen getrennt. Auf ausdrücklichen Befehl des Kaisers habe man diese Personen unverzüglich nach Capua zu geleiten, erklärte der Reisige, unter dessen Kommando die Bewacher standen, dem überraschten Philipp. Und selbst der Bruder des Kaisers vermochte es nicht, den Adligen aus Neapel dazu zu bewegen, von diesem Umweg Abstand zu nehmen und den direkten Weg nach Benevent einzuschlagen. Es war der erklärte Wille des Kaisers – und diesem Willen hätten sie sich zu beugen. Alle: Auch ein – wie man ja allerorten hörte – zukünftiger Herzog, zu dem der immer noch widerstrebende Philipp ja offensichtlich in Bari erhoben werden sollte. Freilich stehe es in Philipps Ermessen lieber den anderen Teil der Gefangenen zu begleiten und somit weiterhin den direktesten Weg zu wählen. Aber die Mitglieder des ehemaligen normannischen Hofstaates hätten sich an den kaiserlichen Befehlen zu orientieren – und diese besagten nun einmal sich so rasch wie möglich in Capua einzufinden. Der Mann zeigte schließlich noch so viel Einsehen, dass er es nach Philipps massiver Intervention gestattete, den kleinen Wilhelm, dessen grässliche Wunden sich in den letzten Tagen wieder eitrig entzündet hatten, in der Begleitung der zwei heilkundigen Frauen, die Theodora kürzlich erbeten hatte, mit den anderen nach Benevent ziehen zu lassen. Dies aber war das einzige Zugeständnis, das der Neapolitaner zu machen bereit war – im

Fall von Irene, der er diese zusätzliche Beschwernis nur allzu gerne erspart hätte, stieß Philipp jedoch auf heftigen Widerstand.

Voller Sorge stellte er sich wieder und wieder die Frage, welchem Zweck der gewaltige Umweg über Capua denn dienen konnte? Trotz der Eile und der Ungeduld, die der Kaiser seit einiger Zeit an den Tag legte? Schließlich war es doch seine Anordnung gewesen, die sie hatte aus Palermo aufbrechen lassen, allen Warnungen der Einheimischen und der Seeleute aus Pisa und Genua vor dem herannahenden Unwetter zum Trotz. Und um ein Haar wären sie dem Sturm zum Opfer gefallen! Was also hatte diese merkwürdige Anordnung zu bedeuten, zumal Heinrich auch nur die ehemalige Führungsschicht der Normannen nach Capua befohlen hatte. Um was sonst, außer einer weiteren so genannten Lektion für alle Aufrührer, konnte es sich handeln?! Voller Bangen näherte sich Philipp zusammen mit den anderen der Stadt. Eine neue Scheußlichkeit seines Bruders, mit der dieser den angeblichen Aufrührern seine Unnachgiebigkeit unter Beweis stellen würde, stand zu befürchten.

Und Philipp sollte mit seiner bangen Vermutung Recht behalten. Je mehr sie sich der Stadt näherten, desto zahlreicher wurden die Pfähle, die ihren Weg säumten. Pfähle, auf denen die grausam zugerichteten Leichen von jungen Männern befestigt waren. Nur widerwillig ließen sich die zahlreichen Raben kurz von ihren Opfern ab und flatterten in die nahen Bäume, als sich der Zug der entsetzten Gefangenen an den Hingerichteten vorbei bewegte. Die Rache des Kaisers! Von der Stadt Capua hätte die Erhebung gegen den Kaiser auf dem Festland ausgehen sollen, so wurde Philipp wenig später erklärt, als er auf dem Marktplatz von Capua mit den staufischen Edelleuten zusammen traf, die mit Hilfe der Truppen aus Neapel ein furchtbares Blutbad unter den Einwohnern angerichtet hatten.

Es zerriss Philipp das Herz, als er einen Blick zu Irene hinüber warf, die Hand in Hand mit einer der kleinen Töchter der Königin Sibylle in der Menge der Gefangenen zu erkennen war. Aschfahl und mit tief auf die Brust gesenktem Haupt verharrte sie regungslos auf dem Platz. In diesem Moment ertönte ein Mark und Bein durchdringender Schmerzensschrei, der tausendfach von den steinernen Fassaden der Häuser zurückgeworfen wurde und die Anwesenden erschrocken zusammenfahren ließ. Er kam von dem inmitten des Platzes errichteten Holzgestell, wo man einen einst wohl vornehm gekleideten Mann an den Füßen gefesselt und aufgehängt hatte, sodass sein Kopf im Abstand von einem Meter über dem Boden vor- und zurückschaukelte.

„Um Gottes Willen!“, entfuhr es dem entgeisterten Reisigen, der neben Philipp auf den Platz getreten war. „Sie haben ihn aufgehängt, wie ein frisch geschlachtetes Schwein!“

„Es ist…es ist Richard von Acerra!“, wies ein anderer zitternd auf den Gemarterten, auf dessen nackte Fußsohlen einer der auf eine Leiter gekletterten Henkersknechte gerade eine brennende Fackel gehalten und so lange brutal zugedrückt hatte, bis die Haut verschmort war und das rohe Fleisch zum Vorschein kam. Deshalb die fürchterlichen Schmerzensschreie.

Voller Pein registrierte Philipp den kurzen Blick, mit dem ihn Irene gestreift hatte. Diesen entsetzten, fassungslosen Ausdruck des Ekels und der Abscheu. Eine einzige Anklage lag in diesen Augen! Und er konnte dies der jungen Frau weiß Gott nicht verdenken. Für Irene stellte er nichts Anderes dar, als einen der Barbaren aus dem Norden, die wie ein Hagelsturm über Sizilien gekommen waren. Schlimmer noch: Er war der Bruder des Mannes, der für all diese Gräueltaten verantwortlich war!

Und kaum hatte Philipp neue Hoffnung gehegt, dass sich durch die von ihm veranlassten Erleichterungen für die Gefangenen auch ganz allmählich Irenes Einstellung ihm gegenüber verändern könnte, da überzog der Kaiser das geschundene Sizilien mit einer weiteren Heimsuchung. Als wäre es in den beiden zurückliegenden Monaten nicht grausam genug zugegangen unter den Schwertern der Deutschen, die in der Tat für das schlimmste Gemetzel verantwortlich waren, das dieser Teil der Welt jemals hatte erleben müssen. Die Deutschen stellten an Gräueltaten mühelos alles in den Schatten, was man bislang den Sarazenen zugeschrieben hatte.

Und so musste die erzwungene Anwesenheit der gedemütigten Königsfamilie gleichzeitig das Ende aller Hoffnungen bedeuten, die Philipp im Hinblick auf Irene hegte. Zumindest für lange Zeit würde sie sich von dem neuerlichen Schrecken, dem sie ausgesetzt gewesen war, nicht erholen.

Immer würde bei Philipps Anblick auch der Alptraum wieder in ihr hervor brechen, den sie hier gezwungen wurde, zu durchleben.

Das Martyrium des Grafen von Acerra hatte zwei Tage und zwei volle Nächte gewährt. Schließlich war sogar der Hofnarr vom Kaiser persönlich aufgefordert worden dem Mann mit seinem Dolch zu Leibe zu rücken. „Schneidet ihm meinetwegen die Haut in Streifen!“, hatte der Kaiser lauthals gefordert und sich seinem gedemütigten Opfer dabei drohend genähert.

„Gib zumindest endlich die Namen deiner Mitverschwörer preis. Sonst wird dir der Narr die Zunge aus deinem Lügenmaul herausschneiden!“

„Soll er doch! Ich jedenfalls werde keinen der meinen jemals verraten!“, keuchte der Gefolterte schwach, während er Heinrich trotz seiner furchtbaren Lage mit einem eiskalten Blick aus seinen blutunterlaufenen Augen durchbohrte, sodass dieser unwillkürlich zusammen zuckte. „Namen! Namen wirst du aus meinem Mund niemals erfahren! Schande dir und deiner ganzen Familie! Der Teufel soll dich holen. Ich verfluche dich, deine Kinder und die Kindeskinder!!“

Voller Ingrimm ballte Heinrich seine Fäuste. „Elender Wurm! Dann bereue, was du eben gerufen hast! Wir verzichten auf diese Namen!“ Laut klatschte er in die Hände, um seinen Entschluss damit noch nachdrücklich zu untermauern „Wir werden sie alle bestrafen, die noch am Leben sind. Denn keiner, der ein Normanne ist, kann seine Hände in Unschuld waschen! Wir werden sie ihrer gerechten Bestrafung zuführen. Alle! Und nun, Narr, walte endlich deines Amtes!“

„Aber, Herr!“ In der sonst immerwährend heiteren Miene des Hofnarren spiegelten sich plötzlich Abscheu und Entsetzen. „Ich …ich kann das nicht!“

„Dann willst du dich also an seiner Stelle opfern?“, zischte Heinrich in gefährlich leisem Tonfall.

Der Narr war zu Boden gesunken und faltete flehentlich die Hände . „Aber…Herr…bitte… ich flehe euch an, verschont mich mit dieser Tat!“

„Mach, was ich dir befohlen habe! Auf der Stelle! Sonst gnade dir und deiner missratenen Gestalt!“

Auf die unmissverständliche Drohung hin hatte der am ganzen hageren

Leib zitternde Hofnarr des Kaisers seinen grausamen Auftrag schließlich ausgeführt. Doch das gequälte Opfer überlebte auch diese Misshandlung. Nur der Tod konnte dem übel zugerichteten Grafen noch die Erlösung bringen. Stundenlang währte der Todeskampf des Mannes. Und selbst bei Anbruch des folgenden Morgens konnte sich der böse lächelnde Kaiser davon in Kenntnis setzen lassen, dass das Leben immer noch nicht aus Richard von Acerra gewichen war. Noch immer war ein wenngleich auch schwacher Herzschlag zu verspüren, noch drangen in unregelmäßigen Abständen leise Klagelaute aus seinem Mund. In diesem Fall dürfe sich der Narr also getrost noch weiter mit seinem Dolch an dem Verschwörer vergnügen, gab Heinrich daraufhin die Weisung an den erschaudernden Narren aus. Eine Stunde später war Richard von Acerra tot. Verstorben an einem gezielten gnädigen Stich mitten in das Herz. Aber diesen letzten Akt des Mitleids durften sie dem Kaiser so auf gar keinen Fall übermitteln. Heinrich VI. wurde lediglich berichtet, der Graf von Acerra sei seinen schweren Verletzungen nach mehr als zwei Tagen in dieser Stunde endlich erlegen.

Nie hatte man den Hofnarren ernster gesehen, als unmittelbar nach seiner Tat. Überhaupt war es das letzte Mal, dass ihn jemand zu Gesicht bekam. Wenig später war der kleine Gnom für immer verschwunden…

Auf ihrem Weiterritt durch Dörfer, die unter der Lehenshoheit des Richard von Acerra gestanden hatten, hinterließen die Staufer eine Spur des Grauens und der Verwüstung. Niemals mehr würde man hier einen deutschen Ritter freudig empfangen. Die Saat des Hasses war gesät. Und sie würde aufgehen. Bis in alle Ewigkeit!

Die neuerlichen unvorstellbaren Gräuel waren von Irene nur noch schemenhaft zur Kenntnis genommen worden. Stumm und teilnahmslos schien sie sich nun in das Los einer Gefangenen zu ergeben, apathisch und zu keinen Tränen mehr fähig. Nur eines, das würden sie nicht mit ihr machen können, niemals – und auf diesen einen Punkt fixierte sich jetzt ihr ganzes Denken. Ohne entschiedene Gegenwehr würde sie die Annäherungsversuche des Kaiserbruders, dieses Philipp, auf keinen Fall über sich ergehen lassen. Auf gar keinen Fall! Dieser immerzu so warm und mitfühlend lächelnde Jüngling, der es doch in Wahrheit nie vermocht hatte, die Schandtaten seines Bruders auch nur im Ansatz abzumildern. Was also steckte tatsächlich hinter der milden Maskerade? Wieviel Schauspiel mischte sich in die so nachdrücklich an den Tag gelegte Frömmigkeit des jungen Mannes, von dem man sagte, dass er schon zum Bischof von Würzburg berufen gewesen war? Dass ihn dann jedoch der Ruf seines Bruders erreicht habe und er widerstrebend der geistlichen Laufbahn habe entsagen müssen. Da, schon wieder: Gegen seinen erklärten Willen also war er in höchste Reichsämter aufgestiegen. Ein Spielball im Machtgefüge des Kaisers. Mehr nicht. Und was spielte es schon für eine Rolle, ob er diesen von seiner Familie geforderten Weg nur widerstrebend gegangen war, oder nicht? Er hatte sich gefügt – und war nun Teil des Ganzen. Nun gut, auch sie selbst hatte sich seinerzeit schweren Herzens dem Willen ihres Vaters gebeugt und war König Rogers Frau geworden. Aber konnte man dies denn überhaupt miteinander vergleichen? Durfte man es? Allein die Tatsache, dass diese Frage immer wieder kehrte und nahezu ihr gesamtes Denken bestimmte, machte das Herz der verstörten jungen Frau noch zusätzlich schwer und bereitete ihr großen Kummer.

Voller Schärfe hatte sie dem jungen, enttäuschten Edelmann über ihre Gefährtin Theodora ein weiteres Mal ausrichten lassen, dass sie nicht im Traum daran dachte, freiwillig mit ihm zusammen zu treffen. Er könne sie natürlich dazu zwingen, dies stünde zweifelsfrei in seiner Macht. Doch solle er andererseits immer bedenken, dass eine Verbindung mit einem Mitglied der staufischen Familie für sie undenkbar sei! Niemals würde sie sich freiwillig an die Seite eines Staufers begeben!

So vergingen die nächsten Tage der beschwerlichen Reise über die südlichen Ausläufer des Apennin, in denen sich schon seit über einer Woche zäher feuchter Nebel festgesetzt hatte. Immer wieder ereigneten sich schwere Unfälle auf den schlammigen Wegen, wenn eines der Pferde am Hang ins Rutschen geriet und mitsamt seinem Reiter in die Tiefe stürzte. Dann stellten sich die ersten Erkältungen ein, Husten, Lungenentzündung, sowie teilweise heftige Durchfälle, was die Reihen der ausgezehrten und jeden Lebensmutes beraubten Gefangenen weiter lichtete.

Kaiser Heinrich war mit seinem engsten Gefolge inzwischen vorausgeritten. Voller Ungeduld brannte er darauf, den großen Reichstag von Bari vorzubereiten, wo die Macht der Staufer in Sizilien und im gesamten Reich ein für alle Mal und für jeden sichtbar feierlich besiegelt werden würde. Hier in Bari würde er dann auch erstmals seinen Sohn, den langersehnten Thronfolger, zu Gesicht bekommen, den seine Gemahlin an Weihnachten des vergangenen Jahres in Jesi geboren hatte, zeitgleich mit Heinrichs Krönung in Palermo. Zeitgleich und daher voller Symbolik. Das Kind, mit dem er nun in Bari aller Welt das Erbe der Staufer präsentieren konnte. Das Erbe – und die Zukunft des mächtigsten Geschlechts, das die Welt je gesehen hatte.

Endlich waren die Berge überwunden, sodass sich der Zug nun mit größerer Geschwindigkeit über die endlos scheinende Ebene auf die Stadt Andria zubewegte. Und hier, wo man sich beinahe schon am Meer befand, besserte sich allmählich auch das Wetter. Endlich! In einem Lager am Stadtrand von Andria trafen sie auf weitere Gefangene. Es waren Normannen aus der Grafschaft Lecce, der Heimat des verstorbenen König Tankred. Auch sie waren nach der Aufdeckung der angeblichen Umsturzpläne von den Gefolgsleuten des Kaisers sofort überfallen und gefangen genommen worden. Erstaunlich rasch hatten die Staufer in diesem Teil des Königreichs zugeschlagen. So schnell, dass mancher schon hinter vorgehaltener Hand die Vermutung geäußert hatte, man habe die Truppen bereits zu einem Zeitpunkt in Marsch gesetzt, als noch nicht einmal Kaiser Heinrich offiziell die Nachricht von dem geplanten Aufstand erhalten habe.

Seit mehreren Wochen lagerten die streng bewachten Edelleute aus Lecce schon hier, vor den Toren der den Staufern treu ergebenen Stadt Andria. Erstaunlicherweise also waren sie an Bari vorbei nach Norden geführt worden, um nun, zusammen mit den anderen Gefangenen wieder den Weg nach Süden zu nehmen, nach Bari, das sich in einiger Entfernung von Andria befand. Was die Deutschen wohl dazu bewogen haben mochte die Normannen zunächst von Bari fern zu halten, schien vielen rätselhaft. Nur zwei Erklärungen schienen ihnen schließlich plausibel: Einerseits waren sich die so übermächtig scheinenden Staufer ihrer Sache und der Bündnistreue mancher unterworfener Stadt wohl doch nicht so sicher. Dazu gesellte sich die Sorge um die Einwohnerschaft von Bari, die man offenbar nicht schon Wochen vor dem großen Reichstag in zusätzliche Aufregung bringen wollte. Denn wer vermochte schon zu sagen, wie sich die Dinge sonst womöglich entwickelten, wenn die Gefangenen allzu lange in Kontakt mit den Menschen dort gestanden hätten. Und neuerlicher Aufruhr, der die geplanten Festlichkeiten empfindlich hätte stören können, war bei den kommenden prunkvollen Inszenierungen, dem Reichstag, der Taufe des Thronfolgers und der Königskrönung von Konstanze nun wirklich nicht erwünscht.

Doch auch in dem notdürftigen Zeltlager vor den Toren von Andria hatten Krankheiten brutal gewütet. Hier waren die Menschen vor allem von Magen- und Darminfektionen heimgesucht worden, kein Wunder bei den schlechten hygienischen Bedingungen auf den sumpfigen Wiesen vor der Stadt. Auch die schlecht versorgten Bewacher waren in dem öden Lager von Fieber und Durchfall nicht verschont geblieben, was die Stimmung unter ihnen auf den Nullpunkt hatte sinken lassen. Dementsprechend rücksichtslos gingen sie nun beim gemeinsamen Weitermarsch gegen ihre Gefangenen vor. Jedem, der seinen Schritt verlangsamte oder gar vor Erschöpfung und Müdigkeit am Wegesrand zusammen sank, hieben die berittenen Bewacher rücksichtslos mit hölzernen Prügeln auf den Rücken Und wenn sich die völlig entkräfteten Menschen trotz der Hiebe nicht mehr weiter schleppen konnten, dann traf sie der nächste brutale Schlag mehrmals hintereinander voller Absicht am Hinterkopf oder an der Schläfe, sodass sie bewegungslos zu Boden sanken.

Mehr als einmal gelang es Philipp im letzten Augenblick mit einem scharfen Befehl dazwischen zu gehen und den tödlichen Schlag zu unterbinden. Ganz gegen sein eigentliches Naturell sah er sich dazu gezwungen, ein entschiedenes Auftreten an den Tag zu legen. Er hieb seine Fersen heftig in die Weichen seines schmerzvoll aufwiehernden Pferdes und preschte in wildem Galopp nach vorne, wo er sich im Steigbügel aufstellte und dem Mann sein blank gezogenes Schwert drohend vor die Augen hielt. Voller Erstaunen beobachtete Irene die verzweifelt scheinenden Anstrengungen des jungen Mannes. Denn obwohl er den Bewachern unmissverständlich bedeutet hatte, er werde keine weiteren Misshandlungen der Gefangenen mehr dulden, hielt sich keiner an seinen Befehl. Nur wenn Philipp mit wild entschlossener Miene heran galoppierte, ließen sie von ihren Opfern ab. Im Laufe dieses Tages war Philipp deshalb mehrfach heftig mit seinem älteren Bruder Otto zusammengestoßen, dem Kommandeur des Lagers vor Andria, der nach ihrem Zusammentreffen den Oberbefehl über den weiteren Zug bis Bari übernommen hatte. Mit Otto, der als Herzog von Burgund das reiche Erbe ihrer Mutter Beatrix angetreten hatte, einem wilden und jähzornigen Menschen, war Philipp noch nie zurecht gekommen. Selbst Kaiser Heinrich mied den Kontakt mit Otto und zeigte sich sogar richtiggehend erleichtert über die Tatsache, dass seine zahlreichen Händel und Streitigkeiten Otto davon abhielten, andere Ämter im Reich zu beanspruchen. Nun aber war der Konflikt an einen Punkt gelangt, der handgreifliche Auseinandersetzungen zwischen den beiden so ungleichen Brüdern befürchten ließ, wenn nicht gar ein Duell mit den Schwertern. So aufgebracht, so rasend vor Zorn, so grimmig zum Angriff entschlossen hatte man Philipp noch nie gesehen. Wutschäumend stürzte er sich auf seinen Bruder und zog ihn vom Pferd, nachdem ihm dieser auf seine energischen Bitten nach einer menschenwürdigen Behandlung ihrer Gefangenen nur höhnisch ins Gesicht gelacht und gerufen hatte, sein kleiner Bruder solle sich gefälligst nicht aufführen wie ein missratener feiger Geistlicher, sondern sich der Ehre bewusst sein, schon vor seiner Schwertleite überhaupt von einem rechten deutscher Ritter an seiner Seite geduldet zu werden.

Noch Jahre danach kam Irene dieser Streit manchmal wieder in den Sinn, und ohne dass sie sich jemals bei Philipp nach dessen Meinung erkundigt hätte, fragte sie sich nachdenklich, wie ihr weiteres Leben wohl verlaufen wäre, wenn die beiden erbitterten Streithähne in diesem Moment nicht von einem lauten Hornsignal gestoppt worden wären, das von der Spitze des Zuges her ertönte.

Es war das Signal des Kundschafters, der sich ihnen nun rasch näherte und auf den Weg hinüber deutete, der sich hier, vielleicht noch zwei Reitstunden von Bari, dem vorläufigen Ziel ihrer langen Reise, entfernt, mit ihrer Straße kreuzte. Nur eine gute halbe Meile von hier erblickten sie nun einen zweiten Zug. Um deutlich mehr als hundert Pferde musste es sich dabei handeln. Pferde ohne Reiter, nur mit einer schweren Last bepackt. Und die Last war mit denselben Tüchern vor neugierigen Blicken verdeckt, wie dies bei den vielen Dutzend Packpferden der Fall war, die sie seit Neapel begleitet hatten. Dieselben Tücher, derselbe kostbare Inhalt: der Thronschatz der Normannen!

Mehrfach musste Irene ansetzen, bevor sie es schaffte die nicht enden wollende Reihe der Pferde durchzuzählen. „160 Pferde," murmelte sie schließlich in sich hinein. 160 Pferde waren also dazu nötig gewesen, den sagenhaften Schatz der Normannen aus Palermo fortzuschaffen. Niemals hätte sie diese gewaltige Zahl für möglich gehalten. Sicherlich war in dem prunkvollen Königspalast ein unvorstellbarer Reichtum angehäuft gewesen, aber erst jetzt wurde Irene das ganze Ausmaß des Beutezugs bewusst, dem das Reich der Normannen zum Opfer gefallen war. Der Kronschatz der Normannen – er war nun ein wesentlicher Teil der künftigen deutschen Krönungsinsignien. Unermessliche Reichtümer sollten nun für immer in das kalte und unheimliche Land nördlich der Alpen geschafft werden. Irene schlug bei diesem Gedanken fröstelnd die Hände vor ihr Gesicht: Denn nicht nur der Schatz, auch sie und die anderen Gefangenen würden wohl, wie gerüchteweise zu hören war, in das Land der Barbaren gebracht!

13

Es war nun doch schon längst die zweite Hälfte des Monats März angebrochen, bis in Bari endlich der große Reichstag des Jahres 1195 stattfinden konnte. Aufgrund der schlechten Witterungsbedingungen hatte es viel länger gedauert als geplant, bis alle wichtigen Würdenträger des Reiches in Bari eingetroffen waren. Nur mit äußerster Anspannung hatte Kaiser Heinrich seine Ungeduld noch zu zügeln gewußt, bis er den Reichstag am heutigen Vormittag würde eröffnen können. Und endlich zeigte sich in diesem nassen kalten Vorfrühling auch wieder die so lange herbeigesehnte Sonne. Eine milde warme Sonne, wie sie gar nicht besser zu dem feierlichen Geschehen passen konnte, in dem die Stadt in den nächsten Tagen erstrahlen würde. Einen bedeutungsvollen, niemals verlöschenden Glanz, der die ganze Welt verändern würde. In dieser Einschätzung waren sich die Teilnehmer des Reichstages einig.

Tagelang schon war der Marktplatz von Bari festlich geschmückt worden und eine schier unübersehbare Menschenmenge jubelte nun den Edelleuten zu, die gemessenen Schrittes auf den goldenen Thron zustrebten, der sich dem staunenden Volk in der Mitte des Platzes auf einer mit rotem Samt belegten Empore präsentierte. Es mochten sich wohl mehr als dreitausend Menschen hier versammelt haben, die gesamte Einwohnerschaft der Stadt sowie das Gefolge der deutschen Adligen. Dazu gesellten sich noch die schwer bewaffneten Reisigen der Deutschen, die sicherheitshalber auch außerhalb der Stadtmauern einen weiteren Verteidigungsring aus Wall und Graben gezogen hatten – man konnte sich der Bündnistreue der Sizilianer selbst auf dem Festland ja niemals gänzlich sicher sein…

Doch innerhalb der wehrhaften Mauern von Bari, einer nahezu vollkommen aus Stein erbauten Stadt, war heute eine Atmosphäre fast mit Händen zu greifen, auf die der Begriff Anspannung genauso zutreffen konnte wie eine Art von schicksalsergebener Niedergeschlagenheit. Allen lauten Jubelrufen der Einwohner von Bari zum Trotz, die an den Abenden vor diesem Ereignis mehrfach nachdrücklich auf die Konsequenzen hingewiesen worden waren, die der Stadt bei einem eventuellen ungebührlichen Verhalten der Bevölkerung dem Kaiserpaar gegenüber gedroht hätten.

In die unmittelbare Nähe des Thrones war auch die dem Blutgericht entgangene ehemalige sizilianische Oberschicht getrieben worden. Als in Ketten gelegte und schwer bewachte letzte Abkömmlinge einer untergegangenen Dynastie boten die früher so stolzen Normannen einen überaus traurigen Anblick. Zumal es ihnen nicht erspart werden sollte, als Zeugen der endgültigen Inthronisation ihres schlimmsten Feindes beiwohnen zu müssen. Auch für Irene, die sich nach der wochenlangen schweren Reise und den damit verbundenen Strapazen am Ende ihrer Kräfte fühlte, war der Anblick des nun langsam an ihnen vorbei schreitenden Kaiserpaares eine ungeheure Seelenqual. Da war er ihr zum Greifen nahe, der finster blickende Kaiser Heinrich, die Ursache allen Übels, der Quell allen Elends! Es war zu viel! Viel zu viel für ihre gemarterte Seele. Matt und kraftlos wäre Irene an Ort und Stelle zusammen gesunken, wenn nicht Theodora ihr geistesgegenwärtig auch in dieser Situation zur Seite gestanden und sie mit festem Griff gestützt hätte.

Der Kaiserin war anzumerken, wie sehr sie der Anblick der normannischen Adligen betroffen machte. Ein Anblick, auf den man sie ganz offensichtlich nicht vorbereitet hatte – und den ihr Heinrich aber allem Anschein nach voller Absicht zumuten wollte, aus welchen Beweggründen auch immer. Es waren elende Gestalten, die sich nur mit Mühe noch auf den Füßen halten konnten. Und trotz ihrer Verletzungen, trotz der eitrigen, schwärenden Wunden, die oft nicht einmal notdürftig versorgt worden waren, erkannte Konstanze voller Schrecken so manchen von ihnen dennoch wieder. Zahlreiche Verwandte der Kaiserin befanden sich unter den Geiseln, von denen ein unbeschreiblicher Gestank nach Krankheit und Verwesung ausströmte! Fassungslos war Konstanze jetzt stehen geblieben und starrte mit leichenblasser Miene in die Menge, während die hasserfüllten Blicke der Normannen sie förmlich zu durchbohren schienen.

Plötzlich hatte sie Sibylle entdeckt, die ehemalige Königin, die ihre Arme schützend um die beiden kleinen Töchter gelegt hatte. „Sibylle!" Konstanze breitete die Arme aus und schien Sibylle im nächsten Moment umarmen zu wollen, doch diese reagierte rasch und wich mit einem zornigen Zischen auf den Lippen vor der Kaiserin zurück. Erschrocken zuckte diese zusammen und suchte den Blickkontakt mit Irene, von der sie ahnte, um wen es sich bei dem abgemagerten jungen Mädchen handeln mochte. Doch Irene durchströmte in diesem Moment eine Woge der Empörung, wie sie dies noch nie zuvor in sich verspürt hatte. Dieser unbändige Zorn war es, der mit einem Mal ungeahnte neue Kräfte in ihr wach werden ließ und sie mit einer Entschiedenheit handeln ließ, wie niemals in ihrem bisherigen Leben. „Schande über Euch, Kaiserin! Ist es eines Kaisers würdig, wie wir behandelt werden? Schämt Euch für diese Demütigung, die Ihr die armen Menschen hier erleiden lasst. Erkennt Ihr sie denn wenigstens alle noch? All diejenigen, die Euch aus Eurer Jugend nur allzu gut bekannt sein müssten? Trotz ihrer furchtbaren Wunden und ihres schlimmen Anblicks? Denn auch sie sind von edlem normannischen Geblüt – vom selben Blut, das auch in Euren Adern pulsiert, falls Ihr das vergessen haben solltet! Deutsche Kaiserin!" Die letzten beiden Worte hatte Irene der anderen voller Abscheu ins Gesicht geschleudert – mochte sie damit ihr Leben auch verwirkt haben!

Die aschfahle Konstanze schaffte es dennoch den Anschein der Überlegenheit aufrecht zu erhalten, auch wenn ihre Stimme bei der harschen Entgegnung hörbar vibrierte: „Wer wagt es, so mit mir zu sprechen? Wer bist du, dass du die Angelegenheiten der Normannen zu vertreten vorgibst? Was mehr, als ausgerechnet eine aus dem Griechischen stammende Byzantinerin!"

Irene richtete sich kerzengerade auf und fixierte die Kaiserin mit einem verächtlichen Blick: „Eine Byzantinerin, die ihre Herkunft jedoch niemals vergessen wird. Und die sie schon gar nicht verleugnen wird – so wie Ihr dies getan habt!" In einer Aufwallung von Zorn und Ekel spuckte sie verächtlich aus, direkt vor die Füße der Kaiserin. Dem gesamten Hofstaat stockte der Atem. Es handelte sich um eine unglaubliche Beleidigung, zu der sich die junge Frau hatte hinreißen lassen. Auch Philipp, der sich mit den anderen Würdenträgern des Reiches nur einige Schritte hinter dem Kaiserpaar befand, war fassungslos. Und auf das Schlimmste vorbereitet, zumal es ihm angesichts dieser Ungeheuerlichkeit nicht gelingen würde Irene zu schützen, wenn sie die Rache des Kaisers traf.

Wie erstarrt warteten die Umstehenden auf die nun folgende Reaktion. Theodora, die voller Entsetzen die Hand vor den Mund geschlagen hatte, versuchte ängstlich, Irene am Saum ihres Kleides zu sich zurück in die Menge zu ziehen, während sie leise flehte: „Herrin, bitte kommt an meine Seite. Was habt Ihr da nur getan? Sie werden es Euch übel vergelten!" Doch Irene, die sich des von ihr begangenen Frevels wohl bewusst war, schüttelte nur unwillig ihren Kopf und streifte die Hand ihrer Begleiterin von sich ab: „Sollen sie ruhig machen, was sie wollen. Es ist mir egal, was sie mit mir vorhaben. Der Tod ist immer noch besser, als auf ewig eine Geisel dieser Barbaren sein zu müssen!"

Diese harsche Entgegnung hatte sie ganz bewusst mit hoch erhobenem Haupt und lauter Stimme vorgetragen, sodass jeder im Umfeld des Kaiserpaares sie hören konnte. Voller Anspannung biss sich Philipp auf die Lippen. Was konnte er nur tun um die Situation zu entschärfen? Wie würde sein Bruder Heinrich auf diese öffentliche Demütigung seiner Ehefrau reagieren? Doch der Kaiser schien an diesem Tag seines absoluten Triumphes gnädig gestimmt zu sein. Mit höhnischem Gelächter musterte er das junge Mädchen, das es gewagt hatte einer Kaiserin so unverschämt entgegen zu treten, aus seinen fieberglänzenden Augen. Danach wischte er sich mit dem weiten Ärmel seines Umhangs den Schweiß von der Stirn und rang erschöpft nach Atem. Ganz offensichtlich hatte ihn in der vergangenen Nacht einer der zahlreichen Fieberanfälle heimgesucht, von denen er seit seiner überstürzten Flucht aus Italien im Jahr 1191 immer wieder geplagt wurde. Als die Rache der Normannen bezeichneten manche am Kaiserhof dieses Phänomen, wenngleich auch nur hinter vorgehaltener Hand. In der Tat ließ sich nicht übersehen, wie sehr die Gesundheit des Kaisers in den letzten Jahren unter dieser Krankheit gelitten hatte. Und nach den Strapazen der vergangenen Wochen war es nur allzu begreiflich, dass sein geschwächter Körper gerade jetzt wieder vom Fieber gepackt worden war. Ausgerechnet am heutigen Tag, den er seit Wochen herbeigesehnt hatte. Ein Tag, an dem er allen Anwesenden Stärke und Überlegenheit demonstrieren musste. Nicht die geringste Unsicherheit in seinen Handlungen durfte er heute zeigen. Sich also schon gar nicht von einer jungen normannischen Geisel provozieren lassen, er, der Herrscher über das größte Reich, das die Welt je gesehen hatte.

Philipp atmete erleichtert auf, als er bemerkte, zu welchem Entschluss sein Bruder gelangt war, der sich mittlerweile offenbar wieder so weit erholt hatte, dass er Konstanze mit einem kaum wahrnehmbaren Kopfnicken aufforderte ihren Weg durch das Spalier der Menschen fortzusetzen.

Aber Irene ließ sich nicht von ihrem Vorhaben abbringen der Kaiserin die schreckliche Wahrheit unverblümt ins Antlitz zu schleudern. „Halt!", gebot sie mit sich beinahe überschlagender Stimme und winkte die beiden Pflegerinnen heran, die sich seit ihrer Ankunft in Neapel um den mit dem Tod kämpfenden kleinen Wilhelm bemühten. Die Frauen befolgten Irenes Weisung auf der Stelle und trugen den sechsjährigen ehemaligen König auf einer Bahre herbei, die sie vor den Füßen des Kaiserpaares auf dem Boden abstellten. „Da, Normannin!", flüsterte Irene rau. „Schaut Euch diesen Jungen an! Erkennt Ihr ihn? Es handelt sich um einen Eurer Neffen! Oder vielmehr um das, was von ihm geblieben ist! Unmöglich zu erkennen, nicht wahr?"

Ein entgeisterter Schreckenslaut drang aus Konstanzes Mund, während sie regungslos und voller Ekel auf das gequälte Kind vor ihren Füßen starrte. Leise wimmernd lag der von Fieberkrämpfen geschüttelte Wilhelm auf der Bahre, während seine Pflegerinnen mit Hilfe von großen Fächern den dunklen Schwarm von Fliegen zu verscheuchen versuchten, der sich auf die entzündeten dunklen Augenhöhlen des geblendeten Kindes gestürzt hatte. „Erkennt Ihr ihn? Bückt Euch ruhig herunter und betrachtet ihn ganz genau," forderte Irene, deren Herz vor Anspannung und Erregung heftig pochte, die schreckensbleiche Kaiserin auf. „Ihr erkennt ihn nicht? Obwohl vom eigenen Geblüt?", lachte Irene bitter. „Doch Ihr werdet Euch denken können, um wen es sich handelt, nicht wahr? Um Wilhelm, um den gekrönten König der Normannen!" Es war eine einzige bittere Anklage, mit der Irene diese Worte lautstark ins Gesicht ihres Gegenübers schleuderte. „Eines von tausend Opfern! Opfer des Kaisers, den sie hierzulande mittlerweile den verheerenden Sturm aus dem Norden nennen!", fügte sie mit ersterbender Stimme noch hinzu. Dann war ihre Kraft zu Ende. Weinend sank Irene über der Bahre des Kindes in sich zusammen.

Ungläubiges Entsetzen spiegelte sich auf den Zügen der erschaudernden Konstanze, nachdem ihr auf diese drastische Art und Weise die schreckliche Wahrheit unmittelbar vor Augen geführt worden war. Tränen funkelten in ihren Augen, während sie mühsam um Fassung rang. Schließlich wandte sie sich ganz langsam um und musterte dann den Kaiser mit einem gequälten Blick, den dieser mit höhnischem Achselzucken quittierte.

Eine Woge der Empörung schlug über Konstanze zusammen. Mit hochrotem Kopf baute sie sich direkt vor Heinrich auf. „Barbar!“ Es war nur dieses eine Wort, das über ihre Lippen kam. Doch all ihre Wut und Verachtung waren darin enthalten. „Barbar!“ Dann spuckte sie ihm angeekelt vor die Füße.

Die Hand des Kaisers zuckte zu seinem Schwert, während er Konstanze zornbebend in sein Visier nahm. Doch nur einen Wimpernschlag später hatte er sich wieder in der Gewalt und ließ ein rohes Lachen ertönen. „Manchmal muss man eben Dinge tun, die nicht allen gefallen. Aber aus genau diesem Grunde bist du die Kaiserin an meiner Seite, vergiss das niemals. Nur aus diesem Grund! Denn es ist uns auferlegt, das Ganze im Auge zu behalten und nicht nur das einzelne Schicksal. Das Leben eines Einzelnen zählt nicht, wenn es um das Ganze geht. Und es geht hier im Königreich Sizilien um das Ganze! Einzig und allein um dein Erbe, um das Reich und um die Regentschaft unseres Sohnes. Nur das allein zählt – nichts Anderes!“

Widerstreitende Gefühle schienen Konstanze zu bewegen. Natürlich war sie mit genau diesen Argumenten, die Heinrich nun ins Feld führte, schon immer konfrontiert gewesen. Und wie oft war ihr schon früher, noch am Hof ihres Vaters, des Normannenkönigs Roger, dieselbe Maßgabe mit auf den Weg gegeben worden? Man hatte sich unterzuordnen – unter das große Ganze! Denn nur dann konnte das Werk gelingen! Forderungen, denen sich auch die byzantinische Kaisertochter Irene unterworfen hatte – im Interesse des Fortbestandes von Byzanz.

Die Kaiserin atmete tief durch, dann reckte sie voller Entschlossenheit das Kinn in die Höhe und ergriff die ausgestreckte Hand ihres Mannes. Begleitet vom Jubel der Menge, in den sich nun auch die Hochrufe der deutschen Adligen mischten, schritten sie weiter auf die Kathedrale San Sabino zu. Hier würde Heinrich ein weiteres Mal zum König von Sizilien gekrönt werden, genauso wie Konstanze vor aller Augen und Ohren zur Regentin von Sizilien erklärt werden würde und somit endlich das rechtmäßige Erbe ihres Vaters antreten konnte. Das Erbe ihres Vaters – und nun auch ihres Sohnes.

Am Eingangsportal der Kathedrale von Bari hatte sich Heinrich wieder, wie schon vor Wochen in Palermo, den roten Krönungsmantel seines verstorbenen Schwiegervaters um die Schultern legen lassen und damit für überraschtes Gemurmel unter den deutschen Adligen gesorgt. In der Tat nahm es ein Teil des Hofstaates mit Unmut zur Kenntnis, dass ein deutscher Kaiser sich bei einem solch feierlichen Akt mit einem Umhang schmückte, der eindeutig von heidnischen Schneidern gefertigt worden war. Wer von ihnen vermochte die merkwürdig verschnörkelte arabische Inschrift zu entziffern, mit welcher der Löwenmantel verziert war? Was stand darauf geschrieben?! Womöglich, wie der Erzbischof von Mainz voller Ingrimm zischte, eine üble Gotteslästerung? Auch Philipp war alles andere als glücklich darüber, dass sein Bruder wieder einmal alle Ratschläge, darunter auch Philipps Meinung, achtlos beiseite gewischt hatte. Es sei der Mantel, den künftig jeder Staufer bei seiner Krönung zu tragen hätte: Als Teil der offiziellen Krönungsinsignien vereinige dieser prachtvolle Mantel beide Reiche für jeden erkennbar hiermit nun in einem! Als Zeichen der rechtmäßigen Nachfolge auf dem Königsthron!

Wenige Stunden später war der Unmut der Fürsten längst verflogen. Der große Reichstag, der sich unmittelbar an die Krönung von Heinrich und Konstanze anschloss, beanspruchte ihre ganze Aufmerksamkeit. Zumal hier viele wichtige Ämter – und vor allem auch bedeutende Lehen – zu vergeben waren. Zu Beginn des Reichstages hatte Heinrich den versammelten Edelleuten voller Stolz seinen vor drei Monaten geborenen Sohn und Thronfolger präsentiert, den er am folgenden Tag würde taufen lassen. Und zwar nicht auf den Namen, den ihm seine Mutter noch bei der Geburt zugedacht hatte. Nicht auf den Namen Konstantin, sondern auf den Namen Friedrich Roger. Durch die Taufe auf die Vornamen des großen Stauferkaisers und des Normannenfürsten würde der Thronfolger auch symbolisch beide Reiche in sich vereinen. Ein Argument, mit dem Konstanzes ursprüngliche Gegenwehr erloschen war, da auch der Name ihres Vaters Roger nun in ihrem Sohn weiterleben würde.

Mit der Einsetzung des verdienstvollen schwäbischen Ritters Konrad von Urslingen zum Statthalter von Sizilien begann nun die Aufteilung des Normannenreiches unter die neuen Herren. Dass Konrad, der schon im Jahr 1177 durch Friedrich Barbarossa zum Herzog von Spoleto ernannt worden war, die Regierungsgewalt über das ehemalige Normannenreich stellvertretend für das Königspaar übertragen bekommen würde, war schon vor Tagen als offenes Geheimnis unter den deutschen Edelleuten gehandelt worden.

Im Laufe des Nachmittags erhellten sich die Mienen von zahlreichen weiteren deutschen Adligen, die von Kaiser Heinrich mit wichtigen Ämtern in ganz Italien versehen wurden. Angefangen bei Markward von Annweiler, dem künftigen Herren der Mark Ancona und des Herzogtums der Romagna, bis zu den Mitgliedern des niederen Adels, der mit kleineren Besitzungen belohnt wurde, handelte es sich um ein durch und durch ausgeklügeltes Netz von Stützpunkten, das von Heinrichs Beratern zur Festigung der Reichsmacht diesseits und jenseits der Alpen geknüpft worden war. Diesem respektvollen Eingeständnis konnte sich auch Philipp nicht verschließen, der gegen seinen erklärten Willen ebenfalls zur Übernahme der Regentschaft in gleich mehreren bedeutenden Regionen bestimmt worden war. Eine Anordnung, der er sich ebenfalls erst am gestrigen Abend zähneknirschend gebeugt hatte – im Interesse der Familie und im Interesse des Reiches, wie ihn beispielsweise Anselm von Justingen und auch Swigger von Gundelfingen geradezu flehentlich beschworen hatten, die durchaus sorgenvoll den Jähzorn und die Heimtücke des Kaisers verfolgten. Und deshalb könne es ihnen allen nur willkommen sein, wenn in der Person von Philipp auch anders veranlagte Menschen wichtige Funktionen ausübten, hatte ihm Anselm eindringlich vor Augen geführt. Dieser Einsicht konnte sich Philipp schweren Herzens nicht verschließen.

Und so wurde der Bruder des Kaisers an diesem Tag feierlich mit der Verwaltung der Mathildischen Güter in Oberitalien belehnt, also ausgerechnet mit jenen weitestgehend toscanischen Ländereien, die schon seit Jahrzehnten vom Kirchenstaat beansprucht wurden! Mit anderen Worten: Es drohte – wieder einmal – Streit mit dem Papst. Dass diesen Streit nun Philipp als neuer Lehensträger auszufechten hatte, war ganz offensichtlich ein von den Beratern des Kaisers ausgeheckter, besonders infamer Schachzug. Denn nichts widerstrebte Philipp, dem ehemaligen Bischof von Würzburg, mehr, als in einen offenen Konflikt mit der Kurie eintreten zu müssen.

Doch gleich darauf sorgte ein weiteres Amt für Aufsehen, mit dem Philipp zum Erstaunen vieler außerdem noch belehnt wurde: Das gesamte Herzogtum Tuscien stand von nun an ebenfalls unter seiner Regentschaft. Tuscien und die Mathildischen Güter: Namen, die beim deutschen Adel auch noch mehr als hundert Jahre danach alptraumhafte Empfindungen hervorrufen sollten, denn in diesem Landstrich befand sich das Schloss von Canossa, wo sich im Jahr 1077 die schlimmste Demütigung ereignet hatte, die einem deutschen König jemals widerfahren war, als sich im Januar dieses Jahres der unglückliche König Heinrich IV. im Büßergewand vor Papst Gregor VII. in den Schnee geworfen hatte um aus dem Kirchenbann gelöst zu werden. Eine unglaubliche Erniedrigung! Ein schockierender Vorgang, der sich noch in vielen weiteren Jahrhunderten wie ein Dolchstoß tief in die Seele der Deutschen bohren würde.

Als Herzog von Tuscien sei Philipp also die Aufgabe zuteil geworden dieses Land mit schonungsloser Strenge zu regieren. Nur so könne es dauerhaft gelingen die Schmach zu tilgen, die man in Canossa erlitten habe. Der Kaiser hatte sich deutlich ausgedrückt. So deutlich, dass die Mienen der toscanischen Adligen, die als Zeugen der Lehensübertragung fungiert hatten, leichenblass geworden waren.

Nachdem der neue Herzog von Tuscien die Worte des Kaisers mit heftigem Kopfschütteln quittiert hatte und sich eine lautstarke Auseinandersetzung zwischen den beiden Brüdern anzukündigen schien, war die Aufmerksamkeit der Kontrahenten glücklicherweise rasch auf ein anderes Ereignis gelenkt worden. Geistesgegenwärtig hatte Markward von Annweiler den Herolden mit einem Handzeichen bedeutet durch einen lauten Fanfarenstoß die nächste Abordnung zu begrüßen. Überrascht wandten sich alle Blicke zu der doppelten Reihe der Reisigen am hinteren Ende des Platzes hinüber, die nun ein Stück zur Seite traten um damit den Weg für die Abgesandten des Kalifen Al Mansur frei zu machen, die sich feierlichen Schrittes dem Kaiserthron näherten und sich direkt vor Heinrich und Konstanze zu Boden warfen, um damit aller Welt sichtbar zu demonstrieren, dass man sich fortan in Nordafrika, vor allen Dingen in Tripolis und Tunis, unter die Oberhoheit und den Schutz des Kaisers stellte. Der erste Teil der künftigen Tributzahlungen, die mit dieser Unterwerfung verbunden waren, wurde den staunenden Reichstagsteilnehmern gleich an Ort und Stelle präsentiert: Riesige Ballen kostbarer Seidenstoffe, schwer mit Elfenbein beladene Elefanten sowie Gewürze aus dem Orient, deren Wert das Herz jedes Kaufmanns zum Rasen gebracht hätte. Den Nordafrikanern folgten Boten des Königs Leo aus Kleinarmenien, die ebenfalls den Willen ihres Herrschers bekundeten, sich künftig unter Kaiser Heinrichs Schutz zu begeben. Anschließend die Beauftragten des Königs Lusignan von Zypern: Sie taten es den anderen nach und unterwarfen sich der Oberhoheit des Staufers ebenfalls. Während die deutschen Fürsten angesichts solch kaum fassbarer Neuigkeiten in lauten Jubel ausbrachen, hatten diese Nachrichten auf Irene gewirkt wie ein Keulenschlag. Denn sowohl bei den Kleinarmeniern als auch im Falle von Zypern, handelte es sich um Staaten, die jahrhundertelang unter Schutz und Schirm von Byzanz gestanden hatten und demzufolge auch dorthin Tribut geleistet hatten. Als teilweise erbitterte Gegner der Kreuzfahrer waren sie aufgetreten und nichts war undenkbarer, als dass sich ausgerechnet diese Völker eines Tages von Ostrom lossagen würden und auf die Seite des Staufers wechselten. Ausgerechnet auf die Seite des Staufers!

Mit einem höhnischen Lächeln auf den Lippen hatte sich der Kaiser nun erhoben und näherte sich mit gemessenem Schritt der Gruppe seiner Gefangenen. Es dauerte eine Weile, bis er in der Menge schließlich die erschaudernde Irene entdeckt hatte, die sich unter Heinrichs finsterem Blick ängstlich herunter duckte und sich hinter den Schultern eines groß gewachsenen normannischen Edelmanns zu verbergen suchte.

Doch vergeblich! „Diese da!“, deutete Heinrich mit ausgestrecktem Arm genau in Irenes Richtung, während er mit einem leichten Kopfnicken zweien seiner Reisigen bedeutete Irene zu ergreifen und zu ihm zu bringen.

Ein angstvolles Stöhnen entrang sich Irenes Kehle. Was führte der Mann im Schilde? Weshalb sie? Ausgerechnet sie? Welch neuerliche Demütigung wartete nun auf Irene? Während die Reisigen sich der am ganzen Körper zitternden jungen Frau zielsicher näherten, ertönte neben Irene plötzlich eine laute Frauenstimme. Es war die Stimme von Theodora, die sich den Bewaffneten mit einer entschiedenen Bewegung entgegen stellte. „Halt! Lasst sie in Frieden! Sie hat genug durchgemacht in den letzten Wochen. Es ist genug! Lasst sie…“ Weiter kam sie nicht. Mit einem einzigen brutalen Fausthieb in den Nacken war Theodora von einem der beiden Männer zu Boden gestreckt worden, wo sie leblos liegen blieb. Ohne auch nur einen Blick auf die Ohnmächtige zu vergeuden, ergriffen die Reisigen nun Irene und zerrten sie mit roher Gewalt vor ihren Auftraggeber, an dessen Seite sich in diesem Moment der wutschnaubende Philipp begeben hatte. „Musste das wirklich sein?“, zischte er zornig in das Gesicht seines Bruders. „Stände es uns nicht besser an uns wie zivilisierte Menschen zu benehmen – auch im Umgang mit Gefangenen?“

Der Kaiser kicherte amüsiert, während er den erregten Philipp kopfschüttelnd musterte. „Mein Bruder, der sanfte Bischof. Immer auf Ausgleich bedacht. Eine Wesensart, die du dir als Herzog von Tuscien schon bald wirst abgewöhnen müssen. Denn Entscheidungen zu fällen, bedeutet auch Willensstärke zu zeigen. So wie nun auch in dieser Angelegenheit,“ richtete er sein Augenmerk auf Irene, die bleich und mit gesenktem Kopf im harten Griff der beiden Reisigen vor dem Kaiser stand.

Heinrich nickte zufrieden. „Am gestrigen Abend schon hat unser Bruder Otto meine Pläne für gut befunden. Auch er ist der Meinung, dass die edle Witwe des Königs Roger geeignet ist die richtige Ehefrau für dich darzustellen… Moment, noch rede ich!“, beschrieb er eine abwehrende Handbewegung, als Philipp die Lippen schon zu einer heftigen Gegenrede geöffnet hatte. „Es wird ein Bündnis werden, wie jenes zwischen mir und der Kaiserin. Und genauso, wie diese Ehe zwischen Staufern und Normannen uns die rechtmäßige Anwartschaft auf den Thron über das Königreich Sizilien beschert hat, so wird auch deine Ehe mit der Tochter des ehemaligen Kaisers von Byzanz uns die legitime Möglichkeit verschaffen, Ansprüche auf die Herrschaft über Ostrom anzumelden."

Philipp stutzte. Hatte er in seiner Erregung richtig gehört? „Was meinst du mit der Formulierung ehemaliger Kaiser?", murmelte er verwirrt. Auch Irene, die sich in den vergangenen Wochen mit der Sprache der Deutschen zumindest in Ansätzen vertraut gemacht hatte, schien es vernommen zu haben und wartete nun voller Sorge auf Heinrichs Entgegnung.

„Ich habe genau das gemeint, was ich gesagt habe. Isaak Angelos, der Basileus von Byzanz, ist vor wenigen Wochen vom Thron gestürzt worden..."

Ein spitzer Aufschrei aus Irenes Mund unterbrach ihn. „Mein Vater? Vom Thron gestürzt? Was ist mit ihm geschehen? Und... was... was ist mit meiner Familie?"

Der Kaiser lachte trocken. „Wie sie mit einem Mal in ihrer fremden Sprache dennoch mit mir reden kann, die vornehme Dame! Nun gut, die Herrschaft über Byzanz ist zumindest in der eigenen Familie geblieben..."

„Was soll das heißen? Nun rede endlich," drängte Philipp voller Ungeduld.

„Gemach, gemach," beschwichtigte sein Bruder. „Am gestrigen Abend also hat uns die Nachricht erreicht, dass Isaak Angelos, der Basileus von Byzanz, durch seinen eigenen Bruder gestürzt worden ist und dass sich dieser Bruder nun selbst als Alexios III. zum Kaiser hat proklamieren lassen...."

„Und... was... was ist mit meinem Vater..." fragte Irene mit schwacher, bebender Stimme in gebrochenem Deutsch. „Und was mit meiner Familie?"

„Isaak Angelos ist am Leben. Alexios hat ihn blenden lassen und danach in den Kerker geworfen. Genauso wie Euren Bruder übrigens, den Thronfolger. Vom Rest der Familie gibt es keine Nachrichten," erklärte Heinrich trocken.

„Gestürzt und geblendet! Vom eigenen Bruder!“ Fassungslos schüttelte Philipp den Kopf und machte einen Schritt auf Irene zu, um ihr voller Anteilnahme die Hand auf die Schulter zu legen. Doch Irene schaffte es, vor dem jungen Mann zurückzuweichen, trotz der beiden Reisigen, die sie noch immer mit festem Griff an den Oberarmen gepackt hielten.

„Doch Alexios hat sich den Umsturz wohl einfacher vorgestellt, als es nun gekommen ist. Man spricht von einem regelrechten Krieg, der in den Straßen von Byzanz ausgetragen wird und wo gerade jeder gegen jeden kämpft. Kein Wunder also, dass sich uns heute Zypern, Armenien und all die anderen angeschlossen haben, nachdem sie von Byzanz abgefallen sind. Wir werden uns also schon in Kürze wieder aufmachen müssen, zumal die Dinge hier ja nun geregelt sind. Aufmachen müssen zu einem neuen Kreuzzug, bei dem wir unsere dann rechtmäßigen Ansprüche auf den Kaiserthron geltend machen werden. Sobald du die Tochter des Isaak Angelos, des rechtmäßigen Basileus geheiratet hast. So werden auch diese Reiche zusammengeführt – unter unserer Regentschaft werden das Heilige Römische Reich und Ostrom verschmelzen zu einem Reich, so gewaltig, wie es die Menschheit noch niemals gesehen hat! Das sind die Gründe, weshalb eurer Verbindung nichts mehr im Wege stehen darf!“

„Nichts mehr im Wege stehen!“, echote Philipp empört. „Und wer fragt mich nach meinen Gefühlen?!“

„Gefühle! Als ob die in solchen Angelegenheiten eine Rolle spielten! Es geht um das Reich und um die Vorherrschaft unserer Familie! Da haben Gefühle hinten an zu stehen! Und im Übrigen,“ Heinrich musterte den jüngeren mit einem heimtückischen Blick aus seinen fieberglänzenden Augen, „die Spatzen pfeifen es doch von den Dächern, dass sich dein Herz für die edle Frau entzündet hat. Was also soll die Gegenrede?“

Schamröte überzog in Windeseile Philipps Gesicht, während er es dennoch schaffte dem Blick des anderen stand zu halten. „Zu einer solchen Verbindung gehören immer zwei. Und, selbst wenn deine Worte in meinem Falle zuträfen: Auch die Witwe des Königs Roger muss nach ihrer Meinung gefragt werden, das ist das Mindeste! Auch wenn dies, was mir wohl bekannt ist, nicht unbedingt den Gepflogenheiten entspricht, wie sie auch in unserer eigenen Familie gang und gäbe sind!“

„Mein Bruder, der sanfte Bischof, dem es verwehrt gewesen ist, sein gnadenspendendes Amt jemals anzutreten…“ Kaiser Heinrich schüttelte belustigt seinen Kopf, dann deutete er grinsend auf Irene. „Und seine fromme Verlobte, von der man kürzlich den Wunsch an mich heran getragen hat, sie ins Kloster zu entlassen. Zwei fromme Kirchenleute, die sich vor den Pflichten der bösen Welt am liebsten zurückzögen in den Schutz der dicken Klostermauern. Und während man im frommen Gebet versunken ist, dürfen sich andere an ihrer Stelle die Hände schmutzig machen…“

Wütend stampfte Philipp bei diesen Worten mit dem Fuß auf dem Boden auf. „Deinen Spott kannst du für dich behalten! Wenn ich bedenke, wie oft ich mich dem Wunsch der Familie in Wahrheit schon gebeugt habe: Als ich nach dem Tod unseres Bruders Friedrich damals beim Kreuzzug auf das Bischofsamt verzichtet habe, in das ich schon gewählt war. Dann meine Teilnahme an deinem Kriegszug gegen Sizilien, jetzt die Einwilligung das mir weiß Gott nicht willkommene Herzogsamt in Tuscien zu übernehmen, dazuhin der drohende Streit mit dem Vatikan… Immer habe ich mich deinen Wünschen und der Staatsräson unterworfen! Aber damit ist es nun genug! Meine Ehe lasse ich mir nicht diktieren – auch nicht vom Kaiser persönlich!“ Wie zur Bestätigung seiner entschiedenen Worte ballte Philipp die rechte Faust und streckte sie seinem Bruder drohend entgegen.

„Du wagst es dich offen gegen mich zu empören?!“ Die ungesunde Blässe in Heinrichs Miene war einer zornroten Färbung gewichen. Aus wütenden Augen fixierte er seinen Bruder, der den Blick trotzig erwiderte.

„Ein für alle Mal: Es ist meine Sache, wann und wen ich zu heiraten gedenke. Und dabei bleibe ich, was auch immer von mir verlangt wird!“, zischte Philipp scharf.

Wieder war es der Geistesgegenwart des Reichstruchsessen Markward von Annweiler zu verdanken, dass die Situation nicht weiter eskalierte. Denn erneut ertönten auf seine Weisung hin laute Fanfarenstöße, mit denen die Aufmerksamkeit der Kontrahenten auf eine neue Delegation gelenkt wurde, die sich in feierlicher Prozession dem Thron des Kaiserpaares näherte. Es handelte sich um die Vertreter der oberitalienischen

Städte, die sich in Bari eingefunden hatten, um Heinrich und Konstanze ihre respektvollen Glückwünsche zu überbringen. Angesichts der zahlreichen erbitterten Schlachten, in die schon Heinrichs Vater Friedrich Barbarossa mit diesen Städten verwickelt gewesen war, musste nun der Streit zwischen den Brüdern zurückstehen und Heinrich sah sich zähneknirschend gezwungen seine Konzentration ganz und gar der Abordnung des lombardischen Städtebundes zu widmen.

Noch am Abend desselben Tages war es Philipp gelungen Einlass in das Haus in der Nähe der Stadtmauer von Bari zu erhalten, in dem die normannischen Gefangenen unter strenger Bewachung untergebracht worden waren. Zu seiner großen Erleichterung hatte der brutale Faustschlag des Reisigen bei Theodora keine ernsthaften Verletzungen hinterlassen. Lediglich einige schmerzhafte Prellungen habe sie sich beim anschließenden Sturz zugezogen, doch es hätte wesentlich schlimmer ausgehen können. Ihre körperlichen Schmerzen seien bald schon verheilt, während die seelischen Wunden, die ihrer Herrin in den letzten Monaten zugefügt worden waren, vielleicht niemals verheilten, hatte sie voller Sorge und Bitterkeit noch hinzu gefügt, sich wohl der Tatsache bewusst, aus welch tieferem Grund der Besuch des Staufers in ihrem Gefängnis in Wirklichkeit erfolgt war.

Zu Philipps Bedauern hatte sich Irene sofort bei seinem Erscheinen in den hintersten Winkel des Raumes begeben und ihm den Rücken zugewandt. Eine Haltung, in der sie regungslos verharrt war, bis er sich schließlich wieder verabschiedet hatte. Noch einmal aber hatte er Theodora gebeten ihrer Herrin von seinem festen Entschluss zu berichten, dass er sie auf gar keinen Fall zwingen werde, die Ehe mit ihm einzugehen und, mehr noch, dass auch er selbst sich von niemandem, nicht einmal vom Kaiser, zu diesem Schritt werde zwingen lassen.

Voller Entsetzen hatte die junge Witwe anschließend von Theodora erfahren, was ihnen in den nächsten Wochen bevor stehen würde. Die schlimmen Gerüchte, die seit Wochen unter den Gefangenen kursierten, stellten sich dabei als im Großen und Ganzen zutreffend heraus. Für alle überlebenden normannischen Adligen, die sich momentan nun hier in Bari befanden, war ein trauriges Schicksal vorgesehen. Zusammen mit den mehr als 160 Packpferden, mit denen der Kronschatz der Normannen in den nächsten Tagen schon endgültig auf die andere Seite der Alpen zur Burg Trifels bei Annweiler gebracht werden sollte, würden auch sie aufbrechen müssen um ihr Dasein künftig als Geiseln der deutschen Adligen auf deren Burgen oder in deren Klöstern zu fristen. Und keiner würde vor diesem Schicksal verschont – noch nicht einmal Königin Sibylle oder gar der arme kleine Wilhelm, von dem noch immer niemand sagen konnte, ob er angesichts seiner schweren Verletzungen die nächsten Wochen überhaupt überleben würde.

Während Wilhelm von seiner Mutter getrennt auf Burg Hohenems gefangen gesetzt werden sollte, würden sie Sibylle und deren drei kleine Töchter ins Kloster Hohenburg auf den Odilienberg im Elsass schaffen. Wo auch immer sich diese Orte befinden mochten, denn weder Irene noch Theodora hatten je von ihnen gehört. Viel zu weit entfernt lagen sie irgendwo in einem unheimlichen Land, mit dem sich die beiden jungen Frauen noch niemals zuvor in ihrem Leben hatten beschäftigen mögen.

„Und ich? Das heißt...wir? Was führen sie mit uns im Schilde? Sie werden uns doch wenigstens nicht trennen, oder?", fragte Irene mit klopfendem Herzen. Eine Trennung von Theodora, der einzigen Bezugsperson, die ihr noch geblieben war? Nein, eine weitere Belastung würde sie nicht mehr verkraften. Nach all dem, was sie heute hatte erfahren müssen: Der Umsturz in Byzanz, der Vater geblendet und mit ihrem Bruder in den Kerker gesteckt. Von den übrigen Mitgliedern der Familie keine Spur, während in der Stadt der offene Aufruhr ausgebrochen war! So schutzlos und alleine hatte sich Irene noch nie in ihrem Leben gefühlt, nicht einmal in jenem Moment vor wenigen Monaten, als sie die Segel der byzantinischen Schiffe, die sie zur Heirat mit dem fremden Prinzen nach Sizilien gebracht hatten, hinter dem Horizont verschwinden sah.

Theodora wiegte nachdenklich ihren Kopf, bevor sie Irenes Frage leise beantwortete. „Er hat mir versichert, wir blieben zusammen – und: Wir stünden unter seinem besonderen Schutz..."

Irene lachte bitter auf. „Unter seinem besonderen Schutz!", wiederholte sie trocken. „So kann man Gefangenschaft auch umschreiben!"

„Besser unter dem Schutz des jungen Herzogs, als der Willkür des Kaisers ausgesetzt! Auch wenn mir, ehrlich gesagt, Angst und Bange ist vor dieser langen Reise in das dunkle kalte Land, aus dem sie kommen. Und er hat mir zwar den Namen der Burg genannt, zu der sie uns bringen wollen, aber ich habe diesen Namen schon wieder vergessen, weil er mir nicht das Geringste gesagt hat… „

14

26. August 1208, vor der Vesper

Laut und deutlich drangen sogar noch hier, in der Kammer der Königin, die Hornstöße in Brigittas Ohr, die einer der Wächter vom Bergfried der mächtigen Stauferburg hatte ertönen lassen, um jedem der Burgbewohner damit kundzutun, dass sich Fremde dem Hohenstaufen näherten. Ein weiterer Späher würde sich nun unverzüglich zu seinem Kameraden gesellen und die Ankömmlinge in genauen Augenschein nehmen. Kamen sie in friedlicher oder in feindlicher Absicht? Wie viele waren es – und: Konnte man womöglich schon erkennen, um wen genau es sich handelte? Vor wenigen Monaten noch, konstatierte Brigitta mit Bitterkeit, wäre sie als eine der Ersten an die Burgmauer geeilt um ihren Blick neugierig aus einer der schmalen Schießscharten auf die Besucher zu richten. Willkommene Abwechslung im tristen Burgalltag – denn selbst auf der Stammburg des allmächtigen Kaisergeschlechts verlief das Leben kaum anders, als auf den übrigen stark befestigten einsamen Adelssitzen ringsum. Nur in Zeiten der persönlichen Anwesenheit des Königs änderte sich naturgemäß dieser Tagesablauf: Wenn Boten und Abgesandte aus allen Himmelsrichtungen in nicht enden wollender Anzahl eintrafen und wieder ausgesandt wurden, schien jede Ecke des massigen Bauwerks zu vibrieren und keinem der Burgbewohner kam es angesichts der emsigen Aktivitäten in den Sinn, sich gar zu langweilen. Aber auch auf dem Hohenstaufen gehörte es zu den absoluten Seltenheiten, dass sich der König oder gar der Kaiser mit ihrem Hofstaat hier aufhielten. Die Beherrscher des gewaltigen Reiches waren vielmehr immerfort auf Reisen um auf den zahlreichen Pfalzen überall im Land zu urkunden, sich mit den staufischen Statthaltern, Grafen, Herzögen und Bischöfen zu besprechen – oder sie waren in eine neuerliche kriegerische Auseinandersetzung verstrickt, die sie oft genug jahrelang in Italien oder gar – wie im Fall der Kreuzzüge – in Kleinasien zurückhielt. Kein Wunder also, dass nicht einmal der betagte Vogt auf dem Hohenstaufen vom Aufenthalt des verstorbenen Kaisers Heinrich auf dem Staufen berichten konnte. Solange Vogt Konrad sein Amt versehen hatte – und das schon mindestens fünfzehn Jahre – waren Kaiser Heinrich und sein Gefolge niemals hier oben vom Pferd gestiegen.

Ganz im Gegensatz dazu logierte sein Bruder, der kürzlich ermordete König Philipp und dessen Frau Irene, der die Stammburg ihres Mannes zur zweiten Heimat geworden war und die hier all ihre fünf Kinder zur Welt gebracht hatte, sehr häufig auf dem Hohenstaufen. Doch auch König Philipp hatte sich viel öfter, als ihm lieb gewesen war, von seiner Frau verabschieden müssen, weil irgendwo im Reich dringende Regierungsgeschäfte auf ihn warteten. Zu Irenes großem Leidwesen hatte sie ihren Mann auf diesen Reisen nur selten begleiten können. Die Tatsache ihrer nahezu permanenten Schwangerschaften, vor allem in den ersten Jahren ihrer Ehe, verhinderten es. Und selbst wenn sich also immerhin die Königin in der Burg aufgehalten hatte, verliefen die Tage weitgehend ereignislos und öde. Selten genug, dass sich Besucher hier oben auf der windigen Bergkuppe einfanden. Ab und zu vielleicht einmal eine Truppe von Gauklern und Musikanten, die sich trauten, an den Pforten der Königsburg zu klopfen und den erfreuten Bewohnern einen unterhaltsamen Nachmittag zu bereiten versprachen, bevor sie wieder weiter zogen und sich von neuem zähe Langeweile bleiern über die Tage und Nächte in der einsamen Feste am Rande der Schwäbischen Alb senkte.

Wer also mochte es sein, der sich ihnen jetzt am späten Nachmittag näherte? Swigger und seine Männer etwa? Nein, das war unmöglich! Vor morgen war auf keinen Fall mit ihnen zu rechnen. Um wen es sich also auch handeln mochte – was spielte es für eine Rolle? Nein, Brigitta brauchte sich dieses Mal nicht für die Neuankömmlinge zu interessieren. Es waren andere Sorgen, die sie bewegten…

„Das Signal! Er ist da! Ich muss mich bereit machen, ihn zu empfangen!" Urplötzlich war die Kranke aus ihrem ohnmachtsähnlichen Schlaf erwacht und hatte sich in ihrem Lager aufgerichtet. Mit verwirrter Miene versuchte sie sich im Halbdunkel der Kammer zu orientieren. Voller Sorge verdrängte Brigitta die bittersüßen Gedanken an lange vergangene Zeiten aus ihrem Kopf und näherte sich der Königin behutsam.

„Alles ist gut, Herrin," versuchte sie Irene mit sanfter Stimme zu beruhigen und legte fürsorglich ihren Arm um deren Schulter. Eine Geste, die sie noch vor Wochen – selbst nach all ihrer langjährigen Vertrautheit – nie und nimmer gewagt hätte, auszuführen, wie sich Brigitta in diesem Moment leidvoll bewusst wurde. Noch vor Wochen! Aber in der Zwischenzeit hatte sich das Leben verändert! Dramatisch verändert! Nichts war mehr so, wie es gewesen war. Vor wenigen Wochen noch.

„Von Eurem Gemahl, der Euch seine besten Grüße entbietet, soll ich Euch ausrichten, er werde demnächst schon bei Euch erscheinen. Doch vorerst habe er noch in einigen dringenden Regierungsangelegenheiten zu entscheiden. Er lässt Euch bitten Euch noch für kurze Zeit zu gedulden. Gönnt Euch die nötige Ruhe, die Ihr braucht, Herrin." Mit sanftem Druck ließ Brigitta die Kranke wieder auf ihr Kissen zurück sinken und betupfte deren fieberglänzende Stirn mit einem feuchten wohlriechenden Tuch. Wenig später schloss Irene, um deren Lippen ein zartes erwartungsfrohes Lächeln spielte, die Augen und fiel allmählich zurück in ihren tiefen Schlaf.

Voller Kummer und Wehmut betrachtete Brigitta von Gundelfingen die eingefallenen hohlen Wangen der früher so anmutigen Königin. Der märchenhaften Frauengestalt, die in zahlreichen Liedern der Minnesänger so begeistert besungen worden war. Beinahe schon gespenstisch wirkte ihr Anblick nun: Der bleiche, fast wächserne Ton ihrer Gesichtshaut, umrahmt von dem wirr zerzausten, tiefschwarzen Haar. Wie aufgebahrt lag sie vor ihr. Fast schien es, als sei sie gar nicht mehr in dieser Welt. Arme Irene! Die empfindsame junge Frau, hineingeboren in ein eiskaltes Schicksal, das ihr kurzes Leben von Beginn an gnadenlos bestimmt hatte. Die griechische Kaisertochter, hoffnungslos verwoben in ein undurchdringliches Ränkespiel, aus dem ihr niemals ein Entkommen möglich gewesen war. Machenschaften! Von Anfang an!

Und dennoch, trotz all dem, was sie in diesem jungen Leben hatte durchleiden und mit ansehen müssen, nie hatte Irene jenen Liebreiz verloren, der sie wie eine Aura zu umschweben schien. Die Faszination, die von ihr ausging. Die natürliche Anmut, von der Brigitta damals auch ihr Bruder Swigger berichtet hatte, als er ihr in Italien als einer der Begleiter des jungen Philipp zum ersten Mal begegnet war.

Die Umstände hatten sich weiß Gott als schlimm genug erwiesen. Und als wäre das Leid der Geiseln, die sich nun auf ihrem langen Marsch über die Alpen hatten begeben müssen, nicht ohnehin schon unermesslich, gesellten sich auch noch die Witterungsverhältnisse erschwerend hinzu. Nicht nur der Winter war viel nasser ausgefallen, als in den Jahren zuvor. Die tagelangen Regenfälle in den Frühlingsmonaten des Jahres 1195 hatten sich zu einer wahren Sintflut ausgeweitet. Es goss in Strömen und niemand auf dem elenden Zug hatte auch nur einen trockenen Fetzen Kleidung am Leib. Noch nicht einmal die Bewacher der Gefangenen – selbst sie waren durch den unaufhörlichen Regen durchnässt worden bis auf die Haut. Als einzigen Vorteil besaßen sie ihre Pferde, sodass die deutschen Ritter zumindest nicht wie der größte Teil ihrer Geiseln zu Fuß über die aufgeweichten schlammigen Wege ziehen mussten, auf denen sie oft genug bis über die Knöchel einsanken, wodurch jeder Schritt zur mühevollen Anstrengung geriet. Am Südtrauf der Alpen hatte sich der Regen sogar noch verschlimmert, dazu wehte ein eisiger Wind, der ihnen die Wassertropfen wie feine Nadelstiche in die Gesichter peitschte. Und dies ausgerechnet nachdem sich viele von ihnen schon beim Überqueren der endlosen Poebene schwere Erkältungen zugezogen hatten. In der feuchten Kälte der ewigen Nebel am Po waren sie nicht nur an starkem Husten, Schnupfen und Bronchitis erkrankt, sondern oft genug hatte sich eine Lungenentzündung noch hinzu gesellt, an deren Folgen mehrere dutzend Menschen gestorben waren – die Gefangenen genauso wie ihre Bewacher.

Auch die zum Skelett abgemagerte Irene war von der Krankheit nicht verschont geblieben. Heftige Hustenanfälle ließen ihren geschwächten Körper erbeben, dazu gesellte sich immer stärker werdendes Fieber. Auf das Äußerste beunruhigt, hatte sich ihre Begleiterin Theodora schließlich über Irenes Anweisung hinweg gesetzt und den deutschen Reiter, der den Zug offenbar befehligte, über den bedenklichen Gesundheitszustand ihrer Herrin in Kenntnis gesetzt. Während Theodora oft genug erlebt hatte, wie wenig es den Mann ansonsten zu scheren schien, wenn wieder eine der Geiseln vor seinen Augen gestorben war, so war sie sich im Fall Irenes völlig sicher, dass der Ritter schnellstens reagieren würde. Denn schließlich war es ein offenes Geheimnis, dass sich die junge Witwe des Königs Roger unter dem ganz besonderen Schutz des Herzogs Philipp von Tuscien befand.

Philipp! Schon als Theodora den Namen des verhassten Staufers zum ersten Mal erwähnt hatte, war ihr Irene trotz des starken Fiebers, das die junge Frau erfasst hatte, brüsk in die Rede gefahren. Nicht das Geringste wolle sie mit dem Staufer und seinem Anhang zu tun haben! Überhaupt nichts! Und deshalb verbiete sie es Theodora hiermit, die Deutschen auf ihren Zustand hinzuweisen. Sie brauche keine Hilfe von den Staufern und sie wolle von diesen auch keine Hilfe annehmen. Auf gar keinen Fall! Ganz gegen ihr sonstiges Naturell hatte sie ihrer Begleiterin mit scharfen Worten verboten den staufischen Reitern gegenüber auch nur die geringste Andeutung fallen zu lassen.

„Aber, wenn Ihr sterbt, Herrin! Der junge Herzog hat mir, bevor er voraus geritten ist, dringend ans Herz gelegt auf Euch zu achten. Ihr steht in der Tat unter seinem besonderen Schutz! Und: Er meint es wirklich ehrlich mit Euch. Glaubt mir: Herzog Philipp…“

„Schweig! Ich möchte diesen Namen nicht hören!“ Ein weiteres Mal war Irene der anderen ins Wort gefallen und ballte zur Bekräftigung ihrer Worte voll grimmiger Entschiedenheit die Fäuste. „Er ist ein Staufer! Ein Mitglied der Barbaren, die unsägliches Leid und Elend über uns gebracht haben! Er hat gut reden: Doch was sind seine Reden wert? Hat er es jemals vermocht dem Tun und Treiben seines schrecklichen Bruders Einhalt zu gebieten? Hat er es jemals gewagt sich gegen diesen offen aufzulehnen? Nein,“ sie machte eine wegwerfende Handbewegung, „ich meine nicht in meinem Fall. Ich meine dann, wenn es an das Leben der anderen ging! Was, mit Ausnahme einiger voll geheuchelter Sorge geäußerter Worte, hat er denn vorgebracht? Und was bewirkt? Nein, auch er ist einer von ihnen – und keinem von ihnen werde ich jemals gestatten Hand an mich zu legen! Ich brauche weder deren Mitleid noch deren Fürsorge – und deshalb verbiete ich dir jeden weiteren Schritt in dieser Hinsicht!“

Voll besorgter Betroffenheit hatte Theodora die Weisung ihrer Herrin zur Kenntnis genommen. So hatte sie Irene noch nie erlebt. Die sanftmütige, seit Wochen in Trauer und Wehmut versunkene Irene!

Rasch wandte die Kranke nach diesen Worten ihren Kopf zur Seite um die Tränen zu verbergen, die ihr nun über die Wangen rannen. Tränen der Wut und der Verzweiflung. Eine Mischung aus widerstreitenden Gefühlen, die sich mit dem Fieber und ihren Seelenqualen paarte. Dazu diese bohrende Frage, die sie seit Tagen schon zu verdrängen versucht hatte und die sich dennoch wieder und wieder in ihr Bewusstsein schlich. Die Frage, weshalb das Abbild des jungen Staufers mehrfach durch ihre Träume gehuscht war. Ausgerechnet der Staufer, der sich nicht aus ihrer Erinnerung hatte tilgen lassen, sondern ihr immer wieder plastisch vor Augen stand! Welche Antwort konnte es auf diese Frage geben? Allein die Tatsache, dass sie sich widerstrebend gezwungen sah sich überhaupt mit solch einer Frage beschäftigen zu müssen, hatte sie in eine bisher nicht gekannte Rage versetzt. In Rage und Ärger, ja Verzweiflung. Was war der Grund für diese Heimsuchung mitten im Schlaf gewesen? Es war doch schließlich nicht so, dass sie den blonden jungen Edelmann, der den Zug vor einiger Zeit für wenige Tage verlassen hatte um in seinem neu übernommenen Herrschaftsbereich die Huldigung und den Treueeid seiner Lehensträger entgegen zu nehmen, etwa… vermisste?! Um Gottes Willen: nein! Ein letzter Satz war es noch, den sie kraftlos murmelte, bevor ihr im Fieber das Bewusstsein schwand: „Soll der Tod ruhig kommen und mich holen – er wird mir allemal willkommener sein, als der verfluchte Staufer!"

Es war jener Satz, der Theodora endgültig handeln ließ, auch gegen den erklärten Willen ihrer Herrin. Wenn diese nun schon vom Tod als Erlösung sprach! Nein, das konnte und das durfte sie nicht geschehen lassen!

Rasch verließ sie das modrige Zelt, das man am späten Nachmittag für die beiden Frauen aufgeschlagen hatte, nachdem der Zug angesichts des sich mehr und mehr in einen schlammigen Fluss verwandelnden Weges ins Stocken geraten und an ein Weiterkommen zumindest am heutigen Tag nicht zu denken war. Wenig später schon war es ihr gelungen einen der Ritter aus dem Gefolge Philipps auf den Zustand ihrer Herrin aufmerksam zu machen. Voller Beunruhigung hatte der große stattliche Mann ihren Bericht vernommen und war daraufhin eilig davon gestürmt, um den Anführer des Zuges, der während der Abwesenheit des Herzogs das

Kommando übernommen hatte, über den dramatischen Gesundheitszustand Irenes in Kenntnis zu setzen. Alles was in ihrer Macht stünde, würden sie unternehmen und so rasch wie möglich den deutschen Medicus zu der Kranken schicken, mit dieser Gewissheit könne sie sich zurück in ihr Zelt begeben, hatte ihr der Mann in seiner rauen Sprache noch versichert.

Dieser Ritter war kein anderer als Swigger von Gundelfingen gewesen – Brigittas älterer Bruder – der seinerseits nun Anselm von Justingen die schlechten Nachrichten übermitteln ließ um unmittelbar danach den Medicus rasch zum Zelt Irenes zu geleiten.

Der Heilkundige hatte zunächst nur bekümmert seinen Kopf geschüttelt, als ihm Swigger von der neuen Patientin berichtete und wie wichtig es sei, deren Leben zu retten. Dann jedoch hatte er all seinen Mut zusammen genommen und dem Ritter mit erstaunlicher Offenheit seine vorwurfsvolle Anklage ins Gesicht geschleudert. Er sei es allmählich leid, als Arzt hinterher das wieder richten zu müssen, was die hohen Herrschaften zuvor in ihrer blinden Raserei übel zugerichtet hätten. Allein der arme Junge, um den er sich gerade gekümmert habe und der seit Monaten schon mit dem Tode ringe: Was um alles in der Welt hätte dieses sechsjährige Kind denn nur verbrochen, dass man ihm die Augen ausgestochen und ihn mit der Kastration zusätzlich gedemütigt habe?! Und zu allem Überfluss schleppe man das todkranke Kind trotz seines jammervollen Zustands nun bei Eiseskälte in die Gefangenschaft über die Alpen! Nein, als er dieses Kind mit Namen Wilhelm, den ehemaligen König der Normannen, so elend vor sich habe liegen sehen, da habe er sich ehrlich gesagt geschämt zum Gefolge des Kaisers zu zählen. Immerfort habe Wilhelm nach seiner Mutter gerufen, die doch getrennt von ihrem Sohn in einem anderen Zelt festgehalten wurde. Was für ein Schicksal für einen Sechsjährigen, der die meiste Zeit seines Lebens wohl bereits hinter sich habe! Entsetzlich! Auch beim Anblick der von schweren Hustenkrämpfen geschüttelten Irene hatte der Arzt sorgenvoll die Stirn gerunzelt und etwas Unverständliches in seinen langen grauen Bart gebrummelt.

Die schweißnasse Kranke erwachte aus ihrem unruhigen Schlaf und starrte aus fieberglänzenden Augen erschrocken in das ihr unbekannte

Gesicht des Heilkundigen. „Was…wer…wer seid Ihr?“, stammelte sie verwirrt und wich ängstlich vor dem Mann zurück.

„Sag ihr, dass sie keine Angst zu haben braucht,“ wandte sich dieser an Theodora. „Ich werde ihr jetzt einen Heiltrank verabreichen. Danach wird sie in einen tiefen Schlaf fallen, aus dem sie morgen dann hoffentlich gestärkt erwachen wird. Sie muss den Becher austrinken bis zur Neige…“

Irene, die den Großteil der Worte verstanden hatte, beschrieb trotz ihres schwachen Allgemeinzustandes eine rasche abwehrende Handbewegung: „Ich nehme nichts von euch! Auf keinen Fall! Lieber sterbe ich, als dass Leute wie Ihr mir zu Hilfe kommen!“

„Wilhelm hat nach Euch gefragt,“ gab der erfahrene Arzt daraufhin geistesgegenwärtig zur Antwort. Und er hatte sich nicht verrechnet: Überrascht war Irene bei der Nennung von Wilhelms Namen zusammengezuckt. „Wilhelm?“, flüsterte sie mit belegter Stimme.

„Ja, Wilhelm,“ nickte der Medicus. „Er möchte, dass Ihr ihn bald schon besuchen kommt. Er habe Sehnsucht nach seiner Familie. Er braucht Euch. Ihr dürfte nicht sterben. Wilhelm braucht Euch! Und deshalb nehmt jetzt den Becher mit der Medizin und trinkt ihn aus. Bitte! Um Wilhelms Willen!“ Er reichte ihr den mit dem Heiltrank gefüllten Becher. Erleichtert beobachtete Swigger von Gundelfingen, wie Irene daraufhin das Tongefäß mit zitternden Händen ergriff und es an die Lippen setzte. Mit vorsichtigen Schlucken ließ sie die Flüssigkeit in ihre Kehle rinnen. Dann sank sie langsam auf ihr Lager zurück und schloss die Augen.

„Wilhelm,“ murmelte sie leise in ihrer für Swigger unverständlichen Sprache. „Morgen werde ich dich besuchen kommen.“ Und noch etwas drang leise über ihre Lippen. Dass sie dennoch lieber sterben wolle, als die Frau eines Staufers werden zu müssen, übersetzte Theodora dem deutschen Ritter wenig später diese Worte. Vorsichtshalber vermied sie es, den Satz wörtlich wiederzugeben. Denn dass Irene wiederum von den Barbaren, dem schrecklichen Sturm aus dem Norden, gesprochen hatte, diese Formulierung mochte Theodora dem offenbar recht einfühlsamen Mann ersparen, der sich doch ehrliche Sorgen um den Gesundheitszustand der jungen Byzantinerin zu machen schien.

Der schreckliche Sturm aus dem Norden! Und dennoch: Es handelte sich um einen heilenden Schlaf, in den Irene nun gefallen war. Ein Schlaf, der sie weit weg vom Elend um sie herum im warmen Sonnenschein auf eine blühende Wiese führte, Arm in Arm mit einem schmächtigen, blond gelockten jungen Mann, dessen ebenmäßige Gesichtszüge sie niemals mehr vergessen würde…

15

Brigitta, die jüngere Schwester des Ritters Swigger von Gundelfingen, kam am Nachmittag der Ankunft der Gefangenen aus dem Staunen nicht mehr heraus! Seit Tagen schon hatte sie es kaum erwarten können, erstmals der jungen Kaisertochter aus dem fernen Byzanz gegenüber treten zu dürfen. Der erst 15 Jahre alten Frau, von der jene Menschen, die Irene schon einmal gesehen hatten, in den höchsten Tönen schwärmten. Was es wohl sein konnte, das diesen faszinierten Eindruck bei den normalerweise alles andere als sonderlich romantisch veranlagten, recht rauen Recken hinterlassen hatte, darüber war Brigitta schon oft ins Grübeln verfallen ohne sich jedoch einen rechten Reim darauf machen zu können. Milde, Anmut, Liebreiz, edle Gesichtszüge – was sollte sie sich denn ganz konkret hierunter vorstellen?

Im selben Moment, als sie Irene erblickte, wurde sich Brigitta schlagartig darüber bewusst, was die Männer mit ihrer unbeholfenen Ausdrucksweise hatten sagen wollen. Ein Phänomen, das in der Tat mit Worten kaum zu beschreiben war. Diese Faszination, die von der blassen jungen Königin ausstrahlte, trotz der schweren Krankheit, die sie nach langen Wochen endlich überwunden hatte. Trotz der schweren Furchen, die sich nach den Ereignissen der letzten Monate tief in ihre Gesichtszüge gegraben hatten, trotz der langen mühevollen Reise, die nun fürs Erste wohl zu Ende war: Als Geisel in einem ihr fremden Land, das sie hatte niemals betreten wollen.

Vielleicht waren es ja auch die unsagbar traurigen Blicke der schon in solch jungen Jahren so hart vom Schicksal heimgesuchten Königswitwe, die in den Herzen der Menschen ein bitteres Echo ertönen ließen. Der seltsame Kontrast zwischen der zerbrechlich wirkenden Frau mit ihren tiefschwarzen Haaren und der fast durchsichtigen Gesichtshaut. Ihre hierzulande noch niemals zuvor gesehenen kostbaren und prächtigen seidenen Gewänder aus dem Orient, denen anscheinend noch nicht einmal die Feuchtigkeit auf der wochenlangen beschwerlichen Reise etwas hatte anhaben können, und dies, obwohl die Ballen mit den Kleidern mehrfach völlig durchnässt worden waren. Die kunstvollen Stickereien auf den wallenden Umhängen: faszinierend!

Auf Wunsch von Heinrich von Schweinhausen, des Herren der gleichnamigen Burg über dem Risstal in Schwaben, war Brigitta schon wenige Tage nach Irenes Ankunft hier eingetroffen. Auch ihr Bruder Swigger, der im Auftrag des Herzogs Philipp von Tuscien Irenes Zug über die Alpen begleitet hatte, war derselben Meinung gewesen wie sein enger Gefährte Heinrich und hatte Brigitta gleich bei der Rückkehr nach seiner monatelangen Abwesenheit auf Burg Hohengundelfingen nachdrücklich darum gebeten, am besten unverzüglich mit ihm nach Schweinhausen aufzubrechen.

Denn entgegen der ausdrücklichen Anordnung von Kaiser Heinrich, der für Irene den Aufenthalt als Geisel auf dem Trifels bei Annweiler vorgesehen hatte, wohin man auch den Thronschatz der Normannen verbracht hatte – und er betrachtete die junge Frau als eine Art goldenes Pfand – war Irene im Mai des Jahres 1195 auf Philipps Befehl zur Burg Heinrichs von Schweinhausen, einem seiner engsten Freunde, verbracht worden. Dies war eine Auflehnung gegen Kaiser Heinrichs ausdrücklichen Willen, die diesen in heftige Rage versetzen würde, sobald er Kenntnis von der Missachtung seines Befehls erhalten würde. Doch Philipp hatte die gut gemeinten Warnungen seiner besorgten Ratgeber mürrisch in den Wind geschlagen und ärgerlich zu verstehen gegeben, sein Bruder solle sich lieber um wichtigere Dinge kümmern. Und im Übrigen sei es doch wohl der erklärte Wunsch des Kaisers eine Ehe zwischen Irene und Philipp zu schmieden. Wie aber solle dies gelingen, wenn sie mehrere Tagesritte entfernt voneinander getrennt sein müssten, nachdem er sich in erster Linie als Vertreter seines zweitältesten Bruders, Herzog Konrad von Schwaben, in den schwäbischen Stammlanden aufzuhalten habe, hatte Philipp mit zynischem Lächeln noch hinzu gefügt.

Erst nachdem sie die Alpen in mühevollen Etappen überwunden hatten, waren die Pläne Philipps bekannt geworden. In Hohenems, in unmittelbarer Nähe des Bodensees, hatte man den armen Wilhelm zurückgelassen, der die strapaziöse Reise entgegen aller Befürchtungen überlebt hatte, und die restlichen Geiseln in verschiedene Gruppen aufgeteilt. Es war zu herzzerreißenden Szenen gekommen, denn den Normannen war spätestens in diesem Moment bewusst geworden, dass sie sich wahrscheinlich niemals mehr im Leben würden wiedersehen können.

Nie würde Swigger den bitteren Blick vergessen, den ihm Irene nach ihrem Abschied von dem hemmungslos schluchzenden Wilhelm förmlich ins Gesicht geschleudert hatte, bevor sie sich mit gesenktem Kopf von ihm abwandte. Während die kleinen Schwestern des Jungen noch versucht hatten, sich mit all ihren Kräften an ihrem Bruder fest zu klammern, war Wilhelms Mutter Sibylle mit versteinerter Miene daneben gestanden. Unfähig, nach all dem bisher erlittenen Leid auch nur eine einzige weitere Träne zu vergießen. Eine gebrochene Frau, nicht einmal im Entferntesten mehr zu vergleichen mit der stolzen und aufrechten Königin der Normannen, die doch ihr Schicksal nach dem Tod ihres Mannes Tankred so tatkräftig in die Hände genommen hatte. Ob die Tatsache, dass man sie mit ihren drei Töchtern in das Kloster auf den Odilienberg verbringen würde, überhaupt noch bis in ihr Bewusstsein vordringen würde ? Dass sie ihren sechsjährigen Sohn am heutigen Tag zum letzten Mal sehen würde? Nicht nur für die Geiseln, auch für manche unter den deutschen Rittern, wie beispielsweise Swigger von Gundelfingen, war es ein Anblick, der sich wie Blei auf ihre Seelen legte. Fürchterlich, wie der geblendete, zum Skelett abgemagerte Wilhelm da vor ihnen auf den Boden sank und immerfort nach seiner Mutter rief, die er doch nicht mehr sehen konnte und aus deren Mund keine Antwort kam!

Es war ein Tag, an dem sich Swigger plötzlich der Tatsache schämte, auf die er bisher so stolz gewesen war, nämlich zu den Rittern des Kaisers zu zählen, zum engeren Gefolge von dessen Bruder Philipp. Ob die Italiener mit ihrer Einschätzung der deutschen Ritter also doch richtig lagen, wenn sie von den grausamen Barbaren aus dem Norden sprachen? Eine Formulierung, die Swigger die Zornesröte in das Gesicht getrieben hatte, als er zum ersten Mal davon hörte. Doch am heutigen Tag schien sich dieser Begriff tatsächlich zu bewahrheiten. Schlachten, Eroberungen, kriegerische Auseinandersetzungen, den Feinden schwere Verwundungen zuzufügen, tödliche Hiebe auszuteilen – das war die eine Seite des Auftrags als Ritter des Kaisers. Aber einen schon vor langer Zeit endgültig besiegten

Gegner noch weiter zu quälen und das Leid dieser Leute ins Unermessliche zu steigern: War dies noch mit den ritterlichen Tugenden zu vereinbaren, die doch im Umfeld der Stauferkaiser seit Jahrzehnten schon so hoch beschworen wurden? Erschrocken war Swigger unter Irenes Blick zusammengezuckt, in dem sich das ganze Leid und Elend der letzten Monate widergespiegelt hatte. Das von ihnen angerichtete Leid und Elend! Nun, andererseits durfte er sich zugute halten sich auf Seiten Philipps zu befinden, dem ganz und gar anders veranlagten, milden Kaiserbruder. Der sich ja auch tapfer dem Wunsch widersetzt hatte Irene zwangsweise zu heiraten – obwohl die anmutige traurige Frau sichtlich sein Herz berührt hatte. Und der sich nun wiederum gegen den Willen des Kaisers auflehnte, in dem er Irene nicht als Geisel auf den düsteren Trifels bringen ließ, sondern auf die Burg seines Freundes ins Risstal.

Ob auch er hoffte, damit diesen und die vielen weiteren grausamen Tage irgendwann einmal aus Irenes Erinnerung zumindest so weit wieder verdrängen zu können, dass sie zu neuem Lebensmut zurückfand? Völliges Vergessen war unmöglich. Aber trotz der schrecklichen Erlebnisse überhaupt ein Weiterleben zu ermöglichen, das war es, was ihnen nun um der Barmherzigkeit und ihres eigenen Seelenfriedens willen gelingen musste. Und vielleicht... aber es war wohl ein allzu kühner Gedanke, den Swigger deshalb auch schnell wieder verworfen hatte. Oder dennoch? Wenn die beiden jungen Leute eines fernen Tages sich aller Schwierigkeiten zum Trotz einander annäherten? Denn, wie sagten schon die Alten? Die Zeit heilt alle Wunden! Alle? Das konnte man nur hoffen...

Rasch war Swigger mit Heinrich von Schweinhausen überein gekommen seine Schwester Brigitta auf die Burg im Risstal zu bringen. Denn schließlich war sie nicht nur immer noch unverheiratet – erstaunlicherweise im Übrigen – sondern besaß auch eine milde und gütige Wesensart. Kein Wunder, dass schon der Vater zu seinen Lebzeiten immer wieder schmunzelnd gesagt hatte, es wäre vielleicht besser gewesen Brigitta im Kloster unterzubringen als an deren Stelle die ältere Schwester Kunigunde.

Auf alle Fälle deutete Swigger es als ein gutes Zeichen, dass Brigitta spontan und freudig auf diesen Wunsch ihres Bruders eingegangen war. Und immerhin schienen ihm die beiden jungen Frauen nicht nur von ihrem Wesen her durchaus ganz ähnlich veranlagt, sondern mit ihren 20 Lebensjahren war Brigitta auch nur knapp fünf Jahre älter als Irene. Vorsichtig näherte sich die junge schwäbische Adlige der blassen anmutigen Byzantinerin, die weit eher einem verschüchterten Mädchen glich als einer königlichen Witwe. Es dauerte geraume Zeit, bis Irene den Blick bemerkte und sich langsam umwandte, um die ihr unbekannte, in derbes Leinen gehüllte Jungfrau erstaunt zu mustern, die ihr mit einem leichten Lächeln auf den Lippen regungslos entgegen starrte. Von beiden unbemerkt, schob sich im selben Moment Theodora zwischen sie und packte Brigitta grob an deren Schulter: „Was ist das?", schleuderte sie der überraschten Gundelfingerin in einem eigentümlichen Tonfall rau in das Gesicht. „Wer hat dir erlaubt sich uns zu nähern – und die Königin anzugaffen wie ein Gassenmädchen?"

Betroffen hob Brigitta die Hände. „Ich...ich...wollte...ich..." verzweifelt rang sie um die richtigen Worte. „Entschuldigt...aber ich wollte euch nicht zu nahe treten..."

„Dann tue das auch nicht," ließ sich die andere noch immer nicht besänftigen und baute sich drohend vor der zurückweichenden Brigitta auf.

„Lass sie! Sie führt nichts Böses im Sinn," kam ihr unvermutet Irene nun zu Hilfe. Zwar konnte Brigitta den Inhalt der Worte nicht verstehen, mit denen die Byzantinerin ihrer Gefährtin Einhalt gebot, doch Theodoras Reaktion auf diese nur leise gesprochenen Worte war eindeutig.

„Wie Ihr mir befehlt, Herrin," neigte diese voller Ergebenheit das Haupt und trat einen Schritt nach hinten. „Ich war nur beunruhigt, denn man weiß ja nie, was diese Barbaren mit Euch im Schilde führen – auch wenn wir unter dem besonderen Schutz des Herzogs stehen, dessen enger Freund ja der Herr auf dieser Burg sein soll..."

„Diese hier meint es nicht böse," wiederholte Irene noch einmal ihre vorherigen Worte, während sie einen warmen Blick zu Brigitta hinüber schickte. Sogar ein leichtes Lächeln spielte zu Theodoras Überraschung um die Mundwinkel der jungen Witwe. Ein Lächeln, wie sie es seit Monaten nicht mehr bei ihr gesehen hatte! Waren es die warmen Sonnenstrahlen dieses Maitages, war es die Erleichterung nach monatelanger Reise endlich seit einer Woche am Ziel angelangt zu sein, wo nicht schon am nächsten Tag der neuerliche Aufbruch drohte – mit all seinen Beschwerlichkeiten und Gefahren? War es die endlich überwundene Krankheit oder einfach nur die alte Erkenntnis, dass die Zeit eben doch allmählich alle Wunden heilte? Vielleicht auch das unbestimmte Gefühl der scheinbaren Geborgenheit bei Freunden, das Theodora selbst verspürt hatte: Hier auf Burg Schweinhausen über dem Risstal. Ausgerechnet Schweinhausen, die enge düstere Burg mit all den fremden Menschen, von denen sie niemanden kannten und deren Sitten und Gebräuche ihnen roh und befremdlich ins Auge stachen. Genauso wie die Burg mit keiner jener Anlagen zu vergleichen war, die selbst im entlegensten Winkel des Königreiches Sizilien errichtet worden waren. Und gleich gar nicht mit den stolzen Schlössern der normannischen Grafen und Barone! Wenn man sich vor Augen hielt, dass es sich beim Burgherrn ja immerhin um keinen Geringeren als einen engen Freund des Kaiserbruders handelte! Und dann lebte dieser unter solch unvorstellbar primitiven Umständen auf seiner stinkenden kalten Burg! Kaum vorstellbar, dass ihr stolzes Königreich von solch einfach strukturierten Barbaren in die Knie gezwungen und erobert worden war!

Aber die letzten Tage hatten sie aufatmen lassen, ganz langsam und vorsichtig zwar, aber dennoch. Wie die üppig sprießende Natur in den warmen Sonnenstrahlen endlich erwachte, die seit drei Tagen das Land in hellem Licht erstrahlen ließen. Nach den unaufhörlichen Regenfällen der letzten Wochen, die sämtliche Flüsse hatten über die Ufer treten lassen und die Ebenen in schier unüberwindliche Sümpfe verwandelt hatten, hatte nun endlich der Sonnenschein Einzug gehalten bei ihnen – nicht nur draußen in der erblühenden Natur, sondern hoffentlich auch in ihren Seelen.

„Also Frau, sprecht! Was ist Euer Anliegen," wechselte Irene zu Brigittas Überraschung jetzt sogar in ihre Sprache, wenngleich auch mit recht unbeholfenen, fremd klingenden Worten. Sie hatte ihre Frage auf Deutsch gestellt, eine Tatsache, die Theodora noch gestern als undenkbar bezeichnet hätte. Dass ihrer Herrin bei vollem Bewusstsein jemals Worte aus der Barbarensprache über die Lippen kämen! Gut, Irene hatte sich in den vergangenen Wochen auf der sich endlos hinziehenden Reise vieles an Kenntnissen angeeignet, sich auch häufig mit Theodora darüber ausgetauscht. Aber jemals zu einer Dritten in dieser Sprache zu sprechen? Wie gesagt: Gestern noch hätte Theodora darauf schwören können, dass dies niemals der Fall sein würde!

Voller Verlegenheit suchte die errötende Brigitta nun nach den richtigen Worten. Schließlich war sie es im Gegensatz zu ihrem Bruder Swigger nicht gewohnt solch edlen Herrschaften gegenüberzustehen und sich mit ihnen gar noch zu unterhalten. Was hatte sie schon bislang von der Welt gesehen, außer den Burgen der Gundelfinger und ihrer Nachbarn auf der Alb? Justingen noch, das Kloster in Zwiefalten mit seinem ebenfalls bestaunenswerten und doch gänzlich anderen Gepränge, die mächtige Burg auf der Achalm oberhalb der wehrhaften Stadt Reutlingen, ja: Auf Burg Schweinhausen war sie schon mehrmals zu Besuch gewesen, aber sonst? Nur dieses eine Mal im berühmten Hauskloster der Staufer in Lorch. Dorthin, an diese mystische Stätte, hatte sie es vor vielen Jahren schon – noch zu Lebzeiten des alten Swigger, ihres Vaters – in Begleitung des Bruders geschafft. Den Hohenstaufen jedoch, den legendenumwobenen Berg samt der gewaltigen Burg auf seinem Rücken, hatte sie nur von ferne erblicken können. Und schon allein bei diesem Anblick war Brigitta von einem ehrfurchtsvollen Schauder ergriffen worden. Doch nun stand sie vor dieser byzantinischen Prinzessin, von der plötzlich überall im Land die Rede war. Eine bestaunte junge Königin, die inmitten von Reichtümern gelebt hatte, wie sie sich alle schwäbischen Ritter zusammen noch nicht einmal vorzustellen vermochten! Bei aller Unbekümmertheit, die Brigitta ansonsten an den Tag zu legen pflegte: Diese Situation bedeutete doch eine gänzlich neue Herausforderung für sie.

„Ich… ich bin die Schwester eines der Ritter, der euch hierher auf diese Burg begleitet hat," begann sie stockend. „Er hat gemeint… ich meine … er denkt, es könne für euch von Nutzen sein, wenn ich mich erböte euch Gesellschaft zu leisten…"

„Gesellschaft leisten!", entfuhr Theodora ein empörtes Echo. „Als wenn meine Dienste nicht ausreichten und ich…"

„Schweig!", gebot Irene ihrer Begleiterin mit ungewohnter Schärfe.

„Sie meint es ehrlich, das spüre ich und das fühle ich. Es ist nichts Falsches an ihr. Lass sie also erst einmal berichten, was genau sie für uns zu tun gedenkt.“ Dann wandte sie sich wieder Brigitta zu und wechselte, so gut sie es vermochte, in deren Sprache. „Also, wie heißt er, Euer Bruder?“

„Es ist der Ritter Swigger von Gundelfingen,“ atmete die junge Schwäbin auf, froh und dankbar darüber, dass sich Irene ganz offenkundig alles andere als ablehnend verhielt. Womit sie im Übrigen auch Swigger zunächst vorgewarnt und prophezeit hatte, dass es sicherlich nicht von heute auf morgen gelingen würde Irenes Interesse zu wecken. Und nun schien alles ganz anders zu kommen. Wie schön! „Er denkt sich, es könnte für euch von Nutzen sein, wenn ich als Bindeglied zwischen den deutschen Burgbewohnern und euch fungieren würde. Den Burgherren kenne ich sehr gut und auch seine wichtigsten Leute. Nachdem seine Frau und die beiden Kinder leider im vorvergangenen Jahr an der Cholera verstorben sind, war ich mit meinem Bruder des Öfteren bei Heinrich zu Gast um ihm so gut es ging über den Verlust hinweg zu helfen. Bitte erlaubt also, dass ich bleibe. Vorerst zumindest!“

Wieder huschte ein Lächeln über die sonst so ernsten Züge Irenes. „Swigger von Gundelfingen,“ nickte sie zustimmend. „Ein edler Ritter, in der Tat. Einer der besten unter ihnen allen,“ setzte sie mit einem Anflug von Bitterkeit in der Stimme noch hinzu. Dann streckte sie einem spontanen warmen Impuls folgend ihre Hand aus und bot sie der erstaunten jungen Gundelfingerin dar. „Seid herzlich willkommen. Ich denke, ich kann Eure Dienste gut für mich gebrauchen.“

Zögernd ergriff Brigitta die dargebotene Hand und drückte sie vorsichtig, während ihr Herz vor Freude raste. Es war der Beginn eines langen gemeinsamen Weges.

„Traubenbauer..."

„Taubenbauer!"

„Das habe ich doch gesagt! Traubenbauer!"

„Entschuldigt, nein: Taubenbauer!"

„Sage ich doch: Traubenbauer!"

Energisch schüttelte Brigitta ihren Kopf und hielt dabei dem vorwurfsvollen Blick ihres Gegenübers mutig stand. „Geduld, Herrin, ganz langsam. Ihr habt ein r zu viel mit eingebaut in Eure Formulierung. Bei einem Traubenbauer aber handelt es sich um etwas gänzlich anderes als bei einem Taubenbauer. Denn der Erste, das ist ein Bauer, der an den großen Flüssen auf der anderen Seite der Alb die Weintrauben anbaut, während der Begriff, den ich Euch lehren wollte, einen Käfig meint, in dem sich Tauben befinden..."

„Aber das ist doch etwas ganz und gar anderes!" Verwirrt runzelte die dunkelhaarige junge Frau die Stirn, während sie offensichtlich noch einmal angestrengt zu überlegen schien. „Traubenbauer, Taubenbrauer, Traubentrauer... Also, jetzt weiß ich bald schon gar nichts mehr!" Lachend stemmte sie die Arme in die Hüften und bedachte Brigitta von Gundelfingen mit einem amüsierten Lächeln. „Was ist das nur für eine seltsame Sprache, die mir solche Stolpersteine in den Weg legt? Trauben und Tauben, Bauer und Trauer: Nie im Leben werde ich es jemals beherrschen!"

„Sagt nicht so etwas Herrin," widersprach Brigitta energisch. „Und denkt doch nur, welch lustige Verwechslungen am gestrigen Tag dagegen erst mir bei dem Erlernen eurer Sprache widerfahren sind!"

„Allerdings!" Irene lachte laut. „Da sind Wortschöpfungen entstanden, die ich niemals für möglich gehalten hätte," nickte sie mit gespielter Entrüstung. „Dass man meine schöne Muttersprache aber auch dermaßen verunstalten kann – unglaublich!"

Immer vertrauensvoller waren sich die drei Frauen zum Erstaunen der Burgbewohner in den letzten Wochen begegnet und näher gekommen. Mit ihrer ganzen Energie war Brigitta daran gegangen, die für hiesige

Ohren so völlig fremd klingende Sprache der Byzantinerin zu erlernen. Zunächst erschien ihr dieses Unterfangen unmöglich, denn im Gegensatz zu Irene war sie des Schreibens genauso unkundig, wie des Lesens. Eine Tatsache, die im Übrigen auch Theodora mit Verblüffung registriert hatte. Was um alles in der Welt war das für ein Volk, in dem die Menschen, die doch zur Führungsschicht ihrer Gesellschaft zählten, nicht einmal in der Lage waren ihre eigene Sprache zu lesen und zu schreiben! Die auf die Hilfe von Priestern und schreibkundigen Gehilfen angewiesen waren! Kein Wunder, dass die junge schwäbische Adlige selbst nach einer Woche intensiver Beschäftigung mit den einfachsten Begriffen noch nicht einmal ansatzweise die Worte zu einem verständlichen Satz zusammenfügen konnte. Solche Laute habe sie erst ein Mal in ihrem Leben vernommen, hatte Brigitta der anderen erklärt. Nämlich damals, als sie zusammen mit ihrem Bruder Swigger in das Kloster Lorch gereist war. Bei jenem Besuch habe sie in der großen Klosterkirche aus dem Mund des Abtes ähnliche Laute gehört.

Doch trotz dieser ungünstigen Voraussetzungen stellten sich bald erste Fortschritte ein, die einzig und allein dem Lerneifer zu verdanken waren, mit dem die willensstarke Brigitta ans Werk ging. Angespornt von der Tatsache, dass Theodora sie zusätzlich im Schreiben und im Lesen unterwies, so gut dies eben möglich war, gelangen ihr die ersten einigermaßen verständlichen Formulierungen, die nicht selten ein amüsiertes Lachen Irenes zur Folge hatten.

Und so war ganz allmählich die kaum für möglich gehaltene Annäherung zwischen Brigitta und den beiden Frauen aus dem fernen Land zustande gekommen. Zunächst noch recht widerstrebend hatte sich selbst Irene im Lauf der Zeit immer bessere Kenntnisse der so rau und ungehobelt klingenden Barbarensprache angeeignet – fast zwangsläufig, wie die junge Gundelfingerin zufrieden bemerkte. Denn allein schon die Tatsache, dass Irene wieder und wieder Brigitta bei der Suche nach der richtigen Formulierung behilflich war, brachte es mit sich, dass ihr auch die deutschen Begriffe geläufig wurden. Es war inzwischen ein Maß an Vertrautheit zwischen den dreien entstanden, das sowohl Theodora als auch Irene zumindest zeitweise das Schicksal vergessen ließ, das sie hierher auf die fremde Burg gebracht hatte. Ihr Bruder Swigger würde zufrieden sein! Und sie, Brigitta, war es auf jeden Fall! Denn längst schon hatte sie begriffen, welch einmalige Gelegenheit sich ihr darbot. Welcher anderen jungen Frau aus schwäbischen Adelsfamilien war es schließlich vergönnt eine andere Sprache zu erlernen? Vom Lesen und Schreiben ganz zu schweigen! Noch nicht einmal ihr Bruder würde sich diese Kenntnisse jemals aneignen können. Und dazuhin verstanden sie sich wirklich immer besser – es schien Brigitta gerade so, als würden sie sich schon seit Jahren kennen, nicht erst seit wenigen Wochen. Bei aller Konzentration, derer es noch bedurfte, um sich einigermaßen zu verständigen, herrschte eine unbeschwerte heitere Stimmung im Gemach der Königin, in die sich oft fröhliches Gelächter mischte.

Ab und an freilich konnte es geschehen, dass diese Heiterkeit schlagartig erstarb: Immer dann, wenn sich die Erinnerung wieder einstellte, völlig unvermittelt und gnadenlos. Wie oft hatte Brigitta diesen plötzlichen Stimmungsumschwung bei Irene nun schon erleben müssen! Wie deren von Natur aus schon helle Gesichtshaut plötzlich aschfahl geworden war und sie voller Trauer den Kopf zu Boden senkte um sich anschließend wortlos in die Burgkapelle zurückzuziehen, wo sie ganze Nachmittage im Gebet verbrachte. Doch so sehr die Schatten der Vergangenheit nach wie vor noch auf Irenes Leben zu lasten schienen, so deutlich war andererseits zu spüren, wie sie aus diesen Gebeten Kraft und neue Zuversicht schöpfte. Eine Tatsache, die Theodora voll erleichterter Verwunderung registrierte, während sie Brigitta leise erklärte, wie sie spätestens bei der Trennung von den übrigen Mitgliedern der Königsfamilie in der Nähe des Bodensees vor nicht allzu langer Zeit jede Hoffnung hatte fahren lassen, ihre Herrin jemals wieder fröhlich vor sich zu sehen. Und nun diese wundersame Wendung! Dem Himmel sei Dank!

So wie am heutigen Nachmittag, als plötzlich wieder dieses Lachen erklungen war. Eben jenes für Irene früher doch so charakteristische unbeschwerte und glockenhelle Lachen, das Theodora niemals mehr für möglich gehalten hatte! Irenes Lachen!

An der Eichentür des Frauengemachs ertönte in diesem Augenblick ein vorsichtiges Klopfen.

Stirnrunzelnd wandte sich Theodora um. Merkwürdig – normalerweise wurden sie während ihrer Zusammenkünfte in diesem Teil der Burg von niemandem gestört. Um wen mochte es sich also wohl handeln? Neugierig begab sie sich zur Tür und schob vorsichtig den Riegel zurück.

Ein erstaunter Ausruf entrang sich Brigittas Kehle, als sie den großen dunkelhaarigen Mann erblickte, der unsicher in das Halbdunkel der Kammer blinzelte. Es war niemand anderer als Swigger von Gundelfingen, ihr Bruder, der die Burg vor Wochen schon verlassen hatte und jetzt ganz offensichtlich mit einer Botschaft für Irene zurückgekommen war.

„Swigger! Was führt dich hierher?“, fragte Brigitta überrascht und froh zugleich, ihren ältesten Bruder vor sich zu sehen.

In ihrer Konzentration auf die verschlungenen Regeln der jeweils fremden Sprache hatten alle drei Frauen offenbar die Hornstöße vom Bergfried überhört, die von der Ankunft eines Besuchers kündeten. Eines Besuchers, in dessen Auftrag Swigger nun vorstellig wurde. Philipp!

Direkt von der Kaiserpfalz in Wimpfen habe er sich trotz der widrigen Witterungsumstände in diesem völlig verregneten Spätsommer des Jahres 1195 aufgemacht um der verehrten Königin Irene seine Aufwartung zu machen und ihr eine Mitteilung zu überbringen, die ihm als so wichtig erscheine, sie nur persönlich weiter zu geben. Es handele sich um eine durchaus ernste Angelegenheit, wie Swigger nachdrücklich noch hinzu setzte. Dass Philipp sich angesichts der zahlreichen Überschwemmungen und der über die Ufer getretenen Flüsse auf diese Reise eingelassen habe, spreche diesbezüglich eine mehr als deutliche Sprache. Während Brigitta voller Unruhe konstatierte, dass sie selten einen solch großen Ernst in der Miene ihres Bruders wahrgenommen hatte, war Irene bei der bloßen Erwähnung von Philipps Namen leichenblass geworden.

Auf gar keinen Fall hege sie den Wunsch mit dem jungen Staufer zusammen zu treffen, murmelte sie mit belegter Stimme. Doch Brigitta, die rasch erfasst hatte, wie drängend Swigger auf eine zustimmende Antwort wartete, schickte einen hilfeheischenden Blick zu Theodora hinüber, den diese mit einem leichten zustimmenden Kopfnicken beantwortete.

„Er ist ein guter Mensch, glaubt es mir,“ versuchte sie, die junge Witwe zu beruhigen, während Theodora ihre Worte übersetzte. „Er führt nichts

Falsches im Schilde. Dafür steht mein Bruder ein: mit seinem Wort, nötigenfalls auch mit seinem Schwur. Und auch ich garantiere euch, dass euch nichts abverlangt werden wird, was nicht in eurem Sinne ist," fügte sie in Anspielung auf die Gerüchte einer zwangsweisen Verheiratung mit Philipp noch hinzu, die natürlich auch in der Burg längst die Runde gemacht hatten.

Ein Zusatz, bei dem auch Swigger heftig nickte. „Bitte, Herrin. Es ist wirklich wichtig! Und es ist der ausdrückliche Wunsch des Herzogs Euch persönlich zu benachrichtigen!"

Irene atmete tief und schwer, dann fuhr sie sich zitternd mit der Hand über die Stirn und nickte langsam. „Nun denn," flüsterte sie müde. „Er soll also seinen Willen haben..."

Aufatmend wandte sich der Gundelfinger um und nickte dem hinter ihm verharrenden Mann, den sie bis zu diesem Zeitpunkt gar nicht bemerkt hatten, eifrig zu. Mit allen Anzeichen der Verlegenheit betrat darauf ein zierlicher blonder Jüngling die Kammer, dessen Kleidung freilich mehr an einen Reisigen erinnerte, als an den Bruder des Kaisers. Zumal sein zerschlissener Mantel auf der langen Reise offensichtlich genauso gelitten hatte, wie seine beschmutzten Stiefel und die Beinkleider. Und dennoch: Es war niemand anderes als Philipp, der plötzlich vor ihnen stand. Der Bruder des Kaisers, der Herzog von Tuscien, der Einzige unter den Staufern, der...

Nein! Solchen Gedanken wollte sie nicht einmal im Ansatz nachhängen, ging Irene mit sich selbst hart ins Gericht. So anmutig der junge Mann sich auch präsentierte, so sehr er sich damals auch beständig um Erleichterung für die Gefangenen bemüht hatte, so viel auch die Jungfrau aus Gundelfingen in den letzten Wochen immer wieder betont hatte, wie hoch ihr Bruder und die anderen schwäbischen Adligen doch den Edelmut und den vornehmen Charakter Philipps rühmten. Er war ein Staufer! Einer aus dem Gefolge des brutalen Kaisers! Ein enger Verwandter – mehr nicht! Aber...

Doch für weitere Überlegungen dieser Art blieb ihr im Augenblick keine Zeit. Denn nachdem sich Philipp mit unbeholfenen Worten für sein unvermitteltes Erscheinen und für den alles andere als angemessenen

Zustand seiner Bekleidung entschuldigt hatte, kam er unmittelbar danach auf den Grund seines überraschenden Besuches zu sprechen. Es handelte sich dabei um Nachrichten, die auch Brigitta und Theodora das Blut in den Adern gefrieren ließen. Schlimme Mitteilungen, die der Zofe kaum über die Lippen kommen wollten, als sie Irene langsam Wort für Wort das übersetzte, was der junge Herzog da an ungeheuerlichen Tatsachen vor ihr ausbreitete.

Aus Byzanz war die Kunde von einem Aufstand zu ihm gedrungen, den Irenes Vater, der gestürzte und geblendete Kaiser Isaak Angelos und dessen Sohn aus dem Kerker heraus gegen Alexios, den neuen Machthaber, angezettelt hatten. So war es zu einem riesigen Blutbad gekommen, das tausende von Byzantinern mit ihrem Leben bezahlt hatten. Brutale Grausamkeiten, ähnlich jenen in Palermo, hätten sich ereignet. Und der Aufstand sei im Blut erstickt worden, für Irenes Vater und den Bruder bestünde keinerlei Aussicht auf Rettung. Alexios habe sich behauptet, während ein Großteil der ehemaligen Führungsschicht von Konstantinopel entweder getötet worden sei oder in den tiefen Kerkern schmachte.

Mit fassungslosem Entsetzen vernahm Irene die so schonungslos an ihr Ohr dringende Mitteilung. Auch wenn sich Theodora bei der Übersetzung noch so sehr bemüht hatte einen möglichst warmen Tonfall anzuschlagen: Die grausamen Tatsachen ließen sich dennoch nicht übertünchen.

Da waren sie wieder, die schwarzen Schatten der Vergangenheit! Würden sie denn niemals von ihr ablassen? Gerade jetzt, wo die ersten Wunden allmählich begonnen hatten zögernd zu vernarben! Weshalb nur war ihr wieder neues Leid beschieden worden? War sie von einem grausamen Schicksal dazu bestimmt, zu leiden – bis ans Ende ihrer Tage? Aber warum nur? Herr, mein Gott: warum?!

Philipps letzte Worte erreichten kaum noch Irenes Bewusstsein. Die aufrichtige Trauer, die in seiner Stimme mitgeschwungen hatte, als der junge Herzog sein Mitgefühl über die schrecklichen Nachrichten zum Ausdruck brachte. Die verlegen hinzu gesetzte Erklärung, weshalb es ihm eine Herzensangelegenheit gewesen sei Irene die Kunde persönlich zu überbringen, damit sie nicht durch Dritte hierüber in Kenntnis gesetzt werde. Dass er nicht gezögert habe sofort aus Wimpfen aufzubrechen, auch wenn er bereits am kommenden Morgen in dringenden Reichsangelegenheiten sofort wieder aufbrechen müsse. All diese Worte! Wie Hammerschläge dröhnten sie in Irenes Kopf, ohne dass ihr gemartertes Gehirn dazu in der Lage war, sich damit auseinander zu setzen. Kaum hatte sich der Staufer mit einem letzten kummervollen Blick von ihr verabschiedet, da war Irene auch schon in einen tiefen, ohnmachtsähnlichen Schlaf versunken, nachdem sie widerstrebend einige Schlucke von dem Trank zu sich genommen hatte, der ihr von Theodora gereicht worden war.

Erst am folgenden Tag, es war schon gegen die Sexta, Mittagszeit also, erwachte sie langsam wieder. War alles womöglich nur ein böser Traum gewesen? Genauso wie dieser dichte Nebel, der sich nun zögernd von ihr löste? Ganz allmählich strömte das Bewusstsein in die junge Frau zurück, an deren Lager Theodora und Brigitta kauerten und sie mit sorgenvollen Blicken musterten. Blicke, die ihr die Gewissheit gaben! Nein, kein Traum, sondern die bittere Wahrheit!

Der Vater und ihr Bruder: Seit über einem Jahr im Kerker – was war ihnen nach dem gescheiterten Aufstand an neuerlichen Grausamkeiten wohl zugefügt worden. Der ehemalige Basileus, den sie gleich beim Umsturz geblendet hatten! Was musste er nun erdulden? Was ihr Bruder? Und: Wie lange konnten sie in den düsteren Verliesen noch überleben?

Lange genug?

„Der Kaiser hat Recht! Ich sollte wohl doch in die Ehe mit dem Staufer einwilligen!“ Es waren die ersten Worte seit ihrem Erwachen.

Theodora stutzte: „Habe ich Euch recht verstanden, Herrin?“, betrachtete sie Irene stirnrunzelnd.

„Es wäre wohl das Beste,“ fuhr diese fort. „Die einzige Möglichkeit um meine Familie aus dem Kerker zu befreien…“

„Eine Ehe mit dem jungen Herzog?!“ Wieder vermeinte Theodora nicht richtig gehört zu haben. Ausgerechnet jetzt, in dieser Situation, brachte Irene selbst die Hochzeit ins Spiel, gegen die sie sich doch bislang mit jeder Faser ihres Herzens zur Wehr gesetzt hatte!

„Ja, doch!“, bestätigte Irene, während sie sich mit dem Oberkörper aufrichtete und nachdenklich in das Gesicht ihrer überraschten Begleiterin starrte. „Dies ist doch die einzige Hoffnung! Eine Ehe mit dem Staufer wäre die Legitimation gegen Byzanz zu marschieren! Es würde damit genauso kommen, wie es der grausame Kaiser prophezeit hat! Und wie er selbst im Fall von Sizilien seine angeblich berechtigten Ansprüche über die Ehe mit der Kaiserin Konstanze geltend gemacht hat! Wenn ich also mit seinem Bruder Philipp die Ehe eingehe… dann könnten die Staufer tatsächlich Anspruch auf den Thron des Basileus von Byzanz erheben!"

„Aber Herrin…" Entgeistert schüttelte Theodora ihren Kopf. „Das ist doch wohl nicht Euer Ernst!" Ein solcher Sinneswandel! Nie hätte sie dies bei Irene für möglich gehalten! „Und außerdem: Bedenkt, wie lange es dauern würde, bis Ihr tatsächlich in der Lage wärt, Hilfe nach Konstantinopel zu schicken…"

„Ich habe Euch wohl nur in Bruchstücken verstanden," meldete sich nun auch Brigitta vorsichtig zu Wort. „Aber ich denke, ich habe begriffen, worum es geht…" Nachdenklich zuckte sie mit den Schultern. „Wenn ich aber richtig gehört habe, was mir mein Bruder am gestrigen Abend noch sagte, bevor er sich heute mit dem Herzog wieder auf den weiteren Weg gemacht hat, dann bewegen die Staufer und das ganze Reich im Moment andere Sorgen…"

Tatsächlich mussten sich sowohl der Kaiser als auch die gesamte Oberschicht seines Reiches zurzeit mit ernsten Problemen auseinander setzen, von denen Brigitta nun den beiden anderen Frauen das berichtete, was sie von Swigger von Gundelfingen erfahren hatte. Da war zum einen die nach wie vor kritische Situation in den besetzten italienischen und normannischen Gebieten, die zu jeder Zeit in einen gewaltigen Aufstand der tief gedemütigten Menschen münden konnte. Dazu gesellten sich neue Gefahren: Die noch immer auf Vergeltung für die erlittenen Niederlagen lauernden Welfen und deren Anhänger, dann der verbitterte englische König Richard Löwenherz, der den Staufern tödliche Rache für seine Geiselnahme nach dem letzten Kreuzzug geschworen hatte, überdies noch der französische König, der seine eigenen, immer undurchschaubarer werdenden Interessen genauso verfolgte wie das mächtige Aquitanien, dem die aufstrebenden Deutschen schon immer ein Dorn im Auge gewesen waren, und – nicht zu vergessen: Der Papst, der Meister aller Ränkeschmiede, dem es in aller erster Linie um einen entscheidend geschwächten Kaiser und um einen gestärkten Kirchenstaat zu tun war.

Und noch eine weitere Tatsache durfte nicht außer Acht gelassen werden: Etwas, was allen mehr und mehr zu schaffen machte: Der unaufhörliche Regen, der seit dem Frühjahr das ganze Land durchweicht hatte. Riesige Überschwemmungen waren nun die Folge. Nicht weit entfernt von hier war ein Fluss mit Namen Donau über die Ufer getreten, übersetzte Theodora ihrer Herrin die Erkenntnisse, die Brigitta am vergangenen Abend von ihrem Bruder gehört hatte. Der Fluss war nicht einfach nur über die Ufer getreten, sondern weite Teile des sonst fruchtbaren Landes hatten sich in eine unpassierbare Seenlandschaft verwandelt, nahezu die gesamte Ernte war vernichtet. Es drohte eine furchtbare Hungersnot, mit all den damit verbundenen Unruhen und Gefahren. Hinter vorgehaltener Hand sprachen die Menschen von der göttlichen Strafe, die auf sie hernieder gefahren sei, und von einer neuen Sintflut.

Was auch immer man von solch düsteren Prophezeiungen zu halten hatte. Der Regen dieses Jahres stellte alle Witterungskatastrophen in den Schatten, an die man sich seit Menschengedenken noch zu erinnern vermochte. Die Verhältnisse seien noch viel schlimmer als beim großen Unwetter im Jahr 1184, wo seinerzeit an Pfingsten auf dem Reichstag in Mainz bei der prunkvollen Schwertleite für die Kaisersöhne Heinrich und Friedrich ebenfalls eine riesige Sintflut hernieder gekommen war und nicht nur alle Behausungen dort, sondern sogar die hölzerne Kaiserpfalz mit sich fort geschwemmt hatte. Aber im Gegensatz zu diesem gewaltigen Unwetter, das sich tief in das Gedächtnis der Menschen hinein gefressen hatte, strömten die Regengüsse in diesem Jahr nicht nur seit Tagen auf sie herab, sondern schon seit Monaten! Dementsprechend ernst sei die Lage.

Die Staufer bewegten also zurzeit weiß Gott ganz andere Sorgen, als neue Kriegszüge zu planen, so begierig der Kaiser in diesem Jahr ursprünglich auch an einen neuerlichen Kreuzzug gedacht hatte – ebenfalls natürlich mit dem Hintergedanken dabei auch Byzanz unter seine Kontrolle zu bekommen!

Aber nun gelte es zunächst die Versorgung der Menschen im Land einigermaßen sicher zu stellen. Dies erfordere die ganze Konzentration.

Umso bemerkenswerter müsse in diesem Zusammenhang die Tatsache angesehen werden, dass sich Philipp dennoch nicht von seinem Vorhaben hatte abbringen lassen den langen und gefahrvollen Weg von Wimpfen bis nach Burg Schweinhausen auf sich zu nehmen, um Irene persönlich von den Vorgängen in Byzanz in Kenntnis zu setzen. Philipp! Ihr Herzschlag schien für einen Moment zu stocken, als Irene den Namen des jungen Mannes vernahm.

Erst Monate später sollte sie ihn wieder sehen – Philipp – um den von nun an zu ihrem eigenen Erstaunen dennoch Tag für Tag ihre Gedanken kreisten.

17

Zäh und nahezu ereignislos waren die Tage auf der einsamen Burg über dem Tal der Riss ins Land gegangen. Auf den nassen Sommer war ein unwirtlicher, feuchtkalter Herbst mit zähem Nebel gefolgt, den schon wenig später ein brutaler eiskalter Winter verdrängt hatte. Und so, wie sich die Dunkelheit in dieser Jahreszeit immer früher über das schneebedeckte tote Land gebreitet hatte, so war auch Irenes Gemüt wieder von den dunklen Schatten der Vergangenheit heimgesucht worden. Ganze Tage verbrachte sie in der Burgkapelle, wo sie, tief in ernste Gebete versunken, nichts mehr von der Welt um sie herum zu sehen und zu hören schien. Selbst die beiden Frauen, die sich nach wie vor voller Fürsorge um die junge Witwe kümmerten, schienen ihr nur lästig zu sein. So sehr sich Theodora und auch Brigitta bemühten – sie fanden kaum noch Kontakt zu der sich mehr und mehr in sich selbst zurückziehenden Irene.

Die Schwere der alptraumhaften Ereignisse schien einfach nicht von ihrer Seele weichen zu wollen, und natürlich sorgten die ungewohnte Kälte sowie Irenes isolierte Situation auf der alles andere als komfortablen Festungsanlage zusätzlich dafür, dass sich Irene auch nicht von dem Gedanken lösen konnte, letzten Endes doch nur eine Geisel in der Hand des brutalen und allmächtig scheinenden Stauferkaisers zu sein. Bei aller Fürsorge, die ihr von Seiten des Burgherren auch zuteil wurde. Eine Fürsorge, die Heinrich von Schweinhausen seinem engen Freund Philipp bei dessen Abschied in die Hand hinein versprochen hatte: Dass er Irene keinesfalls wie eine Gefangene zu behandeln gedenke, sondern wie einen hochgestellten Gast, den man voller Freude in der Burg beherbergen wolle. Doch wieder und wieder hatte Heinrich voller Erstaunen zur Kenntnis nehmen müssen, dass die junge Byzantinerin jegliche Art von besonderen Zuwendungen für sich ablehnte. Selbst sein Angebot sie in einem anderen Teil der Burg unterzubringen, der im Winter beheizbar war, hatte sie verworfen. Zwar hatte der ratlose Burgherr Brigitta noch kopfschüttelnd darauf verwiesen, dass doch jedermann sehe, wie sehr die schmächtige, an die Sonne des Südens gewöhnte Frau unter der im winterlichen Risstal herrschenden feuchten Kälte zu leiden habe, und er folglich nicht verstehen könne, weshalb sie sein gut gemeintes Hilfsangebot so brüsk zurückgewiesen habe, doch auch Brigitta von Gundelfingen hatte nur bedauernd mit den Schultern gezuckt und gemeint, die Königin sei in einer schweren Depression versunken. Noch nicht einmal die Ratschläge ihrer langjährigen Weggefährtin Theodora würde sie momentan auch nur im Geringsten beachten.

Der einzige schwache Hoffnungsschimmer, den die beiden tief um Irenes Wohlergehen besorgten Frauen noch in ihren Herzen bewegten, war die Tatsache, dass Irene im Schlaf mehrmals schon, ganz deutlich hörbar, einen Namen gemurmelt hatte. Den Namen von Philipp, dem jungen Staufer. Doch diese Erkenntnis behielten sie aus guten Gründen für sich. Noch nicht einmal mit Irene selbst wagten sie darüber zu sprechen. Wenn sich nur endlich Philipp selbst bald wieder in Schweinhausen einfinden könnte.

Doch damit war in den nächsten Monaten keinesfalls zu rechnen, wie Brigitta im Februar des Jahres 1196 von ihrem Bruder Swigger erfahren musste, der auf der Rückkehr von einem Botenritt nach Augsburg einen Abstecher zu Burg Schweinhausen gemacht hatte – nicht nur um endlich einmal wieder seine jüngere Schwester in die Arme schließen zu können, sondern auch, um sich im Auftrag von Philipp über Irenes Wohlergehen zu erkundigen. Nach der Missernte des vergangenen Jahres war eine gewaltige Hungersnot im Land ausgebrochen, die von dem frühen und harten Wintereinbruch noch dramatisch verstärkt worden war. Massenweise waren die entkräfteten Menschen an Erkältungskrankheiten gestorben. Dazu hatten sich die hungernden Bauern und Leibeigenen in ihrer Verzweiflung zu Rotten zusammengeschlossen, die immer wieder aus den finsteren Wäldern brachen und die Transportzüge der Kaufleute genauso überfielen, wie sie einzelne schwächer befestigte Burganlagen im Land geplündert hatten. Philipp also hatte alle Hände voll zu tun um mit seinen Leuten die Ordnung in Schwaben wenigstens einigermaßen aufrecht zu erhalten, während er sich gleichzeitig voller Verzweiflung darum bemühte, aus seinem toscanischen Herzogtum Getreidevorräte über die Alpen schaffen zu lassen. Doch um dieses Vorhaben zu verwirklichen, hatte er noch im Spätjahr persönlich über die tief verschneiten Alpen reisen müssen um die toscanischen Barone eigenhändig zur Herausgabe ihrer Vorräte zu zwingen, für die sie darüber hinaus geradezu horrende Preise verlangt hatten. Und während sich Philipp in Oberitalien allmählich durchsetzte, begannen die Verhältnisse in Schwaben mehr und mehr aus den Fugen zu geraten. Immer häufiger übernahmen nun die mittlerweile selbstbewusst auftretenden Räuberbanden das Kommando über die Handelswege, ohne dass sich Philipps Bruder, Herzog Konrad von Schwaben, zu entscheidenden Maßnahmen gegen die marodierenden Horden durchgerungen hätte. Jener nämlich verbrachte seine Tage lieber mit einer seiner zahlreichen Gespielinnen in der von ihm gewaltig ausgebauten Burg von Rothenburg über dem Taubertal oder aber er befand sich an anderen Orten auf der Jagd nach amourösen Abenteuern, während er ungeachtet allen Elends in seinem Herzogtum ein luxuriöses Leben führte. Ganz im Sinne seines älteren Bruders, des Kaisers Heinrich, der ebenfalls nachdrücklich die Ansicht vertrat, man dürfe sich erst gar nicht auf die Wünsche und Bedürfnisse des einfachen Volkes einlassen, sondern müsse eben von Zeit zu Zeit mit aller gebotenen Strenge den unseligen Pöbel wieder in seine Schranken zurück verweisen. Eine Haltung, die bei dem sonst so sanften Philipp unbändige Wut hervorgerufen hatte. Doch Konrad war nicht im Geringsten dazu bereit gewesen den Bitten seines jüngeren Bruders zu entsprechen. Offensichtlich sei ja wirklich ein Geistlicher an ihm verloren gegangen, und möglicherweise habe man einen schweren Fehler begangen, in dem man Philipps Laufbahn als Bischof von Würzburg vereitelt habe, so barmherzig und mildtätig, wie er sich wieder einmal präsentiere, hatte der Herzog noch voller Spott und Hohn dem zornbebenden Philipp lachend ins Gesicht geschleudert. Wenn also die Not des Volkes überhaupt gelindert werden konnte, dann lag die Bewältigung dieser Aufgabe einzig und allein in Philipps Händen – eine Aufgabe, die ihn monatelang völlig in Beschlag nahm.

Immerhin, als es Brigitta am ersten warmen Frühlingstag des Jahres 1196 wagte Theodora diesen Sachverhalt im Beisein Irenes wie beiläufig zu erzählen, schien es mit einem Mal, als huschte ein mildes Lächeln über die traurigen Züge der jungen Witwe. Und tatsächlich! War es die strahlend helle Sonne der folgenden Tage, war es die ganz allmählich aus ihrem langen Winterschlaf wieder erwachende Natur oder das fröhliche Gezwitscher der Vögel? Wie auch immer: Wie die Temperaturen langsam in die Höhe kletterten, so veränderte sich auch Irenes düstere Stimmung und machte Stück für Stück jener Heiterkeit Platz, die sie bei einer ihrer fröhlichen Sprachübungen schon im vergangenen Sommer manchmal an den Tag gelegt hatte. Und tatsächlich nahmen sie nun auch gemeinsam die Arbeit am Erlernen der jeweils anderen Sprache wieder auf. Die Dinge entwickelten sich zur Überraschung beider Gefährtinnen mit einem Mal wieder positiv! Eine Hoffnung, die sie im Winter schon beinahe verlassen hatte! Was für eine glückliche Wendung des Schicksals!

Doch es sollte noch Monate dauern, bis es Philipp gelang seine durch Swigger von Gundelfingen im April überbrachte Ankündigung in die Tat umzusetzen, bald schon seine Aufwartung auf Burg Schweinhausen zu machen. Der Mord an seinem Bruder Konrad durchkreuzte Philipps Pläne zunächst.

Der Mord war in Durlach, in der Nähe des Rheins also, verübt worden – eine schier unfassbare Tat, eine Ungeheuerlichkeit, die auf Philipps Geheiß von seinen Gefolgsleuten freilich so gut wie irgend möglich vertuscht worden war. Denn das Herzogtum Schwaben und mit ihm das nach wie vor äußerst instabile Machtgefüge im Reich wäre bedrohlich ins Wanken geraten, wenn er den Mörder seines Bruders so behandelt hätte, wie das der Strafenkanon für Mörder einer hochgestellten Persönlichkeit eigentlich vorgesehen hätte. Bei einem seiner Liebesabenteuer mit der dortigen Markgräfin war Herzog Konrad vom Ehemann der Frau sozusagen in flagranti erwischt worden. Rasend vor Wut und Eifersucht hatte der Graf seinen Dolch gezückt und den Herzog von Schwaben auf dem Lager erstochen. Eine Tat, die ihn unter normalen Umständen das Leben gekostet hätte und nach der das Reichslehen, also die gesamte Grafschaft, auf der Stelle vom Reich wieder hätte eingezogen werden müssen. Doch durch den Rückfall des Lehens an den Kaiser wäre dieser Teil des Reiches mit Sicherheit in ernste Auseinandersetzungen zwischen mehreren rivalisierenden Adelsfamilien gezogen worden, die nur darauf lauerten, dieses bedeutende Territorium selbst als Lehen übertragen zu bekommen. Und wen auch immer der Kaiser dafür bestimmt hätte: Die leer ausgegangenen Freiherren hätten ihm dies nie verziehen, sondern sich klammheimlich auf die Seite des immer noch im Hintergrund lauernden Welfen geschlagen. Nein, es war nur der Familie des bisherigen Grafen mit ihrem fein verästelten Beziehungsgeflecht möglich, in dieser schwierigen Zeitphase die Kontrolle über das Gebiet aufrecht zu erhalten, und so hatte Philipp in seiner Not nach einem Ausweg gesucht – und diesen schließlich auch gefunden.

Der Tod des Herzogs Konrad von Schwaben war eine tragische und durchaus auch peinliche Verkettung von unglückseligen Umständen. Diese Geschichte verbreiteten Philipps Gefolgsleute nun überall im Reich und auch Philipp selbst ließ sie so an seinen Bruder, den Kaiser, übermitteln. In der offiziellen Todesversion wolle man es bei der Mitteilung belassen, dass Herzog Konrad während eines Besuchs in Durlach plötzlich und unvermutet einem Herzschlag erlegen sei. Inoffiziell freilich müsse er seinen Bruder davon in Kenntnis setzen, dass es sich bei Konrads Besuch um eines der zahlreichen Liebesabenteuer handelte, auf die sich dieser bekanntlich ja des Öfteren eingelassen habe. Das Liebesspiel mit der Markgräfin sei dabei so heftig ausgefallen, dass Konrad von dieser in wilder Raserei so stark ins Auge gebissen worden sei, dass er sich eine Infektion an der stark blutenden Wunde zugezogen habe. Alle Kunst der Ärzte habe nicht das Geringste auszurichten vermocht, sodass der Herzog nur wenige Tage nach der unglückseligen Attacke verstorben wäre. Es sei jedoch ratsam diese Geschichte nicht weiter zu verbreiten, um den tief gedemütigten Grafen, bei dem es sich doch um einen treuen Gefolgsmann der Staufer handele, nicht vor aller Augen und Ohren als gehörnten Ehemann zu blamieren und ihn damit womöglich gegen die Staufer aufzubringen.

Eine unglaublich klingende Geschichte, die noch Jahre später wieder und wieder in Zweifel gezogen wurde. Und niemals wollten zu jener Zeit auch die Gerüchte verstummen, die besagten, dass Herzog Konrad in Wahrheit von dem betrogenen Ehemann auf frischer Tat ertappt und erstochen worden sei. Doch wer wollte es wagen das Wort des neuen Herzogs offen in Frage zu stellen und diesen somit der Lüge zu bezichtigen?

Der neue Herzog! Dies konnte doch nur bedeuten, dass Heinrich seinem Bruder nun auch noch dieses Amt feierlich übertragen hatte! Die hochangesehene Würde eines Herzogs von Schwaben! Das Amt, durch das ihre Vorfahren einst in allerhöchste Würden aufgestiegen waren!

Diese sich kurzzeitig dramatisch zuspitzenden Ereignisse also waren der Grund gewesen, weshalb sich Philipps Erscheinen auf der Burg im Risstal so lange hinausgezögert hatte. Doch am gestrigen Tag, am letzten Tag des Monats August, war er – endlich – mit seinem gesamten Gefolge, einer beeindruckenden Schar von Begleitern und Reisigen, wie diese dem Herzog von Schwaben zu dessen Schutz und Sicherheit eben zustand, erschienen! Umso verblüffter hatten die Burgbewohner genauso wie das Gefolge des Herzogs am nächsten Tag auf Philipps Anweisung reagiert, man solle sein Pferd zu einem Ausritt bereit machen und ihm nur noch ein weiteres Pferd, dieses versehen mit einem Damensattel, zur Seite stellen. Die sorgenvollen Bedenken seiner Gefährten hatte der junge Herzog lächelnd beiseite gewischt und ihnen bedeutet, er dächte nicht im Traume daran, sich von irgendjemand sonst auf diesem Ritt begleiten zu lassen. Überdies sei weder er noch die edle Frau, die ihn begleiten werde, so gekleidet, dass man in ihm den Herzog von Schwaben erkennen könne. Und erst recht nicht Irene, die Kaisertochter aus Byzanz.

Irene?! Selbst Heinrich von Schweinhausen vermeinte nicht richtig verstanden zu haben. „Irene?! Ihr meint… es ist wirklich so, dass Ihr…“ Vor Staunen verschlug es dem Burgherren die Sprache.

„Du kannst den Mund ruhig wieder zuklappen, Heinrich. Es ist, wie ich gesagt habe,“ lachte Philipp fröhlich über die gelungene Überraschung, die er allen mit dieser Ankündigung bereitet hatte. Und tatsächlich fragte er sich an diesem Morgen wieder und wieder selbst, was wohl den Ausschlag gegeben hatte, dass Irene am gestrigen Abend seiner vorsichtig formulierten Bitte um einen gemeinsamen Ausritt sofort zugestimmt hatte. Zum maßlosen Erstaunen ihrer beiden Gefährtinnen Theodora und Brigitta im Übrigen! Allein wenn er sich die Miene zurück ins Gedächtnis rief, die Theodora bei der Übersetzung seiner Frage an Irene aufsetzte! Und erst, als ihm Irene selbst die Antwort gegeben hatte – in jener eigenartigen Betonung, mit der sie die deutschen Worte formulierte, die sie in der Zwischenzeit erstaunlich gut erlernt hatte.

Und so waren sie an diesem lichtdurchfluteten warmen Spätsommertag tatsächlich ohne jede Begleitung zu ihrem Ausritt in die Umgebung der Burg aufgebrochen – zu Philipps ungläubigem Erstaunen handelte es sich im Übrigen um den ersten Ausritt, den Irene in den nun nahezu anderthalb Jahren unternahm, in denen sie sich schon hier im Risstal befand.

„Aber schließlich bin ich ja als eine Geisel hierher gebracht worden," fügte sie leise hinzu, als sie die Verwunderung bemerkte, die sich in Philipps Miene spiegelte.

Eine Verwunderung, die sich bei diesen Worten schlagartig in Bitterkeit verwandelte. „Sagt das bitte nicht!" Abrupt brachte Philipp sein Pferd zum Stehen und bedachte Irene mit einem flehenden Blick. Es schimmerte wässrig in seinen Augen, als er mit belegter Stimme fortfuhr und mit seinem weit ausgestreckten Arm nach Süden deutete. „Ihr müsst Euch nicht als Gefangene betrachten! Das war, wie Ihr wissen solltet, noch nie in meinem Sinn! Nein, Ihr seid frei! Ihr könnt gehen, wann und wohin Ihr wollt! Niemand wird Euch aufhalten!"

„Aber Euer Bruder, der... Kaiser!"

„Es ist mein Wille Euch frei zu sehen! Und es steht in meiner Macht als Herzog dieses Landes Euch die Freiheit zu geben! Eine Freiheit, die ich Euch im Übrigen niemals habe nehmen wollen!" Philipp schluckte trocken, bevor er sich im Sattel aufrichtete und in festem Tonfall weiter sprach. „Ich habe mich schon nach jenen unseligen Ereignissen in Sizilien gegen den erklärten Willen des Kaisers gestellt und Euch hierher auf diese Burg gebracht! Aber nicht, um Euch hier als meine Gefangene zu erniedrigen oder Euch gar in eine Ehe mit mir zu zwingen, wie es der Kaiser mit aller Macht gewünscht hat! Nein, das war niemals mein Bestreben! Eine zwangsweise Heirat über Euren Kopf hinweg...nie wird dies für mich in Frage kommen! Niemals! Glaubt mir!" Er legte die rechte Hand auf sein Herz und räusperte sich verlegen. „Es sei denn, Ihr wäret bereit mit mir aus freien Stücken die Ehe einzugehen..."

Erschrocken zuckte Irene bei diesen Worten zusammen. Erschrocken? Nein, sie war gar nicht erschrocken. Verblüfft? Ebenfalls nicht! Vielmehr schien es sich um eine warme Woge zu handeln, die sie unvermittelt ergriffen hatte. Ein Glücksgefühl, wie sie es wohl noch nie in ihrem Leben je verspürt hatte. War es die Frage gewesen, mit der sie sich in Wahrheit doch schon so lange Zeit auseinander gesetzt hatte? Die Frage, die sie sich gleichwohl nie hatte eingestehen wollen und die sie doch seit ihrer letzten Zusammenkunft beschäftigte? Es war...dieses unaussprechliche Gefühl. Diese Vertrautheit, die mit einem Mal von den blauen Augen des jungen Mannes zu ihr herüber strömte. Gerade so, als würden sie sich schon immer kennen. Als hätten sie sich Zeit ihres Lebens nahe gestanden...

„Philipp!" Handelte es sich wirklich um ihre Stimme, die da wie von ferne an ihr Ohr drang?

Regungslos verharrten sie auf ihren Pferden. Gerade so, als wollten sie diesen heiligen Moment für immer festhalten, dieses sonderbare Flimmern, mit dem die Luft zwischen ihnen erfüllt schien.

Es schien eine Ewigkeit vergangen, bis Philipp schließlich tief und innig Atem holte. Danach glitt er aus seinem Sattel und reichte Irene die Hand um ihr beim Absteigen zu helfen.

Ernst, gleichzeitig jedoch seltsam unbeschwert und auf wundersame Weise gelöst, blickten sich die beiden jungen Leute in die Augen. „Wollt Ihr also – aus eigenen, freien Stücken – meine Frau werden?"

Eine zarte Röte huschte über Irenes Wangen, bevor sie feierlich nickte. „Ja Philipp, das will ich! Aus freien Stücken: ja!"

Es war ein Wunder geschehen! Ein Wunder, das weder Philipp noch Irene in diesem Augenblick zu erklären vermochten. Doch was spielte es für eine Rolle? Sie hatten sich gefunden – auf wundersame Weise hatten sie zusammen gefunden! Und nur das allein zählt, nichts sonst!

Der junge Herzog machte einen zaghaften Schritt auf Irene zu und hauchte ihr einen zarten Kuss auf die Stirn. „Irene!" Dann nahm er sie vorsichtig in die Arme, während die Welt um die beiden Liebenden in einem Meer von Glück zu versinken schien.

Wie lange sie so gestanden hatten vermochten sie später nicht zu sagen. War es Philipp oder war es Irene, die als Erste die weit entfernten Rufe hörte? Hilferufe! Die beiden stutzten! Doch! Eindeutig! Hilferufe! Aber woher waren sie gekommen? Und was hatte es zu bedeuten? Voller Sorge richtete Philipp seinen Blick nach Westen, in jene Richtung, von der er meinte, dass der Wind die Hilferufe zu ihnen herüber getragen hatte. Und tatsächlich!

„Nein!“ Erschrocken schlug er die Hand vor den Mund. „Feuer! Es brennt! Dort hinten brennt es lichterloh!“

Auch Irene bemerkte nun den gewaltigen Feuerschein, der den Horizont rot erglühen ließ. „Es ist im Dorf! Um Gottes Willen! Die armen Menschen! Wir müssen ihnen zu Hilfe kommen!“

Voller Unruhe bestiegen die beiden ihre Pferde und ritten eilig auf das Dorf zu, von dem der Feuerschein ausging, ohne dass Philipp die geringste Hoffnung hegte wirklich Hilfe gegen die Flammen leisten zu können. Zu oft schon hatte er erleben müssen, wie rasend schnell sich ein Feuer unter dem Strohdach eines Bauernhauses ausbreiten konnte. Nein, das Haus war auf jeden Fall verloren. Blieb ihnen nur die Hoffnung, dass das Feuer nicht auf die anderen Hütten übersprang.

Als sie sich der Brandstelle endlich näherten, sah Philipp auf den ersten Blick, dass tatsächlich nichts mehr zu machen war. Das gesamte Dach der kleinen Bauernhütte war in einem gewaltigen Feuerball verbrannt und in sich zusammen gestürzt. Ein Brand, der sich in Windeseile ausgedehnt hatte und genauso schnell wieder erloschen war – wie man es von einem Strohfeuer kannte. Nur noch ein Teil der aus Weidenruten geflochtenen und mit Lehm beworfenen Wände der armseligen Hütte hatte dem Feuer widerstanden. Wie düstere Mahnmale ragten die schwarzen rauchenden Dachbalken der ehemaligen Bauernbehausung in den Himmel. Ein Glück nur, dass es sich um die letzte Hütte des kleinen Dorfes zwischen der gerade neu entstehenden Stadt mit Namen Biberach und Burg Schweinhausen handelte, sodass das Feuer zumindest nicht auf die anderen, nicht weniger armseligen Hütten hatte übergreifen können!

„Da!“ Erschrocken deutete Irene auf eine am Boden sitzende, zerlumpte und mit schwarzem Ruß bedeckte Gestalt, die mit ihren Armen weinend ein kleines Kind umklammerte, während die übrigen Dorfbewohner in einigem Abstand die Szene mit starren betroffenen Mienen beobachteten.

Auch Philipp war von seinem Pferd gestiegen und eilte auf den Bauern zu, dessen Haut über und über mit grässlichen Brandblasen bedeckt war und der in seinem Kummer jedoch die Schmerzen nicht zu spüren schien.

„Was ist mit dem Kind? Kann ich helfen?"

Der Mann schien die Frage gar nicht gehört zu haben. Doch im selben Moment, als sich Philipp zu ihm herunter kniete, sank der Bauer mit einem lang gezogenen Seufzer zur Seite, während seine Augen blicklos ins Leere starrten. Der Mann war tot!

„Um Gottes Willen! Das Kind!"

Auch Irene hatte sich nun über den Toten gebeugt und versuchte zusammen mit dem jungen Herzog das regungslose Kind aus dessen Umklammerung zu befreien. Ein kurzer prüfender Blick auf das kleine zerlumpte Mädchen genügte Philipp jedoch, danach schob er sich rasch zwischen Irene und den Toten, während er traurig den Kopf schüttelte: „Zu spät! Wir können ihr nicht mehr helfen," murmelte er rau, „Sie ist tot!". Sachte legte der Herzog seine Hand um Irenes Schulter und drückte die junge Frau an seine Brust.

„Vermutlich ist sie im Schlaf erstickt... So scheint es mir auf jeden Fall. Zumindest hat sie dann nicht leiden müssen...", erklärte er mit stockender Stimme. „Nur der arme Mann, wahrscheinlich der Vater.... Er scheint sich diese furchtbaren Wunden bei dem Versuch zugezogen zu haben, in die brennende Hütte einzudringen um seine Tochter zu retten...". Tränen rannen über seine Wangen, als er sich von den beiden Toten abwandte.

Im selben Augenblick erschallte ein lauter wütender Ruf. „Das ist er! Doch! Ich weiß es genau! Überrascht zuckten die beiden jungen Leute zusammen und entdeckten einen groß gewachsenen zerlumpten Mann, dessen Kopfbedeckung aus einem hohen gelb gefärbten Hut bestand, und der sich aus der Menge der Dorfbewohner gelöst hatte. Drohend schwenkte der Mann einen dicken Knotenstock, während er sich rasch näherte und Philipp aus hasserfüllten Augen fixierte. „Glaubt mir! Das ist er! Er ist an allem schuld! Kommt und helft mir! Die Zeit der Rache ist gekommen!"

Schon hatte sich der Zerlumpte unmittelbar vor Philipp aufgebaut, dessen Arm immer noch schützend um Irenes Schulter gebreitet war.

„Frieder! Lass es!" Der scharfe Befehlston, mit dem sich einer der übrigen Dorfbewohner in diesem Moment Gehör verschaffte, genügte, um den Mann kurz stutzen zu lassen. Es war die Gelegenheit für Philipp, sein an der linken Gürtelseite befestigtes Kurzschwert aus der Scheide zu ziehen und es abwehrbereit vor den Oberkörper zu halten.

„Wage es nicht!", knirschte er, wild entschlossen, auf jeden Fall zuzustechen, falls sich der andere mit dem Stock auch nur noch um Zentimeter auf Irene zu bewegen sollte. Und tatsächlich: Die Geste verfehlte ihre Wirkung nicht. Erschrocken war der Mann zurückgewichen, während ihn zwei rasch herbei geeilte Bauern geistesgegenwärtig von hinten an den Oberarmen packten und so lange mit derben Griffen schüttelten, bis er den Stock aus der Hand fallen ließ.

„Was tut ihr da, ihr elenden Brüder?" Immer noch versuchte er die Bauern von sich abzuschütteln, doch vergeblich. „Ihn müsst ihr ergreifen und totschlagen, wie einen tollwütigen Wolf! Begreift ihr denn nicht? Seinesgleichen ist schuld an unserem Elend! Er und seine ganze adlige Sippschaft! Ihn müssen wir erschlagen! So wie sie es mit uns tun, die angeblich hohen Herrschaften, die sich keinen Deut um unser Leben kümmern!" Voller Verachtung spuckte der Rasende vor Philipps Füße.

„Kommt! Es ist besser jetzt zu gehen!", flüsterte dieser erbebend. „Und es ist besser, Ihr steigt mit mir auf mein Pferd! Das Eure wird uns von ganz alleine folgen!" Ohne sich um ihre überraschte Miene zu kümmern, hob er Irene rasch auf sein Reitpferd.

„Ich danke Euch," stieß er in Richtung der beiden Bauern noch hervor, während sein Herz vor Erregung heftig pochte und er schon die Hacken in die Flanken des Pferdes hieb.

„Dankt nicht uns, sondern höchstens eurem Glück und der höheren Einsicht, dass nur zusätzliches Leid und Elend über uns gekommen wäre, wenn wir ausgeführt hätten, was unser Leidensgefährte zurecht im Schilde geführt hat! Wie gerne wären wir ihm behilflich gewesen, denn es ist wahr, was er…" Die letzten Worte der Bauern gingen im Hufschlag ihrer Pferde unter.

Es verstrich geraume Zeit, bis Philipp mit seinem Pferd endlich vom Galopp in den Trab überging. Aufatmend konstatierte er, dass er mittlerweile eine ordentliche Distanz zwischen sich und die Bauern gebracht hatte. Selbst wenn diese es sich noch anders überlegten, sie würden die beiden nicht mehr einholen können.

„Was für ein Hass! Und was für eine Entfremdung zwischen uns und dem gemeinen Volk!“, schüttelte der junge Herzog betrübt den Kopf. „Sie haben mich erkannt. Als ihren Herzog erkannt – und sie waren drauf und dran mich zu töten! Es werden Jahre ins Land gehen, bis ich ihre Herzen gewonnen habe – wenn es überhaupt jemals gelingen wird. Nach all dem, was meine Brüder und deren Gehilfen diesen Menschen angetan haben...“

Auch Irene zitterte immer noch vor Erregung am ganzen Körper. „Was war das nur für ein Mann mit diesem gelben Hut? Was sollte das bedeuten?“

„Es war ein Schuldner! Er muss den gelben Hut zum Zeichen dafür tragen, dass er sein Hab und Gut verloren hat und offenbar dazuhin noch eine ordentliche Summe schuldig geblieben ist. Wer weiß, aus welchen Gründen er ins Elend geraten ist... Vielleicht, weil er die immer höheren Steuern und Abgaben, die auf Geheiß meines Bruders erhoben worden sind, nicht mehr hat bezahlen können. Oder dass er von seinem Grundherrn dazu gezwungen worden ist sich als einfacher Spießträger mit auf den letzten Kreuzzug zu begeben, der von meinem Vater angeführt worden ist und der so viele Menschen das Leben gekostet hat. Menschen, die nie und nimmer freiwillig auf diesen jahrelangen Kriegszug gegangen wären. Wenn sie jedoch ihre Heimat überhaupt jemals wieder gesehen haben, dann war ihre Gesundheit oft genug ruiniert, ihre Äcker verwildert, ihre Häuser zerfallen. Und keiner von meinen Leuten hat sich um diese Menschen gekümmert. Sie waren ihnen keinen Gedanken wert! Das ist der Boden, auf dem dieser Hass gesät worden ist – und deshalb kann ich ihnen noch nicht einmal verdenken, wie verbittert sie uns gegenübertreten...“

Schweigend und in bittere Gedanken versunken legten sie das letzte Stück des Weges bis zur Burg zurück, die sie wenig später unbehelligt erreichten. Nachdem sie sich hastig von Philipp verabschiedet hatte, eilte die schreckensbleiche Irene in ihre Kammer und war an diesem Tag für niemanden mehr zu sprechen. Nicht einmal für Theodora oder Brigitta, ihre engsten Gefährtinnen. Urplötzlich waren die dunklen Schatten aus ihrer Vergangenheit wieder zurück gekommen und hatten sich drückend auf ihre Seele gelegt. Ausgerechnet am heutigen Tag, der doch so viel versprechend begonnen hatte. Kaum war der Hauch des Glücks an ihr vorbei gestreift, da war es durch den furchtbaren Unglücksfall und die rohen Verwünschungen, die ihnen der hasserfüllte Mann entgegen geschleudert hatte, auch schon wieder von ihr gewichen!

Das Schicksal! War es ihr somit also vorbestimmt niemals in Glück und Frieden leben zu dürfen? Musste sich wieder und immer wieder die Dunkelheit lähmend auf sie herab senken? Wie schon in ihrer Kindheit, als sie ihren Vater als blutigen Umstürzler hatte wahrnehmen müssen. Und dann die Ereignisse bei der Eroberung von Sizilien! Der Frevel an ihrem verstorbenen Mann, die schauderhaften Taten des Kaisers, der lange Marsch der tief gedemütigten Gefangenen in das unbekannte Land. Und jetzt, jetzt endlich, wo sie in Philipp den Mann gefunden zu haben glaubte, an dessen Seite sie gemeinsam durch das Leben zu schreiten gedachte, waren die Schatten von neuem über sie gekommen.

Bittere Fingerzeige in eine ungewisse Zukunft? Nein! Und nochmals: nein! Es konnte und es durfte doch auch nicht Gottes Wille sein! Womit nur hatte sie den Zorn des Herrn auf sich geladen?

Den gesamten folgenden Tag verbrachte Irene in der Burgkapelle. Es musste einen Weg geben, und mit Hilfe ihrer Gebete musste es gelingen diesen Weg zu ebnen. Den gemeinsamen Lebensweg von Irene und – Philipp!

18

„Gefahr ist im Verzug! Sie haben versucht den Kaiser zu ermorden!" Keuchend rang der völlig verschwitze Bote um Atem, als er unmittelbar nach seiner Ankunft auf der Burg nun vor Herzog Philipp stand und dem jüngeren Bruder Kaiser Heinrichs persönlich die alarmierende Nachricht überbrachte. Die Nachricht von einem weiteren Aufstand der Normannen im Königreich Sizilien, der völlig unvermittelt im Mai des Jahres 1197 losgebrochen war. Und dieses Mal wäre es, so berichtete der Abgesandte des Konrad von Urslingen, des Statthalters von Sizilien, den fassungslosen schwäbischen Rittern, auch beinahe gelungen den Kaiser niederzustechen. Im allerletzten Augenblick erst hatte Kaiser Heinrich einen Hinweis auf die Verschwörung erhalten. Schon waren die von den normannischen Baronen gedungenen Mörder durch eine Seitentür in den stark bewachten Königspalast von Palermo eingedrungen, als ein lauter Alarmruf durch den Thronsaal schallte. Die überraschten Angreifer hatten daraufhin ihre Dolche gezogen und stürzten sich mit verzweifelter Wut auf den Kaiser sowie auf dessen zweieinhalbjährigen Sohn Friedrich Roger. Nur dem beherzten Einschreiten der Palastwache war es zu verdanken, dass der Überfall scheiterte: Voller Entsetzen hatten die im Thronsaal versammelten wehrlosen Gefolgsleute des Kaisers das Geschehen mitangesehen. Denn keiner von ihnen befand sich in diesem Moment im Besitz einer Waffe. In unmittelbarer Umgebung des Kaisers war selbst Heinrichs engen Vertrauten das Tragen von Waffen streng untersagt: Ein schwerer Fehler, wie sich nun herausstellte, der um ein Haar schlimme Folgen gezeitigt hätte. Einzig und allein die zahlenmäßige Überlegenheit der Wache verhinderte den Anschlag. Doch bevor auch nur einer der Angreifer lebend gefangen genommen werden konnte, setzten sie die Spitzen ihrer Dolche auf die eigene Brust. Nach einer laut ausgerufenen Verwünschung „Tod allen Staufern!", stachen sie energisch zu. Keiner von ihnen überlebte und keiner der Angreifer konnte also auf der Folter nach seinen Auftraggebern befragt werden. Keiner von ihnen würde die Namen derjenigen mehr preisgeben können, die es ihnen ermöglicht hatten, in den

Palast einzudringen. Doch dass Verrat im Spiel gewesen war, diese Tatsache stand dennoch fest.

Wer auch immer der eigentliche Drahtzieher gewesen war: Es konnte sich nur um eine Verschwörung der Letzten in Sizilien verbliebenen normannischen Adligen und Bürger handeln, so viel stand für Kaiser Heinrich von vornherein fest. Es war der letzte Versuch der Normannen die unbarmherzige Herrschaft der Deutschen abzuschütteln. Die Gelegenheit war günstig gewählt, denn nach einer weiteren erbarmungslosen Steuereintreibung brodelte es im gesamten Volk. Und bevor der Aufstand nun an allen Ecken und Enden des Königreiches loszubrechen drohte, gab es für Heinrich nur eine Alternative: Er musste ihnen zuvorkommen und den Aufstand schon im Keim ersticken. Noch in derselben Nacht schwärmten seine Truppen aus, Boten wurden in alle Winkel Siziliens geschickt, um die staufischen Statthalter vor der Erhebung zu warnen. Gleichzeitig wurden sie dazu angehalten, kaltblütig vorzugehen und alle normannischen Adligen, derer sie habhaft werden konnten, mit dem Tod zu bestrafen. Wieder einmal schenkte der wutentbrannte Kaiser keinem seiner Berater auch nur im Geringsten sein Gehör. Einige der Adligen wagten vorzubringen, dass es sich doch unmöglich um eine Verschwörung aller Normannen handeln könne, sodass bei dem von ihm angeordneten gnadenlosen Strafgericht auch zahlreiche Unschuldige ihr Leben lassen müssten. Doch Heinrich erwies sich diesen Argumenten gegenüber als völlig verschlossen. Lieber sei es ihm, dass einer seiner verhassten Gegner zu viel mit dem Leben bezahle, als noch einmal einer zu wenig, wie es an Weihnachten 1194 geschehen war. Hätte er sich damals nicht erweichen lassen beim einen oder anderen Gnade vor Recht zu üben – der jetzige Aufstand wäre erst gar nicht zustande gekommen! In Sizilien entbrannte daraufhin ein furchtbares Strafgericht, bei dem hunderte von unschuldigen Normannen einen grausamen Tod starben. Heinrich hatte seinen Beinamen, „der furchtbare Sturm aus dem Norden“ wieder einmal auf grässliche Art und Weise bestätigt!

Doch nicht nur in Sizilien wütete die Rache des Kaisers. Selbst unter den in Deutschland gefangen gehaltenen Mitgliedern der Königsfamilie ließ der Kaiser zahlreiche Männer und Jugendliche hinrichten, ohne dass ihnen zuvor der Prozess gemacht worden war oder sich die völlig ahnungslosen Menschen hätten verteidigen können. Denn dass das Signal Aufstand im fernen Sizilien unmöglich von den jenseits der Alpen gefangenen Normannen ausgegangen sein konnte, so viel stand für alle fest. Doch auch diese Argumente hatte Heinrich verächtlich beiseite gewischt. Nicht einmal seiner Ehefrau, der Kaiserin Konstanze, war es gelungen, die Todesurteile, die einen Großteil ihrer eigenen Verwandten betrafen, abzuwenden. Kaum waren die Boten mit den Befehlen des Kaisers auf den Burgen der schwäbischen Adligen eingetroffen, da trat auch schon der Henker auf den Plan und erfüllte mit dem Richtschwert seinen grausamen Auftrag.

Gleich nachdem ihm der Bote die Nachricht von dem blutig niedergeschlagenen Aufstand überbracht hatte, eilte Herzog Philipp zum Frauengemach der Burg hinüber um Irene persönlich die schlimmen Mitteilungen weiterzugeben. Nicht nur die Sorge, dass nun die alten, kaum vernarbten Wunden in der jungen Frau wieder aufbrechen würden, war es, die Philipp umtrieb. Ebenso hoffte er inständig, dass Irene nicht ihn als den Bruder des Kaisers als Mitverantwortlichen für dessen Gräueltaten betrachten würde. Wer konnte ihr verdenken, dass sie jahrelang genau diese Gedanken beschäftigt hatten? Was sollte er ihr zur Antwort geben auf die Frage, weshalb er, der er doch auch das Amt eines Herzogs von Tuscien bekleidete, keinen seiner ihm unterstellten italienischen Adligen vor der Rache des Kaisers hatte schützen können? Wie sollte ihm dies gelingen? Wo doch nicht einmal für die Kaiserin selbst eine Möglichkeit bestand das Morden ihres Mannes zu unterbinden!

Die schlimmste Sorge, die Philipp freilich bewegte, war die Frage, ob eventuell sogar Gefahr für das Leben von Irene bestehen könnte. Zwar hatte der Bote im Hinblick auf die junge Frau keinerlei konkrete Anweisungen des Kaisers überbracht, der seinen Bruder mehr als einmal mit deutlicher Verstimmung darauf hingewiesen hatte, dass es absolut nicht seinen Wünschen entsprochen habe Irene nach Burg Schweinhausen zu bringen. Er wolle aber insofern Gnade vor Recht walten lassen, da er ja nach wie vor die begründete Hoffnung hege, dass demnächst die Heirat zwischen Philipp und Irene zustande kommen könne – denn in diesem Falle wäre der Weg nach Byzanz für die Staufer endlich frei!

Lebensgefahr für Irene? Schaudernd zuckte Philipp bei diesem Gedanken zusammen. In der Tat: Man konnte bei Heinrich nie ausschließen, dass dieser in seiner rasenden Wut alle Pläne einfach über den Haufen warf, die er zuvor entwickelt hatte. Falls er Irene also plötzlich nicht mehr als gebürtige Prinzessin aus Byzanz betrachtete, sondern als Witwe des Normannenkönigs Roger, dann befand sie sich in der Tat in höchster Gefahr! Lebensgefahr!

Doch für den Fall, dass sich seine düstere Vermutung bewahrheiten sollte, stand für Philipp eine Entscheidung jetzt schon fest: Mit seinem eigenen Leben würde er das Leben von Irene verteidigen! Bis zum letzten Blutstropfen!

Welch ungeheuerliche Wendung dieser Tag doch schlagartig genommen hatte. Noch in der Frühe war Philipp mit seinen engsten Beratern zusammen gekommen um die in der übernächsten Woche – am Pfingstsonntag – bevorstehende Hochzeit zu besprechen. Die Hochzeit mit Irene! Seine Hochzeit, die in prunkvollem Rahmen auf dem legendären Schloss Gunzenlech unweit der Stadt Augsburg gefeiert werden sollte, nachdem ihm Irene nochmals aus freien Stücken ihre Entscheidung bestätigt hatte! Endlich am Ziel!

Und nun? Waren die düsteren Schatten der Vergangenheit wieder hervorgekommen. um sich von neuem in Irenes Leben zu schieben? Jene unheilvollen Schatten, über die sie neulich erstmals mit ihm gesprochen hatte! Nein! Es durfte nicht sein! Niemals! Er, Philipp von Staufen, Herzog von Schwaben würde es nicht zu lassen! Die Hochzeit würde stattfinden – auf jeden Fall!

19

Die glanzvolle Hochzeit geriet zu einem noch nie da gewesenen prachtvollen Schauspiel, wie es die Welt niemals zuvor je gesehen hatte. Ein Schauspiel, das sogar noch das glänzende Spektakel bei weitem übertraf, zu dem Herzog Welf VI., der Vater Heinrichs des Löwen, mehr als 20 Jahre zuvor eine gewaltige Ritterschar versammelt hatte. Die alten Edelleute, die als junge Ritter voller Staunen den überbordenden Prunk der Feier erlebt hatten, mit der der Welfe an Pfingsten des Jahres 1175 nachdrücklich seine Ansprüche auf den ersten Rang im Reich untermauert hatte, waren noch heute voller Begeisterung und Bewunderung. Niemals in ihrem ganzen Leben würden sie dieses unübertreffliche Ereignis auf der legendenumwobenen Burg Gunzenlech vergessen.

Aber was war diese Erinnerung gegen die Vermählung des jungen schwäbischen Herzogs Philipp von Staufen mit der anmutigen byzantinischen Kaisertochter, von deren traurigem Liebreiz die Minnesänger auf allen Burgen des Reiches schon voll Staunen und Bewunderung berichtet hatten! In der Tat: Dieser Tag stellte die Feierlichkeit des Welfen bei weitem in den Schatten! Unglaublich!

Besser hätten Philipp und seine Getreuen den Ort der Hochzeit gar nicht auswählen können: Burg Gunzenlech in der Meringer Au war eng verbunden mit der historischen Stätte, an der sich vor unvordenklichen Zeiten das Schicksal des Reiches und der deutschen Ritterschar im letzten Augenblick auf wundersame Art und Weise zum Guten gewendet hatte. Hier auf dem Lechfeld hatte im Jahre 955 der legendäre König Otto mit dem Beistand des später heilig gesprochenen Bischofs Ulrich von Augsburg die Ungarn, die unheimlichen Reiter aus dem Osten, die jahrelang mordend und brandschatzend über das Land gezogen waren, entscheidend geschlagen. Kein Wunder, dass es sich bei Schloss Gunzenlech um eine riesige Anlage handelte, die von den Welfen als weithin sichtbares Zeichen ihrer Macht auch dementsprechend beeindruckend ausgebaut worden war. Genau genommen dürfte es sich sogar um das größte Schloss handeln, das Philipp nördlich der Alpen kannte. Und nun befand sich

Gunzenlech unter der Kontrolle der Staufer! Eine beeindruckende Demonstration der Bedeutung seiner Familie und seines eigenen, persönlichen Willens, das Herzogtum Schwaben in eine neue, eine bessere Zeit zu führen.

Welcher Anlass konnte sich besser für eine solche Willensbekundung eignen, als die Hochzeit des 21 Jahre alten Herzogs Philipp mit der bezaubernden 17-jährigen Irene vor den staunenden Augen der gesamten, hier versammelten schwäbischen Ritterschaft. Mit klopfendem Herzen war die in ein prächtiges seidenes Gewand gehüllte Irene Hand in Hand mit ihrem künftigen Ehemann durch das Spalier der Ritter in die Burgkapelle geschritten, wo sie sich vor dem Bischof von Augsburg auf die Knie sinken ließen. Mit fester Stimme hatte Irene ihr Jawort gegeben, das Bekenntnis zu der Ehe mit Herzog Philipp, dem jungen, milden Mann, auf dem so viele Hoffnungen ruhten. Kaum war Irenes Ja in der Kapelle verhallt, da brach auch schon ein unbeschreiblicher Jubel los, nicht enden wollende Hochrufe auf das Paar, das seine ewige Verbindung hier besiegelt hatte. Eine Verbindung aus freien Stücken! Eine Liebesheirat! Manch einem unter den Zeugen in der festlich geschmückten Burgkapelle stockte der Atem, wenn er sich diese unglaubliche Tatsache vor Augen hielt. Die Hochzeit eines Staufers mit einer byzantinischen Prinzessin! Wer unter den schwäbischen Edelleuten hätte solches noch vor wenigen Jahren für denkbar gehalten?! Eine neue Epoche schien in Gestalt dieser beiden liebreizenden Menschen nun am Horizont herauf zu dämmern. Eine Epoche des Friedens. Philipp und Irene: Auf sie richteten sich die Hoffnungen und Sehnsüchte eines ganzen Volkes!

Als sie aus der Burgkapelle wieder hinaus in das gleißende Sonnenlicht dieses Pfingsttages schritten, löste sich ein grauhaariger hagerer Ritter aus der Menge der jubelnden Edelleute. Es war Anselm von Justingen, der enge Vertraute und Lehrer Philipps. Er war dazu ausersehen, dem heutigen Tag eine weitere goldene Krone zu bereiten. Denn sie waren überein gekommen, dem nun 21-jährigen Philipp am Tag seiner Hochzeit auch die Schwertleite zu erteilen, die würdevolle Aufnahme in den Kreis der stolzen Ritterschaft. Auf Anselms kurzen Wink erschien nun ein Knappe, der mit ernsten gemessenen Schritten das große Prunkschwert der alten schwäbischen Herzöge herbei brachte. Anselm ergriff das juwelenbesetzte Schwert mit beiden Händen, hob es über seinen Kopf und präsentierte es den nun in ehrfurchtsvoller Stille verharrenden Rittern mit feierlicher Miene.

Philipp kniete sich vor dem Edelmann nieder und neigte demütig seinen Kopf. Langsam ließ Anselm von Justingen das Schwert auf die goldglänzende Rüstung des jungen Herzogs sinken, wobei er mit der flachen Klinge beide Schultern kurz berührte. Schließlich streckte er seine Rechte aus und drückte Philipps Hand mit festem Griff. Wiederum, genau wie kurz zuvor beim Jawort in der Kirche, brach nun ein nicht enden wollender Jubel aus. Die Schwertleite des Herzogs von Schwaben war vollzogen. Erst jetzt, durch diesen Akt, durfte sich Philipp als vollkommenes Mitglied der erlauchten Runde von Edelleuten ansehen, deren Erster er als Herzog gleichwohl seit Monaten schon war.

Erfüllt von Stolz und Glück betrachtete Irene ihren Ehemann. Fast schien es ihr, als müsse sie vor lauter Glückseligkeit zu Boden sinken. Niemals mehr hatte sie daran glauben mögen ein solches Gefühl verspüren zu dürfen. Ein Gefühl, das alles in den Schatten stellte, was sie jemals zuvor in ihrem Leben erfahren hatte.

Die würdevoll begangene Schwertleite! Für einen kurzen Augenblick schlich sich die bittersüße Erinnerung in ihre Wahrnehmung. Wie hatte sich Roger, ihr junger Ehemann, damals geäußert, als sie ihm voller Furcht und Bangen zum ersten Mal begegnet war? Dass sie keinerlei Sorge hegen müsse, da er vor seiner erst in Jahren anstehenden Schwertleite keinerlei Ansprüche auf eine gemeinsam vollzogene Ehe erheben würde. Der arme Roger! Lange vor seinem Ritterschlag war er gestorben! Dass ausgerechnet ein Mitglied jener Familie, die wenig später mit brutaler Gewalt das Königreich der Normannen erobert hatte, seine junge Witwe dereinst zum Traualtar führen würde – und dies aus freien Stücken – nein: Niemals hätte Irene dies für möglich gehalten! Und dennoch war es so gekommen.

Wieder drangen die lauten Jubelrufe der vollzählig versammelten Ritterschaft an ihr Ohr. Und sie galten niemand anderem als ihr, Irene – der gebürtigen Byzantinerin. Ganz offenkundig hatte sie die Herzen der Edelleute für sich gewonnen. „Sie meinen es ehrlich mit ihrem Jubel," strahlte ihr junger Ehemann in diesem glücklichen Moment mit der milden Pfingstsonne um die Wette. „Und weißt du, was?", wisperte er vertraulich in das Ohr seiner frisch angetrauten Gattin. „Ich bin sogar froh und dankbar darüber, dass es meinem Bruder nicht möglich war bei unserer Hochzeit zu erscheinen. Ausgerechnet er, der mich seit Jahren bedrängt hat – ausgerechnet er kann nun seinen angeblichen Triumph noch nicht einmal selbst auskosten!" Philipp grinste bei diesen Worten schadenfroh.

Tatsächlich war es dem Kaiser nicht möglich gewesen nach Gunzenlech zu reisen. Zu unruhig waren die Verhältnisse in Italien nach dem in letzter Minute niedergeschlagenen Aufstand. Von allen Ecken und Enden Siziliens waren dieselben Nachrichten nach Palermo gedrungen, nämlich dass sich die gedemütigten Normannen erhoben hatten und mit dem Mut der Verzweiflung gegen ihre Besatzer vorgegangen waren. Wenngleich am Ende auch vergeblich. Doch immer noch brodelte es in dem besetzten Königreich.

„So – es scheint nun ganz offiziell zu werden," nickte Philipp nun mit dem Kinn nach vorne. „Und natürlich sind ausgerechnet die Augsburger ganz an der Spitze!"

Die Abordnung der Stadt Augsburg war tatsächlich die Erste in einem nicht enden wollenden Zug von Gesandten, die dem Ehepaar ihre Huldigung darbrachten. Die Stadt, die schon im Jahr 1156 von Philipps Vater, dem unvergessenen Kaiser Friedrich Barbarossa, die Stadtrechte erhalten hatte und während der gesamten Regierungszeit Friedrichs gezielt vom Kaiser gefördert worden war – angesichts der unmittelbaren Nachbarschaft zur bedeutenden Welfenburg Gunzenlech ein geradezu genialer Schachzug, den Barbarossa damit vollzogen hatte – hatte in den letzten Jahren einen gewaltigen Aufschwung erlebt. Auch der Ehevertrag zwischen Barbarossas Sohn Heinrich und Konstanze, der Tochter Rogers II. von Sizilien, der später so verheerende Auswirkungen auf das Normannenreich gezeitigt hatte, war hier am Sitz des Bischofs von Augsburg im Jahr 1184 mit Brief und Siegel versehen worden.

„Jetzt bin ich gespannt," murmelte der seitlich neben Philipp stehende Anselm von Justingen, der den Zug der Städte, Grafen und Freiherren mit kritischem Blick verfolgte, nur wenig später. „Da hinten kommt schon die Abordnung von Ravensburg! Und dann all die anderen, die natürlich zusammen eine eigene Gruppe gebildet haben!“

Auch der Herzog straffte bei dieser Bemerkung unwillkürlich seinen Rücken. Er hatte genau verstanden, worauf Anselm mit seiner spitzen Bemerkung anspielte. Denn bei Ravensburg handelte es sich um eine Stadt, die sich lange Zeit im Besitz der Welfen, der ewigen Rivalen der Staufer, befunden hatte, und sich erst im Zuge von deren Niedergang vor wenigen Jahren, genau gesagt im Jahr 1191, zähneknirschend unter die Herrschaft der Staufer hatte begeben müssen.

„Da, schaut nur: Da kommt der Graf von Wartstein und anschließend die Memminger. Und alle wollen sie dem jungen Paar doch nur ihre Huldigung und ihre allerbesten Wünsche übermitteln! Welfenbrut!“, knurrte Anselm verdrießlich, ohne sich jedoch in seiner undurchdringlichen, stoischen Miene, die er während der gesamten Prozedur an den Tag legte, auch nur die geringste Verstimmung anmerken zu lassen.

Es war schon deutlich nach der Matutina, nach Mitternacht also, als sich das frisch vermählte Paar am Ende dieser langen Feierlichkeiten endlich in die für sie prunkvoll hergerichteten Gemächer der altehrwürdigen Burg zurückziehen konnte.

Aufatmend ließ Philipp die schwere Holztür hinter sich ins Schloss fallen und bedachte seine junge Gattin mit einem nachdenklichen Blick.

„Was für ein Tag!“ Müde fuhr er sich mit der rechten Hand über die Stirn. „Was für eine Prachtentfaltung! Welch riesiger Aufwand, den sie hier für uns bereitet haben! Nur für uns – als gäbe es niemand wichtigeren auf der Welt…“

„In ihrer Welt bist du in der Tat der wichtigste Mensch. Der Herzog von Schwaben, der Bruder des Kaisers, der Statthalter des Reiches,“ erwiderte Irene leise. „Ich denke schon, dass ich verstehe, worauf du hinaus willst. Aber sie brauchen eben einen Menschen, zu dem sie emporblicken können. Und das ist niemand anders als du: der Herzog von Schwaben. Ihr Herzog!“

„Wie schnell ein Mensch doch damit erhöht wird. Und wie oft vermeinen sie sich damit für immer und ewig über die anderen gestellt zu haben. Als wenn es sich bei unsereinem um einen besseren Menschen handelte!“, schüttelte Philipp ernst den Kopf.

„So wollen sie es haben!“, bekräftigte Irene ihre vorher geäußerte Meinung. „Sie brauchen jemanden, zu dem sie aufsehen können. Der sie führt und anleitet...“

„Der ganze Prunk! Gold, Silber, Edelsteine! Die lange Tafel, die sich vor Köstlichkeiten beinahe gebogen hat, während an anderen Orten die Menschen Hunger leiden – und sogar daran sterben. Auch in meinem Herzogtum – auch in Schwaben!“

„Dann richte du es, dass es künftig besser werde! Es liegt nun auch in deinen Händen!“ Die junge Frau hatte sich ihrem Ehemann langsam genähert und legte schwer die Hand auf dessen Schulter. „Sei dir der Verantwortung für die Schicksale der Menschen, die dir durch dieses Amt anvertraut worden sind, immer bewusst. Dann wird das Land bestimmt zu neuer Blüte gelangen, dessen bin ich mir ganz sicher. Und dafür will ich auch immer an deiner Seite stehen und dich nach Kräften darin unterstützen.“

Der Herzog nickte dankbar. „Ich werde versuchen, was in meiner Macht steht um dieser Verantwortung gerecht zu werden. Und allen Forderungen des Kaisers zum Trotz: Auch zusätzliche Steuern werde ich auf keinen Fall erheben. Steuern, die er ja kürzlich von mir eingefordert hat um den neuen Kreuzzug zu finanzieren, zu dem er spätestens im kommenden Jahr aufbrechen will!“

„Den Namen des Herrn führen sie auf den Lippen, doch in Wahrheit wird gemordet und geplündert aus reiner Machtgier und Verdorbenheit.“ Irene erinnerte sich voller Schaudern an die Furcht einflößenden Kreuzritter, denen sie in ihrer Jugend in Byzanz begegnet war.

„In der Tat,“ pflichtete ihr Philipp bei. „Es liegt kein Segen auf diesen Kriegszügen. Da kann der Papst noch so sehr vom Willen Gottes reden. Mich beeindruckt er damit in keiner Weise. Und wenn ich nur daran denke, was sich an schrecklichen Ereignissen beim letzten Kreuzzug meines Vaters ereignet hat...Mein Vater, den sie jetzt bereits den großen Friedrich, den Kaiser Barbarossa nennen...und wie elend ist er damals gescheitert…“ Er holte tief Atem, bevor er stockend weitersprach. Noch nie hatte Philipp mit einem anderen Menschen darüber geredet. Noch nicht einmal mit seinen engsten Vertrauten. „Es ist ein Ereignis, über das niemals gesprochen wird im Reich. Der Kaiser selbst hat es bei Androhung der Todesstrafe verboten. Das demütigende Ende meines Vaters, das zeigt, wie klein der Mensch in Wirklichkeit doch ist… Dass er damals im Sommer des Jahres 1190 auf dem Kreuzzug im Fluss Saleph jammervoll ertrunken ist, ist ja das Einzige, was über das Ende dieses so sehr bewunderten Mannes überhaupt bekannt geworden ist. Doch wo ist er begraben worden? Niemand weiß es…niemand spricht darüber…Ja, im Kyffhäuser habe er sich verborgen und würde dereinst wiederkommen um das Reich zu neuer Größe und Bedeutung zu führen – so sagen sie! Pah!“ Philipp lachte trocken. „Von wegen, im Kyffhäuser! Sie haben versucht seinen toten Körper nach Hause zu führen um ihn dort würdig und mit allen Ehren zu bestatten. Doch es ist ihnen nicht gelungen. Allein die Hitze hat es verhindert. Und so haben sie ihn in ihrer Not sogar noch in ein Essigfass gesteckt um die Verwesung zu verhindern. Mein Bruder Friedrich, der noch vor Konrad und vor mir als Herzog von Schwaben amtierte, versuchte verzweifelt, den Leib des toten Vaters ins Reich zurück zu schaffen oder zumindest nach Jerusalem. Und deshalb haben sie ihn in das Essigfass gesteckt…Man stelle sich den großen Kaiser vor: in einem Essigfass! Und nicht einmal dies hat etwas genützt: Schon nach Tagen löste er sich im Essig auf, der Gestank war nicht mehr auszuhalten, wie uns die engen Gefährten berichten mussten, die es damals miterlebt haben.“

Wieder hielt der junge Mann kurz inne und musterte seine Ehefrau, die seiner Rede mit ungläubigem Staunen lauschte, aus kummervollen Augen. „Du staunst! Ich kann es verstehen! Denn dies ist wirklich eine unglaubliche Geschichte. So gänzlich anders, als das Ende eines ruhmreichen Kreuzfahrers für gewöhnlich geschildert wird. Es zeigt – und das ist es, was ich schon vorher habe sagen wollen – wie vergänglich alle Pracht und alle vorgebliche Bedeutung doch ist. Was ist der Mensch in Wirklichkeit? Was bleibt von ihm, außer der rasch verblassenden Erinnerung?“ In einer hilflos wirkenden Geste breitete er die Arme aus. „Wie also sollten sich die Gefolgsleute meines Vaters behelfen? Sie haben das stinkende

Fleisch des Kaisers schließlich begraben, auf einem Feld irgendwo in der Wildnis, in der Nähe von Antiochia – und weit noch von Jerusalem entfernt. Auch die Knochen mussten sie danach vergraben, in einer Stadt mit dem Namen Tyrus, also nicht einmal diese haben sie zumindest weit hinein ins Heilige Land verbringen können... Und wo genau das Herz und die Eingeweide des großen Kaisers begraben liegen, hat auch niemand mehr mit Sicherheit sagen können! In Tarsus wohl, aber eben auf keinen Fall in Jerusalem. Ja, es ist die Wahrheit!" Philipp seufzte traurig. „Verscharrt in fremder Erde, irgendwo in einem fernen Land! Was also ist übrig geblieben vom größten Kaiser, den das Abendland bislang gesehen hatte? Nichts! Nicht das Geringste! Mein Bruder Heinrich, der während der Abwesenheit des Kaisers die Reichsgeschäfte führte, hat den Schock dieser Nachricht niemals verwinden können. Voller Sorge, dass die üble Geschichte einen Schatten auf den Glanz unserer Familie werfen könnte, hat er deshalb bei der Todesstrafe verboten jemals darüber zu berichten. Natürlich sind die Gerüchte vom wirklichen Ende des Kaisers bald in aller Welt getuschelt worden, doch durch Heinrichs rigorose Drohungen hat er es tatsächlich geschafft sie zu ersticken. Zumal ein weiteres schlimmes Ereignis eingetreten ist, das er gleichwohl ebenfalls mit einem Tabu belegt hat. Der Tod unseres Bruders Friedrich, des Herzogs von Schwaben, der auf diesem Kreuzzug gestorben ist. Es war im darauf folgenden Jahr, 1191, vor der Feste Akkon. Doch während die Legende berichtet, das Schwert der Feinde habe ihn, den tapferen Recken, gefällt, ist auch in diesem Fall die Wahrheit noch viel bitterer! Ein Hitzschlag war es, der ihn in Wirklichkeit getötet hat. An einem glutheißen Tag sei er in seiner eisernen Rüstung einfach zusammengebrochen, so haben es die Zeugen berichtet. Am Hitzschlag gestorben, wie so viele andere auch. Ein demütigendes Ende, über das niemals mehr gesprochen werden darf..."

26. August 1208, um die Vesper

Mit einem Schreckensschrei fuhr Brigitta in die Höhe. Sie musste bei der Krankenwache eingedämmert sein. Doch jetzt war sie hellwach vom harten Aufprall der mit roher Gewalt aufgerissenen Kammertür an der Steinwand, von dem polternden Geräusch der Stiefel des eilig in das Krankenzimmer herein stürmenden grauhaarigen Edelmanns, der sie mit besorgten Blicken musterte.

„Was ist geschehen? Wie geht es der Königin? Was ist mit ihr?" Anselm! Anselm von Justingen! Erleichtert atmete die Kammerzofe auf, als sie in dem Eindringling ihren lange herbeigesehnten Verwandten erkannte.

„Anselm! Gott sei Dank!"

Doch Anselm ballte unwirsch die Fäuste. „Was geschehen ist, will ich wissen! Was ist mit der Königin?"

„Dann...dann hat Euch meine Nachricht nicht erreicht? Dann..." Brigitta verspürte einen trockenen Kloß in ihrer Kehle, „dann ist mein Bruder Swigger also noch nicht zu Euch gekommen um Euch zu holen?" Es konnte gar nicht sein – erst langsam dämmerte ihr diese Erkenntnis. Vor wenigen Stunden war ihr Bote doch erst davon geritten...

„Es ist...ach Anselm! Ich weiß es nicht! Niemand weiß es!" Schluchzend schlug Brigitta von Gundelfingen die Hände vor ihr Gesicht. „Niemand weiß, was mit der Königin geschehen ist. Erst waren da die schlimmen Krämpfe, dann das Fieber...Und keiner der Ärzte hier auf dem Staufen will wissen, was es zu bedeuten hat. Deshalb habe ich nach meinem Bruder geschickt, nach meinem Bruder und nach Euch..."

„Dann werde ich sofort die beiden Heilkundigen aus meinem Gefolge zu euch bringen!" Abrupt wandte sich Anselm von Justingen um und stürmte hastig zu der Kammer hinaus.

„Wer...was...wer war das?" Die Kranke war erwacht und starrte aus trüben matten Augen in Brigittas Gesicht ohne ihre Gefährtin freilich zu erkennen. Diese griff zu einem auf dem kleinen Tischchen neben dem

Krankenlager bereit liegenden Lappen und tunkte ihn in eine Schale mit Wasser, in das sie einige Tropfen einer Kräutertinktur gegeben hatte. Vorsichtig betupfte Brigitta die fiebernasse Stirn der Königin mit dem wohlriechenden Kräuterwasser.

Ein dankbares Lächeln umspielte Irenes Lippen. „Brigitta. Wie schön, dass du bei mir ausharrst! Meine treue Brigitta!“ Mühsam richtete sie sich etwas auf und betrachtete ihre rechte Hand, von deren Ringfinger sie nun den kostbaren Ring streifte, den sie immer bei sich trug. Ein farbig schimmernder Ring, in den zahlreiche Miniaturen geschmiedet waren. Die Geiselwerkzeuge Jesu – das viel bestaunte Kunstwerk eines wahrhaft meisterlichen Goldschmiedes. Dann streckte die Königin den Ring ihrer Kammerzofe entgegen.

„Hier! Nimm meinen Ring und bewahre ihn für meinen Sohn! Gib ihm den Ring, wenn er das zehnte Lebensjahr vollendet hat. Und erzähle ihm dann von mir. Von mir und vom Tag, an dem ich gestorben bin – und diesen Ring dir so lange zu treuen Händen übergeben habe!“

Brigitta schrak zusammen. „Herrin! Nein, das dürft Ihr nicht! Ihr werdet nicht sterben, Herrin. Ihr werdet am Leben bleiben! Bitte, Herrin: Ihr dürfte so etwas nicht sagen...“

Wieder lächelte die Schwerkranke milde. „Nein, Brigitta. Ich fühle es genau: Ich werde sterben. Nimm du nun deshalb diesen Ring...“

„Doch wenn Ihr sterbt – dann stirbt auch das Kind...der Sohn, den Ihr unter dem Herzen tragt...“

Mit einer schwachen Handbewegung wehrte Irene ab. „Mein Kind wird zur Welt kommen und leben. Unser lang ersehnter Sohn. Er wird als König zum würdigen Nachfolger meines geliebten Mannes werden. Gebt ihm – nach meinem Wunsch – den Namen Philipp. Und denke an meine Bitte, dass er dereinst den Ring bekommen soll... Philipp, die Hoffnung auf eine bessere Welt...“

Die letzten erschöpften Worte waren in einem kaum hörbaren Geflüster erstickt. Danach schloss Irene die Augen um in einem unruhigen Dämmerzustand zu versinken.

26. August, zwischen Vesper und Komplet

Keiner der beiden Männer aus dem Gefolge des Anselm von Justingen, die sich vorsichtig über die Kranke gebeugt und sie in ernsten Augenschein genommen hatten, konnte sich auf eine eindeutige Diagnose festlegen. Beide nach Anselms Aussage recht erfahrene Heilkundige schienen ratlos. Handelte es sich bei der geheimnisvollen Krankheit vielleicht um nichts weiter als um die gerade grassierende Fallsucht? Wenn dies zuträfe, dann könne die Verabreichung von Valentinsbrot auf keinen Fall schaden, gab der ältere der Männer zu bedenken. Womit er bei dem anderen freilich auf entrüstete Empörung stieß. „Du alter Quacksalber! Wozu um alles in der Welt soll es denn taugen, einem Kranken Wein aus der Hirnschale eines Toten einzuflößen?!"

„Immerhin handelt es sich dabei um geweihten Wein, den ich immer in einem wohl verschlossenen Fläschchen bei mir führe," gab der Ältere beleidigt zur Antwort.

„Unterstehe dich!"

„Was kann denn dann noch helfen," mischte sich Brigitta voller Ungeduld in die Auseinandersetzung. „Denkt an die Fieberfantasien, von denen die Königin mehrfach schon befallen worden ist. Und die starken Krämpfe. Vielleicht also doch eine Vergiftung durch Bingelkraut?", versuchte sie, die beiden auf eine Spur zu setzen.

„Möglich, ja," nickte der Ältere, offenbar jedoch wenig überzeugt, mit dem Kopf. „Wahnvorstellungen und krampfhafte Zuckungen... Das würde zutreffen...."

„Ebenso wie die Wirkung, wenn sie den Extrakt von Maiglöckchen zu sich genommen hätte," wiegte der jüngere der beiden Heilkundigen nachdenklich seinen Kopf. „Auf jeden Fall aber scheint mir Gift im Spiele zu sein. Worum auch immer es sich handelt..."

Gift! Brigitta zuckte erschaudernd zusammen. Also doch?! Ein Giftanschlag? Ein womöglich durch Helfershelfer der Welfenpartei heimtückisch ausgeführter Mordplan, dem die arme Irene zum Opfer gefallen war, und auf deren Tod schon alle in der Burg zu lauern schienen um sich endlich den neuen Machtkonstellationen anschließen zu können, die seit der Ermordung von König Philipp allmählich am Horizont aufschienen? Aber wer hatte den Anschlag ausgeführt? Etwa doch der Sattelmeister Gangolf, der verstohlene Geselle, dem Brigitta ja noch nie getraut hatte? Ein neuer Streit zwischen den beiden Heilkundigen unterbrach plötzlich ihre Gedankengänge.

„Zur Ader lassen? Niemals! Es wäre ihr sicherer Tod, so schwach, wie sie vor uns liegt," machte der jüngere eine abwehrende Handbewegung.

„Es ist das Einzige, was das Gift aus ihrem Körper vertreiben kann!"

„Auf keinen Fall! Noch einmal: Es wäre ihr sicherer Tod!"

„Wenn es das nicht so oder so sein wird," murmelte der Ältere nach einem weiteren besorgten Blick auf die Kranke.

Brigitta bereitete der Debatte ein rasches Ende und wies die beiden Männer mit einer entschiedenen Handbewegung zur Tür. Was machte es für einen Sinn eine Behandlung anzuwenden, von der sich nicht einmal die Heilkundigen sicher waren, dass sie damit richtig lagen? Wenn doch wenigstens die Diagnose klar und eindeutig feststünde!

„Es ist der Fluch der Normannen..."

Was murmelte die Kranke da? Brigitta beugte sich über Irenes Mund und lauschte angestrengt den beinahe unhörbaren Worten. „Der Fluch der Normannen über die Staufer..."

Voller Mitleid richtete sich die Kammerzofe wieder auf. Ein neuer Alptraum, der Irene heimsuchte. Die düstere Prophezeiung der alten Frau, die ihnen vor einem knappen halben Jahr ins Antlitz geschleudert worden war. Brigitta konnte sich nur allzu gut an die Episode erinnern, die Irene schon nach den ersten hasserfüllten Worten starr und schreckensbleich vernommen hatte. Die Alte war zusammen mit einigen wahrhaft jämmerlichen Spielleuten auf den Hohenstaufen gekommen, die später auf Geheiß des Burgvogtes wie geprügelte Hunde wieder von der Burg gejagt worden waren. Die Hiebe der Reisigen, mit denen sie auf die schutzlosen Spielleute eingeprügelt hatten, fielen dabei recht derb aus. So war es kein Wunder gewesen, dass die alte zahnlose Frau sie mit kreischender Stimme dafür verflucht hatte. Doch dann waren die verhängnisvollen Formulierungen über ihre Lippen gekommen. Sätze, die Irene noch Wochen später verfolgten. „Der Fluch der Normannen wird über den Staufern hernieder gehen! Ich sehe ein achteckiges Schloss, von einem

Staufer gebaut. Ein Schloss, in dessen Kerkern dein Geschlecht sein Ende finden wird. Angekettet wie die Hunde werden die Kinder der Staufer in den dunklen Verliesen elendiglich zu Grunde gehen! Und ich sehe ein Schwert, ein riesiges Schwert. Ein blonder Knabe auf dem Blutgerüst. Sein Kopf wird fallen, sein Ende ist besiegelt! Vor seiner Geburt schon besiegelt!“

Mit hysterischem Gelächter war die Alte dann verschwunden. Der Fluch der Normannen! Das blonde Kind! Hatte sie damals den Sohn gemeint, den Irene doch erst noch gebären würde? Den blonden Knaben, das Ebenbild seines Vaters?

Unruhig wälzte die kranke Königin den Kopf von der einen auf die andere Seite. Ein Alptraum! In der Tat war es ein Alptraum, in dem sie sich befanden. Ein scheinbar auswegsloser Alptraum! Wenn nur endlich Swigger käme. Ihr Bruder Swigger, auf den Brigitta ihre ganzen Hoffnungen setzte! Aufseufzend verschloss Brigitta die Türe und setzte sich anschließend wieder ans Bett der Kranken.

Lastete in Wirklichkeit nicht doch schon von Beginn an ein Fluch auf dem Königspaar? Auf diesen beiden idealen Menschen, die so viele Hoffnungen und Sehnsüchte in sich vereinten?

21

Der Fluch! Schon in der Woche unmittelbar nach der Hochzeit des Herzogspaares, beim Abschied von Schloss Gunzenlech, hatten sich neue Schatten über das junge Glück gelegt.

„Wo ist denn nur Theodora geblieben? Ich habe sie heute Morgen noch gar nicht gesehen." Voller Ungeduld ließ Irene ihren Blick über den Burghof schweifen, doch ihre langjährige Begleiterin war nirgendwo zu entdecken. Auch Brigitta zuckte ratlos mit den Achseln. Merkwürdig – wo Theodora doch ansonsten immer als Erste zur Stelle war und persönlich noch einmal das Sattelzeug von Irenes Reittier in Augenschein nahm, wenn man kurz vor dem Aufbruch zu einer Reise stand. Doch am heutigen Morgen war sie in der Tat noch nicht erschienen. Weder beim Morgengebet in der Burgkapelle noch beim Morgenessen hatte sie jemand gesehen. Freilich stellte dies weder für Brigitta noch für die anderen einen Grund zur Beunruhigung dar, denn sicherlich war sie längst intensiv mit den letzten Reisevorbereitungen beschäftigt. Schließlich war heute der Tag der Abreise vom Gunzenlech gekommen – am übernächsten Abend schon sollten Irene und Philipp dann auf Burg Schweinhausen eintreffen, wo sie als Gäste ihres Freundes Heinrich die Flitterwochen zu verbringen gedachten. Doch dass sich Theodora auch jetzt noch nicht eingefunden hatte – unmittelbar vor der Abfahrt, zu der längst alle bereit standen, das war in der Tat höchst ungewöhnlich!

„Ich gehe zu ihrer Kammer und schaue, ob sie etwa verschlafen hat!", lächelte Brigitta der Herzogin beruhigend zu, während sie in Wirklichkeit voller Unruhe Theodoras Schlafgemach aufsuchte. Denn es war mehr als unwahrscheinlich, dass Theodora ausgerechnet an einem solchen Tag verschlafen hätte. Vorsichtig klopfte sie an die Kammertür, doch es erfolgte keine Antwort.

Brigitta klopfte ein weiteres Mal, lauter als vorher. „Theodora! Hörst du mich?"

Doch so angestrengt sie auch lauschte, immer noch drang kein Laut aus der Kammer.

Merkwürdig! Langsam drückte sie die große eiserne Klinke herunter, doch die Tür ließ sich nicht öffnen. Jetzt klopfte Brigitta sogar mit den Fäusten gegen das Holz. Nun musste sie es aber hören! Und endlich Antwort geben! Aber immer noch herrschte Stille hinter der dicken, schweren Eichentür. Es war unmöglich! Irgendetwas konnte hier nicht stimmen! War Theodora etwa krank? War ihr etwas zugestoßen?

Brigitta unternahm einen letzten Versuch und klopfte so heftig sie konnte. „Theodora! Nun sag doch schon endlich, was mit dir ist!" Sie musste in der Kammer sein – weshalb sonst war denn die Tür verschlossen? „Theodora – bitte!" Sie drückte ihr rechtes Ohr gegen das Schloss. Nicht das geringste Geräusch war zu vernehmen. Auch ein Blick durch das Schlüsselloch – merkwürdigerweise war der Schlüssel abgezogen worden – brachte sie nicht weiter. Von Theodora war nichts zu sehen – und nichts zu hören!

Was um Himmels Willen war geschehen?! Und: Wo war Theodora? In der verschlossenen Kammer – oder wo konnte sie sich sonst befinden? Mit klopfendem Herzen eilte die junge Adlige zurück, um den Burgvogt oder einen von dessen Männern zu bitten, mit dem richtigen Zweitschlüssel die Kammertür zu öffnen. Schnell musste es gehen! Und dennoch durfte niemand sonst etwas davon mitbekommen. Nicht, dass sich die Unruhe hinterher als völlig unnötig herausstellte – was Brigitta freilich trotz aller Hoffnung, die sie bewegte, kaum noch zu glauben vermochte.

Kurze Zeit danach hatten sich zu Brigittas Entsetzen ihre schlimmsten Befürchtungen bewahrheitet. Kaum hatte der Burgvogt mit seinem Nachschlüssel die Tür geöffnet, da sahen sie Theodora leblos auf ihrem Lager liegen. Ihre sonst so braune Gesichtsfarbe war einem gelblich wächsernen Ton gewichen und starr blickten ihre weit geöffneten Augen an die Decke der Kammer. Theodora war tot!

Wie konnte dies nur möglich sein? Was um alles in der Welt war mit Theodora geschehen? Seiner Meinung nach müsse es sich um das Gift der Maiglöckchen handeln, das einen Herzstillstand bei der Frau hervorgerufen habe, hatte der vom Burgvogt alarmierte Medicus kopfschüttelnd vorgebracht. Das Gift der Maiglöckchen? Wie sollte sie es denn zu sich genommen haben? Die Männer um den Burgverwalter hatten auf diese

Frage nur betroffen mit den Achseln gezuckt und gemurmelt, die Möglichkeiten seien vielfältige... Und wenn Theodora nun vielleicht der Meinung gewesen sei, ihre Aufgabe sei nun mit der Hochzeit zwischen Philipp und Irene beendet? Die Zukunft der jungen Byzantinerin sei gesichert und sie bedürfe der Dienste ihrer langjährigen Vertrauten nicht länger? Wenn sie also ....

„Auf gar keinen Fall!" Brigitta stampfte voller Erbitterung mit dem Fuß auf dem Boden auf und ballte die Fäuste. „Ihr wollt sagen, sie habe Selbstmord verübt?! Sich umgebracht? Nie und nimmer!" Es war unmöglich! Theodora eine Selbstmörderin?! Freiwillig aus dem Leben geschieden, weil sie meinte nicht mehr benötigt zu werden? Wo sie sich doch so sehr auf die kommenden Jahre an der Seite der endlich wieder aufblühenden Irene freute, wie sie Brigitta mit einem strahlenden Lächeln doch erst neulich erzählt hatte. Nach so vielen kummervoll verbrachten Jahren?

Doch die Männer zuckten nur verlegen mit den Schultern. Was sollten sie schon sagen? Es war ein Rätsel – und die Erklärung, es müsse sich wohl um einen Selbstmord handeln, schien ihnen durchaus plausibel. Und selbst wenn es sich um einen Anschlag gehandelt hätte... Im Grunde genommen könne man von Glück sagen, wenn es dann – wie in diesem Fall – nur eine Kammerzofe getroffen habe und nicht das Herzogspaar selbst. Tränen der Wut und der Empörung rannen über Brigittas Wangen, als diese Ungeheuerlichkeiten aus dem Mund des Burgvogtes an ihr Ohr drangen.

Doch der Mann zeigte sich keiner ihrer Einwände mehr zugänglich. Auch die von ihr vorgebrachte These, es könne sich in Wirklichkeit doch nur um einen Giftanschlag auf das Herzogspaar selbst handeln, wurde rasch mit der Begründung verworfen, ein solcher Anschlag hätte dann doch nur den Tod des Vorkosters der herzoglichen Speisen bedeuten können. Eine Argumentation, der sich auch Brigitta nicht verschließen konnte – und dennoch: Um Selbstmord konnte es sich nicht handeln, niemals! Dessen war sich die Gundelfingerin völlig sicher.

Erst Tage später, als der bittere Nebel aus Trauer und Grauen allmählich von ihr gewichen war, wurde ihr mehr und mehr bewusst, dass der Mord an Theodora tatsächlich auch Irene mitten ins Herz hatte treffen sollen, was dann ja auch genauso eingetreten war. Denn über eine Tatsache hatten alle Beteiligten nach jener furchtbaren Entdeckung einfach hinweg gesehen, dass nämlich in der verschlossenen Kammer kein Schlüssel gelegen hatte, obwohl es sich doch hierbei um den entscheidenden Fingerzeig handelte! Aus welchen Gründen war dies denn von niemandem ins Feld geführt worden? Weil man von vornherein auf die Selbstmord-These festgelegt war und anderes gar nicht erst denken mochte? Doch wie konnte Theodora von innen die Kammertüre verschlossen haben, wenn sich nach ihrem Tod der Schlüssel doch gar nicht mehr in ihrer Kammer befand? Oder hatte ihn Brigitta im Aufruhr der furchtbaren Entdeckung vielleicht doch übersehen? Wieder und wieder zermarterte sie in den folgenden Tagen und Wochen ihr Gehirn – und gelangte dennoch zu keiner wirklich plausiblen und damit endgültigen Antwort.

Nach wie vor konnte sie auf keinen Fall an einen Selbstmord glauben, doch wirkliche Gewissheit über die Umstände von Theodoras Tod würden sie nie mehr erhalten. Aber Selbstmord? Ausgeschlossen! Ein weiteres Ereignis, das sich unmittelbar an ihre durch den Todesfall und die folgende Beerdigung um einen Tag verzögerte Abreise anschloss, bestärkte sie noch in dieser Haltung. Gleich nachdem ihr trauriger Zug am nächsten Morgen den äußeren Graben der riesigen Burg Gunzenlech hinter sich gelassen hatte, war ein abgerissener Mann aus den wilden Hecken gebrochen und schien sich unvermittelt auf das Pferd der Herzogin stürzen zu wollen, was die Reisigen im allerletzten Augenblick geistesgegenwärtig gerade noch dadurch verhindern konnten, dass sie den Unbekannten mit ihren Pferden einfach niedertrampelten.

Schrecklich funkelte der Hass in seinen Augen, als der schwer verletzte Mann die zu Tode erschrockene Herzogin in das Visier nahm, und ihr mit sich überschlagender Stimme in einer fremden Sprache ganz offenkundig üble Verwünschungen entgegen schleuderte. Auch wenn den allermeisten die Bedeutung der einzelnen Worte somit unbekannt blieb, war dennoch unverkennbar, dass der Mann die aschfahle junge Frau auf das Schrecklichste verfluchte, bevor ihn ein gezielter Schwerthieb endgültig zum Verstummen brachte.

Wiederholt sah sich Brigitta in den kommenden Tagen aus dem Geleit des Paares Fragen zu demausgesetzt, was genau der Mann denn mit seinen Flüchen gemeint habe, denn mit Ausnahme der Herzogin war Brigitta die Einzige, die den Inhalt der Hasstirade zumindest bruchstückhaft verstanden hatte.

Bei dem Toten handelte es sich um einen der vor Jahren aus Sizilien verschleppten Normannen. Einen Mann, dem es vor wenigen Wochen gelungen war, zu fliehen und der nun Irene, die ehemalige Frau seines verstorbenen Königs, als Verräterin verfluchte, weil sie die Ehe mit Philipp eingegangen war, die Ehe mit einem Staufer, den brutalen Unterdrückern der Normannen! Mehr mitzuteilen, als diese wenigen Tatsachen, dazu zeigte sich Brigitta nicht bereit. Zu schrecklich waren die Anklagen und Beschimpfungen ausgefallen. Selbst sie hatte nicht alle Hasstiraden verstanden, die aus dem Mund des rasenden Mannes der Herzogin entgegen geschleudert worden waren.

Nur so viel war Brigitta klar geworden: Er war nicht der Einzige, dem es gelungen war aus der Gefangenschaft zu fliehen. Und ganz offenkundig schien auch Kontakt zu den im Gunzenlech festgehaltenen Normannen bestanden zu haben.

Wenn sie den Sinn der wütenden Worte richtig deutete, dann war die arme Theodora einem schrecklichen Komplott zum Opfer gefallen. Nachdem es ihnen unmöglich war mit Waffengewalt gegen das junge Paar vorzugehen – und sei es auch nur bei einem heimtückischen Überfall in den dunklen Gängen der Burg – genauso wie eine gezielte Vergiftung des Herzogs oder der Herzogin aufgrund der Vorsichtsmaßnahmen bei den Tafeleien undenkbar schien, hatten sie in ihrem überbordenden Hass einen anderen fürchterlichen Plan geschmiedet. Einen Plan, der auf Irene zielte und dem Theodora zum Opfer fallen musste. Mit dem sie direkt in das Herz von Irene trafen, die durch den heimtückischen Giftanschlag nun ihre engste Weggefährtin für immer verloren hatte. Theodora hatte den Anschlag mit ihrem Leben bezahlt und auch Irene war dadurch wirklich schwer getroffen worden.

Voller Schaudern gelangte Brigitta in diesem Moment zu der Erkenntnis, dass sie nun an Theodoras Stelle getreten war – ebenso wie Lebensgefahr wohl auch für sie bestanden hatte. Und seit jenem feigen Anschlag weiter bestehen würde!

„Verflucht sollst du auf ewig sein und all deine Nachkommen!" Das waren die letzten Worte des Mannes gewesen, bevor die Klinge des Schwertes seinen Kopf vom Rumpf getrennt hatte. Plötzlich waren die Schatten also wieder über Irene gekommen! Wie immer, wenn die junge Frau den Hauch von neuem Glück verspürt hatte. Wie jetzt, wo sie nach so vielen düsteren Jahren nun an der Seite des milden liebreizenden Philipp endlich auf ein unbeschwertes Dasein voller Glück und Frieden zu hoffen gewagt hatte… Mit brutaler Gewalt waren die Schatten herein gebrochen und hatten die Sonne verdunkelt!

Würde es denn niemals enden?

Schweren Herzens waren sie alle vom Gunzenlech geschieden. Obwohl auch eine Abordnung der Welfenstadt Memmingen dem frisch vermählten Herzogspaar bei den Hochzeitsfeierlichkeiten auf dem alten Schloss die Aufwartung gemacht und Philipp gehuldigt hatte, vermied dieser es mit seinem Tross aus Gründen der Sicherheit auf dem Weg in Richtung Westen durch die Stadt zu reiten. Lieber nahm er einen Umweg in Kauf. Denn nach den tragischen Ereignissen schien es ihm und seinen Beratern das Beste, einen Bogen um all die unsicheren Parteigänger zu schlagen, denen auch jetzt noch, viele Jahre nach der endgültigen Niederlage Heinrichs des Löwen, nicht recht zu trauen war.

Es würde viel Arbeit für den Herzog von Schwaben geben in den nächsten Jahren. Bis das Land nicht nur oberflächlich befriedet war, sondern fest und sicher unter seiner Regierung stand, würde mancher Sommer ins Land ziehen. Und dabei durfte nicht das Geringste geschehen, denn noch immer brodelte es unter den ehemaligen Anhängern der Welfenpartei. Jederzeit, so schien es Philipp, konnte der Löwe wieder brüllen. Nach wie vor bestand die Gefahr, dass sich die Nachkommen der großen Welfen von neuem erheben würden. Nein, unter der vordergründig so friedlich glatten Oberfläche herrschte noch lange keine Ruhe. Erst recht, wenn der Kaiser seine Ankündigung, sich auf einen neuen Kreuzzug begeben zu wollen, in die Tat umsetzte, woran nicht zu zweifeln war, dann bedeutete dies eine Schwächung der Kräfte in den zentralen Gebieten des Deutschen Reiches. Ausgerechnet in einer Zeit, in der sie an jedem Tag mit einem weiteren Aufstand in Italien zu rechnen hatten. Es würde Philipps ganzer Kraft und

Aufmerksamkeit bedürfen, sein Land auf Dauer zu befrieden! Aus diesem Grund hatte er die Kunde vom Entschluss seines Bruders freudig begrüßt, dass dieser daran dachte, die seit Jahren umstrittenen Mathildischen Güter nun doch wieder dem Papst zu übereignen. Ein Landstrich, dessen Kontrolle Philipp im Jahr 1195 ja nur widerwillig übernommen hatte.

Aufatmend waren die Teilnehmer des langen Zuges mittlerweile in die Nähe von Biberach gelangt, nachdem sie die weite Ebene des Illertales endlich hinter sich gelassen hatten, eine flache Landschaft, die sich bis an den Horizont erstreckte, ehemaliges Land der Welfen, in dem es keinem der staufischen Ritter gelang die beklemmende Vorstellung abzustreifen, sich auf Schritt und Tritt von feindseligen Blicken verfolgt zu fühlen. Biberach! Endlich schimmerte die Silhouette der rasch in die Höhe wachsenden Stadt vor ihnen auf, die im Jahr 1170 von Kaiser Friedrich Barbarossa gegründet worden war. Stauferland!

„Jetzt dauert es nicht mehr lange, bis wir endlich wieder in Schweinhausen sind. Es ist ein Gefühl, als wäre ich hier, bei Heinrich, richtig zu Hause." Philipp musterte seine junge Gemahlin mit einem besorgten Blick. „Es ist doch ein ganz anderes Gefühl, hier, bei einem der engsten Freunde beherbergt zu sein als in der düsteren, alten Burg. So bedeutsam dieser Ort auch für den Fortbestand des Reiches in den Zeiten des großen Kaisers Otto gewesen sein mag. Lieber bin ich hier, unter Freunden – und genieße die wenigen Tage, die uns hoffentlich gemeinsam bleiben, bevor mich neue Aufträge erreichen…" Nichts hoffte der Herzog sehnlicher, als dass diese unaufschiebbaren Pflichten möglichst lange auf sich würden warten lassen und es ihnen somit vergönnt war, ihre Flitterwochen im Tal der Riss auch wirklich zu genießen. Genießen! Es versetzte Philipp einen bitteren Stich mitten in sein Herz, als er das kummervolle, hoffnungslos wirkende Lächeln bemerkte, das Irene bei diesen Worten zeigte. Mit einem Schenkeldruck lenkte er sein Pferd ganz nahe an Irenes Seite und fixierte sie aus ernsten Augen. „Irene! So wahr ich seit kurzem die Freude empfinden darf dein Gemahl zu sein: Glaube mir, ich werde alles dafür tun, dass deine Tage fürderhin in Glück und Frieden erstrahlen werden. Wir werden dieses gemeinsame Glück finden. Glaube mir. Ich weiß es! Sicher! Ganz sicher!"

Irene nickte dankbar, während sie den blonden jungen Mann mit einem warmen Blick bedachte. „Ich hoffe, es wird uns gelingen. Es wäre schön. So schön!“

Auch Brigitta von Gundelfingen hatte diese Worte vernommen. Worte, aus denen auch sie nun endlich neue Hoffnung schöpfte. Denn erstmals seit dem tragischen Ende ihrer Gefährtin Theodora war Irene aus ihrer Trauer erwacht. Und hatte sogar von der Zukunft gesprochen! Es war der Moment, in dem Brigitta endgültig beschlossen hatte, niemals mehr von Irenes Seite zu weichen. Wenn die Herzogin ihr Einverständnis erteilte, dann würde sie von jetzt an Theodoras Stelle einnehmen. So gut sie dies eben vermochte.

Eine glückliche Zukunft! Für das junge Paar. Für das Land – und für die Menschen! Sie mussten es schaffen! Und: Diese beiden würden es schaffen! Erfüllt von neuer Zuversicht spähte Brigitta nach vorne, wo sich am Horizont nun die Zinnen und Türme von Burg Schweinhausen abzeichneten, die von diesem Standpunkt aus wie Grashalme aus dem Boden zu wachsen schienen. Die Burg des Freundes, auf der sich schon einmal dieses Wunder ereignet hatte. Wo es Irene doch noch gelungen war sich aus dem Alptraum zu befreien. Sie würden es wieder schaffen!

22

Die Tage auf der Burg des Freundes verliefen ruhig und friedlich. Dank des milden Sommers, der in diesem Jahr Einzug gehalten hatte und durch die Aussicht auf eine üppige Ernte rasch das vergangene Katastrophenjahr vergessen ließ schienen sich auch Leid und Trauer mehr und mehr von Irene zu lösen. Immer öfter unternahmen die beiden jungen Leute ausgedehnte Ritte durch Wiesen und Wälder des Risstales, ohne dass sie sich von anderen begleiten ließen. Regelmäßig hatten sie mit einem unbekümmerten Lachen auf den Lippen die besorgten Einwendungen der Gefährten zurück gewiesen, die einen bewaffneten Geleitschutz für das Herzogspaar als unabdingbar notwendig gefordert hatten. Zwei unauffällige, bescheiden gekleidete Reiter hätten keinerlei Grund sich Sorgen machen zu müssen, hatte Philipp stets argumentiert und sich unter den anfangs entgeisterten Blicken der Burgbewohner in die Kluft eines einfachen Stadtbewohners gewandet. Als daran anschließend auch noch die in derbe Männerkluft gekleidete Herzogin ihr Reittier bestiegen hatte, die man in jener Verkleidung ohne weiteres für einen zarten Jüngling hätte halten können, da hatte sich mancher unter den fassungslos staunenden Knechten gar bekreuzigt: So unglaublich war ihm der Anblick der hochgeborenen Kaisertochter aus Byzanz mit einem Mal erschienen!

Die Wochen vergingen und voller Erleichterung konnte die aufatmende Brigitta so beobachten, wie ihre Herrin tatsächlich mehr und mehr aufzublühen begann. Wie sich immer öfter ein fröhliches Lachen ihrer Kehle entrang, wie sie ausgelassen mit Philipp scherzte und wie die ungesunde Blässe auf ihren Wangen allmählich einer tief braunen Gesichtsfarbe gewichen war. Voller Stolz und Freude hatte Irene ihrer Gefährtin erst kürzlich erzählt, dass sie an Philipps Seite zu den Überresten der verbrannten Hütte geritten waren, wo ihnen im vergangenen Jahr die üblen Drohungen und Verwünschungen entgegen geschleudert worden waren. Doch nun hatten die Dorfbewohner sie freundlich empfangen und trotz ihrer einfachen Kleidung waren sie auch sofort erkannt worden. Als Irene ihnen dann – selbst zur Überraschung ihres ahnungslosen Ehemannes –

einen Golddukaten überreicht hatte, den sie zum richtigen Wiederaufbau der nur notdürftig ausgebesserten Hütte und zum Wohl des ganzen Dorfes verwenden sollten, da waren die Menschen voller Dankbarkeit vor dem jungen Paar auf die Knie gesunken. Eine solch mildtätige Geste! Nein, das hatten die Menschen noch nie erlebt! Und ausgerechnet von der Frau des Herzogs von Schwaben, der sie keineswegs daran gehindert, sondern ihr überdies mit mildem Lächeln noch beigepflichtet hatte! Unglaublich!

Wie ein Lauffeuer machte diese Begebenheit im ganzen Risstal die Runde. Der neue Herzog von Schwaben und seine erstaunliche Gemahlin. Konnte es denn wirklich und wahrhaftig möglich sein? Nach all dem, was die bisherigen Herren an drückenden Lasten auf die Schultern des gemeinen Volkes gelegt hatten? Handelte es sich um die Verkörperung einer neuen, besseren Zeit, die in Gestalt dieser beiden Menschen erschienen war?

Auch die fahrenden Sänger, die dem Herzogspaar mit klopfendem Herzen ihre Aufwartung gemacht hatten, verbreiteten das Erlebnis dieser unglaublichen Faszination, die von Philipp und im ganz besonderen Maße von der liebreizenden Irene ausging. Einer Faszination, deren man sich gar nicht entziehen konnte. Und mit welch zwiespältigen Gefühlen hatte so mancher der Minnesänger seinen Besuch begonnen! Denn immer noch verspürte der eine oder andere bei der bloßen Erinnerung, mit welch üblen Hieben man ihn von der Burg gejagt hatte, wenn einem der Vorgänger des Herzogs sein Vortrag missfallen hatte. Wie einfache daher gelaufene Spielleute und Bärenführer waren die feingeistigen Minnesänger von Philipps finsteren Brüdern oftmals behandelt worden, anstatt man sie, wie dies andernorts im Reich gepflegt wurde, mit allen Ehren empfangen und verköstigt hatte! Dazu gesellten sich die Nachrichten über die rüden Methoden, derer sich die Staufer in Italien bedient hatten: Üble Gesellen, um die man am besten einen großen Umweg machte! Und nun erlebten die Musiker mit einem Mal in Gestalt des Herzogs Philipp und dessen Gemahlin das schiere Gegenteil! Wurden mit aller Würde behandelt und erhielten beim Abschied sogar noch einen üppigen Lohn für ihre Dienste und die schönen Stunden, die sie dem jungen Paar bereitet hatten! Unfassbar! Kein Wunder, dass sich die Kunde von dem idealen Herzogspaar in Windeseile verbreitete. Nicht nur in Schwaben, nein, im ganzen Reich vernahmen die Edelfreien, Ritter und Grafen auf ihren Burgen voller Staunen die begeisterten zarten Lieder über jenes liebreizende Paar, das die Minnesänger in eine derartige Verzückung versetzt hatte.

„Ich habe Verständnis für euer Anliegen und befürworte es ohne jede Einschränkung. Demnächst schon werde ich dem Kaiser darüber Mitteilung geben und ihn bitten ebenfalls eurem Wunsche zu entsprechen. Es wird eines Boten nach Italien bedürfen, da es in absehbarer Zeit wohl nicht der Fall sein wird, dass der Kaiser, den dringende Geschäfte jenseits der Alpen festhalten, wieder nach Deutschland kommen kann um hier einen Reichstag abzuhalten." Was ihm, Philipp, durchaus gelegen kam. Denn der junge Herzog verspürte nicht im Geringsten die Sehnsucht nach einem Zusammentreffen mit seinem ihm völlig wesensfremden Bruder, und so zwinkerte er bedeutungsvoll zu Irene hinüber, die ihm mit einem angedeuteten Kopfnicken signalisierte, dass sie seine Andeutung verstanden hatte.

Die feierlich gekleideten Männer der Abordnung aus Biberach, die mit demütig gesenktem Haupt auf die Antwort des Herzogs gewartet hatten, atmeten zufrieden auf. Am Mittag waren sie auf der Burg Schweinhausen erschienen und zu ihrem großen Erstaunen auch kurz danach schon von Herzog Philipp persönlich empfangen worden um ihm direkt ihr Anliegen zu überbringen.

Nach der dankenswerterweise auf Veranlassung seines Vaters erfolgten Stadtgründung habe sich das Gemeinwesen am Flüsschen Riss in den vergangenen Jahren gewaltig entwickelt. Die zahlreichen Steinbauten sowie die wehrhafte Stadtmauer, die man in der Zwischenzeit habe errichten können, führten diese Tatsache deutlich vor Augen. Um den Schutz, den die Stadt ihren Bewohnern biete, auch auf das umliegende Gebiet und die nahen bedeutenden Handelswege ausweiten zu können, erachte es der Rat der Stadt Biberach nunmehr als geboten und richtig die Erhebung in den Rang einer freien Reichsstadt zu beantragen. Ein Anliegen, das Philipp durchaus plausibel erschien, denn wie konnte das Land besser gesichert werden, als mit Hilfe von stark befestigten, wohlhabenden Städten, die dem Kaiser und dem Reich – wie im Fall von Biberach – treu ergeben waren. Wichtige Stützpunkte, auf die man sich in Zeiten der Gefahr verlassen konnte und deren rasch wachsende Wirtschaftskraft auch gute Steuereinnahmen für das Reich versprach. Ganz im Gegensatz zum Vermögen vieler Edelfreier, deren Besitz oft genug in den letzten Jahren unter zahlreichen Söhnen aufgeteilt und zersplittert worden war. Oft genug waren sie sogar gezwungen gewesen die Öffnungsrechte ihrer stolzen Burgen zu verkaufen, ja, manche hatten sogar ihr Lehen an das Reich zurückgeben müssen und waren völlig verarmt in den Stand eines Reisigen zurück gefallen. Ganz im Gegensatz zu anderen im Gefolge der Staufer aufstrebenden Adligen – oder erst zu den Reichsstädten, die von vielen der alteingesessenen Burgherren längst als gewaltige Existenzbedrohung angesehen wurden. Was ja durchaus auch der Fall war. Aber das Reich brauchte solch mächtige und finanzstarke Städte – auch als Gegengewicht zu den teilweise widerspenstigen Grafen und Herzögen, die im Verein mit manchem Erzbischof ihr eigenes Spiel trieben ohne sich in Wahrheit um die Interessen des Reiches zu scheren, wo sie sich auf Reichstagen oft genug sogar gegen den Kaiser stellten. Deshalb war die Gründung von reichsunmittelbaren Städten schon ein wichtiger Teil der Regierungspolitik seines Vaters gewesen und aus dieser Einsicht heraus war auch Philipp dem Ansinnen der Biberacher durchaus gewogen. Zum Glück befand sich sein enger Freund und Gastgeber Heinrich von Schweinhausen gerade auf Reisen, denn diesem waren die Reichsstädte naturgemäß ein arger Dorn im Auge, und Heinrich hätte ihm mit Sicherheit heftige Vorhaltungen gemacht, wenn er Kenntnis vom Einverständnis des Herzogs erhalten hätte. Und dann noch Biberach! Ausgerechnet Biberach! Die Stadt unmittelbar zu Füßen seiner eigenen Burg!

Doch bis es für Biberach zur formellen Erhebung in den Stand einer Freien Reichsstadt kommen konnte, würde mit Sicherheit noch viel Wasser die Riss herunter fließen, dessen war sich Philipp vollkommen sicher. Da brauchte sich Freund Heinrich wohl noch auf Jahre hinaus nicht zu grämen. Der Kaiser hatte gerade weiß Gott andere Sorgen.

Erstaunlich im Übrigen in diesem Zusammenhang, dass Philipps Bruder Heinrich immer noch keine Weisungen an ihn hatte überbringen lassen. In den vorangegangenen Jahren war dies ganz anders gewesen: Ständig war er vom Kaiser mit Sonderaufgaben betraut worden, mit der Erfüllung lästiger Pflichten und mit der Durchsetzung von staufischen Ansprüchen vor allem in Oberitalien, was ihm doch immer schon ein Gräuel gewesen war! Nun gut, auch sein kaiserlicher Bruder hatte die Ansicht vertreten, es sei zunächst besser die alte Ordnung in Schwaben wieder herzustellen. Die Ordnung, die beide Brüder so sträflich vernachlässigt hatten. Aber dass ihn Heinrich so lange schon unbehelligt ließ... Der Kaiser musste in der Tat schwer beschäftigt sein – und ihm, Philipp, konnte es so gerade recht sein: Hoffentlich erreichte ihn noch lange keine Aufforderung zu einer dieser ewig langen und gefährlichen Reisen. Nein, viel lieber genoss er da die Flitterwochen mit seiner Gemahlin. Mit der aufblühenden Irene, deren glockenhelles Lachen sein Herz vor Freude schier überschlagen ließ, wenn es ertönte.

Keine zwei Tage waren vergangen, seitdem Philipp diese unbeschwerten hoffnungsvollen Gedanken geträumt hatte. Und schon war genau dies eingetreten, wovor er sich am meisten gefürchtet hatte. Ein Bote des Kaisers war auf der Burg erschienen. Ein Bote aus Italien – mit einer eindeutigen Anweisung an den Herzog von Schwaben.

So schnell wie irgend möglich habe Philipp einen schwer bewaffneten Tross von schwäbischen Adligen zusammen zu stellen und danach unverzüglich nach Italien aufzubrechen. Dort – so lautete der Auftrag – solle er sich auf Burg Foligno bei Assisi begeben und Friedrich Roger, den kleinen, noch nicht einmal drei Jahre alten Sohn des Kaisers abholen um ihn anschließend sicher zur Königskrönung nach Aachen zu geleiten.

Dem Kaiser selbst sei dies unmöglich, da er sich bereits mitten in den letzten Vorbereitungen zum Kreuzzug befinde. Auf alle Fälle vor Anbruch des Winters müsse das Kind über die Alpenpässe gebracht werden.

„Was für ein plötzlicher Entschluss! Und was für eine Wahnsinnsidee ausgerechnet jetzt zum Kreuzzug zu rüsten!“ Voller Entrüstung hatte Philipp die Weisung des Boten entgegen genommen und schwenkte das Pergament nun erregt in seinen Händen, während er in Irenes Gemach eilte, um seiner jungen Frau persönlich die ganz und gar unwillkommene Nachricht zu überbringen. Zum ersten Mal seit ihrer Eheschließung würden sie von einander getrennt sein. Und ausgerechnet am heutigen Morgen hatte ihm Irene von ihrer Schwangerschaft berichtet. Was er vor wenigen Stunden noch jubelnd zur Kenntnis genommen hatte, das bedeutete nun, dass Irene auf gar keinen Fall dazu in der Lage wäre sich auf die beschwerliche Reise über die Alpen zu begeben um ihren Mann auf seinem Zug zu begleiten!

Natürlich waren die Motive klar, die Kaiser Heinrich dazu bewogen, seinen bereits von den deutschen Fürsten zähneknirschend zum König gewählten Sohn nun so rasch wie möglich am traditionellen Krönungsort in Aachen mit allen Insignien seiner Würde auszustatten. Denn nicht erst das Beispiel des Kaisers Friedrich, ihres Vaters, hatte allen die tödlichen Gefahren, die auf einem Kreuzzug lauerten, drastisch vor Augen geführt. Auch Heinrich konnte dabei den Tod finden. Und ob den deutschen Fürsten in diesem Fall wirklich zu trauen war und sie einer Krönung des legitimen Nachfolgers nach dem Tod des Kaisers noch zustimmten? Heinrich bewegten in dieser Hinsicht die ernstesten Zweifel. Deshalb war es nun geboten, Tatsachen zu schaffen und den kleinen Friedrich Roger, den „Halbnormannen", wie die deutschen Fürsten das Kind hinter vorgehaltener Hand bezeichneten, so schnell wie möglich zu krönen. Und an Philipp war es nun diese Aufgabe zu vollenden. Ausgerechnet Philipp!

„Der Kaiser hat mir durch den Boten mitteilen lassen, dass sich erstaunlicherweise alle seefahrenden Städte Italiens am Kreuzzug beteiligen..."

„Alle?!" Irene schüttelte erstaunt den Kopf. „Wie hat er denn das bewerkstelligt? Wo er sich in der Zwischenzeit doch selbst mit seinen Kumpanen aus Pisa und Genua überworfen hat, die ihm damals den Überfall auf Sizilien erst ermöglicht haben? Das ist doch gar nicht denkbar, nachdem sie sich bis auf den heutigen Tag um ihren Anteil an der Beute streiten?"

„Es ist aber so gekommen!" Philipp breitete unglücklich die Hände aus. „Sein Reichsmarschall, Richard von Kalden, hat wirklich ganze Arbeit geleistet, seitdem er die Vorbereitungen übernommen hat. Und womöglich geht es ihnen gar nicht um eine Waffenbrüderschaft mit dem Kaiser. Ich fürchte, die Italiener haben andere Ziele im Auge. Und nicht nur die Italiener..." setzte Philipp zögernd hinzu. Wie sollte er es seiner Frau nur sagen?

Doch zu Philipps Erstaunen nickte Irene zustimmend. „Ich weiß schon, was du damit meinst. Du brauchst mich nicht zu schonen – auch ich habe mir meine Gedanken gemacht. Und diese Gedanken bringen mich zum selben Ergebnis. Sowohl der Kaiser als auch die Italiener: In Wirklichkeit spekulieren sie alle auf die Eroberung von Byzanz. Nachdem wir kürzlich ja erfahren mussten, dass sich dein Bruder mit dem herrschenden Basileus, mit dem Umstürzler Alexios, verständigt hat. Nachdem dieser gewaltige Tributzahlungen versprochen hat um an der Macht bleiben zu können, hat er seinen Gegner somit andererseits ja bestätigt, wie schwach er sich fühlt. Und dass er niemals imstande sein wird eine Belagerung lange zu überstehen. Nein, er hat ihnen damit den entscheidenden Hinweis in die Hände gespielt, dass ein Überfall ohne Risiko stattfinden kann. Und den Papst haben sie mit ihrem vorgeblichen Kreuzzug auch auf ihre Seite gebracht! Nein Philipp, ich habe schon verstanden…“

Philipp trat einen Schritt vor und nahm seine junge Gemahlin zärtlich in die Arme. „Ich glaube, du liegst richtig mit deiner Befürchtung. So oft er auch betont, sein wichtigstes Ziel sei die Rückeroberung Jerusalems. Es lasse ihn nicht ruhen, seit die heilige Stadt im Jahr 1187 an Sultan Saladin gefallen ist. Er wolle das Werk unseres Vaters vollenden – jetzt, nach Saladins Tod…“

Der Herzog atmete tief durch, bevor er mit ernsten Worten weitersprach. „Es geht ihnen – leider – zuallererst um Byzanz und seine unermesslichen Schätze. Leider! Und dass auf diesem Kriegszug ernsthafte Gefahr für das Leben des Kaisers besteht – auch das liegt auf der Hand. Es gibt viele Menschen, die ihm nach dem Leben trachten. Zu viele Rechnungen sind offen, zu viele Wunden noch immer unverheilt! Seit den unseligen Zeiten, in denen die Rache meines Vaters über Mailand gekommen ist. Ein fürchterliches Gemetzel, das die Menschen in Italien niemals vergessen werden, sondern das sie auf ewige Zeiten mit dem Namen der Staufer in Verbindung bringen. Als Frauen, Kinder und Greise geblendet worden sind, als alle Männer Mailands erschlagen worden sind wie räudige Hunde. Genauso der Verrat meines Bruders an Tusculum: Auf ewig wird uns diese Schande anhaften…“

Nun war es an Irene ihren traurigen Gemahl zu trösten. „Aber du bist doch unschuldig. Was kannst du dafür, wenn es doch dein Vater und dein Bruder waren, die diese Taten begangen haben…"

„Mein Vater und mein Bruder…" Philipp lachte bitter. „Auch ich bin einer der Staufer – und ich handele in ihrem Namen. Vergiss nicht, wie auch du mir noch vor Jahren entgegen getreten bist – als einem Bruder des verheerenden Sturms aus dem Norden, als… einem der Barbaren!"

Es verging eine lange Weile, in der kein Wort in der Kammer fiel. Traurig hingen die beiden jungen Eheleute ihren kummervollen Gedanken nach.

Schließlich war es Irene, die sich vorsichtig räusperte. „Es werden sicher lange Wochen der Trennung werden. Lange und gefahrvolle Wochen. Doch bedenke: Dann, wenn ich dich endlich wieder in meine Arme schließen werde, dann wird unser Kind bald schon geboren werden. Unser gemeinsames Kind – die Frucht unserer Liebe. Unsere Hoffnung. Alles wird gut!"

Philipp erhob sich mit einem tiefen Seufzer. Nur allzu deutlich war ihm bewusst, wie lange die Trennung in Wirklichkeit währen würde. Und dass sein Kind vielleicht sogar schon geboren sein würde, bis er es schaffte hoffentlich unversehrt zu Irene zurück zu kehren. Mindestens 30 Tage für die Hinreise musste er einplanen, eben so viele Tage für die Rückreise nach Deutschland. Aber nur, wenn in den Alpen alles nach Plan verlaufen würde – immerhin fände die Rückkehr erst im Oktober statt. Frühestens! Voller Schaudern erinnerte sich der Herzog an den Wintereinbruch am Brenner, als er auf seiner letzten Italienreise mitten im Sommer fast metertief im Schnee gesteckt hatte und tagelang kein Vorankommen mehr möglich gewesen war. Schlimmer noch: Wieder und wieder hatten sich im Schutz der finsteren Nacht Räuber und anderes Gesindel an den Tross herangeschlichen und manchen Schläfer ausgeraubt. Diejenigen, die in tiefen Schlaf versunken von dem Diebstahl nicht das Geringste mitbekommen hatten, konnten am nächsten Morgen von Glück sagen. Für viele andere hatte das Erwachen den Tod bedeutet. Im selben Augenblick, als sie voller Verwunderung die Augen geöffnet hatten, war auch schon der Dolch der Mörder eiskalt in ihr Herz gefahren.

Zwei Monate also würden sie mindestens benötigen – allein für die Reise hin und zurück, und dazu gesellte sich dann ja auch noch der Aufenthalt in Italien, für den er auf alle Fälle einige weitere Tage berücksichtigen musste. Der Winter würde also in Deutschland längst Einzug gehalten haben, wenn sie die Alpen wieder unversehrt überwunden hätten. Aber dann ginge es ja ungesäumt weiter – hoch in den Nordwesten des Reiches, nach Aachen, dem Krönungsort, der ihnen seit Jahrhunderten schon, seit den Zeiten des großen Kaisers Karl, dem Begründer des Reiches, als heilig galt. Und dazuhin als einzig legitimer Krönungsort für einen deutschen König.

Während Philipp anschließend an seine Unterredung mit Irene voller Sorge und Anspannung in den großen Festsaal der Burg eilte um dort seinen Schreibern die entsprechenden Aufforderungen an die schwäbischen Adligen zu diktieren, ihn auf dem gefahrvollen Zug über die Alpen zu begleiten, zog sich Irene in die Burgkapelle zurück. Hier, an diesem ihr längst vertraut gewordenen Ort, hoffte sie Trost im Gebet zu finden. Trost und Zuversicht, die es ihr ermöglichten die furchtsamen Gedanken zurückzudrängen, die sich schon wieder bleischwer und unheildrohend über ihr Denken zu legen schienen.

23

Es war ein imposanter Zug, der sich langsam und feierlich auf dem Weg von der Stammburg der Staufer hinunter ins Tal zog. Hunderte von Reitern mochten es sein, die sich dem Herzogspaar voller Stolz präsentierten. Und jeder von ihnen war sich der Würde des Augenblicks bewusst, welch einzigartige Auszeichnung es für sie bedeutete unter der stolzen Flagge des staufischen Löwen nach Italien zu ziehen um dort den kleinen Sohn des Kaisers in Empfang zu nehmen und ihn sicher zu seiner Krönung nach Aachen zu geleiten. Allen Gefahren zum Trotz, die dort auf sie lauerten, doch solche Überlegungen spielten jetzt keine Rolle mehr. Genauso wenig wie die Tatsache, dass sie sich oft schon in vertrauter Runde verächtlich über Friedrich Roger, den Sohn des Kaisers, geäußert hatten, über den Halbnormannen, das einzige Kind von Kaiser Heinrich und seiner Normannenfrau Konstanze. Kein einziges Wort in der deutschen Sprache habe die stolze und selbstbewusste Normannin ihrem Sohn bislang beibringen lassen, hatte es zum maßlosen Ingrimm vor allem der engsten staufischen Gefolgsleute bisher geheißen, doch der Ärger war nun Vergangenheit: Jetzt würden sie ihn nach Aachen bringen und zu ihrem König krönen lassen. Mit dieser feierlichen Salbung, vollzogen durch den Erzbischof von Köln, wäre jener Friedrich Roger dann vor Gott und den Menschen endgültig zum legitimen Nachfolger und Mitkönig seines Vaters bestimmt, der mit dieser Maßnahme ganz gegen sein sonstiges Naturell wirklich einmal umsichtig und vorausschauend agierte. Denn falls Heinrich auf dem Kreuzzug tatsächlich den Tod fände, dann wäre Friedrich Roger ihr neuer König. Ein König, dessen Erziehung von nun an in ihren Händen lag. Man würde ihm die deutsche Sprache also rasch beibringen. Erst einmal aber galt es nun ihn sicher aus Italien hierher zu holen. Was freilich kein Problem darstellen sollte – angesichts der sage und schreibe staunenswerten Zahl von 300 schwäbischen Rittern, die Philipp auf diesem Zug begleiteten. Vorbehaltlos, ohne jedes Zögern, hatten sie sich auf den Weg zum Hohenstaufen begeben, als die Boten mit Philipps Aufforderung zum Lehensdienst auf ihren Burgen erschienen waren, damit sie an die Seite des von ihnen so sehr verehrten jungen Herzogs eilten. Ein deutlicheres Zeichen ihrer Ergebenheit hätte sich Philipp gar nicht wünschen können. Ein Zeichen auch dafür, wie hoch gerade in den schwäbischen Stammlanden auch die Erwartungen waren, die in den Bruder des Kaisers gesetzt wurden.

Nur ungern hatte Irene von Burg Schweinhausen Abschied genommen, um sich von Philipp auf das Stammschloss seines Geschlechts, auf den Hohenstaufen mit seiner mächtigen und wehrhaften Burg, bringen zu lassen. Am liebsten hätte sie ihren Gemahl auf dem Zug nach Italien begleitet, doch ihre Schwangerschaft stand diesem Wunsch entgegen. Die Strapazen der langen Reise wären für das ungeborene Kind einfach zu gefährlich geworden. Eigentlich hatte Irene in Schweinhausen bleiben wollen, das ihr in den vergangenen Jahren schon zu einer Art zweiten Heimat geworden war. Doch von Philipp war dieses Ansinnen entschieden zurückgewiesen worden. Nachdem auch der Burgherr selbst, also Heinrich von Schweinhausen, samt einigen von dessen Lehensleuten, den Italienzug mit anführen wollten, war Philipp zu dem Entschluss gekommen sie auf den Hohenstaufen zu geleiten, wo er sie in jedem Fall wesentlich sicherer wähnte, als beispielsweise in der von seiner Familie oft besuchten Pfalz in Wimpfen über dem Neckartal, wohin Irene sich lieber zurück gezogen hätte. Doch die Zeiten waren nach wie vor gefahrvoll – und deshalb sah Philipp seine Gemahlin auf dem Hohenstaufen am besten geschützt, nachdem der Trifels von vornherein nicht in Frage kam. Denn dort wurden noch immer einige der normannischen Geiseln festgehalten, die man vor Jahren zusammen mit Irene ins Reich verschleppt hatte. Solche Überlegungen freilich brauchten erst gar nicht bis zu seiner Gemahlin vorzudringen. Auch wenn es sie alles andere als glücklich stimmte womöglich Monate auf der düsteren kalten Burg verbringen zu müssen, in der dazuhin das Erbe ausgerechnet jener Männer hoch gehalten wurde, die so viel Leid und Elend über Italien gebracht hatten: Schließlich beugte sie sich widerstrebend dem Willen ihres Mannes, dem es schließlich in allererster Linie um ihre Sicherheit zu tun war.

Wie gefährlich sich die Zeiten jedoch immer noch darstellten – und dies sogar selbst für das gut bewachte Herzogspaar – das machte ihr unmittelbar danach aber die Tatsache deutlich, dass Philipp und dessen Begleitung nicht den direkten Weg zum Hohenstaufen nahmen, sondern mehrfach große Umwege machten. Vor allem zu einem knappen halben Dutzend der in den letzten Jahrzehnten neu entstandenen Städte hielten sie vorsichtige Distanz. Zu den unsicheren „stinkenden Rattenlöchern", wie sich Heinrich von Schweinhausen voller Ingrimm äußerte, als vor seinen Augen wieder einmal die rasch in den Himmel wachsenden hohen Türme einer Stadt auftauchten. „Stadtluft macht frei – von wegen!", knurrte er verdrießlich, während er unsanft an den Zügeln seines Pferdes zog. „Ihr eigenes Spiel treiben sie darin und kümmern sich keinen Deut mehr um die alte Ordnung! Verstehe die Staufer in dieser Hinsicht, wer will! Mir wird es immer ein Rätsel bleiben, weshalb sie diese Nattern an ihrem Busen nähren, die ihnen doch eines Tages zum Verhängnis werden können!" Damit hieb er die Hacken heftig in die Flanken des überrascht und schmerzvoll aufwiehernden Pferdes, das nun in wildem Galopp nach vorne schoss.

Kurz vor ihrer Ankunft auf dem Hohenstaufen waren Philipp und Irene an einem halb zerfallenen Schlösschen vorbei gekommen, das auf einer kleinen Anhöhe inmitten einer Lichtung lag. „Schau," Philipp streckte seinen Arm weit aus, während ein warmes Lächeln um seine Züge spielte. „Das ist die Stammburg unseres Geschlechts. Hier hat mein Urahn, der erste Herzog von Schwaben, gewohnt, der sich ursprünglich noch nach seinem Vater, dem Riesgrafen, von Büren genannt hat. Nach der Bezeichnung dieses Ortes. Friedrich von Büren also, der dann das Kloster in Lorch gegründet hat, er war es auch, der später unsere mächtige Burg auf dem Berg Staufen hat erbauen lassen – weshalb wir uns seitdem nach diesem Berg benennen: Staufen." Angestrengt spähte er durch den dichten jungen Buchenwald. „Dort vorne müssten wir den Hohenstaufen eigentlich erblicken können – eigentlich schade, dass der Wald hier alles zugewuchert hat. Wobei es vielleicht sogar absichtlich so gekommen ist," setzte er mit amüsiertem Grinsen noch hinzu.

„Absichtlich?" Irene konnte sich keinerlei Reim auf diese Andeutung machen. „Seit wann lässt ein Burgherr absichtlich Gestrüpp und Bäume wachsen und bringt sich damit um die Möglichkeit das Land in weitem Umkreis überwachen zu können?"

„Ganz einfach," lachte Philipp. „Wenn es so ist, wie die Gerüchte besagen, dann geschah dies durch den Willen des alten Rotbart, meines Vaters, der sich mit seiner Geliebten des Öfteren hierher in das alte kleine Schloss zurückgezogen hat. Und je weniger neugierige Augen die im Wald verborgene Anlage erblicken konnten, umso besser schien sie ihm als heimliches Liebesnest geeignet..."

„Das ist ja...ungeheuerlich," schüttelte Irene empört den Kopf. „Und du... lachst noch dazu!"

„Halb so schlimm," hob Philipp entschuldigend die Hände in die Höhe. „Es ist – zumindest wenn man mir die Wahrheit gesagt hat – erst nach dem Tod der Kaiserin Beatrix, unserer Mutter, dazu gekommen. Und nachdem, wie du dir denken kannst, die halbe Welt meinen Vater wieder mit einer Dame von adligem Geblüt hat verheiraten wollen, hat er sich in seiner Not eben manches Mal heimlich hier versteckt. Samt seiner Gefährtin, einer einfachen Frau aus dem Volk übrigens. Sagt die Legende..."

„Ach so!" In gespieltem Tadel hob Irene den Zeigefinger. „Das hättest du mir ja gleich sagen können... Aber wie auch immer: Es muss wirklich ein hübsches kleines Schloss gewesen sein. Man kann es auch jetzt noch ahnen..."

„...und deshalb werde ich es nach meiner hoffentlich raschen Rückkehr zu einem Jagdschloss ausbauen lassen. Nur für dich und mich! Sodass wir uns immer dann, wenn wir das Bedürfnis haben ungestört zu sein, hierher zurückziehen können. Einverstanden?"

„Einverstanden!", jubelte Irene ausgelassen und drückte einen innigen Kuss auf die Wange ihres Mannes.

„Und von hier aus kannst du jetzt tatsächlich den Staufen sehen," deutete Philipp wenig später nach vorne, als sie um eine Wegbiegung gelangt waren, wo der Jungwald deutlich lichter war.

Der Hohenstaufen. Ein kühler Schauder kroch Irene beim Anblick der mächtigen düsteren Burg auf dem hoch aufragenden Bergkegel über den Rücken. Hier also würde sie die nächsten Monate verbringen müssen. Und hier, auf dem Stammschloss der in früheren Jahren doch von ihr so gefürchteten Staufer, würde sie womöglich auch ihr Kind zur Welt bringen. Ihren Sohn. Philipps Sohn. Schweigend und tief in ernste Gedanken versunken ritten sie weiter: dem Hohenstaufen entgegen – und ihrer alsbaldigen Trennung.

Die Wochen nach der Ankunft der Herzogin verliefen ruhig und ereignislos. Doch manchmal, so erzählten es die in der Umgebung des alten Schlosses wohnenden leibeigenen Bauern, konnten sie an einem der noch warmen und lichtdurchfluteten Septembertage zwei Frauen beobachten, die vom Staufen kommend, das schadhafte Gebäude offenbar einem genaueren Augenschein unterzogen. Die wenigen stark bewaffneten Männer, die sie begleitet hatten, waren einstweilen am Tor der Umfassungsmauer zurückgeblieben um dort solange aufmerksam Wache zu halten bis die Frauen wieder erschienen. Während die eine der beiden adeligen Damen vielleicht um die 25 Jahre zählte, dürfte die andere noch nicht einmal das Alter von 20 Jahren erreicht haben. Bei der letzteren handelte es sich um eine zierliche junge Frau mit dunklem schwarzen Haar und einem anmutigen Äußeren, deren Gesichtszüge den hier lebenden Menschen irgendwie fremd erschienen. Orientalisch, nannten es die Älteren unter ihnen. Ein Erscheinungsbild, wie man es von der jungen Herzogin berichtete, die sich seit diesem Sommer auf dem nahen Hohenstaufen aufhielt und dort voller Sehnsucht die Rückkehr ihres Ehemannes erwartete. Doch wenig später schon sollten die Dinge eine dramatische Wendung nehmen...

24

Es geschah gegen Ende Oktober des Jahres 1197. Noch immer war keine Nachricht von Philipp und seinem Gefolge auf dem Hohenstaufen eingetroffen. Ob ihm sein Vorhaben geglückt war. Ob er in Foligno den kleinen Sohn des Kaisers angetroffen hatte. Ob er überhaupt schon bis in die Gegend von Assisi vorgedrungen war. Die Witterung schien günstig – zumindest nördlich der Alpen, wo erst am heutigen Tag etwas Schnee gefallen war, der das Land mit einer zarten Puderschicht bedeckte, die den Reisenden freilich keinerlei Probleme bereiten konnte. Alle Anzeichen schienen also darauf hinzudeuten, dass sie schon bald mit der Rückkehr Philipps rechnen konnten. Und mit der sich daran anschließenden baldigen Weiterreise nach Aachen, zur Krönung des kleinen Friedrich Roger. Es konnte sich eigentlich nur noch um wenige Tage handeln. Zumindest, bis ein voraus geschickter Bote Irene die Nachricht von der alsbaldigen Ankunft des Herzogs überbringen würde...

„Entschuldigt, Herrin," Brigitta von Gundelfingen räusperte sich vorsichtig, um Irene, die anscheinend tief in Gedanken versunken war nicht zu erschrecken.

Dennoch zuckte die junge Herzogin kurz zusammen, bevor sie sich neugierig umwandte und Brigitta erkannte, der sie ein warmes Lächeln schenkte. „Ach du bist es, Brigitta! Irgendwie war ich mit meinen Gedanken gerade ganz weit weg... Was gibt es, was du mir sagen willst?" Merkwürdig! Brigitta hatte die Stirn in ernste Falten gelegt und schien nicht so Recht zu wissen, wie sie sich ausdrücken sollte. Was doch ganz und gar nicht ihrem fröhlichen und unbekümmerten Wesen entsprach, das sie ansonsten an den Tag legte!

„Was ist denn, Brigitta? Gibt es etwas, das dich bedrückt?" Irene hatte sich erhoben und legte zärtlich ihre Rechte um Brigittas Schultern. „Nun sag schon: Wie kann ich dir helfen?"

„Es ist...es sind...ich meine..." Immer noch schien die junge Schwäbin unsicher, wie sie sich Irene gegenüber am besten ausdrücken sollte. Dann endlich schien sie sich ein Herz gefasst zu haben und nahm die junge Herzogin sorgenvoll in ihr Visier. „Herrin, ein Bote ist eingetroffen. Ihr hättet das Signal von seiner Ankunft eigentlich hören müssen, aber anscheinend ward Ihr tatsächlich zu tief in eigene Gedanken…“

Ein Bote? Womöglich die lang ersehnte Nachricht von Philipp?! Ein heißer Strahl schoss durch Irenes Körper. Mit einer ungeduldigen Handbewegung unterbrach sie die andere. „Nun sag schon! Gibt es Neuigkeiten vom Herzog? Kommt er also bald zurück?“

Wieder schlug Brigitta die Augen nieder. „Nein Herrin…Leider… Es sind andere Nachrichten…“ Wieder geriet sie ins Stocken, während Irene voller Ungeduld in die Hände klatschte.

„Jetzt rede endlich!“ Was war nur mit Brigitta? Weshalb druckste sie so herum? Handelte es sich…war womöglich… Eiskalt breitete sich die Furcht über ihr ganzes Denken. Nein! Unmöglich! Es konnte nicht sein und es durfte auch nicht sein! „Sprich!“, befahl sie der Gundelfingerin energisch.

„Der Kaiser ist gestorben!“

„Was?!“ Im ersten Augenblick vermeinte Irene sich verhört zu haben. „Der Kaiser?! Heinrich?! Gestorben?! Unmöglich!“ In der Tat schien die Mitteilung ihr äußerst unwahrscheinlich. Der Kaiser, ihr Schwager. Philipps älterer Bruder. Er war doch gerade erst 32 Jahre alt. Im besten Mannesalter, wie man sagte! Wie konnte es also möglich sein? Der Kreuzzug stand erst noch bevor. Ein Anschlag vielleicht? „Ist das wahr? Der Kaiser ist tatsächlich tot?“

„So ist es, Herrin. Am 28. September ist er in Messina gestorben. Jedoch nicht durch die Hand eines Feindes, sagt man…“

Kaum fassbare Nachrichten waren es, die der Bote an diesem Tag auf den Hohenstaufen gebracht hatte. Kaiser Heinrich war tatsächlich gestorben, auf seinem Lager einer heftigen Fieberattacke erlegen. Niedergestreckt von jener Krankheit, die er schon seit seinem unglückseligen Feldzug vor vielen Jahren in den Fiebersümpfen vor Neapel in sich getragen hatte: Malaria. Immer wieder war das Fieber seitdem bei ihm ausgebrochen, doch seinen Ärzten war es jedes Mal gelungen ihn wieder gesund zu pflegen. Nicht so in diesem Herbst. Dieses Mal hatte ihn die Krankheit besiegt. Gleich nach seinem Tod freilich waren Gerüchte aufgetaucht, die den Malariatod in Zweifel zogen. Vielmehr müsse Gift im Spiel gewesen sein. Gift, das ihm die Kaiserin persönlich verabreicht habe. Aus Hass und Rache, die sie schon lange im Herzen trug. Niemals habe Kaiserin Konstanze ihrem Mann verziehen, wie er bei seinem Strafgericht unter den normannischen Edelleuten gewütet hatte: ihren engen Verwandten. Jahrelang habe sie auf den richtigen Zeitpunkt gewartet um sich zu rächen. Und wem sonst, außer Konstanze, sei es möglich gewesen den Kaiser zu vergiften? Denn auch die Speisen des Kaiserpaares wurden ja grundsätzlich von einem Vorkoster probiert, bevor man sie Heinrich und Konstanze vorsetzte.

Doch während sich die Befürworter der Giftmordthese noch mit jenen erregte Diskussionen lieferten, die klipp und klar darauf verwiesen, dass es sich um nichts Anderes als einen starken Malariaschub gehandelt haben könne, brach bei der Nachricht von Heinrichs Tod in ganz Italien ein gewaltiger Aufstand los.

Als Gottesurteil bezeichneten die Italiener und die überlebenden Normannen das Ende des verhassten Kaisers. Ein Fingerzeig des Herrn, der Heinrich für seine Taten endlich bestraft hatte. Das Zeichen zu Erhebung. Sie würden das Joch der Unterdrücker nun abwerfen und die deutschen Besatzer endlich wieder dorthin zurück treiben, von wo sie gekommen waren: über die Alpen. Oder noch besser: Man würde sie umbringen. So viele, wie man ihrer habhaft werden konnte. Denn erst mit dem Tod ginge wirklich keine Gefahr von den Barbaren mehr aus.

Es waren die Konsequenzen aus diesem Aufstand, die Irene auf das Heftigste beunruhigten. Denn allem Anschein nach war es ihrem Mann Philipp nicht gelungen, Burg Foligno bei Assisi, den Aufenthaltsort des kleinen Friedrich Roger tatsächlich zu erreichen. Was ihm vielleicht sogar das Leben gerettet hatte.

Nahezu täglich trafen von nun an neue Boten auf dem Hohenstaufen ein. Boten, die allesamt nur unheilvolle Nachrichten zu vermelden hatten. Denn den Bürgern von Assisi war es mittlerweile gelungen Burg Foligno zu erstürmen und Friedrich Roger als Geisel in ihre Hand zu bekommen. Wenn nicht der Papst auf Bitten der zu Tode erschrockenen Konstanze, die sich zu dieser Zeit in Sizilien aufhielt, das Kind unter seinen persönlichen Schutz gestellt hätte, es wäre das sichere Ende für den Sohn des verstorbenen Kaisers gewesen. Erst auf Anordnung des Papstes erklärten sich die Leute bereit den zweieinhalb-jährigen Knaben an seine Mutter nach Palermo auszuliefern, wo Konstanze nun verzweifelt versuchte wenigstens in Sizilien das Königreich für sich und Friedrich Roger zu sichern. Es sollte ihr freilich nicht mehr gelingen. Ein Jahr nach dem Tod des Kaisers starb auch sie, nachdem Friedrich Roger zwar noch zum König von Sizilien gekrönt worden war, dessen gesamtes Tun und Handeln jedoch unter der Vormundschaft des Papstes stand. Und auch die überlebenden Normannen agierten von Tag zu Tag wieder selbstbewusster – und dachten nicht im Entferntesten daran, sich der Regentschaft eines halben Deutschen zu unterwerfen.

Vielleicht hatte die Tatsache Philipps Leben gerettet, dass ein plötzlicher starker Wintereinbruch in den mittelitalienischen Bergen seinen Vormarsch auf Foligno behindert hatte. Mit seinen 300 schwäbischen Rittern war er an der ligurischen Küste herunter nach Süden gezogen um schließlich über Orvieto nach Foligno zu gelangen. Doch auf Burg Montefiascone, in der Nähe des Sees von Bolsena, steckten sie dann für einige Tage fest: Zu ihrem Glück, denn in der Zwischenzeit war überall in Italien der Aufstand losgebrochen.

Aufgrund der völligen Anarchie, die dadurch Einzug gehalten hatte, blieb ihnen nichts Anderes übrig, als ihr Vorhaben aufzugeben, zumal auch sie Kenntnis davon erhielten, dass sich Friedrich Roger in Gefangenschaft befand. Aus Sicherheitsgründen teilten sie sich in mehrere Gruppen auf und wollten so versuchen, möglichst unbehelligt nach Deutschland zurückzukehren. Die großen Städte wie beispielsweise Mailand, würden sie tunlichst meiden. Urplötzlich hatte sich der stolze feierliche Zug des schwäbischen Herzogs nach Italien in eine gefahrvolle, lebensbedrohliche Flucht durch Feindesland verwandelt, auf der zahlreiche Männer aus seinem Gefolge den Tod fanden. Das waren die letzten Nachrichten über Philipp, die für geraume Zeit auf dem Hohenstaufen eintrafen.

Voller Angst und Kummer hatte sich Irene daraufhin völlig vom Leben auf der Burg zurückgezogen. Nein, es wäre ihr sicheres Ende, wenn Philipp etwas zustoßen würde! Es war zu viel, viel zu viel, was in den letzten Jahren auf die erst 17-jährige an Leid und Schrecken hereingebrochen war. Sie wollte Philipp nicht verlieren – nicht wieder verlieren, wie damals ihren jungen, ersten Mann, den unglücklichen Roger! Kaum hatte sie das Glück noch ein weiteres Mal verspürt, da durfte es nicht schon wieder zu Ende sein!

Schon früh am Morgen, vor der Prima, vor der sechsten Stunde, begab sich Irene trotz der Kälte und trotz ihrer Schwangerschaft nur mit einem einfachen Büßergewand aus Sackleinen bekleidet, in die düstere Burgkapelle des Hohenstaufen. Sogar ihrer treuen Gefährtin Brigitta hatte sie anfangs verwehrt ihr Beistand zu leisten. Erst müsse sie mit sich ins Reine kommen, hatte sie Brigitta schließlich auseinander gesetzt. Sie sei erschrocken über sich selbst und müsse nun deshalb eine selbst auferlegte Buße verrichten. Denn sie habe vom Tod eines Menschen gehört und dabei keinerlei Gefühlsregung gezeigt. Im Gegenteil sogar: Fast schon zufrieden habe sie die Nachricht von Kaiser Heinrichs Ende zur Kenntnis genommen! Eine Ungeheuerlichkeit für jeden frommen Christenmenschen! Und dennoch: Es sei ihr einfach nicht möglich um den grausamen Heinrich zu trauern.

Niemals könne sie seine Taten vergessen. Und so sehr in der Heiligen Schrift auch von Vergebung und Ausgleich die Rede sei, tief in ihrem Inneren verspüre sie immer noch diese Erleichterung, dass das Leben des grausamen Heinrich zu Ende sei. Aus welcher Ursache auch immer.

Doch da es sich bei solchen Gedanken um eine schwere Sünde handle, habe sie Buße zu tun. Bis weit in die Nacht hinein währten ihre Gebete, selbst der zutiefst um die schwache Gesundheit der Schwangeren besorgten Brigitta gelang es erst Tage später, Irene zu begleiten und ihren Aufenthalt in der Burgkapelle zu verkürzen.

Noch aber waren es täglich mehrere Stunden, in denen die tiefgläubige Irene im Gebet verharrte. Stunden, in denen sie sich mit flehentlichen Bitten an den Herrgott wandte, dass er Philipps Leben schützen und bewahren möge.

25

Es wurde ein frostklirrender, von Angst und düsteren Vorahnungen erfüllter Winter.

Und dies ausgerechnet zu einem Zeitpunkt, wo sich die Dinge im Reich doch endlich Zug um Zug zögernd zum besseren zu wenden schienen!

Erst in der Mitte des Monats Dezember war es Philipp gelungen unversehrt auf den Hohenstaufen zurückzukehren und dort seine über die Maßen glückliche hochschwangere Gemahlin wieder in die Arme zu schließen. Unversehrt? Abgemagert bis auf die Knochen, zerlumpt und leichenblass: Das war das erschreckende Bild, wie sich der junge Herzog den entsetzten Leuten auf dem Staufen in Wirklichkeit präsentierte. Welcher Fremde wäre bei diesem jammervollen Anblick auf den Gedanken verfallen, dass in Gestalt dieses abgerissenen Landfahrers in Wirklichkeit der mächtige Herzog von Schwaben vor ihm stünde? Nur mit wenigen seiner engsten Gefährten war es Philipp gelungen sich auf mühevollen Nachtmärschen über die Alpen zu kämpfen. Die meisten von ihnen waren heimtückischen Überfällen zum Opfer gefallen, waren in den Fiebersümpfen der Poebene versunken und Krankheiten wie der Ruhr oder der Malaria erlegen. Noch zu Beginn ihrer Alpenüberquerung dürfte ihre Zahl bei etwa 50 Personen gelegen haben, die in drei Gruppen versuchten, die streng bewachten Pässe zu überwinden. Doch ihre unzureichende Kleidung sowie die Tatsache, dass sie bei Temperaturen unterhalb des Gefrierpunkts oft genug im Freien übernachten mussten, weil der Situation in den Herbergen nicht zu trauen war, hatte ihre Zahl weiter dezimiert. Nur knapp zwei Dutzend von ihnen schafften es mit knapper Not bis auf die nördliche Seite der Alpen. Krank und bis tief in ihr Innerstes gedemütigt! Auch Philipp hatte sich eine schwere Bronchitis zugezogen, die ihn nun wochenlang auf das Lager streckte, während seine Ärzte voller Sorge auf die schwache Konstitution verwiesen, die ihr Herzog schon seit seiner Kindheit besaß. Wie die meisten Staufer war er von zartem Körperbau und alles andere als ein starker Recke, wie die fahrenden Sänger dieses

Idealbild eines deutschen Ritters dem staunenden Volk im ganzen Land zu Ohren brachten.

Woche um Woche spitzte sich die Situation immer dramatischer zu. Und ausgerechnet jetzt lag der Herzog schwer krank darnieder, anstatt sich persönlich um die Ordnung im Reich kümmern zu können, die schon in eine schwere Schieflage geraten war, wie die Boten aus allen Teilen Deutschlands vermeldeten – von Italien gar nicht erst zu reden.

Und nun war Anfang Januar, gleich nach dem Dreikönigstag, auch noch der hochbetagte Papst Coelestin gestorben. Zu seinem Nachfolger hatten die Kardinäle ausgerechnet den Italiener Lothar von Segni gewählt, den erst 37 Jahre alten Bruder des Grafen von Segni. Als Innozenz III. bestieg dieser nun den Stuhl Petri. Ein Unsicherheitsfaktor mehr, denn bei welchem italienischen Adligen durften die Staufer angesichts der kollektiven Erhebung gegen ihre Herrschaft überhaupt noch auf Unterstützung hoffen. Es hatte nur weniger Wochen bedurft, bis das gesamte Reich der Staufer in Trümmern lag. Das größte Reich, das die Deutschen jemals gesehen hatten, wie sich Philipp voller Bitterkeit an die stolzen Aussprüche des verstorbenen Kaisers zurück erinnerte. So viele Kriege, so viel Leid und Zerstörung, das diese Expansion mit sich gebracht hatte! Wofür nur? Wofür?!

Zumindest Italien, so viel stand für den sich nur zögernd von der Krankheit erholenden Philipp fest, Italien war verloren. Ein für alle Mal für das Reich und erst recht für die verhassten Staufer verloren! Nur einem einzigen Ziel konnten seine Bemühungen jetzt noch gelten: Das Reich jenseits der Alpen nicht in Anarchie und Chaos versinken zu lassen! Den angsterfüllten Menschen neue Hoffnung zu geben! Doch das war leichter gesagt, als getan! Wie sollte er es nur bewerkstelligen? Wie viele seiner engen Gefährten hatten auf dem Rückzug aus Italien ihr Leben lassen müssen! Männer, die er als Ratgeber und Ordnungshüter nun dringend an seiner Seite gebraucht hätte.

Mehr und mehr schien das Volk von einer Art kollektiver Panik ergriffen, die Angst und Schrecken über die Menschen brachte. Schon war die Rede von einem neuen Krieg, der sich bereits am Horizont abzuzeichnen beginne. Und wie ein Lauffeuer verbreitete sich im ganzen Reich die

Kunde, dass den Menschen an der Mosel Dietrich von Bern erschienen sei. Der gewaltige Recke aus einer glorreichen Vergangenheit, die auf dem Scheiterhaufen von Elend und Not in Flammen versunken sei. Auf einem riesigen schwarzen Ross sei er Unheil verkündend über das Land gejagt. Als düsterer Rächer und Verkünder einer düsteren Zukunft. Ein fürchterlicher Krieg würde die Folge sein. Und das Land hatte keinen König!

Der Einzige, den die deutschen Fürsten ohne jede Begeisterung zum König gewählt hatten, das war ja jener Friedrich Roger, der dreijährige Halbnormanne, der sich samt seiner normannischen Mutter in Palermo aufhielt – von den sizilianischen Baronen wohl eher als Faustpfand betrachtet denn als König von Sizilien. Und schon gar nicht handelte es sich bei dem Jungen um den Deutschen König. Denn es war ja nicht gelungen ihn zur Salbung und Königskrönung nach Aachen zu schaffen. Und somit brauchte man ihm von Seiten der deutschen Fürsten auch nicht als König zu huldigen. Nachdem schon die Wahl des Winzlings nur auf den Druck des Kaisers hin erfolgt war. In der Tat hatte sich also die düstere Vorahnung seines kaiserlichen Vaters erfüllt, der deshalb so sehr auf eine rasche offizielle Königskrönung in Aachen gedrängt hatte. Zu spät!

Wer also war der neue König? Es konnte nur einen geben! Wieder und wieder brachten Philipps enge Gefolgsleute den Namen ins Spiel! Seinen Namen! Niemand anderer als Philipp selbst, der Sohn des Kaisers Rotbart, der Bruder des verstorbenen Kaisers Heinrich, musste nun rasch zu ihrem neuen Regenten erhoben werden! So sehr sich der junge Herzog auch dagegen sträubte. So oft er auch darauf verwies, wie liebend gerne er doch die geistliche Laufbahn eingeschlagen hätte und wie er sich nur widerwillig den familiären Zwängen gebeugt und schließlich das Amt des Herzogs in Schwaben angenommen hatte. Weshalb er? Weshalb fragten sie nicht seinen älteren Bruder Otto, den Herzog von Burgund? Doch Philipp erntete mit diesem Einwand nur ein leidvolles Lächeln seiner Ratgeber. Er wisse ganz genau, wie wenig sein Bruder und dessen an den Tag gelegter Lebenswandel mit der Würde eines deutschen Königs in Einklang zu bringen sei. Nein, selbst der jähzornige aber stets auf ein klares Ziel hin orientierte Heinrich sei da – bei all seiner Brutalität und Rücksichtslosigkeit – ein ganz anderer Herrscher gewesen.

Ganz gegen ihre sonstigen Gepflogenheiten hatte sich sogar die kurz vor ihrer Niederkunft stehende Irene in die Debatte gemischt. Vehement argumentierte sie gegen die Übernahme der Königswürde durch Philipp. Auch sie habe ein Anrecht auf Glück und Frieden an Philipps Seite. Was würde Philipps Krönung nach sich ziehen? Monatelange Trennung, Furcht und Lebensgefahr. Das Amt des Herzogs von Schwaben auszufüllen, gestalte sich schon schwierig und gefahrvoll genug...

Doch wer sonst könne es schaffen den Schrecken zu verhindern? Den schon am Horizont drohenden blutigen Bürgerkrieg, gab Anselm von Justingen ernst zu bedenken. Schon wieder regten sich die Parteigänger der Welfen, und es sei nur eine Frage der Zeit, bis diese mit aller Macht den Königsthron für ihre Seite reklamierten. Ein undenkbares Szenarium für alle treuen Anhänger der Staufer. Undenkbar im Übrigen auch für das Kind, dem Irene in wenigen Tagen das Leben schenken würde, deutete Anselm auf die deutliche Wölbung unter Irenes Gewand und warf damit sein schwer wiegendstes Argument in die Debatte. Ein Sohn womöglich! Zeitlebens als Lehensträger dem Diktat eines Welfen unterworfen! Undenkbar! Völlig undenkbar! In diese Schlussfolgerung stimmten lautstark nun auch all die anderen ein. Und voller Freude bemerkte Anselm, wie sich die Miene des Herzogs nunmehr verändert hatte. Seine Worte hatten ihr Ziel erreicht.

Lange saßen Irene und Philipp an diesem Abend noch zusammen. Niemand sonst wollten sie jetzt bei sich sehen um den schwer wiegenden Entschluss endgültig zu fassen. Wie auch immer die Entscheidung dann ausfallen würde: Schließlich handelte es sich um ihr Leben, um ihr gemeinsames Schicksal. Und – allen durchaus plausiblen Argumentationssträngen zum Trotz: Es war einzig und allein ihre Wahl!

„Sie haben nicht Unrecht, Philipp!“ Ausgerechnet Irene war es, die zu Philipps grenzenlosem Erstaunen nun das Wort ergriff, nachdem sie lange schweigend einfach nebeneinander gesessen hatten. „Wer, wenn nicht du, Philipp, hat es in der Hand der Gewalt zu begegnen? Wer außer dir hat die Legitimation König zu werden? Wen außer dir würden sie anerkennen? Deinen kleinen Neffen? Nie und nimmer! Weder deine eigenen Leute, und angesichts der herrschenden Umstände erst recht nicht die ehemaligen Parteigänger des Welfen, also von Heinrich dem Löwen. Und selbst wenn es der Fall wäre: Es müsste ein Vormund für ihn regieren. So lange, bis er volljährig ist. Und dieser Vormund: Wer außer dir sollte das sein – zumindest hier in deutschen Landen? Also, wie auch immer, die Regentschaft wird auf alle Fälle an dich übergehen. Und ich denke, insofern wäre es besser, du könntest in deinem eigenen Namen handeln und nicht als Platzhalter eines..., ja, ich muss es so sagen...eines Halbnormannen, als den sie Friedrich Roger immer ansehen werden! Und noch etwas, Philipp," Irene unterbrach sich, um die Hand ihres Gemahls zu ergreifen und ihn aus ernsten Augen zu fixieren „es darf nie wieder geschehen, was sich in diesen furchtbaren Jahren 1194 und 1195 in Sizilien ereignet hat. Und wer, außer dir, wäre von seinem Charakter her unter den deutschen Fürsten denn dafür geeignet, dies zu garantieren? Ich wüsste keinen! Keinen Einzigen!"

Philipp nickte bedrückt, während ein leiser Seufzer aus seinem Mund drang. „Es ist ein Trauma, das sich für immer auch in meine Seele gebrannt hat. Die Schande meiner Familie, die auf ewig mit unserem Namen verbunden bleiben wird!"

„Dann sorge du dafür, dass sich solches nicht mehr wiederholen kann! Damit die Opfer somit nicht völlig vergeblich waren..."

„Es ist ein schwerer Weg, den wir in diesem Falle zu beschreiten haben." Der noch immer von seiner Krankheit gezeichnete blasse junge Mann holte tief Atem, bevor er fortfuhr. „Es wird mir wohl nichts Anderes übrig bleiben, als mich den Anforderungen und ihren Wünschen zu fügen... Aber bedenke, wie oft wir dadurch getrennt sein werden. Wie oft mein Weg mich in entlegene Teile des Reiches führen wird. Und nicht immer wird es dir möglich sein mich zu begleiten..."

„Und dennoch," Irene senkte den Kopf und musterte nachdenklich die Wölbung ihres Unterleibs. „Du tust es auch für unsere Kinder. Für unsere Söhne und unsere Töchter. Auch ihnen gegenüber haben wir eine Verantwortung, für all jene, die jetzt noch nicht geboren sind. Es liegt in unseren Händen ihnen eine gute Zukunft zu ermöglichen. Dafür müssen wir dieses Opfer bringen. Nur eines sollst du mir versprechen: Dass du es mit aller Kraft vermeidest in den Krieg ziehen zu müssen..."

Philipp lachte bitter auf. „Genau das ist es, was mich so sehr bedrückt. Wie soll ich meinen zweifellos vorhandenen Anspruch auf den Königsthron durchsetzen und gleichzeitig den bewaffneten Kampf vermeiden? Nichts lieber als dies! Doch ich fürchte, es wird nicht möglich sein. Schon höre ich aus dem Norden das Klirren von Schwertern für den Fall, dass wieder ein Staufer zum König erhoben werden sollte! Aus eben diesem Grund würde ich so gerne auf diese Regentschaft verzichten. Ich will in keine Schlacht ziehen und ich will auch keinen Krieg führen müssen. Und aus diesem Grund werde ich mein Einverständnis zur Wahl noch nicht erteilen. Wer weiß, vielleicht findet sich doch noch eine andere Möglichkeit. Vielleicht schaffe ich den Ausgleich mit den Welfen. Vielleicht finden wir zu einer dauerhaften Versöhnung, wenn sowohl ich als auch die Welfenpartei auf den Thron verzichten und damit den Weg frei machen für einen Fürsten, der von beiden Seiten akzeptiert werden kann. Um wen auch immer es sich handeln könnte…"

Erleichtert und beunruhigt zugleich atmete Irene auf. Der dritte Weg. Der eigentliche Königsweg! „Es wäre so schön, wenn dir dieses Vorhaben gelingen könnte. Hoffentlich ist es der Fall. Hoffentlich werden wir nicht in die von Anselm von Justingen beschriebene Lage geraten, die uns dann gar keinen anderen Ausweg mehr lässt…"

26

Noch am frühen Morgen dieses nebelverhangenen späten Märztages im Jahr 1198 war es zu einer ernsten Aussprache zwischen Irene und ihrem Mann Philipp gekommen. Nur Stunden vor seiner geplanten Wahl zum deutschen König schien es selbst seiner Gemahlin noch mehr als unwahrscheinlich, dass sich der Herzog von Schwaben tatsächlich auf diese Wahl einlassen würde. Ja, noch nicht einmal schien geklärt, ob er der festlichen Versammlung der staufischen Anhänger in der Kaiserpfalz von Tilleda im Land Thüringen überhaupt seine Aufwartung machen würde. Denn all das, was sie noch vor einigen Wochen bei ihrem Gespräch auf dem Hohenstaufen an Hoffnungen und Zuversicht gehegt hatten, war nicht eingetreten. Ganz im Gegenteil. Und so hatte der tief enttäuschte Philipp schnell begreifen müssen, dass die wieder erstarkten und selbstbewusst agierenden Anhänger der welfischen Partei bereits eng zusammen gerückt waren. An einem Ausgleich mit ihren Erzfeinden seien sie nicht im Geringsten interessiert. Unter der Führerschaft des Erzbischofs von Köln, also Adolf von Altena, hatten sie sich dieses Mal gegen die Staufer verbündet. Mit aller Macht war der Erzbischof ans Werk gegangen, kaum dass ihn die Kunde vom Tod des Kaisers und der gescheiterten Königskrönung Friedrich Rogers erreicht hatte. Ausgerechnet der Erzbischof von Köln also war es, der sich den Staufern entgegen stellte. Der wichtigste Kirchenfürst im ganzen Reich! Der es zwar zu Lebzeiten des Kaisers niemals gewagt hätte die Krönung des kleinen Friedrich Roger zu verweigern und sich damit offen gegen den mächtigen Kaiser zu stellen. Doch nun war Kaiser Heinrich tot – und die Situation stellte sich mit einem Schlag völlig anders dar.

Es ging ganz offenkundig nicht einmal nur mehr darum, einen weiteren Staufer auf dem Königsthron zu verhindern, nein, mittlerweile schien es sogar alles andere als unmöglich, die Welfen, Nachkommen des unter seinen Anhängern immer noch unvergessenen Heinrich des Löwen selbst wieder an die Macht zu bringen. Graf Otto von Poitou sei es, dem der Erzbischof die Königswürde bereits angetragen habe. Ein den meisten

Edlen bisher nahezu unbekannter Verwandter des Welfen, den sie nun rasch dazu gebracht hatten sich fortan Otto von Braunschweig zu nennen, um in aller Deutlichkeit auf seine Abstammung und die Ansprüche auf den Thron zu verweisen. Und schon hörte man, dass er mit den Vorbereitungen begonnen habe ein riesiges Heer auszuheben, um gegen die Anhänger der Staufer ins Feld zu ziehen. Ermöglicht wurden diese immensen Ausgaben aus englischen Quellen, die der Erzbischof vermittelt hatte. Ganz egal, was es an Kosten mit sich brächte, sie würden den Kriegszug gegen die Staufer in jedem Fall finanzieren, war aus Kreisen der Engländer zu hören gewesen. Kein Wunder, schließlich hatte deren König Richard Löwenherz noch immer eine Rechnung mit den Staufern zu begleichen. Nie würde er ihnen seine Gefangennahme und die Geiselhaft auf dem Trifels verzeihen. Samt dem unvorstellbar hohen Lösegeld, das man ihm genauso abgepresst hatte, wie das Gelöbnis sich unter die Lehenshoheit des Kaisers zu begeben. Welche Schmach und Schande für einen Mann vom Schlage des Richard Löwenherz! Doch nun war der Kaiser tot und Löwenherz brauchte sich infolgedessen auch nicht mehr an seinen Schwur gebunden fühlen. Die Welfen sollten alle Unterstützung erhalten, die sie von ihm einforderten.

Neue Mitteilungen aus Italien hatten die Besorgnis auf der staufischen Seite noch vergrößert. Denn nachdem mit einem Spross des Grafen von Segni nun der machthungrige Innozenz III. auf dem Thron saß, forderte dieser bereits unverhohlen eine deutliche Ausweitung der Grenzen seines Kirchenstaates, was ihm die Welfen in der derzeitigen Situation mit Sicherheit nicht abschlagen würden. Wie sollten sie auch, wo sich ihr Hauptaugenmerk doch auf den deutschen Königsthron richtete und nicht nach Italien. Auch nachdem die von allen Seiten bedrängte Konstanze ihm schon die Vormundschaft über Friedrich Roger in Aussicht gestellt und dem Papst damit die Kontrolle über Sizilien in die Hand gegeben hatte, war den Staufern also fast über Nacht ein neuer Gegner erwachsen, der seine Macht mit allen ihm zur Verfügung stehenden Mittel weiter auszubauen gedachte. Ein gänzlich anders strukturierter Mensch als sein altersschwacher Vorgänger Coelestin, den die Staufer und die ihnen ergebenen Bischöfe noch fast nach Belieben hatten steuern können. Natürlich war dem neuen Papst durchaus an möglichst instabilen Verhältnissen nördlich der Alpen gelegen, denn solange die Deutschen mit sich und ihren eigenen Kämpfen beschäftigt waren, so lange blieb die Macht von Innozenz III. in Italien ungefährdet.

Das Reich war so tatsächlich in eine schier auswegslose Lage geraten – und mit ihm die Verbündeten der Staufer, die ebenfalls voller Sorge verspürten, wie ein neuer Krieg am Horizont drohte. Und jeder Tag, an dem Philipp zögerte die ihm angebotene Königswürde anzunehmen, machte die Lage weiß Gott nicht besser – sondern die Welfen umso stärker.

Mit Bedacht hatten sie sich auf die Kaiserpfalz im thüringischen Tilleda als idealen Versammlungsort verständigt. Denn ganz in der Nähe befand sich bekanntlich die riesige Schutzburg auf dem sagenumwobenen Kyffhäuser. Ein historischer Ort, aus dem dereinst der jetzt schon mythenumsponnene Kaiser Rotbart hervor brechen würde um das Reich zu retten und die gerechte Ordnung wieder herzustellen.

Nur widerstrebend war Philipp zu der Reise nach Tilleda aufgebrochen, selbst seine engsten Vertrauten hatten den tief enttäuschten Mann zunächst nicht dazu bewegen können. Nur allzu gut wisse er, was ihm in Tilleda zugedacht sei. Ihm, einem Mann des Ausgleichs, der sich bei seiner Wahl zum Deutschen König in neue kriegerische Auseinandersetzungen begeben müsse, was alles andere als in seinem Sinne sei. Erst als zum maßlosen Erstaunen der anderen Irene plötzlich erklärt hatte, sie wolle mit ihrem Mann nach Tilleda reisen, war der Bann gebrochen. Irene, die doch erst vor wenigen Wochen eine Tochter zur Welt gebracht hatte. Ganz anders als wie man dies ansonsten von ihr kannte, war sie voller Entschiedenheit ihrem Mann gegenüber getreten. Es handele sich um nichts weniger als seine Pflicht sich seinen treuen Anhängern zu zeigen und die Lage im Reich mit ihnen zu erörtern. Und sie selbst würde Philipp dabei zur Seite stehen. Ihre Tochter Maria könne sie mittlerweile in der Obhut einer Amme auf dem Hohenstaufen zurück lassen. Obwohl sie die Kleine wohl auch vermissen werde – in dieser kritischen Lage habe die Sorge um das Kind hinter die Sorge um das Reich zu treten.

„Du kannst sie nun nicht mehr länger warten lassen! So sehr ich dich auch verstehe – und so sehr ich die Haltung des Bischof von Köln auch missbillige: Du musst dich den deinen nun zeigen!“

Noch einmal versuchte Philipp seinen Einwand vorzubringen. „Obwohl du doch genau weißt, was sie mit mir im Schilde führen…“ War es denn nicht Irene gewesen, die noch vor wenigen Monaten wieder und wieder ihrer Hoffnung auf ein glückliches und unbeschwertes Leben an seiner Seite Ausdruck verliehen hatte? Als Gemahlin des Herzogs von Schwaben – mehr nicht! Damals…in diesen wenigen, unbeschwerten Tagen auf der Burg ihres Freundes Heinrich von Schweinhausen. Wann war das nur gewesen? Vor unvorstellbar langer Zeit, wie es ihm inzwischen erschien.

„So Leid es mir auch für uns tut: Es bleibt dir keine andere Wahl. Es ist deine Pflicht sich an ihre Spitze zu stellen…“

„Auch wenn dies Krieg bedeutet?“ Ein bitterer Zug spielte um Philipps Mundwinkel.

„Ich befürchte, die Auseinandersetzung ist auf keinen Fall mehr zu verhindern. Derselben Ansicht ist beispielsweise auch Anselm von Justingen. Und angesichts dieser Tatsache scheint es mir wirklich das Beste, dass du dich den deinen zur Verfügung stellst. Du darfst sie nicht enttäuschen. Die Vorsehung hat dich dazu ausersehen, die deinen zu beschützen. Um dieser hoffnungsvollen Menschen Willen, beuge dich nun deiner Pflicht!“

War es wirklich die sanftmütige Irene, die so zu ihm sprach? Weshalb nur war ihm vom Schicksal diese Prüfung zugedacht worden? Weshalb verlief sein Lebensweg nie so, wie er sich dies von Beginn an gewünscht hatte. Mit Freuden hätte er sein Dasein als Mönch in einem Kloster verbracht. Doch dies sei undenkbar für den Sohn eines Kaisers, wurde ihm damals schon bedeutet. Und so war er – trotz seiner Jugend – im Alter von 10 Jahren schon in den Stand eines Aachener Domprobstes gesetzt worden, mit noch nicht einmal 14 Jahren zum Bischof von Würzburg erhoben worden. Und wer weiß, ob nicht die Gerüchte zutrafen, die besagten, dass sein kaiserlicher Vater im Sinne geführt hatte Philipp eines Tages zum Papst wählen zu lassen. Doch der plötzliche Tod des Kaisers hatte diese Pläne zunichte gemacht. Pläne, Absichten, Ränkespiele – und niemals war er nach seinen eigenen Wünschen gefragt worden. Er hatte sich immer gefügt. Wie auch jetzt! Schon wieder! Am liebsten wäre er geflohen. Doch: wohin? Ein tiefer Seufzer entrang sich seiner Kehle, dann ergriff Philipp die rechte Hand seiner Gemahlin und schritt mit ihr wenig später schweren Herzens durch das prunkvolle Portal der Kaiserpfalz, wo sich die überwiegende Anzahl der Edlen des Reiches schon erwartungsvoll und festlich gekleidet versammelt hatte.

Ein gewaltiger Jubelsturm ließ die altehrwürdigen Mauern erzittern, während das junge Paar langsam und würdevoll durch das Spalier der Adligen nach vorne ging, wo der Kanzler des Reiches und die höchsten Würdenträger sie voller Erleichterung begrüßten. Wenig später war der Herzog von Schwaben einstimmig zum neuen König gewählt worden. Freudestrahlend beugten die Fürsten ihre Knie vor dem unglücklichen König Philipp, um diesem damit ihre respektvolle Huldigung darzubringen.

Viele Monate waren seit Philipps Wahl zum Deutschen König ins Land gegangen. Niemand hatte für möglich gehalten, dass es bis zum 8. September des Jahres 1198 dauern musste, bis Philipps Wahl durch seine offizielle Krönung nun auch formal bestätigt werden konnte. Nach langem Zögern waren sie überein gekommen die Krönung am Fest Maria Geburt stattfinden zu lassen. Wenngleich auch in Mainz – also eigentlich am falschen Krönungsort. Und überdies würde mit dem burgundischen Erzbischof Haimo von Tarantaise auch der falsche Geistliche die Salbung vollziehen. Doch es war ihnen keine andere Wahl geblieben. Solange sie auch versucht hatten, doch noch zu einem Ausgleich mit der Welfenpartei zu gelangen. Es war vergeblich gewesen. Schlimmer noch: Die Gegner hatten mit Welf Otto IV., also eben jenem ehemaligen Grafen von Poitou, nicht nur ihren eigenen König auf den Schild gehoben, es war ihnen sogar gelungen ihn noch vor Philipp salben zu lassen. Und dazuhin auch noch am richtigen Ort: in Aachen, am Thron des alten Kaisers Karl!

Spätestens seit jenem 9. Juni, als die mit den Staufern konkurrierenden rheinischen Fürsten mit kräftiger finanzieller Unterstützung der im Englandhandel zu Reichtum gelangten Bürger von Köln den 16-jährigen Otto IV. zum König erhoben hatten, war die Situation immer undurchschaubarer geworden. Zumal aus Rom die beunruhigende Kunde kam, dass sich der Papst wohl auf die Seite des Welfen schlagen würde, dessen politisches Gewicht er als eher gering bewertete und der ihm aus eben jenem Grund besonders willkommen war.

Wenn es dem Welfen nun noch gelingen sollte sich mit Hilfe des Kölner Erzbischofs auch noch in Aachen zum König krönen zu lassen, dann würde dies einen schweren Rückschlag für Philipps Bemühungen darstellen das Land unter seiner Führung zu vereinen. Dies war der Grund, weshalb nun Philipp unverzüglich mehrere Hundert Reiter unter dem ihm treu ergebenen Truchsessen von Waldburg losschickte um die Krönungsstadt zu besetzen. Doch obwohl sie in Aachen freundlich empfangen worden waren, schafften sie es nicht ihren Auftrag zu erfüllen. Mit starken

Kräften war die Gegenpartei vor Aachen erschienen und zog einen undurchdringlichen Belagerungsring um die Stadt. Es konnte nicht allzu lange dauern, bis die völlig überraschten Bürger kapitulieren würden, nachdem sie sich in keinerlei Weise auf eine solche Belagerung eingestellt hatten. Wenige Wochen später hatten sich die ausgehungerten Aachener mit der zornigen Frage, „was denn das für ein König sei, der noch nicht einmal für einen ausreichenden Schutz seiner Krönungsstadt sorgen könne“, auf die andere Seite begeben und den Welfen die Stadttore geöffnet.

Am 12. Juli 1198 salbte der Erzbischof von Köln dann Otto IV., freilich nur mit den nachgebildeten Krönungsinsignien, zum Deutschen König. Denn die richtigen Throninsignien hatten die Welfen nicht in ihre Hände bekommen. Diese befanden sich, nach wie vor gut behütet, auf dem Trifels, der sichersten Burg des Reiches – noch dazu im direkten Einflussbereich der Staufer!

Doch selbst diese Schmach verblasste schnell angesichts der schockierenden Tatsache, dass Papst Innozenz tatsächlich die Königserhebung des Welfen bestätigte, wogegen er Philipp mit dem Bannstrahl belegte. Trotz aller Gespräche und durchaus auch vertrauensvollen Übereinstimmungen, die es dabei gegeben hatte!

Somit also war der Gegenkönig mit den falschen Insignien, aber durch den richtigen Coronator, nämlich den Kölner Erzbischof, am richtigen Ort – in Aachen – gekrönt worden, während Philipp mit Mainz vorlieb nehmen musste. Doch er war es, der mit den wahren Throninsignien ausgestattet war. Und über diese Tatsache konnte wiederum die andere Partei nicht einfach hinweg gehen. Zumal die Stauferanhänger nicht müde wurden darauf zu verweisen, dass niemand anderer als Philipp der rechtmäßige König sei. In dessen Person sich überdies Welfenblut mit Stauferblut vereinigte. So sehr die Welfen bei dieser Argumentation auch in Rage gerieten: Sie entsprach den Tatsachen. Denn bei Philipps Großmutter, der Mutter des Kaisers Friedrich Barbarossa also, hatte es sich um die welfische Prinzessin Judith gehandelt. Und so war doch Philipp damit Staufer und Welfe zugleich! Wer durfte ihm angesichts dieses Faktums die Königswürde eigentlich streitig machen? Voller Hoffnung und Zuversicht richteten die Staufer ihr Augenmerk nun also auf die feierliche Krönung ihres

Königs. Vielleicht mochten die Welfen doch noch zur Vernunft gelangen! Oder gar der Papst!

Wenn sie nur mit eigenen Augen das Paar erblicken könnten, das in diesem Moment vor dem Bischof aus Burgund auf die Knie sank. Jetzt, wo dieser die juwelenbesetzte Krone des Reiches langsam und würdevoll auf das Haupt des ganz in königliches Rot gewandeten Philipp setzte, während die Königin an seiner Seite ein leises Gebet murmelte.

Irene, die sich an diesem Tag, dem Fest von Maria Geburt, gerade eben erst auf den Namen Maria hatte umtaufen lassen. Auf den Namen der Heiligsten aller Heiligen Frauen! Auf denselben Namen, auf den sie, die sich bereits wieder in anderen Umständen befand, auch ihre erstgeborene Tochter hatte taufen lassen. Überdies: Welche bewundernswerte und gleichzeitig symbolbehaftete Geste, dass die Königin strikt auf ihrem Entschluss beharrte mit keiner Krone gekrönt zu werden, sondern nur ein schlichtes Diadem akzeptieren wollte. Erst dann, wenn die schlimme Zeit vorüber sei und sich das ganze Reich unter der segensreichen Herrschaft ihres Mannes vereinigt habe, wolle auch sie sich die Krone des Reiches auf das Haupt setzen lassen.

Was für eine zerrissene Zeit, in der drei Menschen gleichzeitig dasselbe Amt bekleideten: die Würde des deutschen Königs. Drei Könige, von denen aber keiner die Macht wirklich in Händen hielt – und deren Herrschaft von den verschiedenen Parteien mit den unterschiedlichsten Interessen so vehement bekämpft wurde! Drei Könige! Eine auswegslose Situation, in der sich das Land befand. Also hatten sich die düsteren Befürchtungen bestätigt, mit denen die Menschen nach dem Erscheinen des Dietrich von Bern auf seinem schwarzen Ross in Angst und Schrecken versetzt worden waren. In der Tat: Wenn nicht noch ein Wunder geschah, dann würden bald schon schlimme Zeiten über das Reich hereinbrechen. Krieg, Not und Elend – und dies zu einer Zeit, in der das Volk doch erstmals nach vielen Jahren auf eine Epoche des Friedens und der Eintracht zu hoffen gewagt hatte. Vergebens!

28

Im Februar des Jahres 1199 schenkte Irene ihrem zweiten Kind das Leben. Wieder war es ein Mädchen, das sie zur Welt brachte. Ein Mädchen, das sie erst Wochen nach der Geburt auf den Namen Beatrix, die Glückliche, taufen ließen. Denn es war Philipp nur noch selten möglich an der Seite seiner Gemahlin zu verweilen. An allen Ecken und Enden seines Reiches galt es beunruhigte Lehensträger zu beruhigen, sich deren Treue auch für die Zukunft zu sichern und die ersten Scharmützel zu bestehen, in die der König und seine Begleitung mittlerweile verstrickt wurden.

Noch handelte es sich lediglich um eine vage Vorahnung dessen, was sich an kriegerischen Auseinandersetzungen bereits am Horizont abzeichnete – doch selbst diese Kämpfe wurden mit brutaler Härte und Erbitterung geführt. Mehrere Hundert Männer waren dem sinnlosen Schlachten zu Philipps maßlosem Entsetzen schon auf beiden Seiten zum Opfer gefallen. Immer noch versuchte der junge König, den drohenden Krieg, der so viel Leid und Elend über das Land bringen würde durch neue Verhandlungen mit seinen Gegenspielern abzuwenden, doch dieses Vorgehen wurde von den Welfen als Schwäche der staufischen Partei gedeutet, weshalb Otto IV. und seine Anhänger umso radikaler ans Werk gingen.

Zu ihrem großen Leidwesen war es auch Irene verwehrt gewesen ihren Mann auf dessen zahlreichen Reisen zu begleiten. Bedingt durch ihre Schwangerschaft hatte sie auch diesen Winter im Beisein ihrer Kammerzofe Brigitta von Gundelfingen größtenteils auf dem Hohenstaufen zugebracht. Der Burg, von der Philipp sagte, sie sei nach dem Trifels die sicherste im Reich und deshalb halte er es für geboten, dass sich Irene hierher zurück zog.

Aus diesem Grund aber waren auch mehrere Wochen ins Land gegangen, bis es ihm vergönnt war seine neugeborene Tochter zum ersten Mal in die Arme zu nehmen. „Wieder nicht der erhoffte Thronfolger," hatte Irene voller Bedauern bekundet. „Es...es tut mir..."

„Halt!" Mit einer raschen Handbewegung hatte ihr Philipp seinen Zeigefinger auf die Lippen gelegt. „Sag nichts! Bitte!"

Voller Erstaunen blickte die Königin hoch. Was meinte er damit? Auch Philipp wartete doch sehnsüchtig auf die Geburt eines Sohnes, auf das Kind, das eines Tages die Dynastie der Staufer weiterführen würde. So, wie doch auch all seine Gefolgsleute auf diesen Sohn hofften. Wie ihnen die Enttäuschung wieder deutlich ins Gesicht geschrieben war, als sie von der Geburt einer Tochter erfahren hatten. Schon wieder eine Tochter!

„Nein Irene! Ich denke da ganz anders – was du eigentlich auch wissen solltest," fügte Philipp mit leisem Tadel in seiner Stimme noch hinzu, während er nun an die Wiege des Säuglings trat und das friedlich schlafende Kind vorsichtig heraushob um es zärtlich an seine Brust zu drücken. „Was ist das besondere an einem Sohn? Dass er eines Tages in meine Fußstapfen treten wird und an meiner Stelle in die Schlacht ziehen muss? Nein, Irene, das ist ein Schicksal, das ich meinem Kind recht gerne ersparen will. Wenn ich daran denke, wie meine Zukunft doch von Anbeginn an von anderen geplant und gestaltet worden ist – und dies noch bis zum heutigen Tag... Wie gerne ich auf dieses Amt verzichtet hätte, in das sie mich hinein gedrängt haben... Nein, Irene: Es ist unser Kind, dem du das Leben geschenkt hast. Ein gesundes Kind, und nur das soll für uns zählen. Ein Mädchen, dem ein hoffentlich friedvolles und glückliches Schicksal beschieden sein wird. Ein Mensch, der seine Geschicke selbst bestimmen soll..."

„...es wäre schön. Viel zu schön um wahr zu sein" nickte Irene nachdenklich. „Auch mein Schicksal lag von Beginn an in anderen Händen. Aus Gründen der Staatsräson hat man mich als junges Mädchen fern meiner Heimatstadt, die ich seitdem nicht mehr wieder gesehen habe, verheiratet. Die Staatsräson, die meinen Vater dennoch im Kerker hat enden lassen, wo er noch immer gefangen gehalten wird – falls er überhaupt noch am Leben ist... Es scheint der bittere Preis unseres hochgeborenen Standes zu sein, sich diesen Zwängen unterwerfen zu müssen..."

„Damit muss Schluss sein! Ein für alle Mal!" Die Entgegnung des Königs war lauter ausgefallen, als Irene dies üblicherweise von ihrem Mann gewöhnt war. Ein deutliches Zeichen für die Anspannung und den Druck, der auf ihm lastete. Das Kind war dadurch erwacht und begann kläglich zu wimmern.

„Ruhig nur, ganz ruhig," versuchte der erschrockene Philipp seine kleine Tochter wieder zu besänftigen. Zärtlich streichelte er die Wange des Säuglings, danach blickte er Irene ernst in die Augen. „Und dennoch will ich dir hiermit mein feierliches Versprechen geben, dass ich mit all meiner Kraft dafür eintreten werde unseren Kindern eine gute Zukunft zu ermöglichen. Eine von ihnen selbst mitbestimmte Zukunft, so wie wir dies auch für uns selbst herbei sehnen. Ein Leben in Glück und Zufriedenheit!"

Voller Rührung blickte Irene auf das Kind in den Armen ihres Mannes. „Dann lasse unser Mädchen auf den Namen Beatrix taufen," murmelte sie mit bebender Stimme. „Möge ihr Leben so glücklich verlaufen, wie dies ihr Name erhoffen lässt…"

Für den nächsten Tag schon wurde die Taufe in der Burgkapelle des Hohenstaufen angesetzt, in der das Kind vom Abt des nahen Klosters Lorch feierlich auf den Namen Beatrix getauft wurde.

Wenige Tage später hieß es für Philipp bereits wieder Abschied zu nehmen. Denn die Nachrichten aus dem Reich wurden immer bedrohlicher. Dank der gewaltigen finanziellen Unterstützung aus England schien der Welfe mittlerweile jederzeit in der Lage ein starkes Heer um sich zu scharen und es in wenigen Wochen gegen die Staufer in Marsch zu setzen. Jetzt half nur noch ein entschiedenes Vorgehen: Einerseits die Versammlung aller staufischen Lehensträger, auf der den Leuten angekündigt wurde, dass sie nun täglich mit der Aufforderung zur Teilnahme am Kriegszug des Königs zu rechnen hätten, und andererseits die klare Drohung gegenüber dem Papst, dass man nötigenfalls auch gegen Rom marschieren werde, wenn Innozenz III. nicht unverzüglich den Kirchenbann von Philipp löste und ihn als den rechtmäßigen deutschen König bestätigte. Zwar hatte es Philipp lange widerstrebt dem Vorschlag seines Reichsmarschalls zu folgen und diese ernste Drohung tatsächlich auszusprechen, doch in Speyer hatte er sich schließlich den Argumenten seiner Gefolgsleute gebeugt. Es war eine gewaltige Demonstration ihres Willens gewesen, die da im Mai des Jahres 1199 in der altehrwürdigen Stadt am Rhein von der staufischen Partei abgehalten worden war. Voller Verdruss und Unmut hatten sie gegen die Haltung des Papstes protestiert und ihren Zorn dem zu Tode erschrockenen Abgesandten des Kirchenfürsten auch mit deutlichen Worten ins Gesicht geschleudert. Ein nicht enden wollender Jubel war am selben Tag unter ihnen ausgebrochen, als ein in wildem Galopp in Speyer eingetroffener Bote mit atemloser Stimme verkündete, dass vor wenigen Tagen Richard Löwenherz gestorben war. Eine Blutvergiftung hatte den schärfsten Gegner der Staufer niedergestreckt. Und mochte auch noch Richards Mutter, die hochbetagte Königin Eleonore von Aquitanien, den Rachefeldzug ihres Sohnes fortsetzen, die Welfen waren dennoch an ihrer empfindlichsten Stelle getroffen. Denn in England würde durch den Tod des Königs neue Unruhe ausbrechen, und Eleonore verfügte mit Sicherheit zwar über eine stattliche Geldsumme, aber dennoch wäre es ihr nie und nimmer möglich derartig gewaltige finanzielle Mittel gegen die Staufer aufzubieten, wie das bei ihrem Sohn der Fall war. Richard Löwenherz, der wilde König von England, war tot. Voller Belustigung nahmen die staufischen Adligen von dem Boten überdies noch zur Kenntnis, dass Richard, wie man hörte, die Stadt Poitiers, die ihm einstmals nicht zu Hilfe gekommen war, in seinem Testament mit seinem letzten Stuhlgang bedacht hatte. Eine für Löwenherz durchaus typische Handlungsweise! So sehr sie ihn auch als Gegner bekämpft hatten, so respektvoll sprachen sie dennoch vom kurzen Leben des Mannes, der als das Abbild eines wahren stolzen Ritters in die Geschichte eingehen würde. Jetzt, nachdem keinerlei Gefahr mehr von dem englischen König drohte, jetzt konnte man endlich befreit aufatmen! Und den Welfen sowie seinen heimlichen Unterstützer, den Papst, deutlich in ihre Schranken verweisen!

Nachdem sich die Reichsangelegenheiten überraschend also doch im Sinne der Staufer zu entwickeln schienen, gelang es Philipp und Irene einige gemeinsame ruhige Tage in der Kaiserpfalz von Wimpfen zu verbringen.

Dort erreichte sie auch die Kunde von der Rückeroberung des byzantinischen Kaiserthrones durch Irenes Vater und Bruder. Nach einem sorgfältig geschmiedeten Plan war es den beiden zunächst gelungen aus dem Kerker zu entfliehen und sich dann an die Spitze eines Aufstandes zu stellen, der von zahlreichen Nachbarländern mit Waffen und Soldaten unterstützt worden war. Und so erleichtert Irene die Tatsache zur Kenntnis genommen hatte, dass sowohl ihr Vater wie auch ihr Bruder also noch am

Leben waren und das Zepter von Ostrom wieder in ihre Hände hatten bringen können, so skeptisch äußerte sich Philipp über die Lage in der einst so bedeutenden Stadt. Denn wenn der neuerliche Umsturz wirklich nur mit Hilfe der Nachbarländer zustande gekommen war, die doch noch vor wenigen Jahren heftig unter dem Joch der drückenden byzantinischen Steuer geächzt und gestöhnt hatten, dann konnte er sich nur allzu genau ausmalen, wie sich die Zukunft von Konstantinopel gestalten würde. Die zu neuem Selbstbewusstsein gelangten Nachbarn würden sich keinesfalls mehr vom Basileus irgendwelche Befehle erteilen lassen, sondern in allererster Linie ihre eigenen Interessen verfolgen. Mit anderen Worten: Byzanz ging schweren Zeiten entgegen – die Jahre des Glanzes waren wohl für immer vorbei.

„Aber was für ein Preis, den mein Vater für seine Herrschaft hat zahlen müssen! Bei dem Umsturz ist er ja geblendet worden – er wird seine Tage also in Blindheit beschließen müssen. Dazu die ständige Gefahr eines neuerlichen Überfalls: Nein, es ist ein Leben, das einzig und allein der Macht geopfert worden ist und das ihm dennoch weder Glück noch Seelenfrieden beschert hat. Ein Leben, wie es uns, so hoffe ich, erspart bleiben wird. Jetzt, wo sich die Lage hier im Reich zu bessern scheint…"

Irene hatte dabei einen hoffnungsvollen Blick auf ihren Mann geworfen, der freilich voller Skepsis seinen Kopf wiegte: „Wir sollten den Tag nicht vor dem Abend loben. Noch hat mein Gegenspieler die Waffen nicht gestreckt. Noch hat er weder auf den Thron verzichtet, noch hat er es meinen Sendboten gestattet ihm meine Vorschläge zu übermitteln. Ich fürchte, die Ruhe, in der wir uns befinden, ist trügerisch. Möge der Herrgott verhindern, dass es die Ruhe vor dem Sturm ist, die wir gerade erleben."

Und wie zur Bestätigung seiner Worte trafen an diesem Abend neue Nachrichten ein, die sich schwer auf Irenes Seele legten. Es handelte sich um Nachrichten vom Bodensee. Von Burg Hohenems bei Bregenz. Dort war vor wenigen Tagen Wilhelm gestorben. Das unschuldige Normannenkind, das im Alter von fünf Jahren bei der brutalen Niederschlagung des angeblichen Aufstandes gegen die Staufer auf Anordnung von Kaiser Heinrich geblendet und entmannt worden war. Elf Jahre hatte sein kurzes Leben nur gewährt.

„Der Tod dürfte eine Erlösung für ihn gewesen sein," suchte Philipp voller Mitgefühl nach Worten des Trostes.

Doch seine Worte schienen die aschfahle Irene gar nicht mehr zu erreichen. Wieder hatten sich die dunklen Schatten der Vergangenheit zurück gemeldet. Als Vorboten von neuem Leid und neuerlicher Seelenqual? Sie würden sich nie vertreiben lassen. Niemals!

„Der Herr sei seiner armen Seele gnädig..." Tagelang wurde die Königin von den Menschen in der Kaiserpfalz anschließend nicht mehr gesehen. Vom frühen Morgen bis zum späten Abend halte sie sich nur noch in der Kapelle auf, tuschelte man hinter vorgehaltener Hand. So tief sei sie nach der Ankunft des Boten aus dem Süden in ihrer Traurigkeit versunken, dass man inzwischen ernsthaft um die Gesundheit des Kindes fürchten müsse, das sie unter dem Herzen trage...

29

Es würde sich alles zum Besten wenden! Kein Zweifel: Die Dinge hatten sich viel besser entwickelt, als dies vorauszusehen gewesen war. Selbst die zögerlichsten Ratgeber des Königs äußerten in diesen Tagen erstmals Hoffnung und neue Zuversicht. Denn von dem Welfen waren seit Wochen schon keine Aktivitäten mehr ausgegangen, die den Herrschaftsbereich der Staufer bedrohten. Weder von Otto IV. noch von den welfischen Gefolgsleuten waren auch irgendwelche Drohungen zu hören gewesen, wie sie noch im vergangenen Frühjahr immer wieder verbreitet worden waren. Mochte dies im Tod des englischen Königs Löwenherz begründet liegen, am allmählich versiegenden Geldstrom von jener Seite oder womöglich an einer geheimen Weisung des Papstes sich aller kriegerischen Handlungen zu entsagen. Wie auch immer: Selbst Papst Innozenz hatte sich ja zu neuen Gesprächen mit Philipp und dessen Gesandten bereit erklärt um eine Lösung des nun schon seit zwei Jahren schwelenden Konflikts herbei zu führen. Natürlich war diese Bereitschaft ebenfalls erst angesichts des zugunsten von Philipp verschobenen Kräftegleichgewichts zustande gekommen, und noch immer war dem Papst zuzutrauen, dass dieser nur auf Zeit spielte. Aber dennoch: Zumindest hatten Philipp und seine Anhänger mehr erreicht, als sie noch Anfang des Jahres zu hoffen gewagt hatten. Immerhin war es ihnen gelungen einen offenen Krieg zu vermeiden. Vielleicht also konnten sie an diesem letzten Tag des alten Jahres doch noch auf ein friedvolles Jahr 1200 hoffen. Jahrhundertwende! Erfüllt mit einem ehrfurchtsvollen Schauder wollten sie angesichts dieses symbolträchtigen Ereignisses zuversichtlich in die Zukunft blicken. Wann sonst, wenn nicht in der jetzt angebrochenen neuen Zeit, konnte es gelingen das Reich unter Führung ihres Königs zu einen?

Und dieser Weihnachtstag des Jahres 1199, den der gesamte staufische Hofstaat heute hier im Magdeburger Dom zu feiern gedachte, war tatsächlich dazu angetan, ihnen allen neue Hoffnung zu vermitteln. Kraft, Hoffnung und Zuversicht. Selbst die Luft in dem mächtigen Gotteshaus schien erfüllt von einer knisternden Spannung, die keinem der abertausenden von staunenden Menschen verborgen blieb, die sich am heutigen Tag zu dem feierlichen Gottesdienst in Anwesenheit des jungen Königspaares eingefunden hatten.

Schon am gestrigen Tag waren viele von ihnen eingetroffen, in der Hoffnung noch einen Platz im hintersten Winkel des Domes besetzen zu können. Vergeblich. Und so harrten die meisten seit Stunden schon im Freien aus – in der Kälte dieses gleichwohl in einen heiligen Schimmer getauchten, sonnendurchfluteten Weihnachtstages. Die jubelnde Schar des Volkes ließ sich gar nicht in Zahlen ausdrücken. Bereits weit vor der Kirche standen die Menschen aufgereiht zum Spalier, durch das sich nun langsam und mit würdevollen Schritten, angeführt vom Herzog von Sachsen, der prächtige Zug auf das weit geöffnete Domportal zubewegte. Stolz präsentierte der Herzog das mächtige Reichsschwert als weithin sichtbares Zeichen von Philipps unbestreitbarer Königsmacht.

Urplötzlich brandete ein unbeschreiblicher Jubel auf, der sich wie eine gewaltige Woge durch das ganze Spalier fortpflanzte. Das junge Königspaar! Voller Anspannung drängten die Menschen nach vorne: Alle wollten sie es mit eigenen Augen sehen und erleben, das anmutige edle Paar, von dessen Liebreiz die Zeitgenossen in den höchsten Tönen schwärmten. So sehr drängten sich die Zuschauer in ihrem Begeisterungstaumel heran, dass es selbst den grimmig dreinschauenden, schwer bewaffneten Reisigen, die neben dem König einherschritten, nur mit äußerster Mühe gelang die Leute wieder zurück zu drängen.

Der zierliche blond gelockte Mann, dessen Alter, wie man sagte, erst 23 Jahre betrug, präsentierte sich der atemlos staunenden Menge ganz in königliches Rot gewandet. Das für jeden sichtbare äußere Zeichen seiner Würde. Dazu die auf seinem Haupt funkelnde juwelenbesetzte Krone und das edelsteingeschmückte Zepter! In der Tat: Hier, vor ihrer aller Augen, schritt der König! Es handelte sich um nichts weniger, als um die personifizierte Dreieinigkeit, die sie hier in Philipp vor sich sehen durften: Schwert, Krone und Gewandung! Wie schon sein Vater, der große Kaiser Barbarossa – und wie sein Bruder, der grimmige, aber dennoch mächtige Kaiser Heinrich! Hier schritt nicht nur der legitime Deutsche König zum Weihnachtsgottesdienst, nein: Es war der künftige

Kaiser des Heiligen Römischen Reiches. Wer wollte dies jetzt noch bestreiten?!

Voller Ehrfurcht richteten die Menschen ihre Blicke nun auf die 19-jährige Frau an der rechten Seite des Königs. Nur in ein schlichtes blütenweißes Gewand war die Königin gehüllt. Und keine Krone funkelte auf dem Haupt der Irene, von der sie gehört hatten, dass sie nicht nur den Namen der heiligen Jungfrau Maria angenommen hatte, sondern auch von ihrer griechisch-byzantinisch ausgeprägten Glaubensrichtung zum wahren Christentum übergetreten war, so wie man es anlässlich der Geburt des Erlösers auch heute wieder feiern würde. Wie einfach und bescheiden sie doch gekleidet war, die mit Worten nicht zu beschreibende feengleiche Frauengestalt! Lediglich ein kleines Diadem schimmerte durch ihr seidiges schwarzes Haar. Dann erst nahmen sie es wahr und deuteten mit erstaunten Rufen auf die deutliche Wölbung des Unterleibs der Königin. Das für jeden sichtbare Anzeichen ihrer neuerlichen Schwangerschaft. Und diese Tatsache war es, von der die Menschen endgültig in bislang nie gekannte Verzückung versetzt wurden.

Noch Tage später wurden sie nicht müde ihren Angehörigen das märchengleiche Bild zu schildern, das sie mit eigenen Augen hatten erblicken dürfen. Vor allem ein junger Adliger war es, der von nun an nicht mehr müde wurde in höchsten Tönen die Magie zu besingen, die von dem Königspaar ausgegangen war und alle Teilnehmer des weihnachtlichen Gottesdienstes in ihren Bann geschlagen hatte. „Der junge, süße Mann," wie anders sollte dieser Minnesänger mit Namen Walther von der Vogelweide den König nennen? Ein König, der so ganz und gar anders wirkte, als alle seine Vorfahren: Milder, jünger, anmutiger und – auf eine zauberhafte Art und Weise – sogar… königlicher! „Da ging eines Kaisers Bruder und eines Kaisers Sohn. Er trug das Zepter und die Krone des Reiches. Er schritt würdevoll und ohne Eile, hinter ihm die hochgeborene Königin. Die Rose ohne Dorn, eine Taube ohne Galle. Nirgendwo war jemals so viel Würde und Anmut zu finden!"

Der Einzug des würdevollsten Königspaares, das der Erdkreis jemals gesehen hatte. Weihnachten 1199, am letzten Tag des alten Jahres. Ein geradezu symbolischer Akt, nachdem sie nunmehr erfüllt von neuer Hoffnung und Zuversicht mit festem Mut einer goldglänzenden Zukunft entgegen blicken durften. Ein neues Jahrhundert war angebrochen – ausgelassen feiernd überschritten die Menschen die Schwelle zu einer neuen Epoche. Das Jahr 1200. Die Regentschaft des Königs Philipp und der Königin Irene! Wer wollte sich jetzt noch auf die Seite des Welfen schlagen?

Im ganzen Reich verbreitete der junge Minnesänger seither seine Kunde unter den staunenden Herzögen, Grafen, Bischöfen und Rittern. Auf den düsteren kalten Burgen genauso wie in den prächtigen Bischofspalästen. In den Kaiserpfalzen, vor den Klöstern, sogar in den Reichsstädten. Die Kunde von dem schier unbeschreiblichen Königspaar, das mit eigenen Augen zu schauen, ihm, dem jungen Walther, vergönnt gewesen war!

27. August, um die Komplet

Was waren es für Worte, die nun wieder und wieder über die spröden Lippen der Kranken drangen? Ein Name...es schien sich um einen Namen zu handeln. Vorsichtig beugte sich die Kammerzofe zu der regungslosen Irene herunter und lauschte intensiv. Es war kaum zu verstehen.

Doch! Jetzt! War es...konnte es sich um diesen Namen gehandelt haben? Noch einmal konzentrierte sich Brigitta von Gundelfingen auf die kraftlos gehauchten Silben. Dann endlich hatte sie verstanden. In der Tat. „Rainald". Der Name ihres ersten Sohnes, den Irene wenige Wochen nach dem prunkvollen Weihnachtsgottesdienst im Magdeburger Dom geboren hatte. Welch unbeschreiblichen Jubel hatte die Nachricht von der Geburt des Thronfolgers damals im Reich gezeitigt! Mit Schaudern erinnerte sich Brigitta an jene letzten Wintertage des Jahres 1200. Tage, die doch so hoffnungsfroh begonnen hatten. Zunächst hatte es König Philipp seinen Gefolgsleuten ja sogar verwehren wollen Boten auszusenden, die von der Geburt Rainalds berichteten. Doch schließlich hatte er ihre Argumente akzeptiert. Es handele sich um ein weiteres Zeichen von immenser Bedeutung, dass jedermann im Reich von der Geburt des Thronfolgers Kenntnis erhalte. Ein Fingerzeig für alle, dass die Regentschaft der Staufer mit diesem Kind ihre Fortsetzung erfahren würde. Und dass die Thronfolge durch seinen Sohn Rainald auch bis weit in die Zukunft hinein gesichert sei.

Doch kaum waren die Boten mit ihrer Kunde ausgeschwärmt, da hatte sich das unfassbare ereignet. Am Morgen, nur zwei Tage nach seiner Geburt, hatte das Kind tot in seiner Wiege gelegen. Es war schon kalt, als es die entsetzte Amme in ihre Arme nahm. Tot. Einfach gestorben – ohne dass einer der zahlreichen Ärzte und Heilkundigen auch nur die geringste Erklärung dafür abgeben konnten.

So strahlend die Sonne über dem Hohenstaufen geleuchtet hatte, so finster waren die Wolken, die nun plötzlich den Himmel verdunkelten.

Wieder war das Grauen über Irene gekommen, die sich nur mühsam von diesem Schicksalsschlag erholte.

Allem Anschein nach schien die Königin im Fiebertraum die damaligen Ereignisse jetzt noch einmal zu durchleiden. Die von allen bejubelte Geburt ihres Sohnes Rainald. Dann dessen plötzlicher Tod.

„Herrin," zärtlich streichelte Brigitta die eingefallene bleiche Wange der Kranken. „Alles wird gut, Herrin, alles…" Es schien ihr, als huschte bei diesen Worten die Andeutung eines matten Lächelns über Irenes Züge. „Er ist nicht gestorben, Euer kleiner Sohn. Er ist Euch nur vorausgegangen und wartet auf Euch dereinst im Reich des Herrn…"

Es fiel der schwäbischen Adligen alles andere als leicht diese tröstenden Worte auszusprechen. Jetzt, wo auch in ihr die Hoffnung auf eine Genesung ihrer Königin allmählich schwand. Auch Brigitta spürte, wie die Kraft in ihr selbst allmählich nachließ. Und die Zuversicht.

Wie oft schon hatten sie es gemeinsam vermocht die schweren Tage zu überwinden, die wieder und wieder über das Königspaar herein gebrochen waren. Tatsächlich immer dann, wenn sie, erfüllt von Hoffnung und Zuversicht, an eine gute Wendung des Schicksals geglaubt hatten. Immer dann waren sie von neuen Schicksalsschlägen erfasst worden. Und wie energisch hatte sie dann Irene widersprochen, wenn diese wieder von den dunklen Schatten der Vergangenheit geredet hatte, die sie zeitlebens verfolgen würden…Doch, es waren schlimme Tage gewesen, die Tage nach dem Tod des im Volk so lange herbei gesehnten Königssohnes – wie sich das gesamte Jahr 1200 überhaupt mehr und mehr zu einem Katastrophenjahr entwickelt hatte, das all ihre Hoffnungen vom Weihnachtsfest in Magdeburg zunichte machte.

War die Begegnung mit dem Leprakranken vielleicht ein Zeichen gewesen? Ein Zeichen dafür, dass neues Unheil drohte, wie einige der ewig Furchtsamen in ihrem Gefolge düster prophezeit hatten? Unheil für das Königspaar – und womöglich für das ganze Reich der Staufer!

Es war nur wenige Tage nach dem unvergesslichen Weihnachtsgottesdienst in Magdeburg gewesen, als sich ihnen auf der wochenlangen Reise zurück zum Hohenstaufen, die sie aufgrund der fortgeschrittenen Schwangerschaft der Königin nur in kleinen Etappen mit zahlreichen

Ruhepausen bewältigten, eine düstere Prozession von vielleicht zwei Dutzend Menschen in den Weg gestellt hatte. Die hölzernen Klappern, mit denen die in weite Kapuzen gehüllten Frauen und Männer ausgestattet waren, hatten sogar bei den sonst so furchtlosen und unerschrockenen Reisigen für Entsetzen gesorgt. Leprakranke! Bei den Gestalten, die sie mit höhnischen, wenn nicht gar hasserfüllten, Blicken musterten, handelte es sich um Menschen, die an Lepra erkrankt waren. Mit lautem Klappern hatten sie dafür zu sorgen, jedermann zu warnen um ihnen rechtzeitig ausweichen zu können. Tatsächlich! Leprakranke! Jetzt konnte auch Brigitta die von der Krankheit zerfressenen Gesichter erkennen, die nicht mehr vorhandenen Nasen, die großen Geschwüre an den Lippen! Ekelhaft! Weshalb aber stellten sie sich ihnen in den Weg? Weshalb wichen die Kranken nicht zurück, so wie dies doch ihre Pflicht und Schuldigkeit gewesen wäre?

„Aus dem Weg! Fort mit euch, ihr elenden Gestalten," zog der Anführer ihrer Reisigen drohend sein Schwert aus der Scheide, vermied es jedoch sich den Kranken zu nähern. „Was stellt ihr euch diesem Zug in den Weg? Wisst ihr nicht, dass es verboten ist, was ihr tut, und dass es euch das Leben kosten kann?"

„Das Leben kosten!" Die Leprakranken ließen ein höhnisches Lachen ertönen, während sie sich dem erschrocken zurückweichenden Soldaten drohend näherten. „Wer wagt es uns mit dem Tod zu drohen? Wo doch der Tod keine Strafe für uns ist – im Gegensatz zu diesem verfluchten Leben! Bedenkt dies immer, ihr edle und hochgeborene Gesellschaft, die ihr meint sich über uns armselige Sünder erheben zu können: Wo das Licht ist, da sind auch die Schatten nicht weit. Und sie können über euch kommen, schneller als ein Wimpernschlag..."

„...Falls es euch auch fürderhin vergönnt sein wird überhaupt noch Augenlider zu besitzen" kicherte eine der am schlimmsten entstellten Frauen hysterisch.

Damit traten sie zur Seite und machten den Weg wieder frei. Noch Tage später kreisten die Gedanken der bis tief ihr Innerstes beunruhigten Irene um die apokalyptischen Wegelagerer, die sie ausgerechnet in der glücklichsten Phase ihres Lebens wieder mit den dunklen Schatten konfrontiert hatten, die wohl niemals von ihr weichen sollten! War es also ein Zeichen gewesen? Die Andeutung kommenden Unheils, wie die furchtsamen unter dem Gefolge des Königs meinten? Das Unheil, das sich ihnen in Gestalt der Leprakranken in den Weg gestellt hatte? Die Ereignisse der kommenden Jahre schienen diese Befürchtungen zu bestätigen. Erst der Tod des kleinen Rainald und dann die politischen Entwicklungen, die all ihre Hoffnungen auf Frieden und Ausgleich im Reich zunichte machten. Nicht nur, dass weder die Welfen noch ihre Parteigänger auf die Friedensangebote König Philipps eingegangen waren – auch diejenigen Reichsfürsten, die in ihrer Bündnistreue immer noch schwankten, machten wider Erwarten keinerlei Anstalten sich endgültig auf die staufische Seite zu schlagen. Sie warteten ab. In dieser Lage konnte man schließlich nie wissen... Und je nachdem, wohin das Pendel eines Tages ausschlagen würde, konnte es fatale Folgen zeitigen, wenn man sich zuvor der falschen Partei angeschlossen hatte.

Zumal der Welfe nach wie vor nicht nur finanzielle Hilfe von England erhielt, sondern von den dort herrschenden Normannen geradezu gedrängt wurde endlich gegen Philipp loszuschlagen. Weit über den Tod von Richard Löwenherz hinaus hatte man sich die Engländer also zum Feind gemacht, und vor allem die hasserfüllte greise Mutter des Löwenherz, also Königin Eleonore von Aquitanien, schien nicht eher rasten zu wollen, bis die Herrschaft der Staufer für alle Zeiten vernichtet war.

Noch schlimmer begann das Jahr 1201. Denn am Weihnachtsfest des vergangenen Jahres hatte sich Papst Innozenz endgültig dazu durchgerungen, den Welfen Otto als neuen deutschen König anzuerkennen. Nicht Philipp, den rechtmäßigen Nachkommen des Kaisers Rotbart, den Bruder des verstorbenen Kaisers Heinrich, und noch nicht einmal Heinrichs Sohn, Friedrich Roger, der sich ja nach wie vor unter der Vormundschaft des Papstes befand! Nein, er hatte sich für den Dritten entschieden, für Otto, von dem er die wenigste Gefahr erwartete, wenn es um die Umsetzung seiner eigenen Pläne ging: die Ausweitung der päpstlichen Macht.

Selbst die neuerliche Entsendung einer mit den höchsten staufischen Beratern besetzten Delegation hatte seine Entscheidung noch beeinflussen können. Innozenz war standhaft geblieben. Mehr noch: Er hatte den über Philipp verhängten Kirchenbann sogar noch erneuert! Ausgerechnet Philipp, der fromme und tugendsame ehemalige Bischof von Würzburg war zum zweiten Mal mit dem Kirchenbann belegt worden! Eine Ungeheuerlichkeit – zumindest in den Augen der Staufergetreuen. Und wieder war es niemand anders, als der junge Minnesänger Walter von der Vogelweide, der die Kunde von diesem schändlichen Handeln mit seinen Liedern und Gedichten in alle Himmelsrichtungen verbreitete. Alle Welt sollte hören, wie sich der wortbrüchige Papst erdreistete, mit dem unschuldigen König Philipp umzuspringen. „In Rom hörte ich Lügen und zwei Könige betrügen“, dichtete er voller Ingrimm und spielte dabei auf die von vielen als völlig unhaltbar empfundene Tatsache an, dass drei Männer für sich reklamieren konnten zum Deutschen König gewählt worden zu sein! Wem aber stand die Königswürde wirklich und wahrhaftig zu? Doch wohl nur einem: Philipp! Der junge edle Mann, dessen Los nicht nur Walther von der Vogelweide mit dem des unschuldigen reinen Siegfried verglich, so wie sie das Los der anmutigen Irene mit dem der sagenumwobenen Königin Kriemhilde gleichsetzten. War nicht beim Tode des Kaisers Heinrich wie ein Lauffeuer die Nachricht durch die Lande gegangen, dass Dietrich von Bern den Menschen drohend auf seinem schwarzen Ross erschienen sei? Doch! Es herrschten ähnliche Zustände im Reich wie damals, als die stolzen Nibelungen ihrem tragischen Untergang entgegen gezogen waren. Und wieder waren dunkle Mächte am Werk, die es einzig und allein darauf anlegten, das Reich in Elend und Not zu stürzen. Der Welfe! Um wen sonst, als um den verräterischen Hagen von Tronje, konnte es sich bei ihm handeln. Und so erachteten sie das Vorhaben, das der Bischof Wolfger von Passau in Auftrag gegeben hatte, nämlich die erste Niederschrift vom Leben und Ende der sagenhaften Nibelungen, deren Schicksal und Untergang bislang nur mündlich verbreitet worden war, als wahrlich sehr begrüßenswert! Es konnte der guten Sache der Staufer nur dienlich sein. Erfüllt von neuer Zuversicht zog der junge Minnesänger, der in der Bischofsresidenz von Passau nicht müde geworden war den Edelmut des jungen Königspaares zu preisen, weiter. Was immer die kommenden Jahre auch bringen mochten, er, Walther von der Vogelweide, würde sich auf seinem Weg nicht beirren lassen. Mit eigenen Augen war es ihm vergönnt gewesen sie erblicken zu dürfen: Philipp, den jungen edlen Mann und Irene, die liebreizende Königin Irene – die griechische Maria, die Rose ohne Dorn!

Die Zukunft freilich...sie schien eher düster, schien irgendwo am fernen dunklen Horizont zu enden!

Nur ein einziges Mal hatte sie das glockenhelle Lachen ihrer Königin in diesem mit Sorgen erfüllten Jahr 1201 überhaupt gehört. So erinnerte sich Brigitta später voller Wehmut an diese Zeit zurück. Es war anlässlich des Besuches einer byzantinischen Abordnung auf dem Hohenstaufen gewesen.

Diese Abordnung hatte endlich einmal gute Nachrichten mitgebracht. Zwar nicht aus dem Deutschen Reich, aber zumindest aus Byzanz. Nachrichten von Irenes Bruder Alexios, der es tatsächlich geschafft hatte die Herrschaft über Konstantinopel zurück zu erobern. Und nicht nur das: Es war ihm auch gelungen sich an der Macht zu halten. Was niemand, auch Philipp nicht, für möglich gehalten hatte. Der Bruder und auch der Vater waren also am Leben! Aufatmend hatte Irene diese Kunde vernommen. So sehr sie anschließend auch unter den Schilderungen zu leiden hatte, als einer der Gesandten vom Gesundheitszustand ihres geblendeten Vaters berichtete. Sie waren am Leben!

Mit einem Hilfsersuchen wandte sich der Basileus nun an seinen staufischen Schwager. Man fühle sich zu schwach um ohne starke Hilfe von außen die permanenten Gefahren zurück zu schlagen, die dem einst so mächtigen Ostrom von Seiten der immer aufsässiger agierenden ehemals von Byzanz besetzten Staaten drohten. Und dann seien da vor allem noch die Osmanen zu nennen, deren ganzes Tun und Trachten auf eine Eroberung der Stadt am Goldenen Horn zielten, was jedoch ganz sicher nicht im Interesse des Reiches liegen könne. Eine weitere Gefahr drohe – ausgerechnet – von den Kreuzfahrern, die in diesen Wochen zu einem neuerlichen Kreuzzug rüsteten. Man habe in diesem Zusammenhang jedoch Besorgnis erregende Mitteilungen erhalten. Dandolo, der macht- und geldgierige Doge von Venedig, ziele darauf ab, Byzanz mit Hilfe der Kreuzfahrer zu erobern und die immer noch gewaltigen Schätze der Stadt nach Venedig zu schaffen!

Voller Sorge hatte Philipp die Nachrichten in Empfang genommen und daraufhin betrübt den Kopf geschüttelt. Es sei ihm in dieser unruhigen

Zeit zu seinem großen Leidwesen nicht möglich dem Schwager die erbetene Hilfe zu gewähren, denn er selbst sei in fortwährende kriegerische Auseinandersetzungen mit dem Gegenkönig verwickelt und somit nicht in der Lage Hilfstruppen zu entsenden. Und auch beim Papst, dem er im Übrigen durchaus zutraute in die Pläne des Dogen stillschweigend eingeweiht zu sein, könne er sich nicht für Byzanz verwenden. Schließlich laste immer noch der Bannstrahl des Papstes auf ihm…

Selbstverständlich aber wollte König Philipp Boten an die Fürsten im Osten Europas aussenden um diese nachdrücklich auf die Gefahren hinzuweisen, die Byzanz von den Türken drohten. Denn eine osmanische Eroberung von Konstantinopel konnte erst recht nicht im Interesse dieser Reiche liegen – aller langjährigen Rivalitäten mit Byzanz zum Trotz. Das Bollwerk des Abendlandes gegen Araber, Perser und Osmanen musste gehalten werden! Um jeden Preis gehalten werden! Aber wie? Selten hatte sich der junge deutsche König so schwach und ohnmächtig gefühlt, wie an jenem Tag. Wo es sich doch um die Heimat seiner Gemahlin handelte, Irenes Heimat und Familie, die da so ernsthaft in ihrer Existenz bedroht war. Und ihm, Philipp, war es nicht möglich hilfreich an die Seite der Bedrängten zu eilen.

Beim danach folgenden festlichen Gelage für die byzantinische Abordnung war es dann endlich wieder ertönt, jenes fröhliche Lachen der jungen Königin, das sie in den vergangenen Monaten so sehr vermisst hatten: Ohne dass diese Tatsache bisher von irgend jemandem auf der Burg bemerkt worden war, hatten die Byzantiner nämlich einen dressierten Affen in ihrem Gefolge mit sich geführt. Und gerade in jenem Augenblick, als der König seinen Trinkspruch auf die weit gereisten Gäste ausgebracht und den Becher mit südländischem Wein an seine Lippen gesetzt hatte, da raste urplötzlich ein pelziges Etwas durch den Raum. Während die Menschen im Festsaal erschreckte Rufe ausstießen und ängstlich vor dem wohl 30 Zentimeter großen braunen Ungeheuer zurückwichen, verfiel Irene in ein fröhliches Gelächter. Voller Begeisterung klatschte sie in die Hände, um den Affen, der sich der Festgesellschaft mit zahlreichen wilden Purzelbäumen präsentierte zu weiteren Kabinettstückchen zu animieren. Irene! Ausgerechnet die sonst so scheue und zurückhaltende Königin schien mit einem Mal wie verwandelt. Erstaunt rieb sich selbst Brigitta die Augen. Handelte es sich wirklich um dieselbe Irene, die sich noch am heutigen Morgen ernst und still zum stundenlangen Gebet in die Burgkapelle zurückgezogen hatte?! Ein Wunder! Glockenhell schallte das fröhliche Lachen der jungen Frau durch die Burg und immer schneller klatschte Irene in die Hände. Die Festgäste hatten sich von ihrem Schrecken mittlerweile erholt und betrachteten voll ungläubiger Verwunderung das merkwürdige Wesen, das anscheinend nicht müde wurde seine wilden Sprünge zu vollführen.

Nur der Burgkaplan verharrte zitternd in der Ecke und murmelte leise Gebete, wobei er sich wieder und wieder angstvoll bekreuzigte. „Der Satan! Der Satan persönlich ist über uns gekommen, um uns mit sich zu reißen in die ewige Verdammnis!“, stotterte der Mann mit aschfahler Miene.

„Ach, was redest du denn da?“, bedachte Irene den ängstlichen Zeitgenossen mit einem tadelnden Kopfschütteln. „Das ist kein Teufel, das ist doch nur ein Affe!“

„Ein Ungeheuer, wie wir es von den Säulen unseres Klosters kennen, wo seine Fratze uns zusammen mit Drachen, Schlangen und anderem Getier unheilvoll entgegen starrt!“, ließ sich der Mann jedoch nicht von seiner düsteren Erkenntnis abbringen.

Unwillig klatschte Irene in die Hände. „Es ist ein Affe! Ein Tier, wie es in meiner Kindheit am Hof meines Vaters bei jeder Belustigung anzutreffen war. Ein harmloser, dressierter Affe!“

„…der im Übrigen ein Gastgeschenk Eures Bruders an die verehrte Königin des Deutschen Reiches darstellen soll,“ warf sich nun einer der byzantinischen Gesandten stolz in die Brust.

„Ein Geschenk? Für mich? Von meinem Bruder Alexios?“ Erstaunt und gleichzeitig erfreut musterte Irene ihr in ein prächtiges seidenes Gewand gehülltes Gegenüber.

„So ist es. Euer Bruder, der Basileus von Byzanz, lässt Euch seine herzlichsten Grüße übermitteln und möchte Euch mit diesem Tier an die Zeiten der Kindheit erinnern, die Ihr über lange Jahre hinweg gemeinsam im kaiserlichen Palast verbracht habt. Ein Geschenk für Euch, Herrin!“ Der

Gesandte machte eine tiefe respektvolle Verbeugung vor Irene, in deren Augen es wässrig glänzte. Erinnerungen an ihre so lange schon zurückliegende Kindheit in Byzanz. Und mochte es sich in Wirklichkeit auch eher um einen klug geplanten Schachzug ihres kühl kalkulierenden Bruders handeln, der sich mit einer solchen Geste der besonderen Unterstützung seiner Schwester im Hinblick auf eine mögliche Hilfeleistung für Byzanz versichern wollte, es waren dennoch bittersüße Gedanken, die Irene in diesem Moment erfüllten. Was auch immer sich an wahrer Absicht hinter diesem Geschenk verbergen mochte, Irene nahm es mit Freuden an.

„Ich danke euch. Es ist mir eine große Freude das Tier bei mir behalten zu dürfen. Bestellt dem Basileus meinen herzlichen Dank." Irene bückte sich und nahm den wild kreischenden Affen in ihre Arme.

„Wir nennen ihn Otto!", meldete sich nun eine laute Männerstimme zu Wort. „Denn er scheint genauso verrückt zu sein, wie der Welfe!" Anselm von Justingen lachte dröhnend und klatschte sich vor Vergnügen auf die Schenkel.

Auch der übrige Teil der Festgesellschaft brach nun in lautes Gelächter aus. „Otto! Ein guter Vorschlag! Ein Affe, zwei Affen. Otto, der Vierte und dieser hier: Otto der Fünfte! Und welcher von beiden ist der größere Affe?!"

Es folgte eine ausgelassene fröhliche Feier, wie man sie auf dem Hohenstaufen schon seit Monaten nicht mehr hatte erleben dürfen. Endlich war der Alptraum durchbrochen, der seit dem Tod des kleinen Rainald und den nicht enden wollenden Auseinandersetzungen mit dem Gegenkönig bleischwer auf ihren Gemütern lastete. Nur einer in der Runde war nicht in Festtagslaune: der Burgkaplan. Nach wie vor starrte er misstrauisch und furchtsam auf den Affen, der zur wachsenden Begeisterung der Anwesenden immer tollere Kapriolen vollführte. Der Mann in seiner schwarzen Kutte bekreuzigte sich sorgenvoll, während er unablässig leise Gebete murmelte um die Macht des Satans von sich fern zu halten.

Nur Tage nach dem Abzug der byzantinischen Gesandtschaft war der Affe plötzlich spurlos verschwunden. Und so sehr die Bewohner des Hohenstaufen nicht nur die gesamte Burg, sondern auch den ganzen Bergkegel und die umliegenden Wälder in der Ebene durchkämmten: Das Tier war und blieb wie vom Erdboden verschluckt. Aus nahe liegenden Gründen fiel der Verdacht, etwas mit diesem rätselhaften Umstand zu tun zu haben sofort auf den Kaplan. Doch dieser zuckte nur lächelnd mit den Schultern und meinte, er sei froh, dass der Herrgott nun alles gerichtet habe, in dem er den Abgesandten des Höllenfürsten von ihnen genommen habe.

Für Irene freilich bedeutete das Verschwinden des Tieres neuen Kummer. Auch wenn es sich nur um einen Affen gehandelt hatte: Es war das letzte Bindeglied, das sie mit ihrem Bruder und mit ihrer Heimat verband. Eine Heimat, die sie wohl nie mehr wiedersehen würde.

In der Tat fiel Basileus Alexios von Byzanz, der Bruder der deutschen Königin Irene, wenig später einem Attentat seiner Beamten zum Opfer. Und die inzwischen angelandete Vorhut der Kreuzfahrer tat ein Übriges um die Stadt in ihren Grundfesten zu erschüttern. Raubend und plündernd zogen sie durch die Straßen der einstmals so prächtigen Metropole. Es war das elende Ende einer glanzvollen Epoche. Und mit dem Rom des Ostens war auch die Dynastie der Angeloi versunken, der Familie, aus der Irene stammte. Ihre schlimmsten Befürchtungen hatten sich bestätigt: Auch die letzten Verbindungen zu ihrer Familie und ihrer Heimatstadt waren mit dem Mord an ihrem Bruder unwiderbringlich gekappt worden. Nun war ihr wirklich nur noch Philipp geblieben!

Erst im beginnenden Sommer des Jahres 1202 schien es Brigitta von Gundelfingen, als habe ihre Herrin neuen Mut und neue Lebenszuversicht geschöpft. Nur wenige Wochen nach der Geburt ihrer Tochter Kunigunde hatte sie sich zusammen mit dem König zur feierlichen Weihe der Kirche des nahe beim Hohenstaufen errichteten Prämonstratenserklosters Adelberg eingefunden. Es war ein glanzvolles Ereignis, an dem auch zahlreiche Edle des Reiches teilnahmen. Die Weihe zu Ehren der heiligen Jungfrau Maria und des heiligen Ulrich von Konstanz wurde von keinem geringeren, als dem Bischof von Beirut vollzogen. Eine viel bestaunte Tatsache, der freilich eine ganz einfache Erklärung zugrunde lag. Philipp hatte im Juli einen Reichstag in Esslingen abgehalten und war dann unmittelbar nach dessen Ende zusammen mit dem Bischof nach Adelberg aufgebrochen. Eine Feierlichkeit, die ihm ganz besonders am Herzen lag.

Genauso sehr, wie auch seiner frommen Gemahlin Irene, die immer mehr Zuflucht im Gebet suchte, um die zahlreichen Sorgen und Kümmernisse ertragen zu können, die so schwer auf ihrer jungen Seele lasteten.

Für Irene, die sich ja bei ihrem Übertritt vom byzantinischen Glauben auf den Namen Maria hatte taufen lassen, war die Weihe der Kirche unter das Patronat der mildtätigen und von allen Gläubigen verehrten Himmelfürstin ein heiliger Akt, mit dem sie einmal mehr die Hoffnung verband, die heilige Jungfrau würde alles zum Guten wenden. Zumal Irene sich selbst ganz bewusst unter die Regentschaft Mariens begeben hatte.

Und auch Philipp verbanden mit Adelberg nicht nur manche Hoffnungen, sondern auch viele Erinnerungen. Nachdem das Kloster seinerzeit mit Hilfe des Kaisers Friedrich Barbarossa von seinem Verwandten, Volknand von Staufen, dem Vogt und Verwalter des Hohenstaufen, gegründet worden war, wurde im Jahr 1188 als erster bedeutender Bauabschnitt der Choraltar geweiht. Und auch damals hatten sich alle eingefunden, die im riesigen Reich der Staufer von Rang und Namen waren: der Kaiser selbst sowie alle seine Söhne, also auch der zwölfjährige Philipp. Bei der prunkvollen Weihe durch niemand geringeren als Bischof Hermann von Münster, war sich Philipp endgültig sicher geworden, dass nichts Anderes als eine geistliche Laufbahn für ihn in Frage kam. Felsenfest war er dieser Überzeugung gewesen, die er auch seinem anfänglich widerstrebenden Vater gegenüber kompromisslos vertreten hatte – bis das Schicksal seinem Leben nur wenige Jahre später eine völlig andere Wendung bereitet hatte. Und so betrat Philipp nun Hand in Hand mit seiner Gemahlin Irene als Deutscher König das Gotteshaus, das er ansonsten als Bischof von Würzburg am heutigen Tag vielleicht sogar selbst geweiht hätte, wenn ihm das Leben nicht eine neue Bestimmung zugewiesen hätte.

Die weiß gekleideten Mönche in ihren langen weiten Tuniken bildeten ein eindrucksvolles Spalier, durch das die Prozession zum Altar schritt. Und beide, Irene ebenso wie Philipp, genossen die Magie dieses Tages in vollen Zügen. Lange saßen sie am Abend auf dem Hohenstaufen noch zusammen und betrachteten von der Fensternische des Herrenhauses schweigend den Sonnenuntergang, der das weite Land zu ihren Füßen in einen magischen rotgoldenen Schimmer tauchte. So lieblich – so friedlich!

„Ach, wäre es mir doch vergönnt dich öfter auf deinen langen Reisen zu begleiten“ murmelte Irene schließlich leise und durchbrach damit die andachtsvolle Stille, während sie gleichzeitig die Hand ihres Mannes ergriff und diese innig drückte.

„Dasselbe gilt auch für mich,“ nickte Philipp nachdenklich. „Wie gerne wäre ich öfter an deiner Seite. Doch die Pflichten eines Königs scheinen sich niemals zu verringern. Und immer dann, wenn ich glaube den meisten Dingen Herr geworden zu sein, werden neue Anforderungen an mich heran gebracht, deren Lösung keinen Aufschub duldet. Oder zu dulden scheint, wie mir meine Räte nicht müde werden, zu versichern,“ setzte er seufzend noch hinzu.

„Wir lassen unsere kleine Kunigunde in der nächsten Woche in Adelberg taufen. So lange kannst du noch bleiben, nicht wahr?“

„Bis zur Wochenmitte werde ich meine ungeduldigen Gesellen wohl noch hinhalten können. Doch spätestens dann werden sie zu einem raschen Aufbruch drängen. Nach dem Reichstag in Esslingen gibt es genug zu tun und zu überwachen, ob all das, was meine Lehensleute feierlich versprochen haben, auch in die Tat umgesetzt werden wird. Und dazu bedarf es eben auch meiner Anwesenheit. So liebend gerne ich hier bei dir verweilen würde. Und zusammen mit meiner geliebten Gemahlin solch wunderschöne Tage wie den heutigen genießen möchte…“ Philipp verstummte. Genau in diesem Augenblick verschwand der glutrote Ball der Sonne am fernen Horizont. Bald schon würde es dunkel werden. Wieder war ein Tag zu Ende gegangen. Was würde der morgige Tag an neuen Botschaften mit sich bringen? Gute Nachrichten? Schlechte Kunde? In der Tat schien sich die Lage mehr und mehr zuzuspitzen. Der Welfe hatte seine Truppen hinter sich versammelt – während es Philipp nicht erst seit dem kürzlich beendeten Reichstag schien, als wäre auf manchen seiner Lehensleute im Ernstfall längst nicht so viel Verlass, wie dieser von sich nicht müde wurde, zu behaupten.

Der König räusperte sich verlegen. So sehr ihm das Thema auch widerstrebte: Er musste es ansprechen. Jetzt ansprechen. Irene hatte schließlich ein Anrecht darauf, zu erfahren, wie die Dinge standen. „Wir werden bald schon nicht mehr umhin können, Heiratsabreden zu vereinbaren. Heiratsabreden für unsere Töchter…" Bewusst ließ er das Ende seines Satzes ins Leere ausklingen.

„Heiratsabreden!" Es war nur dieses eine Wort, das Irene aussprach. Es verging geraume Zeit, bevor sie weiter sprach. „Aber…unsere Kinder. Sie sind doch noch so jung. Maria vier Jahre alt, Beatrix drei Jahre – und Kunigunde: Sie ist doch gerade erst geboren worden. Wir…wir waren uns doch immer einig, dass wir unseren Kindern das nicht zumuten wollen, was mein Vater mit mir getan hat." Aus ernsten traurigen Augen musterte Irene ihren nur noch schemenhaft zu erkennenden Gemahl. „Ist es wirklich und wahrhaftig dein Wille dies zu tun?", flüsterte sie mit belegter Stimme.

Philipp nickte müde. „Glaube mir, es widerstrebt mir bis tief ins Innerste meines Herzens," antwortete er stockend. „Aber es scheint keinen anderen Ausweg mehr zu geben, wenn ich das Reich auch an seinen Grenzen auf Dauer sichern will. Wenn ich nicht Gefahr laufen will, dass meine Grafen in den Gebieten dort zur Partei des Welfen überlaufen. Es sei die einzige Möglichkeit, die uns verbliebe. Erklären die Berater…"

„Die Berater!"

„Ich verstehe, was du sagen willst. Schließlich handelt es sich um unsere Kinder. Aber sie sind alle derselben Meinung, meine Ratgeber – eine Übereinstimmung, wie sie nur selten der Fall ist. Mit kriegerischen Auseinandersetzungen, die mir von Grund auf zuwider sind, komme ich aber nicht weiter. Dazu sind unsere Kräfte zu schwach – und eben unsere angeblichen Gefolgsleute viel zu unsichere Kandidaten. Das hat mir der Reichstag überdeutlich bewiesen. Maria und Beatrix sind nach Meinung meiner Diplomaten aussichtsreiche Kandidatinnen für eine Verlobung mit dem Herzog von Brabant und dem König von Kastilien. Damit wäre zumindest an dieser Front vorläufig für Ruhe gesorgt, glauben sie…"

„Und weiter?", fragte Irene tonlos. Ihr Mann war mit seiner Rede noch nicht zu Ende. Das befürchtete sie nicht nur: Sie konnte es schmerzhaft fühlen!

Philipp atmete tief. „Du hast richtig vermutet. In der Tat haben sie mich aufgefordert ihnen auch zu gestatten, eine Heiratsabrede für Kunigunde auszuhandeln…"

„Kunigunde! Aber sie ist doch erst wenige Tage alt!"

„Und dennoch. Sie sagen, es sei dringend geboten…"

„Wer ist es?"

Wieder räusperte sich Philipp unbehaglich. „Es…es ist Otto von Wittelsbach. Ein wichtiger…"

„Der Wittelsbacher!" Voller Entsetzen war Irene in die Höhe geschossen. „Das ist nicht dein Ernst?! Ausgerechnet der Wittelsbacher, von dem du noch nie eine gute Meinung geäußert hast. Der dir schon immer als gefährlicher Quertreiber erschienen ist! Und ausgerechnet ihm willst du unsere Tochter zur Frau versprechen? Ausgerechnet dem Wittelsbacher?"

Betroffen über die heftige Reaktion seiner Gemahlin, die er gleichwohl nur allzu gut verstehen konnte, senkte der König seinen Kopf. „Ich fürchte, wir haben keine andere Wahl…" Worte, die tausendfach von den Wänden des Raumes zu hallen schienen! „Aber von der Heiratsabrede bis zur tatsächlichen Hochzeit werden noch viele Jahre ins Land gehen. Wer kann sagen, was sich bis zu jenem fernen Zeitpunkt noch ergeben wird…" versuchte Philipp mit diesen Worten, von denen er inständig hoffte, sie mochten tröstlich klingen, die drückenden Sorgen abzumildern, die Irene ergriffen hatten.

Die Kinder! Nun auch noch die Kinder! Irenes Herz krampfte sich schmerzhaft zusammen. Welche schweren Prüfungen waren ihnen vom Schicksal denn noch beschieden? Reichte es denn nicht? War es nicht genug, dass doch schon ihrer beider Leben einzig und allein dem Diktat des Reiches unterworfen waren? Dass sie – zeitlebens – immer nur als Spielball für andere Interessen hatten herhalten müssen.

Also auch noch die Kinder! Weshalb die Kinder?Hörte es denn niemals auf? Undurchdringlich hatte sich die Dunkelheit nun über das finstere Land gelegt. Ein Hauch von Regen lag in der Luft. Von ferne hörten sie ein leises Donnergrollen. Bald schon würde das Wetter umschlagen…

32

Zwei völlig unterschiedliche Nachrichten beherrschten das Leben im Sommer des Jahres 1204. Zwei Berichte, wie sie unterschiedlicher gar nicht sein konnten. Und während die eine Botschaft immerhin für vorsichtig geäußerte Erleichterung unter den Anhängern der Staufer sorgte, brachte die nachfolgende Kunde umso mehr neues Leid und neuen Kummer für die Königin.

Es war zum Verzweifeln: Die schlechten Botschaften betrafen wieder einmal ausgerechnet Irene, die in ihrem noch so jungen Leben mehr Seelenqualen hatte aushalten müssen, als dies einem normalen Menschen überhaupt zumutbar schien. Kein Wunder, dass sie sich mehr und mehr in sich selbst und in ihre stundenlangen Gebete zurückzog. Selbst ihrer treuen Wegbegleiterin Brigitta von Gundelfingen gelang es immer seltener der Königin ein Lachen zu entlocken. Am liebsten wolle sie gar nichts mehr von dem Geschehen in der Welt und um sie herum erfahren, hatte Irene erst kürzlich voller Bitternis gemurmelt. Ihr einziges Sehnen und Trachten wolle sie auf die Erziehung ihrer kleinen Töchter richten, zusammen mit der Hoffnung sie recht lange an ihrer Seite behalten zu können – allen Heiratsabreden zum Trotz, die man für die ahnungslosen Kleinen ja bereits getroffen habe. Und Philipp: So sehr wünsche sie sich den geliebten Gatten an ihre Seite. Wenn endlich Krieg und Unfrieden ein Ende hätten. Wenn sie ihrem Gemahl endlich den ersehnten Sohn und Thronfolger geboren habe. Wenn es ihr und Philipp eines Tages vergönnt sei, sich zugunsten des Sohnes von den Regierungsgeschäften zurückzuziehen und ihnen fürderhin ein ruhiges friedliches Leben in Stille, Glück und Abgeschiedenheit beschieden sei.

Zunächst war eine gute Nachricht auf dem Hohenstaufen eingetroffen, eine Mitteilung, die Irene gleichwohl dennoch veranlasst hatte die nächsten Tage umso intensiver in der Burgkapelle zu verbringen, wo sie lange für die Seele der Verstorbenen betete. Ein Umstand, der selbst bei den Menschen in ihrer nächsten Umgebung für Unverständnis und Kopfschütteln sorgte. Schließlich handelte es sich um eine der erbittertsten Gegnerinnen der Staufer. Doch Irene ließ sich von den unverhohlenen Unmutsbekundungen, die teilweise selbst bis an ihre Ohren drangen, nicht im Geringsten beirren. Ein Mensch sei von dieser Erde gegangen und deshalb wolle sie es auch in diesem Fall als ihre Christenpflicht betrachten für die Seele der Verstorbenen zu beten. Für das Seelenheil der Eleonore von Aquitanien, der Mutter des Richard Löwenherz, die in diesem Jahr im sagenhaften Alter von 82 Jahren verstorben war. Eine weitere Geldquelle, die dem Welfen damit versiegt war. Otto IV., der die Kraft zu Auflehnung und Widerstand gegen den rechtmäßigen Deutschen König immer noch aus der gewaltigen finanziellen Unterstützung von Seiten der Engländer schöpfte. Doch nun, Jahre nach dem Tod von Richard Löwenherz, war mit dem Tod der „Löwin von Aquitanien", wie Eleonore schon zu Lebzeiten respektvoll bezeichnet worden war, eine entscheidende Wendung eingetreten. Denn schon in den vergangenen Jahren hatten die staufischen Kundschafter von den verschiedensten Höfen, sogar selbst aus Frankreich, berichtet, mit welcher Unlust man den immer neuen Forderungen der Eleonore begegnet war, die Erhebung gegen Philipp mit großen Summen weiterhin zu unterstützen. Und ohne den Einsatz der nötigen Geldmittel würde es Otto künftig schwer fallen, seine von den jahrelangen Auseinandersetzungen müde gewordenen Bundesgenossen bei Laune zu halten.

Während also diese Nachricht für erleichtertes Aufatmen am Hof gesorgt hatte, verbunden mit der zaghaften Hoffnung auf ein Ende des Kriegszustands, in dem man sich schon viel zu lange befand, brachte die kurz danach eintreffende Kunde aus dem Südosten neues Leid und neuen Kummer für Irene. Ausgerechnet! Gerade erst hatte Brigitta voller Erleichterung registriert, dass die Königin sich des Öfteren zum gemeinsamen Spiel mit ihren drei kleinen Töchtern im Burggarten einfand, als die Kunde von der zweiten Eroberung Konstantinopels nach dem Katastrophenjahr 1203 eintraf.

Und wieder waren es die Kreuzfahrer gewesen, dieses Mal das gesamte gewaltige Heer, das sich nach dem durchtriebenen Plan des Dogen Dandolo und unter der Führung des Grafen von Montferrat auf Byzanz gestürzt und es endgültig in Schutt und Asche gelegt hatte. Es war zu einem letzten gewaltigen Aufbäumen der einst so mächtigen Stadt gekommen, in dem sich die dem Untergang geweihten Byzantiner ein letztes Mal erbittert zur Wehr gesetzt hatten. Doch selbst die Anwendung des „griechischen Feuers“, ihrer von allen Gegnern gefürchteten Wunderwaffe, hatte es nicht mehr vermocht das Schicksal noch einmal von Byzanz abzuwenden. Riesige Mengen der stark mit Schwefel versetzten Chemikalie hatten sie den Angreifern entgegen geschleudert. Eine hoch brisante Mischung, die sich beim Kontakt mit Wasser auf der Stelle entzündete. Und so hatte sich das Meer in Sekundenbruchteilen in eine Flammenhölle verwandelt, in der Dutzende von Schiffen und hunderte, wenn nicht tausende von Menschen elendiglich verbrannt waren. Und wehe denen, die gemeint hatten sich durch einen Sprung in das brennende Wasser retten zu können! So verzweifelt sie auch versucht hatten, möglichst lange unter der Wasseroberfläche auszuharren, kurz vor dem Ersticken mussten sie auftauchen und versuchen, in der heißen qualmdurchtränkten Luft Atem zu holen. Ersticken, ertrinken oder verbrennen – das waren die Alternativen! Und die wenigen, die das Inferno überlebt hatten? Ihre grässlichen Verbrennungen sorgten für ein langes und qualvolles Ende.

Doch dann kam der Zeitpunkt, an dem die Verteidiger ihre letzte Salve über das Meer geschleudert hatten. Der Zeitpunkt, auf den die zweite und die dritte Reihe der Angreifer nur gewartet hatte. Und sie nahmen grausame Rache für ihre Gefährten. Das nun folgende Abschlachten überstieg jedes Maß an Vorstellungskraft. Am Ende der tagelangen Kämpfe war Byzanz vernichtet, die Stadt in Schutt und Asche versunken. Es handelte sich – darin waren sich die Historiker in späteren Jahren einig – um die größte Plünderung, die das Mittelalter jemals erlebt hatte. Irenes Familie war endgültig ausgelöscht. Die kümmerlichen Reste des Reiches wurden unter den Kreuzfahrern aufgeteilt in mehrere bedeutungslose Staaten. Der Glanz von Ostrom war endgültig erloschen.

Ein weiteres Trauma, von dem sich Irene nur noch schwer würde erholen können. Das zweite Reich nach dem der Normannen in Sizilien, dessen Untergang Irene hatte erleben müssen. Was für ein Schicksal!

33

27. August 1208, Prima

Die Nacht war alles andere als gut verlaufen. Es war eine Nacht, in der die Kranke sich unruhig auf ihrem Lager von einer Seite auf die andere gewälzt hatte ohne freilich das Bewusstsein erlangt zu haben. Eine Nacht, in der auch Brigitta keinen Schlaf gefunden und in der sie vielmehr voller Sorge und Anspannung den Morgen herbeigesehnt hatte, der nun gerade zu dämmern begann.

Ein graues fahles Licht fiel von der Fensternische auf das Gesicht der Königin und verstärkte damit noch den erschreckenden Anblick: Die gelbliche Hautfarbe, der wächserne Teint, der Irene in den Augen der erschrockenen Brigitta für einen Moment wie tot erscheinen ließ. Doch nein: Sie war am Leben! Da: Ein zartes Lächeln zuckte um die Mundwinkel der Schwerkranken.

Und wieder war ein leises kaum hörbares Flüstern zu vernehmen. „Endlich! Der Tag ist gekommen! Endlich Frieden! Endlich wirst du für alle sichtbar zum König gekrönt werden – und auch ich werde die Krone nun annehmen. Wie schön! Alles wird gut! Endlich gut!"

In der Tat: Mit Anbruch des Jahres 1205 war die kaum noch für möglich gehaltene entscheidende Wendung in dem Konflikt der Staufer mit der Welfenpartei eingetreten. Ausgerechnet der Erzbischof Adolf von Köln, der doch seinerzeit Otto IV. persönlich zum König gekrönt und die Ansprüche von Philipps erbittertem Rivalen dadurch erst legitimiert hatte, wechselte nun die Seiten! Was mit Sicherheit durch den mittlerweile nahezu versiegten Geldstrom aus England zu begründen war sowie durch die ebenfalls damit zusammenhängende Tatsache, dass auch der Bruder des Erzbischofs, Pfalzgraf Heinrich, zur Partei der Staufer übergewechselt war.

Und so waren Philipp und Irene in Begleitung ihres gesamten Gefolges am 5. Januar in Aachen eingetroffen, dessen Bürger die Stadttore weit geöffnet hatten und dem heranziehenden Paar jubelnd ihre Huldigung darbrachten. Der nächste Tag, Dreikönig des Jahres 1205, sollte zum wichtigsten Datum in der Geschichte des Reiches werden – seit dem Tod des Kaisers Heinrich. Denn dieser Tag würde das Ende eines seit Jahren währenden Krieges einläuten, den der Welfe nun nicht mehr gewinnen konnte, so viel stand durch die Tatsache der Aachener Königskrönung durch den seit Jahrhunderten festgelegten Coronator, den Erzbischof von Köln, nunmehr fest.

Unter strikter Geheimhaltung hatte man die auf dem Trifels sicher verwahrten Reichsinsignien, die Krone und das Schwert des Königs sowie den für Philipps erste Krönung im Jahr 1198 gefertigten Reichsapfel abholen lassen und die für den heiligen Akt der Krönung so wichtigen Gegenstände nach Aachen verbracht. Voller Bewunderung bestaunten Philipps Gefährten hier auch das neue Wappen der Staufer, das der König tatsächlich in aller Verschwiegenheit hatte anfertigen lassen, ohne dass sie bisher Kenntnis darüber erhalten hätten: Drei Löwen waren es nun, die an der Stelle des bisherigen einen traten. Und mochten seine Anhänger auch die Symbolik ihrer Zeit zur Erklärung bemühen, die sich in Gestalt von Philipps Vater und Philipps Bruder – der beiden Kaiser also – nun in Person ihres Königs dreifach widerspiegelte, er hatte den Wappentieren eine ganze andere, eigene Bedeutung zugemessen. „Für dich, für mich und für unseren Sohn, dem du dereinst das Leben schenken wirst, sollen diese unbesiegbaren Wappentiere stehen," hatte er Irene lächelnd erläutert. „Mögen sie getrost eine andere Deutung verbreiten – es soll unser beider gut gehütetes Geheimnis bleiben, was ich in Wirklichkeit damit gemeint habe."

Die Tage in Aachen waren erfüllt mit jenen symbolischen Handlungen, durch die sich der umsichtige Philipp auch der Zustimmung jener Edlen versicherte, die der neuen Entwicklung zunächst noch voller Skepsis und Misstrauen gegenüber gestanden hatten. Drangvolle Enge herrschte in der bis auf den allerletzten Platz besetzten altehrwürdigen Krönungsstätte, als das Paar den Aachener Dom betrat. Und beide, sowohl Philipp, wie auch Irene, präsentierten sich nun in roter, königlicher Gewandung. Als das für alle Welt jetzt sichtbare Zeichen, dass die neue Zeit tatsächlich gekommen war.

Mit ernster Miene trat Philipp, dessen Haupt zum Erstaunen vieler schon beim Eintritt in die Kirche mit der Krone des Reiches bedeckt war, vor den Erzbischof. Dann ergriff er die Krone und legte sie behutsam vor die Füße des Coronators. Diese weitere, bedeutungsvolle Geste war es, mit der er die Herzen der Skeptiker endgültig gewann. Denn tatsächlich unterwarf er sich damit einer neuen Königswahl: So eindeutig sie auch ausfallen mochte. Unübersehbar verband er sein Schicksal dadurch mit der Entscheidung der Edlen des Reiches. Mit einer zweiten Königswahl, mit der er nun auch all die anderen an sich band, die vor Jahren noch mit ihrer Stimme den Welfen auf den Schild gehoben hatten.

Unmittelbar nach der Wahl setzte gewaltiger Jubel ein: Die Wahl war einstimmig ausgefallen. Ein Tatsache, an der im Grund nicht zu zweifeln gewesen war, die aber dennoch mit Erleichterung aufgenommen wurde. Der Bann war gebrochen, die Anspannung hatte sich endgültig verflüchtigt. Die Zeremonie konnte beginnen.

Eine geradezu heilige Stimmung hatte sich über den Dom gelegt, als nun auch Irene vor den Erzbischof trat um sich die Krone aufsetzen zu lassen. Denn wann war es zuletzt zur Krönung einer deutschen Königin hier, an dieser heiligen Stätte, am Grab des großen Kaisers Karl, gekommen? Jahrhunderte waren seitdem ins Lande gegangen, so berichteten es später die Chronisten den staunenden Rittern. Es war zum ersten Mal seit dem Jahr 830, dass in Aachen eine Königin gekrönt wurde. Ein Akt, wie er heiliger und feierlicher doch gar nicht mehr begangen werden konnte. Die anmutige Kaisertochter aus dem einst so mächtigen Byzanz und der milde ausgleichende Mann, der es vermocht hatte die Trümmer des staufischen Reiches wieder zu einer Einheit zu fügen. Ein Reich, das größer noch und strahlender entstehen würde, als das des allmächtigen Kaisers Heinrich! Nach dem heutigen Erlebnis waren sich alle im Aachener Dom versammelten Edelleute, die mit neuem Mut und Selbstvertrauen dem Königspaar ihre feierliche Huldigung dargebracht hatten, dessen sicher.

Der junge König mochte sich durchaus nicht zu dieser Ansicht durchringen. Schon am Abend vor ihrer Krönung hatten sich Irene und Philipp ganz alleine zum Gebet an den Sarg des Kaisers Karl begeben ohne die Begleitung selbst ihrer engsten Bewacher zu akzeptieren. Und während sie sich dem Sarkophag des großen Kaisers näherten, hatte Philipp seine Zweifel und seine Sorge vor allzu großer Euphorie geäußert. Denn noch immer war das Land nur oberflächlich befriedet, konnte aus dem kleinsten Anlass ein neuer Konflikt auflodern. Und an eine weitere Expansion, wie sie sein Vater Kaiser Friedrich und erst recht sein Bruder, Kaiser Heinrich, permanent in ihren Herzen bewegt hatten, wollte Philipp gleich gar nicht denken. Das Reich war jetzt schon groß genug – viel zu groß sogar um es wirklich für alle Zeiten befrieden zu können.

Bei allem Glücksgefühl und aller Erleichterung, dass die Zeit der schweren Kämpfe nun zu Ende schien: Philipp mochte nicht vergessen, in dieser feierlichen und gelösten Stimmung dennoch auch an das Schicksal von Irenes einst so mächtig scheinendem Vater zu erinnern. An den Bruder, an die Familie, von der ihr nichts mehr geblieben war.

„So schnell wendet sich die Gunst des Schicksals. Das ist es, was wir Menschen niemals außer Acht lassen sollten. Bei allem Glück und Hochgefühl: Jede Epoche geht einmal zu Ende. Wie auch das Reich des großen Karl in Wahrheit doch längst versunken ist – selbst wenn sich die deutsche Ritterschaft noch immer auf dessen Erbe beruft. Wie schnell ist alles zu Ende…“ Er ergriff die rechte Hand seiner Gemahlin und präsentierte der erstaunten Irene einen wunderschönen, blau und golden schimmernden Ring, den er ihr danach an den Ringfinger steckte. „Es ist der Ring, den du dir vor Jahren schon gewünscht hast und den ich nach den Vorstellungen habe anfertigen lassen, die du mir damals genannt hast. Ein Ring, in den all die Marterwerkzeuge Christi geschmiedet sind. Als ewige Mahnung auch für uns ein Leben in Demut und Bescheidenheit zu führen. Ein gottgefälliges Leben. Wie lange schon habe ich diesen Tag herbeigesehnt. Den Tag, an dem ich dir diesen Ring überreichen kann. Und heute ist der Tag gekommen – endlich!“

Lange verharrten die beiden Eheleute vor dem Sarg Karls des Großen. Philipp und Irene – in stumme Gebete versunken. Erfüllt mit der sehnsüchtigen Hoffnung auf eine friedvolle und glückliche Zukunft!

34

Spätestens im August des Jahres 1207 waren auch die allerletzten Hoffnungen zerstoben, die sich Otto IV., der einstige Gegenkönig, noch hatte machen können, eines Tages die Oberhand über Philipp zu gewinnen. Denn zähneknirschend musste sich der Welfe, dessen Heer ein Jahr zuvor von Philipps Truppen endgültig geschlagen worden war, in seinem englischen Asyl berichten lassen, dass der Papst den Bannstrahl von Philipp genommen und ihn so vom Kirchenbann gelöst hatte. Die Niederlage Ottos war damit besiegelt. Es gab keine Hoffnung für den Welfen mehr. Philipp war der Deutsche König – niemand anderer sonst! Und er war anerkannt worden von einem seiner größten Widersacher, von Papst Innozenz III.! Nach zehnjährigem, erbittert geführtem Krieg war es vorbei. Endlich! Das Blutvergießen war zu Ende! Und niemand war glücklicher als Irene, die Königin, die inzwischen ein weiteres Kind zur Welt gebracht hatte. Wiederum ein Mädchen, das seine glückseligen Eltern auf den Namen Beatrix Isabella taufen ließen. Erneut Beatrix, ein Name, den sie wieder mit ihrer Hoffnung auf den ewigen Frieden verbanden, der nun Einzug halten würde im ganzen Reich.

Ein Frieden, den es freilich galt auf Dauer abzusichern. Und für den Philipp bereit war alles zu tun, was in seiner Macht stand. Selbst wenn er dabei Grenzen zu überwinden hatte, die unüberwindlich schienen. Wenn er Entscheidungen traf, die selbst bei seinen engsten Vertrauten maßlose Verblüffung hervorriefen. Und entschiedenen Widerspruch. Zumindest anfangs, als sie sich erstmals mit den Plänen des Königs konfrontiert sahen.

Es waren aber auch wirklich ungeheuerliche Dinge, die ihnen der Regent da skizzierte. Ein für die Vorstellungswelt der mittelalterlichen Ritter geradezu atemberaubender Friedensplan. Eine Geste der Versöhnung, bei der man Gefahr lief, dass sie dem König womöglich sogar als Schwäche ausgelegt wurde.

Die Diskussionen verliefen kontrovers und zogen sich über Tage hin. Bis Philipp die Debatte dann beendet hatte. Eine Debatte, in der es ihm nicht gelungen war alle Skeptiker wirklich zu überzeugen. Doch er war der König. Und es war sein Wille, so zu handeln. Wer hatte denn das Größte aller Opfer dargebracht? Niemand anders, als er selbst beziehungsweise Irene, die von seinem Vorschlag noch viel stärker betroffen sein musste, als Philipp selbst. Auch sie hatte ihrem Mann zunächst heftig widersprochen. Denn immerhin war es das Schicksal ihres gemeinsamen Kindes, das der König mit in die Waagschale legte um einen dauerhaften Frieden zu erreichen. Schweren Herzens hatte sich Irene schließlich den Wünschen ihres Mannes gebeugt. Vermutlich war das, was er vorschlug, wirklich der einzig gangbare Weg. Es war ein Opfer, das nicht zu vermeiden war. Ein Opfer, das dargebracht werden musste. Wirklich? War er sich wirklich sicher? Noch einmal hatte Irene den Plan ihres Mannes in ernsthafte Zweifel gezogen, doch wieder war sie am Ende den Argumenten Philipps machtlos gegenüber gestanden. Man konnte nun nur noch hoffen. Beten und hoffen, dass sich durch diese gewaltige Geste der Versöhnung, mit der König Philipp seinem erbitterten Gegner nun die Hand reichte, Philipps Voraussagen erfüllten und damit wirklich dauerhafter Frieden einkehrte. Eine Handlungsweise, wie sie noch vor wenigen Jahren in der Familie der Staufer undenkbar gewesen war. Bei Friedrich, dem Rotbart, der die aufsässigen italienischen Städte seine furchtbare Rache hatte spüren lassen. Und erst recht bei Heinrich, dem Schrecken aus dem Norden!

Doch Philipp war anders. Völlig anders. Selbst der nach England geflohene Otto vermeinte zunächst nicht richtig gehört zu haben, als ihm die Abordnung des Deutschen Königs dessen Friedensangebot übermittelte. Doch es war Tatsache: Allen Ernstes bot ihm der König das Herzogtum Schwaben zum Lehen an. Ausgerechnet das Land, aus dem die Staufer hervorgegangen waren. Das dieser Familie heilige Amt des Herzogs von Schwaben. An ihn, den Erbfeind aus dem Haus der Welfen, wollte der König es übergeben! Undenkbar – und dennoch Fakt! Doch die Abordnung hatte Otto noch eine zweite Mitteilung zu machen: Der König bot ihm überdies auch seine Tochter Beatrix zur Frau. Das war es, was Irene so vehement bekämpft hatte. Samt des damit verbundenen neuerlichen Schachers, den sie zutiefst verabscheute, nachdem sie selbst einmal Opfer solcher Winkelzüge gewesen war. Denn Beatrix war ihre älteste Tochter, die doch schon dem König von Kastilien versprochen war. Sie sollte nun die Frau des Welfen werden, während der Spanier sich mit der Tatsache trösten durfte, dafür die erst kürzlich geborene Beatrix Isabella zur Verlobten zu bekommen. Ein widerliches Schauspiel, das gleichwohl dem Frieden dienen sollte. Und deshalb, nur deshalb, hatte Irene schweren Herzens ihr Einverständnis zu diesem Vorschlag ihres Mannes erteilt. Leider hatte er mit seiner Einschätzung ja Recht – und: das Blutvergießen! Es musste einfach ein Ende haben! Der Frieden im Reich musste auf Dauer gesichert werden, notfalls eben auch um diesen hohen Preis.

Doch Otto IV. hatte beide Vorschläge zurückgewiesen. Hatte sie sogar brüsk in einer Art und Weise abgelehnt, die einer neuerlichen Provokation gleich kamen. So berichteten es die Gesandten dem tief enttäuschten König. Lediglich in einem Punkt hatte der Welfe nachgegeben – aus für jeden erkennbar durchsichtig taktischen Erwägungen – und in einen einjährigen Waffenstillstand eingewilligt.

So erleichtert Irene einerseits aufgeatmet hatte, als ihr Philipp diese Nachricht überbrachte, so sorgenvoll nahm sie andererseits die Erkenntnis auf, dass der Welfe sich allem Anschein nach niemals geschlagen geben würde. Dass er bis ans Ende seiner Tage nach der Königskrone trachtete. Was also nun? Schon sprachen Philipps Berater davon, demnächst beim Papst vorstellig werden zu müssen, um nun endlich noch die Kaiserkrönung in die Wege zu leiten. Doch weder Philipp noch Irene zeigten sich von dem Vorschlag auch nur im Geringsten begeistert. Denn ob es damit gelingen konnte den Welfen in Schach zu halten schien ihnen äußerst fraglich. Und sowohl Philipp als auch Irene waren übereingekommen, dass sie nach keiner weiteren Würde streben wollten. Allein die Vorstellung, dass neue Gefahren damit verbunden waren, neue Kämpfe, neue Zeiten der langen Trennung, ließ sie das Vorhaben ihrer enttäuschten Berater abbrechen, bevor diese es begonnen hatten. Zumindest vorläufig.

Jedoch andererseits – die Frage blieb: Wie sollte es gelingen den Frieden wirklich auf Dauer zu sichern und die permanente Bedrohung aufzuheben, der man sich durch die starrköpfige Weigerung des Welfen, auf Philipps Vorschläge einzugehen, immer noch ausgesetzt sah?

35

Was war nur geschehen? Und: Weshalb war es geschehen? Das Schreckliche, das – Undenkbare! War eingetreten! War über sie hereingebrochen! Aber weshalb nur, weshalb?! Um die Mitte des Monats Mai im Jahre 1208 hatte König Philipp einen neuen Entschluss gefasst. Tagelang hatten Irene und ihr Gemahl darüber diskutiert und schließlich waren sie übereingekommen, dass er es versuchen musste. Ein revolutionärer Plan, eine spektakuläre Maßnahme, wie sie noch von keinem Herrscher in der Geschichte des Abendlandes jemals bekannt geworden war. Es war ein hohes Risiko, das Philipp einging. Doch es musste einfach sein. Schon seit Monaten war die Sorge in ihm gewachsen. Die Sorge, dass schon bald ein neuer Krieg bevorstand. Denn der mit dem Welfen vereinbarte Waffenstillstand würde demnächst ablaufen. Und dann? Nein, es durfte nicht einfach genau so weitergehen, wie es in den Jahren zuvor der Fall gewesen war. Die Zeit des unsäglichen Jammers, sie durfte nie wieder kommen. Darin waren sich Irene und Philipp einig. Es musste versucht werden. Allen Risiken zum Trotz! Und so hatte Philipp in diesen Tagen verkündet, das Heer werde aufgelöst. Kurz vor Ablauf des Waffenstillstands wolle er am Johannestag dieses Jahres, also am 21. Juni 1208, das Heer auflösen. Er wolle alle Würdenträger des Reiches zu einem Hoftag nach Bamberg laden, dazu all seine Ritter, Knappen und Lehensleute, die ihm in den letzten Jahren den Kriegsdienst hatten leisten müssen. Noch einmal würden seine Truppen vor ihm Aufstellung nehmen, bevor der König sie entlassen würde – als hoffentlich überdeutliches Friedensangebot an all jene, die noch immer nicht auf seiner Seite standen. Das Heer entlassen?! Einfach entlassen? Wieder waren die Berater des Königs schreckensbleich verstummt, als sie diesen Beschluss vernahmen. Und Philipp hatte sich lediglich mit der Königin, mit Irene, abgestimmt, deren barmherzige Einstellung ja von vornherein ein solches Ergebnis erwarten ließ. Aber der König! Wie hatte er nur diesen Entschluss fassen können ohne seine ihm ergebenen Vertrauten zuvor auch nur andeutungsweise von diesen Absichten zu informieren und doch besser zunächst auch die Meinung dieser erfahrenen Diplomaten einzuholen! Nichts von alledem! Die Entscheidung war einfach so gefallen!

Mit Schaudern dachten Männer wie Reichsmarschall Heinrich von Kalden an die Mühen, die es gekostet hatte, die teilweise widerstrebenden Lehensleute zum Gefolgsdienst ins Heer zu zwingen. Wie sehr sich mancher gesträubt hatte, trotz dieser Pflichten, die ihm durch die Annahme eines königlichen Lehens doch auferlegt waren. Wie lange hatte es gedauert, bis sie auch die unsicheren Reiter und Grafen endlich zum Kriegsdienst bewegt hatten. Wie die Truppe dann ganz allmählich angewachsen war, bis ihnen zu guter Letzt eine beeindruckende Anzahl von kampferprobten Recken samt deren Knappen und Leibeigenen zur Verfügung gestanden hatte. Mit vielen Mühen war es ihnen gelungen! Eine Tatsache, auf die sie doch so stolz gewesen waren. Genauso stolz, wie auf das königliche Heer als solches. Und nun wollte es der König auflösen! Unglaublich! Es konnte nichts Gutes bedeuten! Doch König Philipp war hart geblieben! Sein Entschluss sei gefasst – und dabei bleibe es! Endgültig!

Und so waren die Edlen des Reiches voll dunkler Vorahnungen in der zweiten Junihälfte dieses Jahres zum Hoftag nach Bamberg gereist, wo Philipp sein Vorhaben am Samstag vor dem Fest St. Johannes des Täufers im Rahmen eines feierlichen Aktes bekräftigte – um ihn anschließend tatsächlich vor aller Augen umzusetzen! Am Abend dieses Tages war das stolze Heer aufgelöst. Und dies einen Monat vor Ablauf des Waffenstillstands!

Bei der folgenden Feierlichkeit im Palast des Bischofs von Bamberg mochte unter den Gefolgsleuten des Königs keine rechte Feststimmung aufkommen. Zu groß waren die Sorgen, die sie angesichts von Philipps leichtfertiger Handlung bewegten. Und manch einer unter ihnen stellte sich gar die bange Frage, ob es wohl mit dem Gemütszustand des Königs wirklich zum Besten bestellt war. Es mochte schon seinen Grund haben, weshalb der oft zu Milde und übertriebener Barmherzigkeit neigende Philipp von seinem Vater, dem großen Kaiser Rotbart, zunächst für ein Leben hinter Klostermauern vorgesehen gewesen war. Und ob nicht auch der Einfluss der frommen Byzantinerin inzwischen ein Ausmaß angenommen hatte, das den Interessen des Reiches mit der Zeit gefährlich zu werden drohte. Natürlich wagte keiner von ihnen diese Gedanken offen zu äußern – und dennoch waren es genau jene Sorgen, die sie am heutigen Tag beschäftigten.

Der Mitteilung, dass Philipp die seit langem versprochene Heiratsabrede seiner mittlerweile sechsjährigen Tochter Kunigunde mit dem Pfalzgrafen Otto von Wittelsbach wieder gelöst hatte um Kunigunde nun mit dem Böhmenherzog Ottokar zu verloben, waren sogar lautstarke Unmutsäußerungen gefolgt. Eine Demütigung, die der Wittelsbacher, der zwar wild und jähzornig, aber in den letzten Jahren doch ein treuer Gefolgsmann des Königs war, nun wahrlich nicht verdient habe. Unwillig hatten manche mit der Faust auf die schwere eichene Tischplatte gedonnert und den König aus wütenden Augen gemustert.

Doch wieder einmal war Philipp lächelnd über diesen Affront hinweggegangen. Es liege im Interesse des Reiches, den Böhmen stärker an sich zu binden. Der Pfalzgraf werde auf andere Art und Weise entschädigt. Und immerhin dürfe man nicht vergessen, dass es auch für die Königin ein gewaltiges Opfer bedeute ihre geliebte Tochter dereinst dem Böhmen zur Frau zu geben. Doch die Interessen des Reiches verlangten solche Opfer auch von ihnen – und dem Wohlergehen des Reiches mit seinen ihm vom Herrgott anvertrauten Untertanen unterwerfe auch er, Philipp selbst, sein Schicksal.

„Hätte er sein Heer nicht entlassen, dann müsste er sich jetzt nicht dem Böhmen andienen," knurrte in diesem Moment Anselm von Justingen mit verdrießlicher Miene und erntete damit ein trauriges Kopfnicken seines Nebenmannes, des Truchsessen Heinrich von Waldburg. „Es ist nicht zu begreifen," murmelte auch dieser. „Wir können nur hoffen, dass wir nicht bald schon die Zeche dafür zu zahlen haben. Hoffen und beten!"

„Das tut bereits die Königin im Übermaß," zischte nun Graf Ludwig von Württemberg. „Vor lauter Beten scheint sie ja in letzter Zeit die Realität völlig aus den Augen zu verlieren..."

„Vergiss nicht, dass sie schwanger ist" gab Anselm darauf zu bedenken. „Sie betet darum, endlich einen Sohn gebären zu können. Einen Sohn, der Philipp eines Tages auf dem Thron nachfolgen soll. Zumindest auf dem Königsthron," setzte Anselm noch hinzu und zog bitter die Mundwinkel nach unten. Die beiden anderen zuckten resigniert mit den Schultern. Sie hatten verstanden, worauf Anselm anspielte: Auf die Tatsache, dass Philipp es ihm kürzlich ein weiteres mal strikt untersagt hatte, in neue Verhandlungen mit dem Papst einzutreten um damit die Bedingungen für eine mögliche Kaiserkrönung des Staufers auszuloten. Das Reich sei jetzt schon schwer genug regierbar. Erst wenn sich die Lage dauerhaft stabilisiert habe, sei er bereit an eine Kaiserkrönung zu denken. Dies werde jedoch auf keinen Fall schon in den nächsten Jahren sein, hatte er seinem maßlos enttäuschten Wegbegleiter eindeutig zu verstehen gegeben.

Was anschließend an jenem 21. Juni im Bischofspalast von Bamberg geschah, darüber berichtete der päpstliche Botschafter Hugolinus, den die unfassbare Nachricht aus erster Hand und in Windeseile erreicht hatte, sofort dem Papst. Nach der mittäglichen Tafel habe sich König Philipp in die Privatgemächer des Bischofs von Bamberg zurückgezogen, um sich ein wenig auszuruhen. Um die neunte Stunde, also gegen 15 Uhr am Nachmittag, sei plötzlich der Pfalzgraf Otto von Wittelsbach, dem Philipp seine Tochter Kunigunde wieder entzogen hatte, zusammen mit dem Herzog von Bayern, dem Markgrafen von Istrien (dem Bruder des Bamberger Bischofs) und weiteren zehn bewaffneten Männern in den Palast eingedrungen und habe laut an die Tür der Kammer geklopft, hinter der König Philipp ruhte. Der arglose König habe den Pfalzgrafen eingelassen und sich noch gewundert, weshalb dieser seine Waffen nicht abgelegt habe, wie es doch der Brauch in Anwesenheit eines Königs sei. Er solle es besser unterlassen mit dem Schwert zu spielen habe Philipp dem anderen noch bedeutet. Doch mit dem Ausruf: „Das soll auch kein Spiel für dich sein!“, zog der Wittelsbacher das Schwert aus der Scheide und durchbohrte die Brust des wehrlosen Königs. Auch dem Reichstruchsessen Heinrich von Kalden, der das Verbrechen noch zu verhindern versuchte, brachte er eine schwere Wunde bei. Dann erwürgte er den König, den er bereits getötet hatte, aus Furcht, er könne noch leben. Danach entsprang der Mörder, geschützt durch den Beistand seiner Helfershelfer.

So lautete die Nachricht vom Mord an König Philipp, eine Nachricht, die den Papst frohlocken und wenig später schon von einem Zeichen göttlicher Vorsehung reden ließ. Eine Nachricht, die ganz Deutschland in seinen Grundfesten erschütterte. Der König tot! Ermordet! Unfassbar! Nie zuvor in der Geschichte hatte man Ähnliches gehört!

Graf Ludwig von Württemberg war es, der es auf sich nahm, Königin Irene die furchtbare Mitteilung zu überbringen. In einer Seitenkapelle des Bischofspalastes hatte er die tief in das Gebet versunkene Irene angetroffen und der hoch Schwangeren mit wenigen Worten das schreckliche Geschehen geschildert. Unmittelbar danach war Irene wie vom Blitz getroffen ohnmächtig zu Boden gesunken.

Nur einen Tag später fand in Bamberg die Beerdigung des Ermordeten statt. Zelebriert wurde sie von Philipps engstem geistlichen Vertrauten, dem Bischof von Speyer, nicht vom Bamberger Bischof. Diesen hatte man in seinem eigenen Palast gefangen gesetzt und der Mitwisserschaft an dem Königsmord verdächtigt. Bereits wenige Stunden nach der Beerdigung ihres Mannes floh die in ihrem Innersten schwer getroffene Irene aus der Stadt, in der ihr Leben von einer Sekunde auf die andere eine solch grausame Wendung genommen hatte. Ausschließlich einigen wenigen Getreuen erlaubte sie es, sie auf ihrer Flucht zu begleiten. Nur weg hier! Fort! Nach Hause wollte sie fliehen. Doch: Wo war ihr Zuhause? Ihre Heimat war in Schutt und Asche versunken. Ihr Mann ermordet! Das Reich würde von Neuem unter dem Getrampel von Pferdehufen und Kriegsgeschrei erbeben! Wohin sollte sie gehen? Wiederum versank die verzweifelte Königin in einer tiefen Ohnmacht. Die tief besorgten Weggefährten geleiteten sie schließlich auf den Hohenstaufen, die Stammburg ihres ermordeten Mannes. Der einzig sichere Ort, den sie sich denken konnten. Der einzige Ort, an dem Irene ihr Kind gebären konnte. Philipps Sohn, den neuen König. Das noch ungeborene Kind, auf das sich gleichwohl nun all ihre Hoffnungen konzentrierten.

36

27. August 1208, Sexta

Das Ende war nahe. Es war nicht mehr zu leugnen. Sie würden den Kampf um das Leben der Königin verlieren. Noch immer war keine Hilfe in Sicht. Hilfe! Wer konnte nun noch helfen? Kein Arzt würde es mit all seiner Kunst mehr bewerkstelligen können, Irene ins Leben zurückzuhelfen. Mit der letzten Willenskraft, die ihr verblieben war, bäumte sich die junge Frau noch einmal auf und schickte nach einem Schreiber, um in den letzten Stunden ihres Lebens ihr Testament zu machen. Widerstrebend kam Brigitta der Aufforderung nach und ließ den Schreiber holen. So sehr auch ihr Innerstes bei dem Gedanken rebellierte, dass es sich um das Testament handelte, das Irene diktieren würde, sie musste den Tatsachen ins Auge sehen. Es machte keinen Sinn sich falschen Hoffnungen hinzugeben.

„Unbegreiflich sind viele Gerichte Gottes," so lautete die erste Zeile des Testaments, das Irene dem Schreiber mit matter Stimme diktierte. „Unerforschlich sind Gottes Wege. Unerforschlich der uns Menschen verborgene Ratschluss der göttlichen Ordnung." Anschließend verfügte sie, immer wieder unterbrochen durch lange, erschöpfte Pausen, eine letzte Schenkung. Das Kloster Adelberg, das Irene wie auch ihrem verstorbenen Mann Philipp immer so sehr am Herzen gelegen hatte, sollte mit einem Hofgut in Oberesslingen aus dem staufischen Familienbesitz bedacht werden.

Nachdem der Schreiber ihren letzten Willen notiert und mit Irenes Siegel bestätigt hatte, ließ die sterbende Königin ihre vier kleinen Töchter, die zweieinhalbjährige Beatrix Isabella, die sechsjährige Kunigunde, die neunjährige Beatrix und die zehn Jahre alte Maria noch einmal zu sich holen, um die traurig und betroffen an ihrem Lager verharrenden Kinder ein letztes Mal zu segnen.

„Nehmt diesen letzten Gruß von mir mit auf eueren weiteren Lebensweg," flüsterte Irene mit kaum hörbarer Stimme, als sie von einem lauten Hornstoß unterbrochen wurde. Dann drang das laute Geklapper von Pferdehufen bis in ihr Gemach. Unmittelbar danach hörten sie die zornige

Stimme eines Mannes auf dem Flur vor ihrer Kammer. „Ich muss zu ihr. Ich muss zur Königin. Auch wenn sie noch so schwer darnieder liegt. Ich muss jetzt zu ihr! Aus dem Weg! Ich habe wichtige Neuigkeiten für die Königin. Neuigkeiten, die ihr neue Kraft geben werden. Macht endlich Platz und lasst mich durch!"

Kaum waren diese Worte verklungen, da betrat auch schon der Truchsess von Waldburg das Zimmer der Todkranken. „Verzeiht mir, edle Königin," stotterte er verlegen, während er sich eine Haarsträhne aus dem vor Aufregung geröteten Gesicht wischte. „Aber ich habe gute Kunde für Euch. Die Verfolger haben es endlich geschafft den Mörder zu ergreifen! Heinrich von Kalden persönlich ist es gelungen den Wittelsbacher in der Nähe von Regensburg gefangen zu nehmen, wo er sich feige in einem Kloster versteckt hatte. Er hat ihn der gerechten Strafe zugeführt. Eine glühende Krone haben sie ihm auf das Mörderhaupt geschlagen, dann haben sie den Kopf vom Rumpf getrennt und in die Donau geworfen. Sein Leib ist den wilden Tieren zum Fraß gegeben worden, sein Stammschloss vernichtet!" Voller Stolz und mit dem Ausdruck grimmiger Entschlossenheit in seinen Augen drückte der Truchsess von Waldburg den Rücken durch. „Euer Mann, edle Königin, unser seliger König Philipp, ist gerächt! Sein Mörder ist gerichtet!"

Ein qualvolles Stöhnen entrang sich dem Mund der Königin. „So viele Tote! So viele Opfer! Warum nur? Warum..." Noch einmal schien ihr Blick in weite Ferne zu schweifen. „Philipp!"

Es war das letzte Wort in ihrem Leben. Ein Zittern ließ den Leib der jungen Frau erbeben, dann verließ die Seele den leblosen Körper. Königin Irene war gestorben.

37

27.August 1208, Nona

Wie ein Lauffeuer hatte sich die Mitteilung vom Tod der Königin auf dem Hohenstaufen herumgesprochen. Es war ihnen nicht länger möglich gewesen dies zu verheimlichen. In allen Ecken und Winkeln der stolzen alten Stammburg der Staufer verharrten die Menschen mit betroffenen Mienen. Bittere Tränen wurden vergossen. Nach König Philipp nun auch die unglückliche Irene! Ausgerechnet jetzt in dieser Zeit der zaghaften Hoffnungen hatte das Schicksal so unbarmherzig zugeschlagen. Gleich zwei Mal innerhalb weniger Wochen! Es war entsetzlich!

Stumm geleitete Anselm von Justingen seine Verwandte in den Burghof, in dessen Mauern eine drückende Schwüle lastete. Ein Geräusch ließ ihn hoch zum Bergfried blicken, wo der Turmwärter offensichtlich auf Anordnung des Stallmeisters, Gangolf von Geroldseck, offenbar im Begriff stand eine schwarze Fahne zu hissen, das weithin sichtbare Signal vom Tod der Königin. Oder war es ein Zeichen, das er damit aussenden wollte. Ein Zeichen an mögliche Verschwörer. Ein Zeichen dafür, dass die Partei der Staufer endgültig verloren hatte: Die Königin tot, ihr ungeborenes Kind mit ihr gestorben? War es die Zeit der Welfen, die nun doch noch kommen würde? Nein! Es durfte nicht sein!

Erfüllt von zorniger Entschlossenheit ließ Anselm einen lauten Ruf erschallen: „Halt! Ich verbiete es!“ Sie brauchten diese Zeit. Diesen Vorsprung. Zumindest für einen Tag mussten sie es schaffen dem Land den Tod der Königin und deren Kind zu verschweigen. Einen Tag nur! Bis endlich Hilfe käme. „Nicht jetzt! Ihr lasst die schwarze Fahne unten!“

Fast schien es Anselm, als wolle ihm Geroldseck den Gehorsam verweigern. Schon hatte dieser sich über die Brüstung gebeugt und den Justinger aus wütenden Augen in sein Visier genommen, als eine der Wachen einen überraschten Laut ausstieß und mit dem weit ausgestreckten Arm in Richtung Süden deutete. Tatsächlich! Jetzt konnten auch schon die anderen die Staubwolken erkennen, die sich der Burg rasch näherten.

Erschrocken zuckte Anselm zusammen. Handelte es sich etwa schon um den Welfen, dessen Truppen nun das Land der Staufer in Besitz nehmen würden? Die Erde erbebte unter dem Hufschlag der Pferde. Da! Das Banner des Mannes, der den wilden Zug anführte. Erleichtert atmete Anselm auf, als er das Wappen erkannte: den roten Balken, den Hagdorn, auf dem gelben Feld! „Es ist dein Bruder! Es ist Swigger, der uns zu Hilfe eilt," wandte er sich an Brigitta von Gundelfingen, die das Wappen ihrer Familie ebenfalls längst erkannt hatte.

Wenig später hatte Swigger voller Entsetzen seinen Kopf geschüttelt, als sie ihm die traurige Nachricht mitgeteilt hatten. Was sich seit der Abreise des Boten ereignet hatte. Dass alle Hilfe zu spät gekommen war. Das Kind im Mutterleib tot! Die Königin: tot! Unfassbar!

Einem plötzlichen Impuls folgend, griff Swigger nach seinem Schwert und zog es aus der Scheide. Dann näherte er sich dem Stallmeister drohend. „Warst du das, Geroldseck? Sag schon, bevor ich dich ersteche!" Ängstlich wich der Mann zurück-

„Lass ab von ihm, Swigger," fiel Anselm von Justingen seinem Verwandten in den Arm. „Er ist unschuldig. Die Königin ist während der Geburt ihres Sohnes gestorben..."

„Während der Geburt?!" Irritiert runzelte Swigger die Stirn. „Aber...es war doch... es war doch noch gar nicht an der Zeit, dass..."

„Die Königin ist an der Geburt des Kindes gestorben!" Anselm fixierte sein Gegenüber mit einem durchdringenden Blick aus seinen stahlblauen Augen. „An der viel zu frühen Geburt".

„Aber..." versuchte der Gundelfinger erneut einen Einwand.

„Es ist so! So und nicht anders! Es war zu viel für sie," legte nun auch der Truchsess von Waldburg seine Hand fest auf die Schulter des ungläubig dreinschauenden Ritters und nahm ihn ebenfalls bedeutungsvoll in sein Visier. „Es war eine Frühgeburt! Erst der feige Mord an ihrem Gemahl, dann die beschwerliche Rückreise aus Bamberg und schließlich die viel zu früh einsetzenden Wehen. Es war zu viel. Viel zu viel..."

Auf diese Worte nahm Brigitta ihren immer noch zweifelnden Bruder zur Seite. „Hast du denn nicht begriffen?", flüsterte sie ihm leise ins Ohr. „Was Anderes sollen wir den Menschen denn erklären? Etwa, dass sie an einer Überdosis eines krampflösenden Krautes gestorben ist? An Bingelkraut, wie das die Ärzte vermuten, denen auch ich vertraue. In der Tat ist ihr dieses Kraut verabreicht worden. Es ist so, das kann ich selbst bestätigen. Nachdem die Königin unter starken Verdauungsbeschwerden gelitten hat. Wenngleich es eine ganz geringe Dosis war, vorsichtshalber – aufgrund ihrer fortgeschrittenen Schwangerschaft. Seit Tagen schon ist es mir ein Rätsel, wer ihr eine weitere Dosis verabreicht haben könnte. Die dann tödliche Menge... wenn es denn wirklich so gewesen ist? Aber nicht einmal das kann ich mit Sicherheit sagen! Doch wofür ist solch eine Frage gut? Und: Was würde uns die Antwort jetzt noch nützen? Das ist es, was Anselm und der Truchsess dir sagen wollen. Bedenke doch die furchtbare Situation, in der wir uns befinden: Die Königin tot, der König ermordet, der Thronfolger im Leib der Königin gestorben... Wer also bleibt als einziger Erbe der großen Staufer? Der Halbnormanne, der junge ohnmächtige Sizilianer, der weit entfernt von uns allen unter der Vormundschaft des Papstes lebt und darüber hinaus noch nicht einmal unserer Sprache mächtig ist! Du kannst es dir selbst ausmalen, wie die meisten unserer Fürsten über ihn denken! Und dennoch: Es muss uns nun gelingen diesen Knaben auf den deutschen Königsthron zu setzen, ein Unterfangen, das sich schwierig genug gestalten wird. Weitere Unruhe, wie sie die Nachricht von der Vergiftung der Königin im ganzen Land auslösen würde, können wir nicht gebrauchen! Nicht jetzt! Nicht zu diesem Zeitpunkt! Die Königin ist also an einer Frühgeburt gestorben!"

Nach diesen mit Inbrunst vorgetragenen ernsten Worten senkte Brigitta ihren Kopf und starrte mit trübem Blick zu Boden. In der Tat: Sie befanden sich in einer nahezu auswegslosen Situation!

38

28. August 1208, nach der Terz

Die schwarze Fahne über der Burg wehte schwach im Wind. Mit schwarzen Tüchern waren die Fensternischen des Hohenstaufen verhängt, in schwarze Tücher waren auch die Zinnen des kleinen Schlosses gehüllt, das Philipp und Irene zu ihrem Jagdschloss hatten umbauen wollen. Ein endlos scheinender Trauerzug bewegte sich vom Bergkegel des Hohenstaufen langsam auf das Kloster Lorch, die Grablege der Staufer, zu. Es schien gerade so, als habe die Welt den Atem angehalten. Auch der Gesang der Vögel war verstummt.

Es war der traurigste Tag in Brigittas mittlerweile 40 Jahre währendem Leben. Wie würde es weitergehen? Nach einer schlaflosen Nacht hatte Anselm gehandelt und – wenngleich auch widerstrebend – einen Boten zum Welfen gesandt. Es würde ihnen keine andere Wahl bleiben, das war den Staufergetreuen bei ihrer erregten nächtlichen Diskussion geradezu alptraumhaft bewusst geworden. Man musste dem Welfen ein neuerliches Angebot unterbreiten: die Verlobung der kleinen Beatrix mit Otto IV. Denn bis sie es tatsächlich schafften, den Sizilianer endlich auf den deutschen Königsthron zu setzen, würde ein Bürgerkrieg das Land überziehen. Eine blutdurchtränkte Heimsuchung, die man nach den vergangenen zehn Jahre währenden Kämpfen jedoch unter allen Umständen verhindern musste!

Und deshalb war die Verbindung zwischen Beatrix und Otto anzustreben. Gezwungenermaßen. Das einzig mögliche Bindeglied zwischen Staufern und Welfen. Eines fernen Tages vielleicht würde es ihnen gelingen den Sizilianer auf den Thron zu heben, durch dessen Adern immerhin staufisches Blut pulsierte. Vielleicht…

Es waren wahrhaft düstere Zeiten angebrochen. Selbst die einfachen Menschen, die Leibeigenen und Bauern, standen mit tief gesenkten Köpfen am Wegesrand um der toten Königin eine letzte Ehre zu erweisen. Und es handelte sich um ehrliche Trauer, die sie empfanden. Das gesamte Volk zeigte sich tief betroffen von den Ereignissen der letzten Wochen.

Keiner, dem nicht Angst und Bange war bei dem Gedanken an die Auswirkungen, die der Tod ihrer geliebten Königin nun nach sich ziehen würde. Der Herzschlag eines ganzen Volkes – in diesem dramatischen Augenblick, so schien es, war er ins Stocken geraten.

Kein Wort fiel, während sich die lange Prozession auf das Kloster zubewegte. Es war zu Ende! Die Zukunft war... Vergangenheit!

Vor der Klosterkirche erwartete sie der Abt des Benediktinerklosters. Auch seine Miene zeigte tiefe Sorge und leidvollen Kummer. Vorsichtig tastete Brigitta nach dem Ring, den sie in einer Tasche ihres Trauergewandes mit sich führte. Dann trat sie vor und legte den kunstvoll geschmiedeten, farbigen Ring behutsam auf den Sarg der Königin. „Er war für ihren Sohn bestimmt," murmelte sie tonlos, als sie die fragenden Blicke von Swigger und Anselm bemerkte. „Ihren Sohn, der diesen Ring an ihrer Stelle tragen sollte. Als ewige Erinnerung an seinen Vater, den kennen zu lernen ihm niemals vergönnt sein würde. Und nun," Brigitta schluckte trocken, „Nun wird auch dieses Kind mit seiner Mutter in diesem Sarg zergehen. Soll der Ring sie also in ihr beider Grab begleiten."

Begleitet vom Gebet des Abtes sank der Sarg in die Erde. „Hier ruht nun die unglücklichste aller Königinnen. Oh, dass sie nicht auch noch die ewige Freude verlieren möchte! Amen!"

„Amen!"

Kaum hatte Brigitta die Klosterkirche verlassen, stand ihr Entschluss endgültig fest. So wie sich der Alptraum düster über das Land gelegt hatte und so, wie der Ring der Irene niemals mehr ans Licht des Tages kommen würde, so würde auch für sie niemals mehr die Sonne scheinen! Sie würde den Schleier nehmen. Würde ins Kloster gehen. Sich von Zank und Elend dieser Welt für immer verabschieden, um dann eines Tages ihrer so innig verehrten Königin wieder nahe zu sein. Der Königin des Hohenstaufen.

Wie hatten die letzten Sätze von Irene gelautet, als die Sterbende ihre Kinder ein letztes Mal gesegnet hatte? „Der Herr sei meiner armen Seele gnädig. Gott beschütze euch alle. Amen."

Keiner von ihnen hatte die Tränen mehr zurückhalten können. Nicht einmal die sonst so harten unbeugsamen Ritter. Sogar diese weinten am heutigen Tage bitterlich – und schämten sich nicht dafür.

Es war das Ende aller Hoffnung. Der traurige Schlusspunkt eines einst so verheißungsvoll begonnenen Märchens. Hier in Lorch wurde es zu Grabe getragen. An diesem schicksalsschweren Tag. Die Welt war ärmer geworden! Kälter und ärmer geworden!

Als einzige deutsche Königin ist Irene von Byzanz in Lorch, dem Hauskloster der Staufer, begraben worden. Im Alter von 28 Jahren endete ihr kurzes Leben. Zwei Monate nach dem Tod ihres Mannes, des Königs Philipp, der in Bamberg dem ersten Königsmord in der deutschen Geschichte zum Opfer gefallen ist. Es war in der Tat das Ende einer großen Hoffnung.

Otto IV., Philipps großer Widersacher, hat wenig später mit Beatrix tatsächlich eine Tochter des Königspaares zur Frau genommen. Papst Innozenz hat ihn als Deutschen König bestätigt, später sogar zum Kaiser gesalbt. Doch innerhalb kürzester Zeit hatte der offenbar sprunghafte und über die Maßen ehrgeizige Otto all seine Chancen schon wieder verspielt. Schon bei seiner Kaiserkrönung in Rom hatte er sich mit dem Papst überworfen. Entmachtet und bedeutungslos ist er im Jahr 1216 gestorben. Und so gelang es schließlich der Stauferpartei, den „Halbnormannen" Friedrich Roger, den Sohn des Kaisers Heinrich und Neffen des ermordeten Philipp auf den deutschen Königsthron zu bringen. Einer der dabei maßgeblichen Männer war Anselm von Justingen, der den jungen Friedrich in einem denkwürdigen Ritt von Apulien bis nach Deutschland geleitet hat. Der „Mann aus Apulien" hat schließlich als Friedrich II., als das „Staunen der Welt", die Nachfolge seines Vaters auch auf dem Kaiserthron angetreten.

Fünf Jahre nach seiner Ermordung ist König Philipp übrigens auf Anordnung des neuen Deutschen Königs, eben jenes Friedrich II., dann am Weihnachtstag des Jahres 1213 in die Königsgruft des Doms zu Speyer überführt und beigesetzt worden. Die berühmte Figur des Bamberger Reiters soll den König darstellen, dessen Leben in Bamberg auf so tragische Art und Weise endete.

Wie wäre wohl alles gekommen, wäre Philipp nicht ermordet worden? Welchen Lauf hätte die Geschichte dann wohl genommen? Müßig darüber zu spekulieren. Und dennoch: Der milde Philipp und die fromme byzantinische Kaisertochter Irene: sie scheinen als das wirklich ideale Paar. Verstrickt in einen jahrelangen Krieg, den sie zu ihrer großen Erleichterung beenden konnten. Doch kaum war der Frieden eingekehrt, machte der Mord an Philipp wieder alle Hoffnungen zunichte.

Die Romantiker haben Irene, „die griechische Maria“, im 19. Jahrhundert wiederentdeckt und verklärt – wie dies schon der staunende Walther von der Vogelweide anlässlich der Weihnachtsfeier im Magdeburger Dom getan hat: „Die Rose ohne Dorn – die Taube ohne Galle“.

Philipp und die liebreizende Irene, die in ihrem kurzen Leben so viel hat erdulden und erleiden müssen: Sie bilden das hellste Leuchten der Staufer mitten in der dunkelsten Zeit des Hohen Mittelalters. Irene von Byzanz ist so trotz ihrer nur 28 Lebensjahre als eine der tragischsten und gleichzeitig beeindruckendsten Königinnen in die deutsche Geschichte eingegangen. Ihre Faszination scheint bis in unsere heutige Zeit hinein!

Die Staufer zur Zeit der Irene von Byzanz

Friedrich I. Barbarossa
Herzog von Schwaben (1147–52/Friedrich III.)
dt. König (1152–90)
röm. Kaiser (1155–90)
1. ⚭ Adela von Vohburg
2. ⚭ Beatrix von Burgund

Heinrich VI.
dt. König (1169–97)
röm. Kaiser (1190–97)
⚭ Konstanze von Sizilien

Philipp von Schwaben
Herzog von Schwaben
(1196–1208)
dt. König (1198–1208)
⚭ Irene von Byzanz

Friedrich II.
Herzog von Schwaben
(1212–1216)
dt. König (1212–1250)
röm. Kaiser (1220–1250)

In der Reihe ERZÄHLTE GESCHICHTE **ist erschienen:**

Gunter Haug

Rebell in Herrgotts Namen

Der kurze Sommer des Pfeiferhans von Niklashausen

Leseprobe:

Ein weiteres Mal atmete die grauhaarige Frau tief durch, dann wandte sie sich vom Fenster ab. Vollständig hatte sich die Dunkelheit in der Zwischenzeit über das Land gebreitet. So ruhig, so friedlich. So still, so tot... Wie viele Schreie waren hier draußen schon verhallt? Wie oft hatten sie das Ende bedeutet? Wie oft war es nicht mehr weitergegangen, hatten die Menschen gemeint, das sei es gewesen, von nun an müsse die Erde stillstehen. Und dennoch: die Erde, sie hatte sich weiter gedreht, immer weiter bis auf den heutigen Tag. Neue Schicksale, neue Verzweiflung genauso wie neue Hoffnung. Es war eben doch niemals völlig zu Ende, wieder und wieder keimte aus dem Ende ein neuer Anfang, eine neue Hoffnung, tauchte aus dem Dunkel eine Botschaft auf, ein vor Jahrhunderten vermeintlich ausradiertes Schicksal: die Geschichte des Pfeifers von Niklashausen...

Kaum war er an der letzten Hütte um die Ecke gebogen, präsentierte sich seinen erschrockenen Augen das Drama, das sich hier vor nicht allzu langer Zeit abgespielt haben mußte. Dort hinten, neben dem Eingang zum Kirchhof, stand der kleine untersetzte Pfarrer von Niklashausen. Mit aschfahler Miene starrte dieser auf einen bärtigen Mann herunter, der regungslos an der Friedhofsmauer lag, den Kopf in grotesker Haltung zum Himmel gerichtet. Eine klaffende rote Wunde zog sich über seinen Hals, auch die Kleidung des allem Anschein nach toten Fremden war blutbesudelt. Vorne, auf der Brust, erkannte Hans ein großes blaues Kreuz. Das Zeichen der Waldenser! Bei dem Toten handelte es sich also ganz offensichtlich um einen Waldenser, einen Anhänger jener Glaubensrichtung, deren Prediger ganz Europa bereisten und die Menschen zur Umkehr und zur Buße ermahnten. Zur Abkehr aller Hoffahrt, zur Demut und zum wahren, einfachen Christentum. Während die Botschaft der frommen Menschen beim einfachen Volk auf großen Widerhall stieß, wurden sie von der Obrigkeit gnadenios verfolgt. Und das schon seit Jahrhunderten. Und dennoch hatte sich ihre Bewegung nicht ausrotten lassen – aller Brutalitäten zum Trotz. Ein Waldenser! Richtig: auch auf seinem Rücken ließ sich der

Ansatz des blauen Kreuzes erkennen, mit dem sich die Waldenser als Buße für ihre ungehorsamen Umtriebe und ihre Widerspenstigkeit der heiligen Mutter Kirche gegenüber zu kennzeichnen hatten. Mit dem Zeichen, das sie als Ketzer brandmarkte! Wie die Aussätzigen, war es Hans seinerzeit durch den Kopf geschossen, als er zum erstenmal einem dieser Menschen mit den großen blauen Kreuzen auf Brust und Rücken begegnet war. Wie die Aussätzigen wurden sie von der Gesellschaft ausgeschlossen, nur daß die Waldenser mit keinem Siechenmantel und keinen vor ihrer Anwesenheit warnenden hölzernen Klappern ausgestattet waren, sondern mit einem Kreuz! Was die Menschen einander gegenseitig antun konnten! Und dies alles im Zeichen christlicher Demut und Nächstenliebe! Ausgerechnet! Diese Ketzer sollten bloß froh sein, daß man sie nicht samt ihrer Irrlehre auf dem Scheiterhaufen in Würzburg verbrannt hätte, wo sie immer wieder bei verbotenen öffentlichen Predigten ihr Unwesen getrieben hatten, war Hans damals vom Priester seines Heimatdorfes Helmstadt scharf belehrt worden.
Um einen Waldenser also handelte es sich bei dem Toten an der Friedhofsmauer, sofern sich dies angesichts der grausamen Verletzung überhaupt sagen ließ.
„Ja, wen haben wir denn da?! Hat unser Schäfer seine Herde einfach im Stich gelassen, um hier im Dorf herumzulungern und Maulaffen feilzubieten?“ dröhnte in diesem Moment eine laute grobe Stimme unfreundlich an sein Ohr.
Irritiert fuhr Hans herum und erblickte einen Reisigen, der ihn von seinem Pferd herunter scharf ins Visier genommen hatte. Augenblicklich erkannte er den Reiter wieder. Einer aus der Mörderbande, die gestern den armen Frieder zu Tode gemartert hatten.
„Du! Schon wieder du!“ entfuhr es ihm erschrocken.
Der mit einem eisernen Brustpanzer bedeckte Waffenträger hob warnend seine Rechte und bedachte den Hirten mit einem bösen Blick. „Seit wann ist denn der dahergelaufene Schäfer so keck, mir das Du anzubieten? Hält sich wohl für einen Edelmann, nur weil er die gräflichen Schafe hütet?!“
Er drängte sich mit seinem Pferd dicht an Hans heran. „Schon gestern ist er mir unangenehm aufgefallen, wegen seiner aufmüpfigen Widerworte! Paß auf Schäfer, sonst ergeht es dir wie diesem hier!“ deutete er mit dem Kopf auf den Toten herunter.
Entsetzt zuckte Hans zusammen. „Du... Ihr! Ihr habt ihn also getötet?!“
„Du sagst es, Hirte!“ lächelte der Reisige zufrieden.
„Erschlagen! Wie ein wildes Tier!“ „Aber...“ Der junge Hirte rang um seine Fassung. „Aber was um alles in der Welt hat dir der Mann denn angetan?“
„Er war ein Waldenser“

„Und? Weiter!“

„Er war ein Waldenser!“ wiederholte der Mörder ungeduldig. „Das genügt!“

„Er war ein Mensch!“

„Ein Waldenser! Er hat trotz bischöflichem Verbot gegen den Ablass gepredigt! Und das sogar hier am heiligen Gnadenbild in Niklashausen. Er war ein Ketzer!“

„Du sollst nicht töten! So steht es schon in der Schrift, auf die du dich berufst!“

„Diese da, die darf man töten!“ machte der Reiter eine wegwerfende Handbewegung.

„Wer gegen die heiligen zehn Gebote verstößt, fällt der ewigen Verdammnis anheim! Es ist nicht Sache der Menschen, zu richten!“ Hans war während des Disputs mehr und mehr in Rage geraten. Das konnte doch einfach nicht wahr sein, daß dieser Mann erschlagen worden war wie ein räudiger Hund, und daß sich sein Mörder nicht das geringste Gewissen daraus zu machen schien! Das durfte nicht sein! Schon gar nicht im Namen Gottes! „Du kommst in die Hölle!“ schleuderte er dem Reisigen in seiner wütenden Verzweiflung ins Gesicht.

Doch dieser ließ ein rohes Lachen ertönen. „Von wegen! Ich komme sogar direkt in den Himmel, wenn ich einen Waldenser töte. Das hat mir der Abt von Bronnbach selbst gesagt!“ Damit griff er an den Knauf seines Schwertes, zog es aus der Scheide und hielt es drohend in die Höhe. „Und jetzt mach, dass du fortkommst, sonst bist du der nächste!“

Ein entsetzter Aufschrei ertönte hinter dem Reiter. „Um Gottes Willen halt! Haltet ein, in Gottes Namen!“ Der Pfarrer, der das Geschehen bislang mit starrer Miene verfolgt hatte, hob seine Arme zum Himmel und ließ sich vor dem Pferd auf die Knie sinken. „Ich bitte Euch, haltet ein! Es ist genug für heute!“ faltete er flehentlich die Hände. „Nicht noch ein Toter! Es ist genug...“

In der Reihe ERZÄHLTE GESCHICHTE **ist erschienen:**

Gunter Haug

In stürmischen Zeiten

Die Jugendjahre König Wilhelms I. von Württemberg

Leseprobe:

St. Petersburg, Dezember 1786

„Mutter! Hilfe! Lasst mich! Ihr sollt mich loslassen!" Blitzschnell warf sich der verzweifelte kleine Junge auf den kalten Marmorboden und umklammerte krampfhaft die Knöchel der jungen Frau. Heftig mit den Beinen zappelnd, versuchte er gleichzeitig, sich der zahlreichen Hände zu erwehren, die mit derbem Griff seine Bewegungsfreiheit mehr und mehr einzuengen drohten. „Ich will nicht! Mutter!" drang ein ersticktes Schluchzen aus seiner Kehle. Doch aus dem Mund der leichenblassen Frau kam keine Antwort. Als wäre sie zu einer Salzsäule erstarrt, verharrte sie regungslos in der Eingangshalle des prunkvollen Palastes und stierte aus tränenverschleierten Augen blicklos ins Leere.
Die gespenstische Szene schien noch nicht einmal bis in ihr Bewusstsein zu dringen. Der riesige, mit Blattgold, Stuck, kristallenen Lüstern, gewaltigen Spiegeln, Edelsteinen, Marmor und gigantischen Skulpturen überladene Raum. Die uniformierten Schergen, die sie mitleidslos an den Handgelenken gepackt hielten. Die beiden Kleinen, die erschrocken und laut weinend versuchten, sich in den Falten ihres Rockes zu verstecken. Ihr sich auf dem Boden wälzender, aus Leibeskräften wehrender fünfjähriger Sohn Fritz, der sich vergeblich der längst beschlossenen Trennung entgegen zu stemmen versuchte. Die Kutsche, die schon mit weit geöffnetem Schlag draußen vor dem Portal zur alsbaldigen Abreise bereit stand. Der in einigem Abstand von ihr verharrende korpulente Mann in der Uniform eines russischen Generalleutnants mit den hasserfüllten Gesichtszügen, auf dessen entschiedene Handbewegung hin alles begonnen hatte. Die verlebte alte Frau in dem pompösen Kleid, die die unwirkliche Szenerie von der Treppe aus mit starrer Miene beobachtete.
„Mutter! Hilf mir doch! Bitte!" Immer mehr, immer deutlicher, immer lauter mischte

sich Panik in die Stimme des Jungen. Einer der Angreifer hatte sich jetzt über ihn geworfen, während zwei weitere brutal an seinen Oberarmen zerrten. Sekunden später war es geschehen. Die Kraft des Kindes war zu Ende, sein Widerstand gebrochen.
Der Mann streckte den Arm aus und wies zur Kutsche hinüber. „Gehen wir! Ihr nehmt die Kleinen!", näherte er sich gleichzeitig den vor Angst zitternden Kindern, die erschrocken aufheulten und sich voller Panik noch enger an ihre Mutter schmiegten.
„Na, was ist das denn für ein Benehmen dem eigenen Vater gegenüber?" Der Mann stemmte die Arme in die Hüften und baute sich drohend vor seiner dreijährigen Tochter und ihrem noch keine zwei Jahre alten Bruder auf. „Ihr kommt jetzt mit mir mit – und zwar auf der Stelle!", donnerte er ihnen entgegen, ohne die Mutter auch nur eines Blickes zu würdigen.
„Aua!" Ein Schmerzensschrei hallte durch den Saal, während der Soldat seinen linken Unterarm in die Höhe riss. „Er hat mich in die Hand gebissen! Bis ins Fleisch!" Trotz der schraubstockartigen Umklammerung durch die gewaltigen Pranken des Mannes schien sich der Junge noch immer nicht wehrlos in sein Schicksal ergeben zu wollen, und so hatte er die einzige sich ihm bietende Möglichkeit zur Gegenwehr wahrgenommen und ganz offensichtlich mit aller ihm verbliebenen Kraft zugebissen. In der Tat konnten nun auch die Umstehenden erkennen, wie sich die weiße Manschette am Handgelenk des Soldaten allmählich rot färbte und sein Blut vor ihn auf den Marmorfußboden tropfte. Entgeistert betrachtete dieser seine Wunde, bis sich die angestaute Aggression und der pochende Schmerz unaufhaltsam Bahn brachen.
„Du Miststück!" Eine schallende Ohrfeige des wutbebenden Soldaten ließ den Jungen in die Knie gehen. Laut aufheulend fasste er sich an die schmerzende Wange. „Mutter! Bitte!"
„Fritz!" Mit einem Mal schien sich die Verkrampfung bei der jungen Frau zu lösen. Mit einer raschen Bewegung befreite sie sich aus den Händen ihrer Bewacher, und mit vor Schreck geweiteten Augen beugte sie sich zu ihrem Sohn hinunter. „Das dürfen sie nicht tun! Fritz! Sie dürfen es nicht!"
„Aus dem Weg, Dummkopf!" Mit brachialer Gewalt stieß der dicke Offizier den Soldaten zur Seite, der seine blutende Hand noch immer in die Höhe streckte, und näherte sich der Frau mit drohend geballter Faust. „Ihr Werk, Madame!" Keuchend vor Erregung wischte er sich mit einem Seidentaschentuch die dicken Schweißperlen von der Stirn und deutete anschließend mit einer fordernden Handbewegung auf seinen Sohn. „Genug des Theaters." Eine energische ältere Dame kam ihnen entgegen. „Es ist genug jetzt! Der

Schaden ist angerichtet, es ist zu spät! Der Herr Gouverneur von Finnland lässt seinen Sohn vor aller Augen ohrfeigen!" Sie zeigte mit einer gebieterischen Handbewegung auf den blutenden Soldaten. Dann baute sie sich vor der zitternden jungen Frau auf, die mittlerweile alle drei Kinder eng umschlungen an sich drückte, „von Ihnen möchte ich doch mehr Contenance erbitten! Vergessen Sie nicht Ihre Erziehung! Die Würfel sind gefallen! Sie hätten sich Ihre Gedanken vorher machen müssen!"
„Vorher!" Die Mutter schüttelte langsam und traurig den Kopf. „Aber Majestät! Ich habe Euch doch nur in meiner Not um Hilfe gebeten!"
„Um Hilfe gebeten! Als es zu spät war, da hat man sich mit einem Mal der Helferin in der Not erinnert!" Missbilligend blies die Zarin Luft durch die Lippen. „Eine Szene haben Sie mir gemacht, das heißt: nicht nur eine! Sondern eine nach der anderen! Aber vorgestern, im Theater, das war zu viel! Entschieden zu viel!" Wütend stampfte sie mit dem Fuß auf dem Boden auf. „Aber nicht mit mir und nicht auf diese Art und Weise! Es ist vorbei! Ihr Mann hat seine Entlassung erhalten, und Sie", die Frau musterte die andere, „Sie schauen erst einmal zu, dass Sie wieder zu einem angemessenen Verhalten zurückfinden."
„Liebste Schwiegermutter..." ließ sich nun die Stimme einer jüngeren Frau vernehmen, die mit hastigen Schritten die Treppe heruntereilte. „Das hat er nicht verdient, das ist...!" Unwirsch drehte sich die Zarin auf dem Absatz um und gebot der anderen Einhalt. „Maria Feodorowna! Ich hätte es mir denken können! Auf der Seite des Herrn Bruders – wieder einmal! Was auch immer der Herr Gouverneur getan hat! Aber zu spät! Es ist genug, ein für alle Mal!" Die gebieterische Kopfbewegung der Herrscherin signalisierte Gefahr. Lebensgefahr für jedes weitere Widerwort! „Ihr dürft Euren Bruder hinaus begleiten! Adieu!" Ohne weiteren Kommentar wandte sie sich um und wies die Uniformierten mit einer kaum wahrnehmbaren Bewegung ihres Kopfes an, die Angelegenheit schleunigst zu Ende zu bringen.
Die elegant gekleidete junge Frau bedachte ihren Bruder mit einem bedeutungsvollen Blick und nickte mit dem Kinn nach draußen. „Kommt! Es ist besser, jetzt zu gehen!" flüsterte sie leise und setzte sich in Bewegung.
„Was für ein Hochmut! Ich solle ihr nicht mehr unter die Augen treten, hat sie mir gestern befohlen!" knirschte der Dicke mit den Zähnen. „Weiß denn eigentlich der Zarewitsch davon?"
„Natürlich nicht! Er ist ja auf Reisen!", verneinte die Gefragte und hob leicht die Schultern. „Und selbst wenn er es wüsste: Er würde seiner Frau Mutter niemals widersprechen! Das wisst Ihr doch genau!"

Die Reihe ERZÄHLTE GESCHICHTE wird fortgesetzt:

Gunter Haug

Der erste Kreuzritter

Das abenteuerliche Leben des Swigger von Gundelfingen

Leseprobe:

Mitte Oktober 1099

Er würde es schaffen! Er würde sie wiedersehen! Sie wieder in seine Arme schließen dürfen: die Mutter – und das Kind! Das Kind! Seinen Sohn! Nach dieser schier unvorstellbar langen Zeit, die seit seiner Abreise vergangen war! Trotz all jener zahlreichen und schweren Kämpfe, die er lebend überstanden hatte – im Gegensatz zu vielen der unglücklichen Weggefährten. In der lebensfeindlichen Gluthitze Kleinasiens war ihm eine unversehrte Rückkehr völlig unmöglich erschienen. Und mit Grausen dachte er an die letzte Schlacht zurück, die sie vier Wochen nach der Eroberung Jerusalems mit den Heiden hatten ausfechten müssen. Die Schlacht bei Askalon, wo viele der Gefährten den Tod fanden, die sich längst zur ersehnten Heimreise gerüstet hatten. Der Tod, dem auch er damals nur mit knapper Not entgangen war. Völlig überraschend war die Gegenoffensive der Heiden in der Nähe der Stadt am Mittelmeer über sie gekommen. Gerade als er mit den Venezianern handelseinig geworden war, um sich gegen eine gewaltige Summe des bei der Eroberung erbeuteten Goldes zur Rückreise auf einer Galeere der oberitalienischen Stadt einzuschiffen. Zähneknirschend hatte er den Wucherpreis akzeptiert, denn keinesfalls wollte er für seine Rückkehr den Landweg wählen, auf dem neue monatelange Strapazen drohten: Durst, Hunger, Überfälle. Nein, selbst wenn es ihn die gesamte Beute gekostet hätte, nun wollte er nur noch nach Hause. So schnell wie irgend möglich. Zurück nach Hause! Doch dann war urplötzlich das riesige Heer der Ägypter am Horizont aufgetaucht und hatte sie zum Kampf herausgefordert. In wilder Hast hatten sich die Kreuzfahrer formiert und den Feind mit der Kraft der Verzweiflung bezwungen.

Ein Sieg, der einem Wunder gleich kam. Gottes Hilfe war ihnen neuerlich zuteil geworden!

Vorsichtig tastete Swigger von Gundelfingen nach den beiden winzigen dunkelgrünen Glasfläschchen, die mit einer Schnur versehen an seinem Ledergürtel baumelten. Einzig und allein auf deren kostbaren Inhalt führte er sein Überleben in jenem letzten grausamen Gemetzel zurück. Zwar hatte es ihn wiederum einen gewaltigen Teil seiner Beute gekostet, doch das war ihm einerlei. Denn immerhin hatte er damit sein Leben gerettet. Mit der wundertätigen, durch das Blut der unschuldigen Kinder von Bethlehem getränkten Erde im einen Fläschchen und dank der magischen Kraft des weißen Pulvers in der zweiten Glasphiole, in dem sich die Milch der Jungfrau Maria befand. Milch, die seinerzeit aus Marias Brüsten auf den Boden der Höhle in Bethlehem getropft war, wo sie sich nach der Geburt des Erlösers aufgehalten hatte. Mit dem Erdboden vermischt war die heilige Milch zu Pulver getrocknet. Jahrhunderte lang, über viele Generationen hinweg, war das heilige Pulver dann von gottesfürchtigen Menschen vor dem Zugriff der Heiden versteckt worden. Erst jetzt, nach der Befreiung Jerusalems, war es wieder aufgetaucht. Kein Preis der Welt wäre ihm dafür zu hoch gewesen. Und er hatte recht gehandelt. Denn schneller, als er dies jemals vermutet hätte, war ihm der wundersame Schutz der Muttergottes zuteil geworden. Hätten seine Gefährten doch nur ebenfalls zugegriffen, anstatt ihn mit höhnischen Worten zu verspotten! All jene hatte er im feindlichen Staub der Wüste begraben müssen, fern der Heimat, die wiederzusehen ihnen nicht mehr vergönnt war.

Im Gegensatz zu ihm selbst, Swigger von Gundelfingen: in wenigen Augenblicken würde er wieder an den Ort zurückkehren, von dem er vor nahezu drei Jahren aufgebrochen war, um zusammen mit tausenden von abendländischen Rittern das Heilige Grab und all die anderen Stätten der Christenheit im Heiligen Land aus den Händen der Heiden zu befreien. Was ihnen in diesem brütend heißen Sommer des Jahres 1099, der so viele Opfer gefordert hatte, mit der Eroberung von Jerusalem schließlich auch gelungen war!

Nur wenige Tage nach der verlustreichen Schlacht von Askalon war die stinkende Galeere, die von den Venezianern als Schiff bezeichnet wurde, in See gestochen. Die Winde waren ihnen überwiegend günstig gewesen und so konnten Swigger und einige weitere unter den wenigen überlebenden deutschen Rittern samt ihren Knappen tatsächlich schon nach nicht einmal drei Wochen währender Seereise im Hafen von Venedig an Land gehen.

Nach einigen Mühen was den Erwerb zweier maßlos überteuerter Pferde betraf, war es ihm und seinem Knappen Frieder gerade noch vor dem ersten Wintereinbruch in den Alpen gelungen, den Brenner zu überwinden. Jenen Paß, an den er aus den vergangenen Jahren so manche Erinnerung hegte, die ihn noch heute frösteln ließ.

Aber nun, in diesen sonnendurchfluteten Oktobertagen, hatte er mittlerweile die Hochfläche über dem Tal der Lauter erreicht. Es war ihm also tatsächlich vergönnt, den vor vielen Jahren auf sein Geheiß erbauten stolzen Sitz seiner Familie wiederzusehen! Einige wenige Schritte des Pferdes noch, dann würde er den Berg wieder erblicken können, auf dessen Spitze die Burg thronte. Im Vergleich zu den mächtigen Anlagen im Heiligen Land oder gar in Italien zwar klein und bescheiden, doch auch dies würde sich schon in wenigen Jahren ändern.

Urplötzlich war es in diesem Moment wieder da. Dieses unbeschreibbare Gefühl, als er jetzt das ruhige stille Tal so friedlich vor sich liegen sah. Das Tal, das ihm vor Jahren schon zur neuen Heimat geworden war. Dasselbe Empfinden wie in jener lange zurückliegenden Zeit, als er das Tal unmittelbar nach den dramatischen Geschehnissen um seine Verbannung aus der alten Heimat zum ersten Mal in seinem damals noch jungen Leben zu Gesicht bekommen hatte. Jenen Landstrich, der ihm von seinem Onkel Anno von Steusslingen, dem mächtigen Erzbischof von Köln und ehemaligen Regenten des Salierreiches, als neues Herrschaftsgebiet zugewiesen worden war. Weitab der anfangs so schmerzlich vermissten Heimat. Doch in der Tat hatte es sich um den letzten rettenden Strohhalm gehandelt, der ihm noch verblieben war. Mehr als einmal war ihm dies von Anno mit drastischer Bitterkeit verdeutlicht worden. Es war die einzige Möglichkeit gewesen, die Schande, die Swigger mit seiner unbedachten Tat über die gesamte Familie gebracht hatte, wieder zu sühnen. Die Schuld zu sühnen – nichts anderes war fortan seine Bestimmung. Fürwahr – er hatte einen bitteren Preis bezahlen müssen!

Und es war dieser Wunsch nach einer endgültigen Reinwaschung von aller Schuld gewesen, die ihn noch als alten Mann dazu bewogen hatte, das Kreuz zu nehmen. Einzig und allein aus diesem Grund hatte er sich im Jahr 1097 dazu entschieden, im Alter von immerhin schon mehr als 44 Jahren am ersten Kreuzzug der abendländischen Ritterschaft teilzunehmen! Nur deshalb hatte er die Gefahren der langen und beschwerlichen Reise mit den vielen grausamen Schlachten auf sich genommen und seinen Besitz den Händen des Vogtes anvertraut. Schweren Herzens zwar, aber es gab kein zurück. All seine Lieben – wie sehr er sie vermisst hatte! Vor allen anderen Swigger, seinen kleinen, damals knapp zehnjährigen Sohn. Seine ganze Hoffnung!

Tapfer hatte er die Bürde auf sich genommen, um sich endgültig rein zu waschen von dem Mord, den er vor vielen Jahren als junger Mann im Jähzorn begangen hatte. Um die Schuld von seinem ganzen Geschlecht zu nehmen. Um der Zukunft seiner Familie willen! Es war ihm unter Einsatz seines Lebens gelungen! Nun also war es ihm nach nahezu drei Jahren vergönnt, die so schmerzlich vermisste neue Heimat wieder zu sehen.

Durch die im gleißenden Sonnenlicht in allen Farben des Regenbogens erstrahlenden herbstlichen Blätter der mächtigen Buchen schimmerten die Umrisse des Bergkegels auf, um den sich das kleine Flüsschen schlängelte und auf dessen Gipfel der Herrensitz thronte. Die auf Swiggers Geheiß errichtete Stammburg des Geschlechts der Herren von Gundelfingen! Oben, auf der hölzernen Spitze des Turmes, bauschte sich die rot – gelbe Fahne der Gundelfinger im leichten Herbstwind. Der „rote Hagdorn auf goldenem Feld“: das neue Wappen seiner Familie. Das Erkennungszeichen der Herren von Gundelfingen!

Es war zuviel. Zuviel auf einmal. Selbst der grauhaarige, sonnengegerbte Ritter, der in den letzten Jahren so viele Gefahren für Leib und Leben tapfer überstanden und dabei mehr als einmal dem Tod ins Antlitz geschaut hatte, fühlte sich in diesem Augenblick klein, verletzlich und wehrlos. Überwältigt von den tiefen Gefühlen, die urplötzlich über ihn gekommen waren. Swigger von Gundelfingen ließ seinen Tränen freien Lauf. Sein Sohn! Ob der den Vater überhaupt noch erkennen würde? Swigger II., der in diesem Jahr immerhin schon seinen zwölften Geburtstag gefeiert haben mußte.

Und wie war es Bärbel ergangen, seiner heimlichen Gefährtin. Wie sehr freute er sich auch auf die Begegnung mit ihr, der Müllerstochter von der Wittsteige, mit der er seit Jahren schon eine versteckte Beziehung unterhielt. Über die im Kreise des Gesindes zwar getuschelt wurde, über die sie aber dennoch nichts genaues wussten und falls doch, es auf gar keinen Fall auszusprechen wagten. Bärbel, die Mutter seines Sohnes... Gute 30 Jahre mochte sie inzwischen zählen. Nur wenige Augenblicke noch, dann würde er auch sie wieder in die Arme schließen können. Vor aller Augen diesmal! Ja, doch! Was sollte ihn fortan noch das Geschwätz seiner Lehensleute kümmern – und erst recht das der Leibeigenen!

Vom Tal her näherte sich ihm in gestrecktem Galopp ein Reiter. Es handelte sich um Frieder, seinen ihm treu ergebenen Knappen. Der Gefährte war am heutigen Morgen, sicherheitshalber wie er sagte, vorausgeritten. Nicht zuletzt, um die Burgbewohner von der überraschenden Wiederkehr ihres Herrn in Kenntnis zu setzen.

Frieder, der Knappe: bald schon würde er ihn für all die treuen Dienste, die ihm dieser nicht nur auf dem glücklich überstandenen Kreuzzug geleistet hatte, zum Ritter schlagen lassen. Herzog Friedrich von Staufen würde seinem Vorschlag sicherlich zustimmen und den Ritterschlag womöglich sogar persönlich übernehmen. Was durchaus folgerichtig wäre. Denn anschließend würde Swigger den treuen Frieder mit Grund, Boden und Leibeigenen belehnen. Auf dem Kapf oberhalb der beiden Weiler genannten Bauernhöfe, nahe der gundelfingischen Burg also. Mit der Maßgabe versehen, hier einen Wohnturm zu errichten. Samt einem hohen Aufbau, der es ihnen ermöglichen würde, weit in Richtung Süden zu spähen. In das Gebiet der Welfen hinein. Um Gundelfingen, den in diesem Teil der Alb am weitesten vorgeschobenen Posten der Kaiserpartei, noch rascher über mögliche Gefahren aus dem Welfenland in Kenntnis setzen zu können. Der Wohnturm seines künftigen Lehensmannes, des Ritters

Frieder von Kapf: nichts mehr und nichts weniger als eine weitere Sicherung ihrer Alarmkette. Schon aus diesem Grund würde Herzog Friedrich von Staufen dem Vorschlag seines engen Gefolgsmannes Swigger von Gundelfingen zustimmen.

Kaum hatte der Kreuzfahrer diesen Gedankengang lächelnd zuende gebracht, da zügelte der Knappe auch schon das vom scharfen Galopp gezeichnete Pferd vor seinem Gebieter. Swigger bedachte den anderen mit einem strengen Kopfschütteln: „Wieso gibt du dem armen Tier denn dermaßen die Sporen? Nach all den Wochen, die inzwischen vergangen sind. Da ist solche Eile weiß Gott nicht mehr notwendig! Deswegen reitet man sein Pferd doch nicht zuschanden!“

Ein weiterer prüfender Blick auf Frieder ließ ihn stutzen. Was stellte der denn für eine betretene Miene zur Schau?

„Frieder... na, was sagen sie? Haben sie womöglich nicht mehr an unsere Rückkehr geglaubt? Ich kann es ihnen kaum verdenken,“ krächzte Swigger mit vor Aufregung heiserer Stimme, während er sein Herz bis zum Hals pochen spürte. Dieser Ernst! Weshalb dieser merkwürdige Ernst in den Gesichtszügen seines Knappen? Und wie sollte er den traurigen Blick deuten, mit dem dieser ihn bedachte?

Mein Sohn! Wie ein Messerstich durchzuckte Swigger von Gundelfingen der Gedanke, dass sich während seiner langen Abwesenheit etwas schreckliches ereignet haben könnte.

„Was ist? Jetzt sprich schon! Ist es... handelt es sich um...ist etwas...“. Die plötzlich aufkeimende Furcht machte es ihm schier unmöglich, den Namen seines Sohnes auszusprechen. Der alte Ritter schluckte trocken, bevor er all seine Selbstbeherrschung zusammennahm. „Ist etwas mit... Swigger, meinem Sohn?“

Angstvoll starrte er in die betroffene Miene seines Gegenüber.

„Herr,“ schlug Frieder verlegen die Augen nieder. Verzweifelt schien er nach den richtigen Worten zu suchen, während sich das beklemmende Gefühl, das ihn erfasst hatte, mehr und mehr in Swiggers Brustkorb ausbreitete. Wieder griff er nach den beiden Glasfläschchen mit dem wundertätigen Inhalt an seinem Gürtel und nahm dann alle Kraft zu einer entschiedenen Aufforderung zusammen.

„Jetzt sprich schon! Auf der Stelle!“

Langsam hob Frieder seinen Kopf und begegnete ernst dem furchterfüllten Blick seines Herrn.

„Herr! Es ist... es ist etwas Schreckliches geschehen. Vor wenigen Wochen erst...“

Swigger von Gundelfingen schien es bei diesen Worten, als schwanke der Boden unter seinen Füßen. Es war etwas Furchtbares geschehen! Wie durch einen immer dichter werdenden Nebel hindurch drang Frieders bittere Nachricht an seine Ohren...

In der Buchreihe: ERZÄHLTE GESCHICHTE ***ist der folgende Roman von Gunter Haug in Vorbereitung:***

- Die Schicksalsfürstin
Amalie Zephyrine, die Retterin von Hohenzollern